同学会

孙健 著

重庆出版集团
重庆出版社

图书在版编目(CIP)数据

同学会 / 孙健著. —重庆：重庆出版社，2013.7
ISBN 978-7-229-06410-5

Ⅰ.①同… Ⅱ.①孙… Ⅲ.①都市小说—中国—当代 Ⅳ.①I247.5

中国版本图书馆 CIP 数据核字（2013）第 071417 号

同学会
TONGXUEHUI
孙 健 著

出 版 人：罗小卫
责任编辑：陶志宏　汪晨霜
责任校对：杨　婧
封面绘图：重庆出版集团艺术设计有限公司·卢晓鸣
装帧设计：重庆出版集团艺术设计有限公司·黄　杨

重庆出版集团
重庆出版社　出版

重庆长江二路 205 号　邮政编码:400016　http://www.cqph.com
重庆出版集团艺术设计有限公司制版
重庆华林天美印务有限公司印刷
重庆出版集团图书发行有限公司发行
E-MAIL:fxchu@cqph.com　电话:023-68809452
全国新华书店经销

开本：720mm×1 000mm　1/16　印张：22　字数：315 千
2013 年 7 月第 1 版　2013 年 7 月第 1 版第 1 次印刷
ISBN 978-7-229-06410-5
定价：33.00 元

如有印装质量问题,请向本集团图书发行有限公司调换:023-68706683

版权所有　侵权必究

目录 CONTENTS

第一章　上学时的那些事 / 1
第二章　把人生看尽 / 23
第三章　聚会归来 / 39
第四章　出击 / 65
第五章　谁是赢家 / 85
第六章　光环效应 / 107
第七章　贵人为何相助 / 131
第八章　勇挑重担 / 147
第九章　焦头烂额 / 163
第十章　将相难和 / 187
第十一章　明枪暗箭 / 209
第十二章　决堤 / 237
第十三章　舍得一身剐 / 259
第十四章　树欲静而风不止 / 283
第十五章　惊魂 / 305
第十六章　尾声 / 335

第一章

上学时的那些事

1

确切地说，让林子阳的生活发生蝶变的，是一个电话，电话打来时，他正在湖边钓鱼。

2

近些年，周末钓鱼似乎成了林子阳的必修课，只要天气不是太差，手头没有十万火急的事，他必定会准时出现在那个风景怡人的湖畔，或现身在城郊的水沟旁边，垂钓俨然成为他生活必不可少的一部分。

春日的阳光安静地为湖面铺满一层金色的波光，林子阳端坐在一个小板凳上，两手一前一后紧握鱼竿，两眼出神地望着水面上的浮子。一眼望去，他宛如一尊石雕。

不远处的草丛里忽然飞起几只白色的水鸟，小鸟鸣叫着扑棱棱飞向蔚蓝的天空。林子阳身体前倾，两手轻轻一抖，鱼竿陡然立起来，鱼竿另一端兀地从水面上腾空跃起。一条巴掌大的鲫鱼疯狂地抖动着赤裸的身体，在空中划过一道优美的银白色弧线，然后稳稳地落在林子阳的手中。

他小心地把鱼儿从钩上摘下来，丢进身旁的水桶里。桶里顿时一阵骚动，他一扬手，挂着诱饵的鱼钩又落入水中。湖面恢复了平静。

这一次他的运气似乎没有刚才那么好，等了许久，也不见有鱼儿上钩，浮子仿佛被人用铁钳固定住了似的，纹丝不动。

也不知过了多久，依然没有鱼儿上钩。鱼儿都去了哪儿？林子阳轻轻抬了一下手，鱼钩缓缓地露出水面，鱼饵还在。他叹息一声，下意识地歪头看了眼旁边的水桶，鱼儿们正在水桶那狭小的空间里游来游去，鱼儿居然这么容易相处！短时间内，就一家人似的相敬如宾了。若是换成人，怕不会是这个样子，早已争个你死我活。想到此，林子阳顿时感到鱼儿真的很伟大。

刚吃过午饭，林子阳就开着车来钓鱼了。车是银白色的，喜欢这种颜色，是因为和鱼的颜色一致。两个多小时，钓了八条鱼，不多也不算少。载着鱼饵的钩再次落入水中。又过些时候，仍然没有鱼儿咬钩。

电话就是这个时候打来的。手机的铃声是《怒放的生命》，音乐骤然响起。

林子阳没有动，两只眼睛依然目不斜视地望着浮子，仿佛那个电话根本就与他毫无关系。这个时间是很少有人打电话来的，认识他的人都知道，这是他钓鱼的时间。若是一个电话打过去惊跑一条大鱼，说不定就会被他在电话里臭骂一通。其实，这个原因恐怕不是主要的，重要的是，林子阳除了钓鱼，平日里交际极少，电话也就少得可怜。

铃声已响了很久，似乎就要戛然而止了。这时，林子阳像是受了什么刺激，忽然丢掉手上的鱼竿，快速用毛巾抹了下手上的水珠，吱地一声扯开布包的拉链，摸出一个直板手机，抢时间似的按下接听键。

林子阳的脸上漾出了微笑，他大声和电话里的那个人聊起来，聊得兴起时，他从板凳上站起身，一边打电话，一边在湖岸上走来走去。鱼钩早已被他忘在了脑后，尽管浮子已是数次上下跳动，他也无动于衷。

通话的时间很长，足有十多分钟，林子阳终于兴致未尽地收起电话。他并没有马上回到鱼竿旁边，而是踯躅片刻，然后开始望着湖面出神，目光像在寻觅着什么似的，时远时近地扫视着清澈的湖水，脸上的表情也很复杂，有惊喜，也有忧伤，他的神情的确有一些怪异。

林子阳凝望着人工湖的对岸，许久才缓慢地回到板凳上。他扬手把鱼竿从水里捞起来，银亮的鱼钩散发出幽幽的亮光，钩上的鱼饵已经不见了。看来，鱼咬过钩，可鱼又跑了。吃掉鱼饵，又能全身而退，这必定是条大鱼。都是刚才那个电话，要不，咬钩的鱼已是囊中之物了。以往，凡是咬钩的鱼，从来没有从他的手上逃脱过，今天成了一个例外。

林子阳把鱼竿举在半空，长长的鱼竿变得越来越短，最终化做短短的一节。这么早就收工回家？他的魂魄仿佛已被刚才那个电话勾了去。没错，他果真要回家了。

林子阳真是个怪人，他把桶里的鱼一条条放回了湖里，桶里只留下三条最大的，然后把水桶拎到了车上。

3

车子似银鱼一般驶进小区，在楼下停住车，林子阳拎着水桶上了楼。

刚进门，妻子吴玲就问："这么早就回来了？"吴玲穿着宽松的粉红色睡衣，长发是刚洗过的，她婀娜的身姿像出水的芙蓉，一副柔若无骨的样子。林子阳冲吴玲笑了笑，然后摇了摇头，没吱声。吴玲莞尔一笑，可惜的是她那能醉死人的笑掩盖在乳白色的面膜里，林子阳一点儿都没看到。

很显然，睡完午觉，吴玲刚做完美容，她原本就是个漂亮女子，再加上平日精心的保养和护理，显得愈加年轻漂亮了。她转身去了卧室，片刻后又走出来，脸上的面膜不见了，露出一张白皙又好看的脸。

吴玲来到水桶前垂头看了一眼，说："怎么这么少？"

林子阳刚泡了一杯茶，是铁观音，喝茶一直是他的习惯，他深情地望了吴玲一眼，说："不少。加上苗苗，每人一条，不多不少。今天钓得倒不少，多余的把它们放回去了，暂且让它们在湖里待着，下次去再钓回来。"苗苗是他们的女儿，今年八岁，读小学二年级。

吴玲咯咯地笑起来，笑声风铃般悦耳。她知道这种事林子阳能做出来，但她更知道这么早就回了家，一定遇到了什么事。但她没问是什么原因，她知道，如果是自己应该知道的，即便不问，林子阳也会主动告诉她，不该她知道的，即便问了，他也不会说出来。

吴玲轻飘飘地来到林子阳身边，亲昵地偎在他怀里，女人特有的幽香悄然钻进他的鼻腔。吴玲小声地用商量的语气说："子阳，你是做晚饭呢，还是接苗苗去？"说完，她笑眯眯地望着林子阳。苗苗待在她姥姥家，今天下午钓鱼时，林子阳顺便送她去的。

"布子、剪子、锤头来定吧，怎么样？"

"不了，你炖鱼的味道特别好，还是我去接女儿吧！"

林子阳轻轻地刮了一下吴玲的鼻尖，说："你已经决定了，还来问我？"说着，他用力往怀里搂了吴玲一下。

吴玲嬉笑着站起来，欢呼着："接女儿去喽。"说着，她进卧室换衣服去了。见时间尚早，林子阳打开电视机，用遥控器不停地调换着电视频道。

吴玲换了一身淡紫色的套裙，来到林子阳身边轻轻吻了他一下，说："我走了，赶紧做饭吧，要不就迟了。"说完，她的高跟鞋有节奏地敲打着木地板出了门。

林子阳望着吴玲离去的背影，猛然感到身体的某个地方有了一种需求，这种生理上的需要让他的脑海里忽然浮现出另外一个女人的漂亮脸蛋。十年了，这个水莲花般圣洁美丽的女人，仿佛是镌刻在他心间的一幅永不褪色的油画，在他的记忆里依然色泽光鲜。

他开始浮想翩翩，十多年前大学校园里的一幕幕往事，放电影似的出现在他的面前。

女子叫白杨，爸爸姓白，妈妈姓杨，这是她名字的由来。

白杨是林子阳大学时的同学，白杨的爸爸在省直机关上班，妈妈是大学的老师，后来调进省民政厅工作。她从小受到了良好的家庭教育，和林子阳这些在农村长大的孩子相比，她身上拥有着一种玉石般独特的气质。

白杨本来长得就漂亮，外加上她小时候练过舞蹈，学过唱歌，身段又格外的优美，走路或是说话，她都是一只人见人爱的白天鹅。每次见到白杨，林子阳都会感到心慌意乱。上大学时，白杨几乎迷倒了系里的所有男生。

　　在林子阳看来，白杨要比电影上的那些女明星漂亮多了，唱歌也比成了名的女歌星要好听得多，她没报考北京电影学院真是可惜了。林子阳始终以为，白杨比他最喜爱的一个电影女明星还要漂亮许多。

　　林子阳和白杨在同一个班，并且两个人的座位就在咫尺之间，平时白杨经常凑到林子阳跟前问这问那，偶尔还会主动约他到操场上打羽毛球。每次两人独处的时候，林子阳心里总会有一种异样的感觉，像风中的羽毛轻轻地飘来飘去，这种漂泊不定的感觉，在他看来真的很美妙。

　　刚入学不久，林子阳就知道，他已经喜欢上了白杨。可是，他又非常清楚，即便是抛开家庭条件不说，只是从其他方面而言，他和白杨也是相差十万八千里的。在他眼里，白杨永远都是可望而不可即的。

　　确切地说，尽管林子阳对白杨已经爱到了骨头里，可是他对白杨从来都不敢有半点儿非分之想。白杨是林子阳心中的女神，是永远都无法触及的女神。

　　有一次，全班同学周末到郊外爬山，近午时分，同学们走散了。事也凑巧，林子阳和白杨两个人在半山腰相遇，于是两个人一路同行，结伴游山。白杨像一只白色的山鸟，一边走一边说笑，平时也爱说笑且还很有幽默感的林子阳却是哑了火，他的胸口像藏了一只不安分的小兔子，一阵怦怦乱跳。

　　白杨之前来过这个风景区，路比较熟，她走在前面，林子阳在后面，白杨黑亮的秀发在他面前飘来飘去，他的心河禁不住荡起阵阵涟漪。中午时分，两人找了块平整的岩石，取出各自携带的食物和水，一起吃午饭。

　　两个人面对面坐着，宛如两个结对出行的恋人，白杨把一根刨了皮的香肠递到林子阳面前。他的脸顿时红了，迟疑片刻，还是把香肠接在手里。那一刻，两个人的目光咚地撞在了一起，林子阳的脸红到脖根儿，白杨的脸上也泛起一轮红晕。

这是一个多么好的机会呀！可是，林子阳却没有向白杨表白，他并非是一个不开窍的榆木疙瘩。而是，他始终以为自己配不上白杨，即便是白杨一时头脑发热意外地接受了他，最终两个人也不会有什么结果的。白杨是长在省城的金枝玉叶，然而他不过是小村子里出来的泥孩子。

吃过午饭，两个人走了没多久，就迷了路。白杨用白嫩的手不停地轻拍额头，怎么也想不起来时的路。林子阳看到白杨红润的脸颊上洇出一层细密的汗珠，于是他也有些着急了。那个时候，同学们还没有手机，迷了路要想和别的同学取得联系，的确有些困难。更让人担心的是，正是多雨时节，从上午开始天空就阴沉沉的，暴风雨随时都可能来到，若是天黑前下不了山，暴风雨来临后，一旦遇到洪峰或是泥石流，就会有生命危险。去年这个时候，就曾经有几个驴友在这里出过事。

泉水在山涧里缓缓淌过，发出叮咚叮咚的响声。山峰耸入云霄，树木枝繁叶茂，脚下杂草丛生，密密匝匝的树叶遮天蔽日，曲曲折折的山路总也没有尽头……

林子阳有些急了，用恳求的语气说："白杨，你再认真想一下，到底该走哪条路？"白杨眨巴着眼睛，看了林子阳一会儿，做了个鬼脸，说："我是个不合格的向导，真的想不起来了。"林子阳摇了摇头，苦笑一下，说："别怕，我们能走出去的！"说完，他猛地一挥手，就顺着一条羊肠山路向前走去。白杨见了，也快步跟上去。

他挥手的动作很夸张，故意拿出一副很男子汉的样子。

两个人一边聊天，一边在山林里转来转去，直到傍晚时分，白杨才猛地一拍脑袋，说："哎呀，我想起出山的路了！"林子阳兴奋地跳起来。

顿时，白杨脑袋里像安装了导航仪似的，绕过一道道山梁，终于找到了下山的路。然而，就当他们找到出口的那一刻，林子阳却如同被浇了一盆凉水，心里忽地沉闷起来。他猛然觉得刚才和白杨无头苍蝇似的在山林里撞来撞去的感觉居然好得出奇，他倒想这样一直走下去也没什么不好的，即使遇到什么不测，只要有白杨和他在一起，他也知足了。

白杨在前，林子阳在后，两个人保持着一定距离，在山口处碰到了班里的其他同学。说来也巧，同学们刚乘坐上回学校的公交车，天上就下起了暴雨，狂风卷着豆粒大的雨珠铺天盖地而来，整座城市刹那间变成白茫茫的一片。

林子阳暗自庆幸及时出了山，否则后果将不堪设想。于是他心存感激地瞥了白杨一眼，然而，白杨正坐在车厢的角落里，有心事似的低头不语。她并没有注意到林子阳。

这件事过后没多久，一个爆炸性新闻在系里传开了！白杨居然和陈牧天确立了恋爱关系。

听到这个消息，林子阳的胸口猛地难受了一下，接下来是一阵钻心的疼痛。可是，过了片刻他又有些不以为然了。陈牧天其貌不扬，也是来自农村，不管是家庭背景，还是长相才貌，比林子阳都要差一截，白杨会看中他？即使把林子阳打死，他也不会相信这件事会是真的。谣言，一定是谣言！

第二天，在去餐厅的路上，林子阳遇到陈牧天，便向他证实这一消息，两个人都是海州人，家虽离得远了点，也算是老乡，又是无话不谈的好哥们儿。陈牧天春风满面，从口袋里摸出一把阿尔卑斯奶糖，笑着说："和白杨的事，终于定下了！这是喜糖。"林子阳愣愣地把奶糖接在手里，胸口像是被掏空似的，一脸木然地看着陈牧天走远，竟然忘记了向陈牧天表示祝贺。

事情到了这个地步，林子阳还是不相信这件事是真的。他以为陈牧天是在吹牛，他不可能追到白杨，白杨的眼光多高啊！别说是相貌平平的陈牧天，怕是系里的帅哥富二代，白杨也不会瞧他们一眼的。他本想找到白杨去求证一下这件事的真实性，可他没有勇气去问白杨。

直到有一天，林子阳亲眼看见，白杨和陈牧天手挽着手亲昵地漫步在校园的甬道上，他才信以为真。自此之后的一连几天，林子阳仿佛吃多了酸葡萄似的，整个腹腔都淌满了酸水。

过了些时间，林子阳的心情才算平静下来。他以为，白杨和陈牧天之间是不会有结果的，目前两个人只不过是相互玩玩而已，别的暂且不说，就说白杨爸妈那一关怕是过不了。想到这些，林子阳郁闷的心情才有些好转。尽管如此，他每次看到陈牧天和白杨成双成对地出现在校园的花前月下，心里都有一种酸酸麻麻的感觉。

有一天，要好的哥们儿毛头喝醉了酒，忽然一把拎起林子阳的衣领，用已经无法打弯的舌头说："子阳……你知道牧天是怎么追到……白杨的吗？人家靠的是锲而不舍……以前白杨对你那么好，你……简直棒槌一个……"毛头个子比林子阳矮了一大截，又长得像个猴子，若不是借着酒劲，给他十个胆子，也不敢揪住林子阳的衣领。

林子阳虽然也喝了酒，可他喝得少，心里一点都不糊涂，他猛然想起那天在山上迷路的事，是啊，那可是一个绝好的机会呀！他和白杨单独待在一起那么久，却连句表白的话都没说。这时，他才发现自己的确太懦弱！从那一刻开始，他后悔得肠子都一寸一寸地变青了。

事情的发展却不是林子阳想的那样。陈牧天不仅顺利地过了白杨爸妈那一关，毕业后，白杨还放弃了在省城工作的机会，主动跟随陈牧天回到海州市。回海州的除了他们俩，还有林子阳。

陈牧天和白杨分到海州市的城北区工作，而林子阳则去了市农业局上班，虽然三人同在海州市，相距却两百多里路。

既然陈牧天能追到白杨，自己一定也能！林子阳自信他不会输给陈牧天，怪只怪自己该出手时没有出手。错过白杨，对林子阳来说，是个遗憾，也是他心灵上永远的痛。

4

林子阳烧菜是具备一定专业水平的，尤其是做鱼，烧、炸、烹、炖，各种做法都精通。近年来，他钓的鱼不计其数，这些鱼大都是他亲自下厨烹饪的，吴玲别的菜烧得还不错，可是很少做鱼，她闻不了那股腥味。林子阳从电脑上几乎搜到了所有的做鱼的方法，清蒸鱼、水煮鱼、家常鱼、麻辣鱼、红烧鱼等，这些鱼的做法他都了然于心，每道菜他不仅做得有模有样，味道也十分鲜香、地道，每次出锅，吴玲和苗苗都会对林子阳大加赞赏一番。

有时候，吴玲常开玩笑说："子阳，要不咱开个饭馆吧，就叫'鲜鱼馆'，怎么样？"每次林子阳都是连声说好。不过是说说而已，他知道开饭店的辛苦，他不想活得太累。

林子阳做了苗苗最爱吃的"家常鲫鱼"，色香味俱全的鱼儿刚一上桌，门铃就响了，吴玲回来了。

门一开，苗苗就像一只小燕子扑向林子阳，把女儿搂在怀里，他的脸顿时笑成一朵花。

苗苗已在姥姥家吃过晚饭，看来这道美味佳肴只有林子阳和吴玲享用了，两个人在饭桌前坐下来。苗苗坐在沙发上专心地看起动画片，是正在热播的"虹猫蓝兔"。

吴玲像只百灵鸟，什么时候都是唧唧喳喳地叫个不停，一边吃，她一边谈论着东家长西家短。要在以往，林子阳的话语也不会很少，可是今天他却沉默不语，只顾埋头吃饭，似乎在吴玲面前他只有听的分儿。

也许是吴玲累了，也许想再换个话题，她终于把嘴巴用到了吃饭上。

见吴玲不再说话，林子阳瞅了她一眼，慢悠悠地开了腔，说："今天下午陈牧天给我打电话了。"吴玲的两只眼睛闪动着长长的睫毛，吃惊地说："堂堂的副区长，大忙人，怎么有时间给你打电话？"林子阳翻了一下白眼，没吱声。话说到了这节骨眼上，一般情况下，他都是要卖一下关子的。

上大学时，林子阳是班里的体育委员，白杨是团支部书记兼文艺委员，陈牧天是学习委员，三人都是班干部，彼此间也是要好的朋友。毕业后，让他想不到的是，上学时名不见经传的陈牧天，十年间居然成了城北区的副区长，名副其实的副处级干部。然而，林子阳如今却只是市农业局的一个副科级科员。

相比之下，不管是从级别上，还是从职务的实用价值及发展前景上，林子阳都和陈牧天有着天壤之别。虽说两个人相距较远，可毕竟都在海州市，刚毕业那阵儿，陈牧天经常到林子阳这里玩，有时还和白杨结伴而来。那时，经朋友介绍，林子阳已经和吴玲谈起了恋爱，因此，吴玲对陈牧天和白杨两个人还是比较了解的。

见陈牧天如同开花的芝麻节节高升，吴玲经常当着林子阳的面，拿陈牧天说事，也难怪，哪个女人不想自己的老公能出人头地呢？可是，林子阳的心思全在钓鱼上，面对吴玲的奚落，甚至是挖苦讽刺，他表现得超乎寻常的淡定。

吴玲似笑非笑地用手点着林子阳的脑门，说："你看人家陈牧天，你俩可都是一个班的同学，人家从科长到局长，又到副区长，真有本事，难怪他在大学里就把白杨这么优秀的女孩子追到了手！再看你，就是废物一个！既升不了官，也发不了财，跟了你这辈子算是倒了霉！"

吴玲的话已经够刻薄了，按说她这些连损带挖苦的话，作为一个男人，通常情况下是很难吃得消的。可林子阳就不以为然，满脸是一副不屑的神情。他心里怎么想的谁也不知道，反正他表现得是超级的大度，丝毫没有生气的样子。

林子阳的脸上自始至终都在笑，是那种玩世不恭的笑，说："萝卜青菜各有所爱，牧天志在升官发财，我追求的是玩乐。人各有志，懂吧？"说完，他转身来到电脑前，又把心思用在了玩游戏上。任凭吴玲把嘴皮说破，他也不再理会。时间久了，吴玲拿他也没办法，也就随他去了。

一听林子阳说今天下午陈牧天给他打了电话，吴玲知道林子阳钓鱼早回了家，一定是因为这个电话。她当然想快点知道两个人在电话里说了些什么，可她就是不主动去问林子阳，她太了解林子阳了，只要不再去理会他，用不了多久，他就会把事情说出来。

真是知夫莫如妻，果真几分钟过后，林子阳喝光小花碗里的最后一滴米粥，说："吴玲，前些天陈牧天一家人去省城，他和白杨一起看望了董老师，他说董老师头上都有白发了。唉，她才四十多岁啊！时间可真是杀人的软刀！眨眼工夫，毕业都十年了……"说到这里，林子阳停住说话，兀自一声声地叹息起来。

吴玲知道，林子阳所说的董老师是他的班主任董梅。上学时，董梅对林子阳特别好，不管是学习，还是生活，对林子阳都特别关照。林子阳家在农村，那时生活比较困苦，董梅在经济上给了他很大帮助。

上大二时，林子阳的母亲得了重病，是癌症，在医院查出来时，已经是晚期。母亲一再坚持放弃治疗，因为家里除了几亩田地再无别的收入，供林子阳读大学，家里已经有些力不从心。若是仅仅为了延缓生命把为数不多的钱无谓地丢进医院，林子阳就可能因此而无法完成学业。

林父权衡再三，含泪应下老伴的要求。可以说，林子阳的母亲是不治而终的。所有这些，在省城读书的林子阳并不知道，直到母亲即将离开人世的前一天，才接到母亲病危的电报。到家时，母亲已奄奄一息，可是，见到林子阳的那一瞬间，她的眼睛忽然亮起来，颤抖着干瘪如枯枝的手，拉住已哭成泪人的林子阳，干裂的嘴巴一张一合。

尽管林子阳把耳朵已经贴到她的嘴巴上，可他还是没有听到母亲说的最后一句话。他兀地感到母亲拉着自己的那只手，像一块冰凉的铁块掉了下去。林子阳喊哑了喉咙，哭干了泪水，还是没有留住母亲离去的脚步。

这件事过后，林子阳陷入极度的悲痛之中，虽然在人生的旅途中每个人都不得不面对与亲人离别的残酷现实，可是，面对母亲的过早去世，林子阳受到的打击的确太大了。悲痛欲绝的他，一度对生活失去了信心。那段时间，他的情绪非常低落，做事也表现得很极端。董梅知道这件事后，在各方面给了林子阳慈母般的呵护和照顾。在董梅的帮助下，林子阳终于从悲痛中振作起来，他重新找回了生活的自信。

因此，林子阳对董梅有着很深的感情，他曾经不止一次地当着吴玲的面说，有机会一定到省城去看看董老师。这句话林子阳说过多少遍，吴玲记不清了，但是她唯一记得清的是林子阳一直没有找到去省城的机会。

吴玲一边收拾餐桌上的碗筷，一边埋怨道："从我认识你那天起，就说去看望董老师，如今苗苗都这么大了，你也没能看到董老师的面！你呀，就会只说不做，难怪你一事无成。"

　　林子阳两手合一，端坐在餐桌前，像是在思考着什么，吴玲刚才的一番话他似乎根本没有听到。

　　沉默片刻，林子阳又说："陈牧天在董老师那里，还打电话约来在省城工作的同学，没想到连省城周边的同学也闻讯赶来，居然一下子凑了十多个人。大家聚在一起七嘴八舌地一商量，决定搞一次同学聚会，毕业都十年了，聚一聚也是很有必要的，听说其他班级的毕业十年同学聚会活动都已经完成了。这件事董老师非常支持，于是大家就把毕业十年同学聚会的有关事宜商定了下来。"说这些话时，林子阳的脸上流露着难以掩饰的兴奋与激动。

　　吴玲已收好餐桌上的碗筷，她闪动着明亮的大眼睛，急切地说："子阳，你不说我倒忘了，昨天中学的同学打电话过来，说过些天也要搞同学聚会。唉，据说我们班有的同学现在都是董事长了！这么多年下来，咱也没混出个名堂来，见了当年的老师和同学这张脸可往哪里放啊？仔细想想可真是够悲催的。"

　　林子阳静静地听着吴玲说的话，没有吭声，他心里明白，吴玲的话表面上是说她自己，实际上是在奚落他呢。作为女人来说，讲的是"夫贵妇荣"，俗话说，男怕入错行，女怕嫁错郎。女人即使什么都没有，甚至没有工作，待在家里做专职家庭主妇，只要老公有权有势，或是腰缠万贯，在别人眼里这个女人也是不容小觑的。要不怎么说，女人是男人的影子呢。男人高大了，影子自然也会让人另眼相看。

　　窗外已经暗下来，月亮升在半空，小区内的路灯已经亮起，散放着橘红色的亮光……

　　天花板上的圆形白炽灯发出柔和的白光，把吴玲那张白皙的脸照得愈加白亮，温润如白色绸缎泛着月光般的光泽。乳白色的大理石餐桌上残留的鱼的余香，早已散去。

　　林子阳在餐桌前愣愣地坐着，吴玲收走碗筷，厨房里响起急促的洗锅刷碗的声响……

林子阳沉默不语，只顾拿一块抹布在餐桌上抹来抹去。他抹桌子的方式很特别，抹布在桌面上反反复复地画着圈，显然是一副心不在焉的样子。

厨房里安静下来，吴玲从里面走出来，一把抢过林子阳手中的抹布，说："别再抹了！唉，我跟你商量件事，咱俩马上就要参加同学聚会了，别的不说，就咱那辆破车，本来就是国产车，买的时候还是二手货，若是把它开到老师和昔日的同学面前，可是够寒碜的。咱们换辆新车，你看怎么样？"

表面上看，林子阳是很淡定的样子，其实，他此刻的心情十分复杂，毕竟他也是个有血有肉的七尺男儿啊。同学聚会就在眼前，昔日的老师和同学们即将见面，以前同学们在大学读书的时候，相互间并未有什么差别，一样的环境，一样的吃住。可是十年间大家都发生巨大的变化，人和人之间，不管是地位和身份，还是家庭和生活状况，已是天壤之别。在学校时他大小算是个班干部，在系里也算得上是活跃分子，还担任着学生会体育部的副部长。

时过境迁，十年的时光飞速而去，小时候，三十岁在他眼中，就仿佛是遥不可及的山峰，离他远着呢。可是，转眼间他已是轻舟已过万重山一般过了而立之年。

林子阳仿佛根本没有听见吴玲所说的话，他抬起头，用一双怅然若失的眼睛望着吴玲，许久后才哦了一下，然后惶惑地说："你是说……"吴玲还处在极度亢奋之中，她说："咱买辆新车吧，等到同学聚会那天，开着新车出现在同学们面前，你说那该有多气派啊！其他的就不说了，这辆新车，就是咱的脸面，一俊遮百丑嘛！"

这一次林子阳终于彻底听明白吴玲的话，可是，接下来他却什么话都没说，他的确不知道该说些什么，是同意买车，还是拒绝？他都无法回答。

五年前买的房子，也就是现在住着的这套，一百二十平米，没有车库，那时以为买车是很遥远的事，为了省钱，就忍痛割爱了。房子首付是借的，余下的全是按揭贷款。虽然舒舒服服地住进了新房，可到现在为止，房子的另一半还是银行的，房款还有十年才能还完。

近几年，同事们都买了私家车，开车上下班，或是周末开着私家车自驾游，惬意又体面。更重要的是，每逢重大节日能开着车回趟老家，轿车鸣叫着悦耳的喇叭声，往老家门前一停，的确有一种荣归故里的成就感。

吴玲早就和姐妹们一块拿到了驾照，见姐妹们已都有车在手，早已按捺不住。于是她天天嚷嚷着买车，林子阳拗不过吴玲，两个人转了半个月的二手车市场，一狠心花了三万元买了辆二手国产车，车的颜色是林子阳喜欢的银白色。那时，吴玲的要求不高，什么体面不体面的，只要是四个轮子的车就行，颜色、牌子都无所谓。

车虽旧了点，二手车的确也不太体面，但毕竟有了车，摇身一变成了名副其实的有车族。记得车刚买来那天，吴玲满面红光地从林子阳手里接过车钥匙，小心翼翼地打开车门，苗苗也兴奋地叫喊着爬上了副驾驶的座位上。吴玲按了一下车喇叭，把车挂在了二挡上，如同甲壳虫爬一般在小区里转来转去。林子阳担心吴玲技术不过关会出什么事，就骑着自行车保镖似的紧随其后，直到夕阳落山，吴玲才恋恋不舍地从车上下来。

第二天，林子阳睡醒后发现身边空荡荡的，吴玲不见了，人去哪里了呢？林子阳心中纳闷，急忙轻呼吴玲的名字，还是不见人，只好穿衣起床，挨个房间查看，苗苗独自躺在小卧室里熟睡着，唯独不见吴玲的影子。

到底去了哪？林子阳快步来到窗户边，急切地扯开窗帘，天还没亮透，窗外静悄悄的，整个小区还在沉睡中，外面连个人影都没有。就在这时，他猛然看到一个熟悉的身影正弯着腰，从身边的红色水桶里捞出一块抹布，用力拧干上面的水，仔细擦拭着一辆银白色的轿车。吴玲，这个人是吴玲！那时已是初冬，天冷着呢。

也不知是什么原因，一向很少流泪的林子阳，那一刻，眼泪却莫名地从他的眼里流了下来。他二话没说，拿起一件羽绒服就冲到了楼下。

生活中的沟沟壑壑即使再深，逝去的时光都可以将它们抹平，唯一不能填平的是人们不断膨胀的欲望。"知足常乐"这四字说着容易，做起来还真够难的，尤其是对女人来说，更是难上加难。

为了洗车，曾冒着严寒连觉都顾不上睡的吴玲，早已厌倦了那辆二手车，如今她出门通常是骑自行车或是打的，除非有很急切的事，否则是很少开车外出的。二手车基本上是林子阳在开，他不在乎什么体面不体面，只要实用就行。

林子阳好久才缓过神来，喃喃地说："买新车……好倒是好……可这钱……"吴玲起身来到林子阳身边，撒娇地晃动着他的身体，嘻嘻地笑："先凑足首付，其余按揭，怎么样？"林子阳脸上的肌肉有节奏地抖动了几下，像是自言自语地说："哼，又是按揭，也不知道是哪位高人发明了按揭这把杀人不见血的刀，房贷还没还完呢，再加上车贷，我们能吃得消吗！"

吴玲抽身来到林子阳对面的椅子上坐下来，笑着说："爸妈那里还有些积蓄，刚才接苗苗，跟二老提起过这事儿，妈说咱若用就先拿来用着。钱的事你就放心吧。"

林子阳的老家除了几亩田地没有别的收入，完全是靠天吃饭，父亲基本上没啥存款，买房子时就没能帮上林子阳的忙，倒是吴玲的爸妈把养老钱十万元全都拿了出来，为此，吴玲至今还一肚子意见。现在买车又要从老人那里借钱，的确有些说不过去。

林子阳一脸漠然，说："为了买车，又打老人的主意，吴玲，我看你就是个地地道道的'啃老族'！"吴玲撅起嘴，装出不高兴的样子，反唇相讥道："这能怪我吗？若是你有本事能赚大钱，还用我一个女人回娘家求援？看我那些姐妹们的老公，不是开公司，就是有权势，个个家里有好几处房产呢，同办公室的孟大姐，人家光别墅就两幢，出门开的是上百万的进口车。哪像我到头来还要拿爸妈的养老钱来救急……"

吴玲凌厉的话语让林子阳无话可说，其实他想说的话很多，只是这一刻他的喉咙像是被什么箍住似的，一个字也说不出来。见林子阳低头不语，吴玲才收住口。片刻后，她话锋一转，笑着说："子阳，咱就买辆新车吧，同学聚会的时候也好风光一下，好吗？"林子阳终于抬起埋在胸前的那张茫然的脸，他勉强地笑了一下，仿佛用尽全身力气，说："买！听老婆的话，永远不会错的。"

吴玲高兴地拍起手来，说："下个周末，就去看车，好吗？"林子阳沉默片刻，问："买什么价位的？"吴玲瞄了一眼正在看电视的女儿，然后抬起头来想了一下，说："十五万左右的，怎么样？"

林子阳轻轻地点了几下头，再没说话。买车的事就这样在之前毫无征兆的情况下几分钟内定了下来。

5

吴玲换了身紧身的衣服，啪地把电视关了。苗苗嘟着小嘴嚷道："妈妈，你凭什么不让我看电视？"吴玲一把拉住苗苗的手，说："走，咱们跳舞去！"苗苗斜了吴玲一眼，有些很不情愿地跟着吴玲出了门。

近几年，每到晚上，都会有许多男男女女聚集到广场跳舞，悠扬的旋律，优美的舞姿，为城市的夜晚增添了一道美丽的风景。吴玲从小就喜欢唱歌跳舞，因此，吃过晚饭，跳广场舞成了她的一个习惯。有时候，只要苗苗完成作业，她也会叫着苗苗一块去。

刚开始，林子阳不同意让女儿一起去跳舞，吴玲就说："女儿上舞蹈学习班，一年光学费就得两千多块，这免费的学习机会，怎么就不去呢？"林子阳仔细一想，也是这么回事，也就不再过问苗苗去广场跳舞的事。

屋里只剩下林子阳一个人，在以往，吴玲和苗苗走后，他会把所有时间毫不保留地交给电视机或是电脑。可是今天他心里乱作一团，干什么都毫无兴趣。他泡了杯茉莉花茶，然后两手抱头坐在沙发上陷入沉思……

6

　　买车的事定下来后，林子阳和吴玲一到办公室，做的第一件事就是在网上查看各种型号私家车的资料和报价，每天下班回家，两个人要做的头件事就是各自把搜集到的车辆信息进行对比分析。

　　两个人还把一些购车的重要信息，用办公室的打印机打印出来，随身携带，一有空就拿出来进行仔细研究。短短几天时间，各种汽车品牌的相同价格区间的车辆资料，两个人已是了如指掌。

　　除了查看车讯，吴玲还早早地筹足了购车的首付款。

　　周末，吃过早饭，吴玲把苗苗送到了爸妈那里，然后和林子阳驾驶着那辆即将退休的二手车向一家4S店驶去。

　　吴玲提前查过天气预报，天气不错。果然，虽然已是六月，可外面刮着清凉的风，空中飘着淡淡的白云，阳光也很明媚。天气和预报不谋而合。

　　出门前，吴玲特意打扮了一番，今天她穿了一身淡紫色的套裙，脸上还化了淡淡的妆，显得很高雅、很时尚。这身装扮，让原本漂亮的她愈加迷人了。

　　转了两家4S店之后，两个人直接驱车去了位于城中位置的4S店，朋友告诉吴玲，那里有她心仪的车型。

　　两个人一前一后走进售车大厅，大厅里已聚集了许多前来购车的顾客，他们三五一群，在样车前转来转去，有的还钻进驾驶室亲身体验驾车的感觉。

　　车模似乎比车更吸引人的眼球，她们衣服穿得很少，温润的肌肤能显露在外面的，都暴露了出来。她们修长光滑的身体宛如刨掉外皮的葱白，扭动腰肢在车的前后做着各种各样的造型。她们裸露着的溜滑的肌肤足以让人感到心旌神摇。即便是心静如水的林子阳也情不自禁地瞄了那个瘦高

第一章　上学时的那些事

个车模几眼。

两个人在一款德系车面前停住脚步,这是几天来他们所看中的一款车。一位漂亮的售车小姐迈着节奏感极好的步子走过来,售车员笑面如花,冲着林子阳说:"先生,您看中这款车了?"她说话的声音嗲声嗲气,仿佛抓在手里随便一拧就能挤出大把的水来。

林子阳轻轻点了一下头,没说话。吴玲快走一步,来到售车员面前,问:"这辆车的报价是多少?"售车员笑得很好看,说:"十八万。"吴玲不屑地一笑,然后扭头看了林子阳一眼。林子阳知道,吴玲就要砍价了。

爱美的女人大都喜爱购物,试想又有哪个女人不爱漂亮?也难怪许多商家把产品的消费人群定位在女人身上。他们知道,只有女人的钱才是最好赚的。可是,他们或许想不到,女人也大都是些砍价的好手。

吴玲就是个砍价高手,不管是专卖店,还是在淘宝网购物,都要跟人家讨价还价一番。即便有时候连一分钱都砍不掉,也是要对报价进行一番砍杀,直到把价格砍得鲜血淋漓,才肯掏腰包。

善于察言观色的售车员,看出面前的这位气质不俗的女子才是说了算的主,于是她两手合在腰前丁字步站在吴玲面前,脸上露着恰到好处的笑。

吴玲终于开口了:"就是这款车,朋友几天前刚买的,才十五万!你们的报价怎么多出这么多呢?"说完,她白了售车员一眼。林子阳心中暗笑,他知道吴玲在说谎,且说得跟真事似的。

听了吴玲的话,售车员像是忽然受到了什么刺激,她神情大变,喊道:"十五万?简直不可能!若是十五万,我买你的,你有多少辆,我要多少!"想不到原本说话细声细语的她,语调忽然变得又细又长,像尖细的麦芒,刺得林子阳的耳膜一阵疼痛。刚才吴玲的砍价的确太狠了,以至于惊吓到了这位漂亮的售车小姐。

吴玲可不是吃素的,这种场面见得多了,她毫不示弱,也拉高嗓门,道:"不信算了,朋友在外地买的,我可以打电话让朋友拿购车发票来证实的!"售车员脸上的笑容已荡然无存,她的嗓门扯得老高,说:"就是外地,十五万也提不走这款车,你现在就打电话找你朋友拿发票来!若真

同学会

是十五万，这辆车我白送给你！"

两个人毫不相让地争执起来，顿时引来旁边一些买车顾客的指指点点。

过了许久，吴玲也没给朋友打电话。林子阳知道吴玲根本无法打电话找朋友拿发票过来，于是他想上前打打圆场。

就在这个时候，一个白白胖胖的中年男子腆着将军肚走过来，问："怎么回事？"售车员脸上瞬间又重新堆起笑，满腹委屈地说："余总，这位女士说这款车在别处十五万能买到，简直是开国际玩笑嘛。"

被称做余总的男子，目光像涂了胶水，紧紧地黏在了吴玲桃花一般的脸上，说："如果这位女士想买，就按这个价格提车。"售车员似乎没听懂余总的话，满脸惶惑地问："您是说……按哪个价格……"

"十五万！"余总的话干脆利落。售车员惊得张大嘴巴许久才缓过神来，连声说是，然后退到了一边。

余总的目光依然还赖在吴玲的脸上，吴玲白皙的脸颊此时已变得绯红，她满脸羞惭地用手指着余总，又惊又喜地说："你是……余力！"

余力笑着说："吴玲，原来是你！真是做梦都没想到啊！"吴玲道："想不到你都是余总了。"余力说："什么总不总的，咱是这家4S店的掌柜。"

吴玲急忙向林子阳介绍着余力，说："子阳，这位是我中学同学余力，人家可是老总啦。"林子阳急忙握住余力的手，连说你好。

买车遇到老同学了，也可以说是遇到贵人了。就这样，十五万，一个意想不到的价格，两个人把这辆爱车开回了家。

真还别说，开着新车出出进进，林子阳的确感到比以前体面多了。

第一章　上学时的那些事

第二章

把人生看尽

1

其实，林子阳刚毕业时，原本不是这个样子的，刚到农业局上班时，他全身心地把饱满的热情投入到了工作中。参加工作后的第四年，还凭着不俗的表现，成了副科级科员。那时，他憋着一肚子劲儿非要干出点名堂来不可。

可事与愿违，接下来所发生的几件事，让林子阳彻底变了，变得不思进取、得过且过。对工作他消极怠工，年纪轻轻就混起了日子。

让林子阳那颗火热的心渐渐冷却的第一件事，是他成为副科级科员的第二年，农业局接到市政府通知，要抽调一名年轻工作人员到市政府办公室借用，据说借用一段时间后，极有可能留在市政府工作。

若是能留市政府上班，将来的发展前景可想而知。这个消息很隐秘，并不是每个人都知道的。林子阳是从科长的口中知道的，科长还告诉他，擅长文字工作的优先考虑。

科长姓路，五十多岁，他心直口快，常常口无遮拦，那天又喝了酒，一见到林子阳就絮叨起这件事。林子阳越琢磨越觉得这个人选简直就是给他量身定做的。林子阳喜欢文学，爱好写作，上大学时就已经有诗歌和小说在一些知名报刊上发表，是系里出了名的才子。

记得，有一次班里组织联欢活动，白杨唱完那首温婉动听的《涛声依旧》后，同学们非要让她再表演一个节目，无奈之下，白杨朗诵了一首诗，名字叫《我在高山之巅》，那些令人荡气回肠的诗句，顿时引来全班同学的阵阵掌声。

朗诵完毕，同学们都急切地问这首诗是哪位著名诗人的大作。白杨扑哧一笑，用手一指羞得面色通红的林子阳，说："诗的作者就是林子阳先生！"此言一出，全班哗然，从此，林子阳名声大振。好在那时白杨已和陈牧天确定了恋爱关系，否则因为那件事，大家一定会对白杨这一出人意料的举动产生许多浪漫的猜想。

林子阳找到当时分管人事工作的孟副局长，红着脸毛遂自荐道："请推荐我到市政府工作吧，这项工作我一定能胜任的。"很显然，面对林子阳的到来，孟副局长感到很突然，一时间他居然想不出用什么话来搪塞面前这位冒失的小伙子。过了片刻，他才似笑非笑地说："你先回吧，这件事局里会认真研究的，你的情况我会向局党委汇报的，好吗？"林子阳心中一喜，连声道谢。

过了几天，林子阳猛然发现和他同一个办公室的刘波一连几天没来上班。于是，他好奇地问路科长："刘波怎么没来上班？"路科长想了一下，说："噢，小林，忘告诉你了，刘波被借调到市政府办公室了，是前几天的事。"林子阳的脑袋嗡地大起来，他简直有点不相信自己的耳朵，语无伦次地说："路科长，就刘波一个人……对吗？"

路科长好像有什么事要急着处理，有些不耐烦地说："市政府就要一个人，不刘波一个人，还两个人呀！"说完，他掉头走了。

望着路科长匆匆而去的身影，林子阳怔怔地站在办公室门口，许久没有挪地方。

刘波刚参加工作才一年，况且他对文字一窍不通，不光如此，他的工作能力也很差，自从上班以来，科里交给他的工作从来没有一项能顺利完成过。更重要的是，刘波爱喝酒，并且一喝就醉，醉了就闹事。在林子阳看来，刘波简直就是一个大草包。可是，就是这个大草包却一步登天去了市政府，而自己却莫名其妙地被淘汰出局。

中午下班的时候，郁闷了一个上午的林子阳，看到孟副局长腆着大肚子一步三晃地从楼内出来。他快步走过去，扯着嗓门喊了声："孟局长……"孟副局长疑惑地望着他，问："什么事？"林子阳红着脸支吾了半天，才说道:"我想问一下去市政府借用的事……"

孟副局长脸上顿时露出一些愠怒，气冲冲地说:"这个人选你不合适！"说完，他就钻进一辆轿车急匆匆地走了。正好下班，四周人很多，林子阳被弄了个大红脸。

这件事像一盆冰冷的水，浇在了林子阳的头上，他火焰一般的工作热情骤减。又过了些时间，路科长搬新家，林子阳和科里的同事都去帮忙，临了，路科长和大伙儿一块吃饭，酒喝得差不多的时候，路科长喝得脸色酡红，他拉住林子阳的手，神秘兮兮地说:"小林啊，你知道人家刘波为啥能借调到市政府吗？"

林子阳惶惑地轻摇了几下头。路科长的舌头都拿不了弯了，他脸上露出了怪异的笑，说:"人家刘波的舅舅是市政府的秘书长……其实，那个借调的名额就是为刘波量身定做的……"

路科长的话，让林子阳幡然醒悟，他猛然想起为这件事自己曾找过孟副局长，脸上红一阵白一阵，浑身感到一团熊熊烈火般的灼热。

2

这件事过后没多久，一幢幢住宅楼在城区四周雨后春笋般拔地而起，同事们都忙乎着购买起楼房。

刚结婚时，由于手头紧，林子阳和吴玲暂时在外面租房子住，说是房子，其实就是一个二十来平方米的单间，苗苗还没有出生时，两个人的生活还能过得去，苗苗一出生就捉襟见肘了。吴玲的妈妈过来照看苗苗，四个人住在这一间屋里，还要拿出一定空间用来做饭和洗刷，那间房子眼看就要被这四个人撑破了。

买房，必须买房！这一次林子阳和吴玲的意见出奇的一致。凑足首付，又贷了款。按月还贷，林子阳一下子感觉到脖子上仿佛戴上了沉重的枷锁，就是透一口气他都觉得很难。于是，林子阳想找门路赚钱，只要有了钱，一切都会OK！没有钱将是寸步难行。

一次偶然的机会，林子阳听朋友说，买股票能赚钱。于是他和吴玲商量拿出些钱来买股票，若是运气好说不定就能发财。这一次两个人又是一拍即合，于是两人费了吃奶的劲才凑足三万元，拿到钱，林子阳立马去证券营业部开了户，然后满怀豪情地一个猛子扎进了股市。

股市的水有多深，林子阳哪里知道。原本一路上涨的股票仿佛长了眼睛，看见林子阳买进了股票，立马急转直下。林子阳那颗火热的心随着股票的接连下跌顿时凉到了冰点，尽管他整天坐在电脑前研究股票的K线，看专家的股评，也没能改变股票连续下跌的噩运。仅仅半年时间，他股票账户上的资金总额就由当初的三万变成了一万五。他的股票悄然间被活生生地腰斩了。

这可是真金白银啊！林子阳痛心疾首。

吴玲天天询问股票的涨跌情况，林子阳吓得都不敢见吴玲的面了，吴玲每次问起股票，他就恨不得找个地缝钻进去。他不想把股票连续下跌的真相告诉吴玲，他怕她经受不住打击，会轰然倒下去。因为那三万元钱是全家的救命钱，为凑足这些钱，吴玲连做美容都停了，就连化妆品都到地摊上去买劣质货了。

纸里终究包不住火。后来，吴玲还是知道了真相，她是从一个同事那里听到的，听说了股市一路下跌的事实真相。

已经腰斩了的股票，正在进行二次腰斩。吴玲质问林子阳时，林子阳的脑袋摇来摇去，他矢口否认，说自己买的股票好着呢，虽说赔了点钱，可并不算多，等行情转好，赚钱是迟早的事。

吴玲知道林子阳在说谎，她见林子阳在说这些话时，神情很紧张。吴玲打开电脑，非让林子阳打开股票交易系统看个究竟不可。没办法，林子阳只好硬着头皮登录了股票的资金账户。吴玲只看了一眼，就重重地冲着林子阳的后背来了一巴掌，喊道："林子阳，这日子没法过了！"说完，她躲进卧室抽泣起来。连林子阳也没想到，账户上的资金连一万元都不到了。一连几天没登录账户，想不到资金缩水居然这么厉害。

两个人没有吃晚饭，一直在商量下一步该怎么办，吴玲的意见是认输出局，卖掉股票后，以后再也不买这吃人不见血的玩意了。林子阳却恰恰相反，他坚持要留着这些股票，大不了留着等到苗苗上大学，再卖掉股票为苗苗交学费，说不定那时还会翻倍呢。

一说起苗苗，吴玲动心了，最终她依了林子阳。出人意料的是，就在两个人决定留着股票的第二天，股票开始一路上攻。更想不到的是，一年后，账户上资金额又回到了三万元，林子阳兴奋地把这一消息告诉了吴玲，吴玲高兴地搂着林子阳的脖子，说："当初幸亏听了你的，要不今天可就懊悔死了。"晚上两个人躺在床上商量了一整夜，最终拿定主意，赶紧卖掉股票逃命，要不等股票再跌下来，不知道套到何年何月才算完呢。

卖掉股票后，正好吴玲迷上了开车，三万块钱正好买了辆二手车。林子阳到股市走了一遭，经历了惊心动魄的大起大落，既没赚，也没赔，保本出局。

有些事总是让人感到匪夷所思，林子阳卖掉股票后，股票却像打了鸡血一般继续一路上扬，林子阳粗略估算了一下，若是那些股票不卖掉，资金账户上已经有五万多元了。他把这件事告诉了吴玲，想不到吴玲的神情很坦然，说："人没长前后眼，谁知道那些股票会涨还是跌！"林子阳仔细一琢磨，吴玲的话也有道理，他冲吴玲伸出了大拇指。

好在没多久，股市又像泄了气的皮球，节节败退下来，然后像挂了千斤坠一直在底部徘徊。这样一来，两个人心里倒有些心安了。

3

因为房贷，林子阳的日子丝毫没有改观，他见许多上班族都在开门面店，一边上班，一边做生意，这些人赚钱工作两不误。

林子阳动了心，也想开个门面店。这件事吴玲没反对，也没支持。林子阳便租了间商品房，从乡下雇了个小姑娘当售货员，开了家书店，结果年底一算账，除了房租和小姑娘的工资，不仅没赚到钱居然还赔了几百块。于是，他吓得把书店关门了事。

一次次碰壁，把林子阳这块有棱有角的顽石拍打成了滑溜溜的鹅卵石。从大学校园这个理想国里走出来的林子阳，领略了世事的艰辛之后，对人生终于有了新的审视。

面对生活的磨砺，曾经豪情万丈的林子阳，不得不低下了高傲的头颅，他开始远离尘世的喧嚣，心甘情愿地去做一个与世无争的桃源隐士。

这些事过后，林子阳彻底变了，上班时间，他坐在电脑前玩游戏；闲暇时，就置身野外享受"独钓寒江雪"般的神仙生活。他俨然成了一个不问世事的闲散人士。

不过，让林子阳彻底超然物外的并非完全是这些事，真正让他看透人生的，是一次病痛的经历，这次生病他第一次住进了医院，还做了手术。

4

林子阳搬进新房不久，一连几天，他感觉腹部常常隐隐作痛。刚开始，他并不在意。

近些天，先是买房，又是装饰房子，又是购置家具，然后是择良辰吉日搬家，接下来又是庆贺乔迁之喜的大小宴席。一连串的事情，把林子阳搞得身心俱疲。

林子阳以为腹部疼痛是累的。可就在这个时候，父亲打来电话，说他姨妈家的表哥病逝了。消息来得很突然，表哥长林子阳三岁，小时候两个人经常在一起玩耍,因此两人感情很深。听到这个噩耗,林子阳撂下手头乱七八糟的事,就赶去了表哥家。

参加完表哥的葬礼,在回家的路上,从悲痛中渐渐走出来的林子阳,猛然感到腹部又是一阵莫名的疼痛。那一瞬间,他忽然想起一件事。表哥是胃癌,十年前,母亲也是死于胃癌的。上学时,林子阳学过遗传学,知道有些疾病是在有血缘关系的家族成员间遗传的。想到这里,林子阳忽地冒出一身冷汗,难道腹部的疼痛是……他不敢再继续想下去。

林子阳大骇,他没有回家,而是急匆匆地去了医院。一路上他想了很多,先是母亲,再是表哥,接下来又是近期腹部莫名其妙的疼痛。算起来,腹疼也有二十多天了,疼痛时缓时急,从来没有停止过。况且近些天他感觉浑身没有一点力气,夜里经常做噩梦,偶尔还出现呕吐现象……他越想越感觉自己患上了什么不治之症。

在医院门前停下来,林子阳徘徊在那道电动不锈钢推拉门前,拿不定主意到底是进去还是回家。那一刻,他几乎可以断定自己是患了胃癌,他想到了年轻漂亮的吴玲和正牙牙学语的苗苗,还有在田地里辛勤劳作的父亲。想到自己不久将离开人世,猛然间他泪如泉涌。

林子阳知道,一旦住进医院,大把的钞票将打水漂一般扔进医院的验钞机,这是一个永远无法填满的洞子,况且,到头来还是无法阻挡住他离去的脚步,所有的努力都是徒劳,都将无济于事。

十年多前,母亲选择了不治而终。老天爷真会开玩笑,想不到医疗技术日益发达的今天,他又将面临这一艰难的抉择!

假如走进医院,检查结果一出来,接下来要发生的事将会不堪设想。房子已花光他所有积蓄,还向银行借了几十万元。房贷还不知道何年何月才能够还上,如果自己的诊断书一出来,除了卖掉刚住进去的新房,他实在想不出还有另外的办法。到时候,那套凝聚着他和吴玲心血的房子,就得拱手让人,等到把这个幸福美满的小家拖累得负债累累时,自己也就撒手人寰了。

林子阳越想越害怕,他猛感到身上的每根汗毛都竖了起来。挂完号,在去门诊室的路上，他又折了回来。思量许久，最终他把那张写着消化科的挂号单撕得粉碎，然后丢进了一个画着"熊猫吃笋"图案的垃圾筒里。

最终，林子阳抹了把脸上的泪水，掉头回了家。

林子阳脸上的泪痕和悲伤神情并未让吴玲感到猜疑，她知道林子阳参加完表哥的葬礼刚回来，心情沮丧是再正常不过的事。

接下来的时间，吴玲发现自参加完表哥的葬礼，林子阳说话做事一下子变得怪诞起来。有时正说着话忽然就哽咽了，有时会冷不丁地冲着吴玲发一通火，发完火，又亲昵地把吴玲抱在怀里哭泣一阵，有时还把苗苗搂在怀里莫名其妙地说一些让苗苗听不懂的话，有些话别说是苗苗，就是吴玲听起来也似懂非懂。

吴玲以为林子阳因为表哥的事，精神上受了刺激，于是她想借着周末一家人到外面散散心，可她好话说了一大筐，林子阳死活也不离开家半步。其实，林子阳是想在他离开这个世界之前，在这套让他付出了毕生心血的房子里多待些时间。

一晃又是十几天过去，林子阳的情况不见任何好转。于是，吴玲用商量的语气，说："子阳，自打你参加了表哥的葬礼，你的情况很糟糕，要不咱们去医院做个检查吧！"听到医院两个字，林子阳见了妖魔鬼怪似的，两手抱头拼命往房间角落里躲藏，他大声呼喊："不！不去医院，我没病！"

见林子阳这个样子，吴玲更加断定他是受了什么刺激，心中暗想，只要多给他一些关爱，和他多聊聊天，拉拉家常，说不定过些时间就会好起来。可是，又过了十多天，林子阳的情况一点儿也没见起色。

吴玲注意到林子阳经常把两只手捂着肚子卧在床上，脸上是一副很痛苦的表情。她终于意识到了问题的严重性，可每次提到去医院，林子阳都会受到惊吓似的，大吵大闹。

5

　　一天夜里，吴玲忽然听到林子阳发出一阵阵时缓时急的呻吟声。她急忙开灯，见林子阳蜡黄的脸上浸满汗珠，他蜷缩着身子如同一只刚从炒锅里捞出来的河虾。看得出，林子阳是在忍受着身体某处的剧烈疼痛，要不也不会是这个样子。

　　吴玲顿时吓坏了，用哀求的语气说："子阳，去医院吧！"林子阳痛苦地来回滚动了一下身体，大喊一声："不！"吴玲知道好言好语的商量是不会有结果的，于是她果断地拨打了"120"，然后喊来邻居帮忙，大家才把林子阳按在床上像抬死猪一般弄到救护车上。

　　住进医院后，或许是药物起了作用，或许是这一折腾林子阳的确累了，一会儿他就睡了。吴玲又是取药，又是推着林子阳做检查，忙了一整夜，直到黎明时分，她才趴在病床边迷糊了一会儿。

　　吴玲醒来时，看到林子阳已经醒了，他正用一双泪眼望着自己发愣。见林子阳眼里又淌下泪水，吴玲笑了一下，说："子阳，没事的，你患的是急性阑尾炎。医生说，幸亏昨晚来了医院，否则会很危险的。"说着，她用手帕替林子阳抹去眼角的泪水。

　　林子阳脸上的表情依然很怪，他苦笑了一下，什么话都没有说。他心里清楚，大凡得了绝症的人，医生都会叮嘱家属先不要把真实的病情告诉病人，家人都会在医生的配合下编造一个美丽的谎言来欺骗病人。在医学界，这似乎已是一个不成文的规定，也是一个不算秘密的秘密。

　　毕竟林子阳上大学时也算是学校里的风云人物，田径场上四百米的冠军，篮球场上他是系里最优秀的前锋，文学社里他又是公认的才子，文化科考试曾考过全系第一……林子阳是见过风浪的人，吴玲的话他根本没往心里去，他心里跟明镜似的，知道自己得的是什么病。

尽管如此，他还是没有把"谎言"说破，他不想让心爱的人伤心难过。

林子阳长长地叹息了一声，问："苗苗呢……"只说了三个字，他的喉咙就像堵住了似的，哽咽无语了。吴玲见状，急忙说："苗苗在咱妈那儿呢。子阳，你就把心放进肚子吧，安心养病就是。"林子阳一阵撕心裂肺般的难受，他把头扭向了另一侧。

过了一会儿，病房的门开了。一个医生走进来，他留着平头，高个，身穿白大褂，看上去很干练。医生走近林子阳，轻声问："疼痛好些了吗？阑尾长期慢性发炎没得到及时治疗导致急性发作，是需要手术治疗的。"

听见说话声，林子阳缓缓转过身来，他用呆滞的目光打量了一下来人，禁不住愣住了，对方望了林子阳一眼，也怔住了。医生惊奇地用手指着林子阳，说："子阳，原来是你！"

"你是岳笑川！"林子阳脱口而出，不过，他说的话一点力气也没有。

岳笑川和林子阳是上中学时要好的同学，两个人还曾同桌过，后来各自考上大学，参加工作后，彼此间失去联系。

想不到两个人居然是在这样一种情形下见了面。若是以往，两个人在路上或是在其他场合下相遇，林子阳一定会和岳笑川来个拥抱。可是，今天他却痛苦地躺在病床上，并且还得了绝症，大去之期就在眼前。因此，林子阳没再说话，只是神情凄惨地冲岳笑川笑了笑。

上学时，岳笑川是个很腼腆的男孩，性格内向，平时很少说话，可他和林子阳却很投脾气，两个人在一起的时候总是无话不谈。因此，见到林子阳，他很兴奋。岳笑川看了一眼吴玲，笑着说："子阳，这位……就是嫂子吧！"吴玲急忙走过来，说："岳大夫……"岳笑川笑道："我和子阳是中学同学，要好的哥们儿，多年不见，想不到在这里见面了。"

林子阳一脸漠然，没说话。吴玲听了岳笑川的话一阵惊喜。岳笑川见林子阳情绪非常低落，笑道："别怕，是个小手术，不会有事的。到时我为你主刀，放心好了。我还有事，就先走了。待会儿再来看你。"说完，他转身走了。

林子阳认准了自己得了绝症，也认准了刚才岳笑川的一番话是和吴玲串通好了来骗他的。做手术也是意料之中的事，他知道，不做手术，医院又怎么能把病人的所有积蓄都掏空呢？如果没有病人大把的医疗费，医生的奖金和工资又从哪里来？因此，刚才岳笑川轻描淡写的一番话，并没有让林子阳沉重的心情有所好转。

当前林子阳想得最多的就是如何阻止吴玲卖掉房子，如何把治疗费用降到最低。每次想到这些问题，林子阳反而期盼着自己快点死去了。这个速速求死的念头，禁不住让他感到了一阵肝胆欲裂般的悲痛。

过了一会儿，林子阳平静了一下心情，喃喃说道："吴玲，在任何情况下也别……"吴玲满脸狐疑地说："子阳，别什么？""千万……别卖掉咱们的房子呀！"林子阳仿佛使出了吃奶的劲，才把话说完。

吴玲惊讶地望着他，说："子阳，卖房子做什么？我没有卖房子啊！"林子阳见吴玲还想继续瞒着他，便无可奈何地闭上眼睛，不再说话。

吴玲见林子阳情绪很不稳定，还时不时地说一些让人匪夷所思的胡话，整个上午她一直守在林子阳的床边，半步也没有离开。林子阳躺在床上却在想着另外一件事情，他想凭借老同学的关系说服岳笑川，让他放弃给自己做手术。只要不做手术，就能省下一大笔治疗费用，就能减少一些经济损失，就可以不用卖掉房子。

中午时分，吴玲打饭去了，这时，岳笑川来了。

林子阳用恳求的语气说："笑川，能不能采取保守治疗不做手术？"岳笑川摇了摇头，说："不行，手术必须做！"林子阳凄惨地笑了一下，说："笑川，咱俩以前是好哥们儿，能不能通融一下，把手术免了，只是进行保守治疗。"

岳笑川大笑起来，说："林子阳，你把治病当成什么了？正因为咱俩是好哥们儿，这个手术才必须要做呢！我要对你的健康负责嘛。放心吧，保证不会有事的。"林子阳没再说话，想了片刻，才低声问："这个手术需要多少钱？"岳笑川不以为然地说："也就两千多，医疗保险负担一部分，个人支付一部分，钱多不了！"

听了岳笑川的话，林子阳像是被突然点中什么机关按钮，腾地从床上坐了起来，他出其不意的举动，把岳笑川吓了一跳，问："子阳，你怎么了？"林子阳知道在老同学面前失态了，不好意思地说："没什么，没什么……"然后，他又缓缓地躺在了病床上。

岳笑川冲林子阳狡黠一笑，说："子阳，手术我主刀，到时费用上我会为你省掉一些的，谁让咱俩是老同学呢？"刚才岳笑川的一席话，已让林子阳渐渐感觉到自己并非得了绝症，尽管还不能完全确定，可他已感觉身上的病顿时去掉了一大半。

林子阳缓缓坐起来，用试探性的语气问："真的是阑尾炎，不是其他病对吗？"岳笑川诙谐地笑了，说："这还能有假，都会过诊了，不会错的。你先休息，我先走了，手术安排在晚上。"说完，他出了病房。

岳笑川刚一出门，林子阳便泥鳅似的从床上溜了下来，兴奋地在病房内走来走去。吴玲打饭回来，感到很吃惊。

手术安排在晚上八点，岳笑川主刀，时间不长就做完了。岳笑川说手术很成功。

几天后，林子阳腹部疼痛的症状全部消除，身上也感到一阵轻松，此时他才深信了岳笑川的话，自己患的并非是什么绝症。

林子阳并没有把误以为自己得了绝症的事马上告诉吴玲和岳笑川，直到出了院，两家人在一起吃饭时，林子阳才嬉笑着把事情真相全盘托出，满桌子人听了后，都捧腹大笑，吴玲笑得直淌眼泪。

6

这件事让林子阳亲身感受到了人世间的生死离别，尽管是一场虚惊，可是在经历了这场大悲大喜的闹剧之后，他仿佛一下子看尽了人生，人生的成与败在他看来，简直就是一碗白开水，清清淡淡的，一点味道也没有。

　　林子阳感触最深的，还是亲情。住院期间，吴玲一直守在他的床边，照顾他，开导他，即便他有时冲吴玲发脾气，她也是毫无怨言。从这一刻起，他就暗下决心，一定要好好地对待妻子。这也是后来吴玲不管怎样奚落林子阳，他都不放在心上的一个重要原因。

　　住院期间，林父听说儿子住进医院，慌里慌张地从乡下跑了来，费了很大的劲才颤抖着用那只爬满了青筋的手从口袋里摸出五百元钱，硬是把钱留下来。五百元，虽不太多。可对于父亲来说，分量有多重，没有人比林子阳更清楚。

　　这件事过后，林子阳对生命有了新的感悟，他对生命归结出一个新看法，叫"归零现象"。一个人活在人世间，不管是位高权重或是富甲一方，还是出身卑微或是贫困潦倒，总有一天他们都会像母亲和表哥那样走到生命尽头，当闭上眼睛的那一瞬间，大家都将回到同一水平线，生前所有的一切都将归零。当然，这个看法是极其消极的。

　　正是林子阳肚皮上这块细小的伤疤，让他彻底放弃了曾经拥有的梦想和激情。

　　这样看来，近几年，不思进取的林子阳，一直待在副科级科员这个位置上没动窝，也就不奇怪了。

第三章
聚会归来

1

  参加同学聚会的日期，日益临近，林子阳原本激动的心情却变得复杂沉重起来。

  十年前，同学们像满地的蚂蚱蹦跳着四散而去，现在大家终于又将相聚在一起。十年前在车站相拥而泣挥手作别时，同学们还都是清一色的懵懂少年。然而，十年后的今天，家庭上大家都找到了属于自己的另一半，有了各自的幸福小家。工作上也都有了各自的事业，身份和地位也发生了巨大变化。

  据说，同学之中有的已成了老总级的人物，有的已是处级干部。譬如，上学时，个子矮小，总是沉默寡言的毛头，居然成了一家集团公司的总经理，出门坐的是陆虎，整天前呼后拥的，风光得不得了。

  远的暂且不说，就说人家陈牧天，才三十多岁，已经是副区长，年轻的副处级干部，身居要职，年轻又有魄力，是前途无量的后备干部。

  记得，陈牧天刚提拔为副区长时，老家的一位乡镇干部听说林子阳和陈牧天是要好的同学，就用一辆皮卡拉着村支书和一些土特产，找到林子阳，让他帮着找陈牧天通融一下，把他调到离城区近一点的地方工作，说是他母亲病了，需要照顾。那人叫门向东，长得干瘦，抽烟很厉害，一口大黄牙，看上去人很老实，见了林子阳只是嘿嘿地笑。想不到老实人也会做出这种事。那时的林子阳很看不惯这一套，他一口回绝了门向东，为此还把村里的"土皇帝"村支书得罪了。

  因为这事，那年村里调地，村支书变着法儿让林子阳的父亲分到一块既偏远又难浇水的田地。林父找到村支书理论,村支书一撇嘴,说:"你去问问你那不办人事的儿子就知道了。"林父顿时明白了,怕儿子跟着生气,只好把这份冤屈独自咽进肚子。后来,是林子阳的叔叔喝了酒说给林子阳听的,他忽地站起来,就要找村支书去吵架,最终被父亲和吴玲等人劝下来。

一想到这些,也不知什么原因,原本心平气静的林子阳,胸口就感到一阵莫名的酸痛。

其实,林子阳想得最多的还是白杨,心中曾经的白雪公主,当年出人意料地投入陈牧天的怀抱。事情过去十多年了,事实证明,当年白杨的选择是正确的,陈牧天已用他超一流的表现,充分证明了当年的白杨独具慧眼。

假如白杨选择的不是陈牧天……这个大胆的假设,让林子阳的心脏忽然一阵狂跳,接下来是刀割般的疼痛。和陈牧天相比,他就如同一只侥幸脱钩的鱼儿,惶惶如丧家之犬。他又想到吴玲,吴玲跟着自己可是受够了委屈,难怪整天数落自己。作为一个男人,无法给予亲爱的女人想要的东西,里里外外倒是靠一个女人来支撑这个家……林子阳感到一阵愧疚。

确切地说,白杨和吴玲长得都很漂亮,可是,白杨身上却有着一种很特别的气质。这种独到的气质,是吴玲所不曾有的。因此,林子阳常常暗自想,世界上假如有假如的话,让他再作一次选择,他或许会毫不犹豫地选择白杨。可是,现实中的婚姻却不像童话中的王子与公主那般完美,现实版的爱情终归有着这样或是那样的缺憾。

对于爱情而言,林子阳是个很容易满足的人。其实,能和吴玲一起,他已经很知足了。

聚会的前几天,不少同学给林子阳打来电话,电话里大家聊了一些近来的情况,还聊了些与同学聚会有关的事宜。一个个来自远方的电话,让他既充满期待,又感到心情极不平静。

陈牧天给林子阳打来电话,问他怎么走,要不要和他一起走。林子阳当然是要自己走,要不刚买的新车就派不上用场了。问完这件事,陈牧天又笑嘻嘻地聊了些无关紧要的话题,才挂掉电话。

让林子阳想不到的是，白杨也给他打来电话。那天，他正在办公室的电脑前下着象棋，他大兵压境，兵不血刃地连斩敌方几员大将，对方已毫无还手之力，眼看战争就要以林子阳大获全胜而告终。这时，手机的铃声响起，屏幕上显示着白杨的名字。

电话里传来银铃般好听的声音，果然是白杨，她轻轻地问："子阳，听牧天说，你自己走对吗？"林子阳很激动，说："是的，是自己走。"接下来，电话那端是一阵沉默。林子阳大声喊道："白杨，你怎么了？能听到我说话吗？"说完，他把话筒紧贴在耳朵上，电话里没有一点声音。

林子阳又大声喊叫一阵，白杨才断断续续地说："子阳……想到同学们就要见面……我太激动了，激动得都说不出话了……我还有事，见面时再聊吧。"说完，她挂了电话。

林子阳愣愣地把手机捧在手里，过了许久，才一脸惘然地重新坐回电脑前。刚才那场必胜的棋局，因为延时，他已经输了。

打来电话的，还有毛头，从电话那头传来的底气十足的声音里，林子阳听得出来，在千里之外给他打电话的是一个公司老总……

2

不知是人们的生活条件好了，还是交通工具便利了，近些年，社会上流行起同学聚会。有大学同学，也有中学同学，甚至还有些短期培训班的同学，聚会的目的无非是大家聚在一起叙叙旧，聊聊天，吃吃饭，喝喝酒，联络一下感情，增加一下人脉。这原本是件很不错的事情，可是，看似简简单单的同学聚会，其实里面的学问大着呢。

每个人心里都明白，其实同学聚会就是对同学们的一次检阅，上学时的所有表现都是纸上谈兵，有没有真本事得看你参加工作后的具体表现。

因此，那些事业有成的人士是极力张罗着聚会的，然而那些碌碌无为者，面对聚会却是怕得要命，不去吧，一来不近人情，二来也经不住老师和同学的一次次电话相约。无奈之下，只要好硬着头皮前往。

这里面的那些讳莫如深的内容，林子阳明白着呢。

聚会日期定在周末，巧得很，正是十年前的今天，同学们依依不舍地离开大学校园。

海州距离省城四百多里路，林子阳起了个早，匆匆吃过饭就开着那辆崭新的轿车上了路。

车子行驶在宽阔的高速公路上，两侧是辽阔的田野，葱绿的庄稼一眼望不到边，很是壮观。

历史是惊人的相似，今天的天气和十年前竟然是一模一样，天空也是阴沉沉的。心情也是相同的，沉重加郁闷。不同的是，十年前，林子阳和陈牧天带着大包小包的行李，等了一个上午才好不容易推推搡搡地挤进一辆破旧的中巴车。然而，时至今日，林子阳却驾驶着一辆崭新的轿车向省城驶去。

十时许，车子驶进省城，十年间，省城发生翻天覆地的变化，以前的荒草地如今已是林立的楼厦拔地而起。记忆中的破屋烂墙不见了，取而代之的是一些新建筑。

阔别十年，林子阳感慨万千，十年间，居然一次也没有回省城，这个曾经和他朝夕相处了四年的美丽城市，随着时光的流逝，已被他遗忘在记忆的角落里。眼前所有的一切，是那么陌生，仿佛之前他不曾来过。恍然间，林子阳感到内心深处涌起一股莫名的悲凉。

林子阳开着车转到上学时的校区，学校已经迁至百里之外的新建成的大学城，这里已摇身变成了一所高级中学，校园里除了十年前的旧楼舍外，又增添了不少新建筑群。

车子在校园外的柏油路上缓缓行驶着，路还是那条路，只不过这条路刚进行了修缮，比以前平整了，也宽了许多。十年前，林子阳和同学们在这条路上来来回回也不知走过多少趟，那时他从来没有想过，十年后他会开着车从这里走过。真是世事难料啊！

聚会的地点定在一家名叫"宏图"的星级酒店，"宏图"二字对相聚的同学们来说可谓意义深远，不知是这次同学聚会的组织者选这家酒店纯属巧合，还是刻意这样安排的。反正林子阳一想到这个酒店的名字心里总有一种又麻又酸的感觉。

外省的或是距离远的同学已提前一天到达，早早地住进了酒店。

林子阳找到这家酒店时，已是近午时分，聚会地点在十五楼宴会厅，走进电梯时，林子阳的心便突突地跳动起来，他深吸一口气，平静了一下心情，抬脚走出电梯，迈步向宴会厅走去。

宴会厅里已坐满穿着华丽的男男女女，那一张张熟悉而又陌生的面孔，让林子阳顿时感到有些不知所措。这时，不知谁大喊了一声："林子阳来了！"宴厅里一阵欢呼，大家一拥而上迎上来和林子阳握手，他被簇拥在人群中，忙不迭地叫喊着每个同学的名字。在这激动人心的时刻，来之前他所有的担心似乎都是多余的。

昔日同学们脸上的青涩，如今已荡然无存，他们的言谈举止变得那样老成稳重。林子阳激动地和同学们握手或拥抱，那一刻，他恍然感到时光仿佛又回到了十年前……

3

过了片刻，宴会厅的门轻轻地开了，董梅和当年的任课老师们走了进来，大厅里顿时响起暴风雨般的掌声。董梅穿着一身靛青色的衣裙，看上去，她还是那么漂亮，那么慈祥。林子阳在拼命地鼓掌，手掌拍得一阵生疼。

董梅满脸含笑，伸开双臂示意同学们静下来，掌声停了下来，大家自觉地让出了一条窄窄的通道。董梅和老师们走过通道时和大家一一握手。

林子阳清晰地看到,董老师的确老了,无情的岁月已让她的脸上有了许多细细的皱纹,头上也长出了零星的白发,那一瞬间,他的喉咙里顿时有了一种异样的感觉。

走近林子阳时,董梅缓缓而行的脚步有一个明显的停顿,她握住林子阳的手,嘴角抖动了几下似乎有什么话要说,可又什么话也没有说。林子阳看见,片刻间,董梅散乱的目光忽然凝重起来,他顿时感到一阵局促不安。最终,董梅只是冲着林子阳浅浅一笑,然后意味深长地点了一下头,转身离开。

两个人的面对面是在短暂的数秒间完成的,可是,林子阳却感觉这个过程很漫长,很漫长。董梅的目光还是十年前那样亲切,她的每一个举动充满鼓励与期待,又似乎包含着批评与责怪。林子阳望着董梅从人群中走过的身影,心中顿时充满无限感慨与惭愧,那时,他好想对恩师说一句:"我让您失望了!"

大家落座后,根据事前安排,董梅有一个"毕业十年同学会"的致辞,她热情洋溢的讲话引来阵阵掌声,看得出,她很兴奋,也很激动,讲每一句话,都很用情。

林子阳看见,董梅在讲话时,眼眸中闪动着晶莹的光芒。董梅用低缓的语调说道:"同学们,巧得很,参加完这次聚会后,再过几天我还要参加另外一次同学聚会,然而,不同的是那是我中学同学毕业二十五年的第一次聚会。不管是以老师的身份参加这次班级毕业十年庆典活动,还是以一名学生的身份参加同学聚会,我的内心都是万分激动的。在岁月的长河中,每个人都是水花一朵,可是所折射出的光芒却是不一样的,有的是霞光千丈,有的却是星星点点。但是,我想告诉大家的是,命运从来都不会相信眼泪!在生命的旅途中,有风雨也有鲜花,同学们,在挫折和坎坷面前请不要迷茫下去,请挺起你的胸膛,义无反顾地风雨兼程吧!"

董梅放下话筒的一刹那,雷鸣般的掌声再次响起,林子阳的眼睛模糊了,他忽然感觉到,恩师的每一句话,仿佛都是讲给他听的,这番讲话似乎就是精心为他准备的。若不是当着那么多老师和同学的面,林子阳真想跑上前去跟董梅说一声："老师，谢谢您！我一定会努力的！"

服务生已经上了菜和酒，同学们也都各自落座，酒宴开始了，大家三五成群地聚在一起边吃边聊起来。

酒已过半，林子阳渐渐从宴席间嗅到了一种异样的味道，坐在他两边的同学已起身离开，他兀自一人待在餐桌边，心中有种说不清道不明的寂寥和落寞。他啜了一口可乐，因为要开车，他没喝酒。林子阳清晰地看见，陈牧天和毛头等人的身旁很是热闹，聚满了急着和他们碰杯和叙旧的人。

陈牧天身穿名牌衬衫，戴着一条紫色领带，看上去精神头十足，一副意气风发的样子。他正和身边的同学饮酒、聊天，忙得不可开交。这时，一位爱开玩笑的男同学，一把抓起陈牧天的手腕，晃动着他手上那块明晃晃的手表，大声说："牧天这块表，可是正宗的劳力士，没个三万五万怕是买不到的！"陈牧天一口喝光杯中的干红，仿佛根本没听到刚才那位同学的话，什么话也没说，他酡红的脸上只是露出一些不以为然的笑。

林子阳原本也想过去凑凑热闹，可是一连起了几次身，最后屁股还是如同灌了铅，坐在原处没有动。他猛然觉得，十年前同学之间纯真的友情悄然发生了改变……

林子阳感到胸口有些闷，仿佛心头压上了一块沉甸甸的石头。于是，他起身走出宴会厅，独自静静地站在了走廊的玻璃窗前，一眼望去，窗外尽是林立的楼厦和宽阔的公路，眼前的城市风景蔚为壮观，让人叹为观止。他长长地呼吸一口新鲜空气，情不自禁地为人类巧夺天工的壮举感到惊叹。十年间，这座他曾经逗留过的城市发生了惊天巨变，然而十年来自己却毫无建树，此情此景下，他顿时感到一阵莫名的羞愧！

"子阳，你怎么出来了？"一道柔美的声音钻进林子阳的耳朵，他回了下头，白杨正走过来。她穿着一件紫色碎花的连衣裙，脖子上挂了一条白亮的珍珠项链。她还是那么漂亮，那么富有朝气，那么与众不同。林子阳定定地望着一步步向他走来的白杨，感到眼前这位女人和十年前相比一点都没变，她依然迷人，依然让人心醉。林子阳打量了一下白杨，发现唯一发生改变的是她的发型，十年前她那飘飘的秀发已经不见了，取而代之

第三章 聚会归来

的是高高盘起的黑亮的发髻，这一变化丝毫没有影响到她在林子阳心中完美的形象，相反，她显得愈加典雅、端庄。

"白杨，原来是你。"林子阳木木地说。白杨在林子阳身边停下脚步，同样凝视着远方。沉默片刻，白杨问："子阳，这些年你还好吗？"林子阳脸上有一些红晕，这个再简单不过的问题，一时间居然不知道怎么回答才好，他想了一下，才说道："哦……还好……你呢？"说完这句话，林子阳后悔了，"你呢"两个字简直就是多余！白杨是城北区电视台的副台长，老公是副区长，儿子聪明伶俐，究竟好不好，不用问也能知道。

白杨并没有回答林子阳，她的脸有些苍白，目光也是怪怪的，她仍然眺望着远方，仿佛在眼前这座她从小就生活过的城市搜寻着什么。林子阳的心里像打翻了五味瓶，酸甜苦辣咸各种滋味俱全。他本想和白杨再说点什么，可他实在没想到什么可以聊的话题。

"十年间，我们，还有这座城市，都发生了巨大变化。往事不堪回首啊！"白杨低缓的话语像在自言自语，又像是在倾诉，"子阳，你还记得十年前系里的那场篮球比赛吗？中场休息时，咱班被对方落下二十多分，队员们像泄了气的皮球，都说认输算了，你却坚决不肯，说这才半场啊，上半场我们的确输了，可比赛并没有结束啊，下半场是可以赢回来的！结果，下半场比赛开始后，你如同一头发疯的狮子咆哮着不是投篮，就是断球，只是半场时间，你就拿下了全场最高分，39分，真是一个奇迹啊！终场哨声响起的那一刻，你累得一摊烂泥似的躺在场地中央。最终我班以1分的优势赢下了那场比赛。"

那场篮球赛，可以说是林子阳篮球生涯中的一场经典战役，他又怎么会忘掉呢？可是，让他想不到的是，这么多年过去了，他半场的得分连自己都记不清了，白杨居然还能记得那么清楚，且一分都不差。

林子阳似乎从白杨这番话里听出了什么，他顿时感到一阵莫名的悲伤。白杨瞥了林子阳一眼，又说："子阳，和十年前相比，我发现你变了。之前那个天不怕地不怕的林子阳，变得懦弱了，变得让人看不懂了！我多么想再见到十年前的那个林子阳啊！"说完，她又目不斜视地凝视远方。

林子阳的脸红了一大片，胸口怦怦直跳。白杨，他心中的白雪公主，心中最美的那朵花，十几年来，他无数次在心底呼唤她的名字，无数次与她梦中相见，今天她就在他的身边，那一时刻，他仿佛有好多好多话要和她说，可是他却一句话也说不出来。

　　两个人都沉默不语，这时候，毛头出了宴会厅向他们走过来，嬉笑着说："你俩待在这里说啥悄悄话，子阳，小心我到牧天那里告你哦。"昔日的"豆叶菜"，如今已长出成功男人的标志物"将军肚"。毛头穿着名牌短袖衬衫，胸前飘着蓝颜色的领带，走起路来风度翩翩。

　　见是毛头，林子阳感到自惭形秽。

　　白杨的神情陡然发生改变，她莞尔一笑，说："毛总，你胡说什么呢？凑巧碰到子阳了，刚说了一会儿话。你若嫉妒，咱俩也可以单独聊一会儿嘛……"

　　三个人嬉闹了一会儿，一起回到宴会厅。

　　时间不早了。董梅拿起话筒，说道："天下没有不散的筵席，我看今天就到这里吧。成家立业了，手头的事情多。大家还是回吧！"

　　于是，同学们彼此间开始握手告别。

　　白杨还要借这次机会去爸妈那里看看，陈牧天也去，因此，林子阳和陈牧天他们道了别，又快步来到董梅面前，面露愧色地说："董老师，我走了。您多保重！"董老师挥了一下手臂，压低声音，说："子阳，要加油啊！"声音虽然很低，可林子阳听了，却感到耳朵被震得嗡嗡作响。他使劲点了一下头，才依依不舍地走出宴会厅。

4

　　天空依然是灰蒙蒙的，仿佛蒙上了一层灰色的纱，正如林子阳的心情，车内的空调呼呼吐着冷气,可他还是感到烦躁无比。车子行驶在来时的路上,参加这次同学聚会,要说最大的收获,当然是他如愿以偿地见到了董梅和白杨。这两个上学时他看得最重的女人,一路上让他思绪万千,内心深处是翻江倒海般的乱腾。

车子行驶到海州地段时,天已经暗下来。

这个漆黑的夜晚,没有月亮,也没有星星,车灯如一把利剑将黑夜劈开一条明亮的通道,林子阳开着车小心翼翼地行驶在公路上。一声声沉闷的雷声从远处传来,天马上就要下雨了。

车子开进小区的时候,一道闪电在头顶划过,一个响雷随即在头顶骤然响起,闪电送来短暂的光明后,豆粒大的雨滴劈里啪啦落下来。

林子阳逃也似的跑进楼门,就是在那一刻,手机响了一下,是一个短信。他抹了一把头上的雨水,随手翻开短信:"子阳,到了吗?后面的路还长着呢,仅仅是半程啊,难道就放弃了?这可不是以前的你呀!"

电话号码是陌生的,发信人也没留下名字。发短信的人会是谁?从短信的内容来看,林子阳首先想到的是白杨,现在用两个手机的人比比皆是,白杨有两个电话卡也不足为奇。让林子阳疑惑的是,白杨为什么用一个陌生号码给他发这个短信?

林子阳来不及多想,把短信存进手机,立即回复:"已到,谢谢。"随后,他快步上了楼。

5

进家时刚好九点。屋里静悄悄的,电视关着,苗苗已上床睡觉,外面已风雨大作。见外面下起雨,吴玲正站在窗前替林子阳担着心,听见门响急忙转身,见是林子阳回来了,忙扑过来搂住他的脖子,亲昵地说:"老公，你可回来了。怎么样？刚买的新车够风光吧！"

林子阳顿时感到了家的温馨，他轻轻将吴玲拥在了怀里。吴玲穿着一件薄薄的粉色睡衣，凸凹有致的身体若隐若现，林子阳把脸放在她的秀发上独自享受着女人所特有的幽香，才说："风光，的确风光！"可是，说这句话，他完全是为了讨吴玲欢心。其实，这辆车停在酒店的停车场上是最廉价的车。

吴玲抬起头用灼灼的目光看着林子阳，说："过几天，我参加同学聚会，就不用开车去了。"林子阳满脸疑惑，问："为啥？""今天余力打来电话，说开车来接我，是顺路。"吴玲眨了下眼睛，说，"人家可是大奔车哦。"

想起买车那天余力看吴玲时苍蝇般令人厌烦的目光，让林子阳的脸上顿时流露出不悦，他轻咳了一声，说："小玲，做人要有骨气，咱自家有车，坐人家的车算怎么回事？就不怕招来别人的闲话？"

吴玲嘴一撇故作不高兴状，说："哼，就知道你小心眼。好吧，明天给余力打电话，自己开车去……"不等吴玲说完，林子阳已紧紧地将她搂在怀里。

林子阳吃完饭时，吴玲已为他放好了热水，一个热水澡冲走了他满身疲惫。

夏日的风雨来得快去得也快。窗外的雨停下来的时候，两个人刚好瘫软在阔大的席梦思上喘粗气。与以往不同的是，林子阳气喘如牛地平躺在床上的时候，白杨的影子却在他的脑海里晃来晃去。要知道，这在以往是从来不曾有过的。

吴玲已发出细微的喘息声，她已进入梦乡。累了一整天的林子阳，却翻来覆去难以入睡，同学们见面时的情景放电影一般不间断地出现在他的眼前。也不知过了多久，他才迷迷糊糊地睡着了。

这天夜里，就在林子阳即将睡着的那一刻，他终于下定决心，以后的日子他将重新塑造十年前那个胸怀梦想的林子阳！

6

　　一次同学聚会，果真改变了林子阳！周日，他没有钓鱼，而是去了书店，买回了一大堆有关为人处世的书。吴玲眼睛瞪得像铃铛，吃惊地问："这是怎么了？"

　　林子阳把书一本本整齐地码在了书架上，一本正经地说："改邪归正，重新做人了！"吴玲仍然一头雾水，她看看林子阳，再瞅瞅那些书，终于幡然醒悟，娇嗔道："林子阳！同学聚会受到刺激了，对不对？终于想追求上进了，这就对了嘛。"

　　林子阳是一副成竹在胸的样子，说："小玲，你放心，不久的将来我一定会出人头地的！"

　　"子阳，我相信你。我早就预言过，只要你努力，一定能做出一番成就的。"吴玲拉住林子阳的手，说，"都是你不好，之前把我的话当做耳边风，要不……"

　　林子阳不好意思地笑了，说："亡羊补牢为时不晚嘛，后面的路还长着呢，这不是连半程还不到吗？"说这句话时，他的脑子里又闪过了白杨的身影。吴玲忙不迭地直点头，说："今天中午我多炒几个菜，为你改邪归正，全家人庆贺一下。"说完，她去厨房准备午饭去了。

　　林子阳用一块洁白的毛巾来回擦拭着把那根油亮的鱼竿，许久后，才用一块干净的油毡纸把鱼竿裹了起来，然后把它放进了抽屉。他就要和钓鱼说再见了，毕竟整天开着车四处钓鱼，会给人一种闲散的感觉。

　　吃过午饭，林子阳睡了一会儿，起床后，坐在书桌前开始翻看起上午买回来的书，这些书对他追求上进究竟有没有作用他并不能确定，可他还是很投入地把书捧在手里仔细阅读起来，有时他还要把书中的一些重点内容和心得感悟记在笔记本上。

7

其实，林子阳在决定寻求上进的那一刻，就已经有了第一步目标。

林子阳所在的科是农产品质量监督科，路科长年龄大了眼看就要退下来，这是个极好的机会，等路科长退下来，林子阳想先把科长的位子搞到手。

不过，他晓得科长这一级别虽说是比芝麻粒大不了多少的官，可怎么说也是正科级干部。林子阳现在是副科级，还是个科员，连副科长都不是。目前科里有八个人，排在林子阳前面的有两个人，除了路科长，还有一个副科长，叫王锐。

王锐比林子阳年轻两岁，副科长已经两年了，路科长马上要退下来已是众所周知的事情，路科长退了，副科长取而代之又是顺理成章的事，不用猜也知道，王锐早已急不可待地觊觎着科长的座位了，说不定他已经有所行动了。虽说王锐工作能力和人缘都很一般，毕竟人家排名靠前，林子阳想踩着他的肩膀跳到前面去，也不是件容易事。

可是，林子阳清楚，若是错过这个绝好的机会，等下一个机会出现时，少说也要一年两年，往多里说十年八年也是很有可能的事。因此，尽管困难重重，林子阳决定还是要试一试，上大学时他可不是一个知难而退的人。

周一上班，林子阳去得很早，办公楼前空空如也，连辆车也没有，他是第一个来到的。以往，他都是踩着点来，他把手指塞进指纹签到机时都是再有几分钟签到机就停止工作。

签完到，他来到办公室开始忙乎着打扫起卫生。他知道，一个人的形象一旦在公众眼里形成一种定势，再想改变这一困局是件极困难的事，必须舍得下大力气才行。

办公室在一楼,林子阳打开所有门窗,先是把地板用干净拖把拖了一遍,然后又用抹布擦拭沙发、桌椅、茶几上的灰尘。不管是公共用品,还是个人用品,都在他的清扫范围之内。

在清扫卫生的时候,办公室的门始终是开着的,林子阳在等一个人,这个人会从办公室门前路过,然后再沿楼梯走到他位于三楼的办公室。林子阳默默祈盼,此人路过时能看到自己已经来到办公室,并且还在忙着打扫卫生。

林子阳第一步的目标能不能实现,此人起着至关重要的作用,因此他想先给此人留下一个勤快能干的良好印象。

这个人叫肖树青,他是市农业局的局长,是掌握生杀大权的一把手。局里大小事情都是他说了算。

同事们陆续来了,双休日并未给他们带来多少精气神,走进办公楼后一个个无精打采地向各自的办公室走去。

办公室的卫生已清扫完毕,林子阳并没有停下来,又拿起一把拖把煞有介事地拖起地板,其实地板已经很干净了。肖树青还没有出现,不过,根据以往的经验他很快就会来了,今天是星期一,九点是雷打不动的全局职工例会,通常情况下,他是很少缺席的。

也不知肖树青有多少次从门前路过了,以往林子阳对目空一切的肖树青从未在乎过,即便有时两人迎面走过,他也很少凑上去说句讨好的话,一般都是笑一笑或是点一下头然后不卑不亢地擦身而过。要不怎么说"无欲则刚"呢。可今天林子阳对即将路过的肖树青却是在乎得要命。

一阵咚咚的脚步声从走廊的另一头传过来,响声越来越近,林子阳的听觉忽然灵敏起来,不用看他就知道,来人十有八九是肖树青,这个声音很特别,局里走路这样有动静的没有几个人。于是他拎着拖把蹑手蹑脚地来到离门口最近的位置,俯下身子卖力地拖起地板。

脚步声踩着鼓点一般越来越近,林子阳感到一阵紧张,他眼角的余光情不自禁地向门外瞄去,果然是肖树青。他走得很快,似乎有什么要紧的事,遗憾的是他一直目视前方,路过门口时根本没有扭头往办公室里看一眼。他像一阵匆匆刮过的风。林子阳所做的一切，肖局根本没有看到。

林子阳感到很失望，他正要收起拖把把它放回到墙角处，"小林，今天来得这么早啊？还清扫了办公室的卫生。"一个头发已秃掉一半的瘦高个儿男子出现在门前，这个人是路科长。

林子阳冲路科长微微一笑，说："路科长，您来了？"路科长满脸惊讶，伸长了脖子，像一只刚睡醒的长颈鹿，把办公室的每个角落仔细查看一遍，才连声说道："好，好。"然后，他匆匆向科长室走去。

办公室的同事都对林子阳大加赞赏了一番："林哥，你简直是太伟大了。"林子阳半开玩笑地说："大家听着，本人从今天要改邪归正追求进步了！你们以后可以对我进行监督。"王锐在另外一个办公室，同办公室的都是他的师弟师妹，因此说话才这么随便。

大家谁也不会在意他的这些话，都像听笑话似的一笑而过。大家说笑了一阵，开始打开电脑忙起手头的工作。林子阳打开电脑后的第一件事，就是删掉了电脑上的联众游戏。为树立良好形象，他要和这些玩意儿说拜拜了。

8

快到九点的时候，大家开始三三两两地向五楼的会议室走去。以往开会，林子阳都是去得很晚，并且会挑后排的一个角落坐下来，然后低着头看报纸或是翻看手机。这次例会，林子阳却换了个人似的，老早就招呼办公室的同事离开了办公室。走进会议室，这次他没有往后排去，而是选了第二排的中间位置坐下来。主席台上坐的是局党委成员，坐在第一排的通常是各科室的头头们，第二排坐的大都是各科室的副科长和副主任。

巧得很，林子阳刚坐下，王锐就进来了，见林子阳坐在了第二排，他

第三章　聚会归来

的眼睛瞪得像灯泡，仿佛林子阳抢了他的什么东西似的，瞅了林子阳很长时间才很不甘心地挨着林子阳坐下来。林子阳呵呵一笑，说了句："王科好。"王锐的嘴角都撇到耳朵上了，他没说话，只是微微点了下头。

见王锐是这副模样，林子阳便不再理睬他，端端正正地坐在座位上等待着局领导的出现。大约是在后排待惯了，同事们见林子阳出现在第二排，进门后都吃惊地瞥了他一眼。林子阳却是一副泰然自若的样子，他心里十分清楚，要想摘掉别人看他的那副有色眼镜，就必须经过一个阵痛的过程，时间久了，见得多了，也就习以为常了。等见多不怪了，恐怕自己再坐回后排大家又不习惯了。

之所以坐在第二排，林子阳是认真思考的，这样做是想发出一种信号，是积极上进的信号。科长的位子即将空出，这个节骨眼上他做事的风格陡然改变，即便是傻子也能看出自己真实用意的。

几个副局长都根据自己分管的工作，做了不同内容的讲话，肖树青最后做了总结，他重点讲了党风廉政建设和领导干部的模范带头作用。

林子阳一脸虔诚，边听边记，眼睛连眨都不眨一下。很显然，肖树青及其他几位副局长都注意到了林子阳打破常规地坐在了第二排的中间位置，他们都很意外地瞅了林子阳几眼。

表面上看，林子阳是一副神情自若的样子，心里却感到很不自在，别人对他肯定不屑一顾，脸皮也太厚了吧！你算哪根葱啊？居然往前排钻？

林子阳时不时地感到脸颊一阵发烧。上学时，他读过李宗吾的《厚黑学》，是一位同学买的，当时他还把这本书作为旁门左道狠批了一顿。可是，那位同学读完后，班上的同学都轮流拜读，他还是不由自主地借来粗略地读了一遍。书上说，凡成就大事者，首先要做的就是"厚"，这个"厚"就是脸皮要厚。当时林子阳对这个观点感到很不以为然，直到今天他才感觉这个"厚"真还有那么一些道理。

会议终于结束，林子阳没有急着离开会议室，而是装出一副恋恋不舍的模样慢吞吞地走在人群的后面。

周一的事情格外多，下午科里还要开个内部会议，时间不会很长，地点在科长办公室。

路科长是个做事严谨的人,尽管就要退了,可干起工作来仍然一丝不苟,在科里的会议上他多次强调,一定要站好最后一班岗。他是这么说的,也是这么做的,他的确也做到了。

会议内容还是老样子,没有一点新意,大家虽然手捧笔记本,不停地记记写写,事实上没记下几个字。路科长无非就是安排一下本周的工作,总结上周工作的情况,再提出一些具体意见,然后又强调了一下办公纪律。

路科长说完后,感觉有点口干舌燥,他端起水杯喝了几口茶,环视一下四周,然后礼节性地问道:"同志们还有什么事?"

以往开会,路科长说这句话时,就意味着会议马上要结束了,其他人员从来没人有过事,这个会议上除了路科长也很少有第二个人发言。

大家知道,接下来路科长就要说散会两个字了。有人已伸着懒腰从座位上站起身准备离开了,可就在这个时候,王锐忽然说话了,他脸憋得有些红,说:"我有点事,需要说一下。"大家很吃惊,把目光齐刷刷地落在王锐的脸上。看得出,路科长也很意外,忙说:"王副科长,有事你就快说。"

王锐先是咳了一下,其实喉咙里并没有什么不适,只是想平静一下心情而已,然后面色严肃地说:"刚才路科长提到了办公纪律问题,我在这里再讲两句,科里个别同志很不注意影响,办公时间在电脑上打扑克下棋,影响十分恶劣,具体是谁我就不点名了,希望以后注意!"王锐说完后,用试探性的目光瞅了一眼路科长,很显然,他是想从路科长脸上读出对自己这番话所持有的态度。

路科长削瘦的脸上什么表情也没有,他眯着眼睛在不停地点着头。

科长室一阵宁静,空气骤然紧张起来。科里每个人都玩过游戏,路科长和王锐也不例外,可是谁都没有林子阳玩得欢!王锐说的个别同志,不用点名大家心里也清楚,王锐这番话是针对林子阳的。

大家清晰地看到,林子阳的脸阴得很厉害,他仿佛随时都会拍案而起。

路科长终于说话了:"其他同志谁还有事?"他虽然说的是其他同志,

第三章 聚会归来

可目光却直勾勾地望着林子阳。在场的所有人都以为，林子阳准会冲王锐发难，两个人必有一场激烈的争吵。

可是，意想不到的事情发生了，林子阳刚才还阴沉沉的脸忽然露出灿烂的笑，好像太阳冷不丁地从乌云里钻出来。林子阳没说话，只是笑着冲路科长轻轻点了点头。

见再没人说话，路科长就干净利落地说："散会！"大家早听腻了，巴不得早点回去，听见散会二字都急匆匆地离开了科长室。林子阳是最后一个离开的。

回到办公室，林子阳立即招呼同办公室的人来到他的电脑前，查看了一遍电脑里的所有程序后，说："你们瞅瞅，我的电脑的确没有安装游戏嘛，刚才王副科长批评的人可不是我。我说过，我已经改邪归正了嘛。你们若是再玩游戏，王副科长可要拿你们是问了！"

听了林子阳的话，大家七嘴八舌地说道："路科长还没退呢，就已经把自己当科长了，也不撒泡尿照照自己，谁拿他当棵葱啊！"

林子阳急忙说："大家别吵，说不定过会儿王副科长要来，赶紧回到自己位上，千万别玩游戏了！"大家不屑地哼了一下，各自忙起手上的事情。

果然，过了一会儿，王锐走进了办公室，林子阳在忙着打一份材料，其他人也在忙着，谁都没搭理王锐。王锐来到林子阳身边，歉意地说："刚才我也是身不由己啊，科长都说了，我这副科长不说几句也实在说不过去。林哥，多多包涵啊。"

林子阳连头都没抬，两手还在快速地敲打着键盘，说："我电脑上的游戏几天前就删掉了，你爱说谁说谁，我有什么可包涵的！"说着，他点开电脑所有的程序，让王锐查看。王锐自讨没趣，只好干笑几声，灰溜溜地走了。

得人心者得天下。这个简单的道理，林子阳当然不会不知道。科里共有三间办公室外加一个档案资料室，除了路科长一个人待在科长室外，林子阳所在的办公室有四个人，王锐的办公室有三个人，若是路科长采取中立的话，林子阳只要得到本办公室所有人员的支持，从支持率上来说他已经占优势了。何况王锐办公室的三个人还貌合神离，他们支持谁还很难说。极力争取到同事们的支持，也是林子阳计划中的一部分。

9

　　日子在早起晚归中一天天过去，转眼一个月的时间过去了。
　　林子阳在一点一点地改变着他在同事们心目中的形象。期间，他还同办公室人员一起到饭馆撮了一顿，吃完饭，林子阳抢着埋了单。在归来的路上，帅哥何涛喝得有点高了，他硬着舌头说道："依我看，等路科退了……让林哥做我们的科长最合适不过了。那个王锐根本就不是做科长的料。"其余两个人也随声附和道："就是，让林哥当科长最合适了。"
　　林子阳心里虽美滋滋的，可还是制止住大家，说："可别乱说，我哪是做科长的料啊！"虽然喝了酒，可他清醒得很，这些话是因为自己请了客，才这样说的，其实他们心里怎么想的谁也不知道。俗话说得好，吃了人家的嘴软，拿了人家的手短。
　　何涛顿时停住脚步，身子前后晃了一下，用手指着林子阳，说："林哥，你太谦虚了。"其余两个人舌头都直了，说："林哥……是谦虚！"
　　林子阳异常的表现，似乎让王锐察觉到了什么，近些天，他也没闲着，老往路科长的办公室跑，还时不时地到林子阳的办公室行使副科长的权力。可是，每次来大家理都不理他一下，王锐最终都灰头土脸地离开了。渐渐地，林子阳和王锐间的关系变得有些微妙了。
　　肖树青每天早上还是按时从办公室门口路过。让林子阳感到欣喜的是，有一次肖树青在门口忽然停住脚步，表情冷淡地望着正在办公室里清扫卫生的林子阳，说："小林，早来了？"林子阳笑眯眯地看着肖局，说："肖局您也来了？"肖树青面带微笑，冲着林子阳轻轻点了点头，说："你可

第三章　聚会归来

真够勤快的,每天来得都这么早。"然后他往办公室里瞅了几眼,才离开。

肖树青离开后,林子阳激动得胸口一阵乱跳。可是,第二天中午下班后,林子阳在出楼门时正好遇到肖局,他急忙迎上去,满脸堆笑,说:"肖局,您要走啊!"还是昨天那个肖树青,今天却判若两人,他的脸冰凉得像块生铁,两个人有深仇大恨似的看都没看林子阳一眼,从鼻孔里只哼了一个字:"嗯!"然后,他掉头走了。

林子阳心里一阵拔凉,心中燃起的希望之火顿时熄灭了。

再遇到肖树青,林子阳都是拿热脸贴冷屁股一般凑上去跟他说话,肖树青的表情每次都是冷冰冰的,就连说的话也像在冰箱里冰过似的又硬又凉!

林子阳暗中纳闷,是我什么地方得罪了肖局,还是他原本就是这个样子?肖树青的冷漠,让林子阳感到忐忑不安。直到有一天,他发现王锐主动向肖树青打招呼的时候,他也是板着脸,林子阳一直悬着的那颗心才像刚着了陆的降落伞,终于踏实了。

奇迹发生在一个周五的早晨。林子阳正在用抹布擦拭着一把椅子,肖局迈着清脆的脚步走过来,林子阳的目光从椅子背的上方望过去,肖局微微发胖的身体终于在门口出现。林子阳站直身体露出一脸微笑,他的样子宛如小学生见到了老师。可是,不等他开口说话,肖树青走过来笑吟吟地说:"小林啊,你来得可真早,要是每个职工都和你一样,那就好喽。"说着,他来到林子阳面前轻轻拍了拍他的肩膀,脸上尽是和蔼可亲的笑容。

林子阳很吃惊,许久才缓过神来,说:"肖局……您来得也不晚啊。"接下来所发生的事就更出人意料了,肖局在旁边的椅子上坐下来,并示意林子阳也坐下。林子阳一头雾水,不知道肖树青哪根神经出了问题,他拉过一把椅子端端正正地坐下来。

这时,林子阳才发现原来肖树青也会笑,并且笑起来是那么好看,宛如姹紫嫣红的牡丹花。肖树青的前后差别的确太大了,短时间内林子阳还无法适应。

肖树青的话语温暖如春,说:"小林啊,来局里几年了?""都十年了。""时间过得真快啊,十年,回头一看不过是一眨眼的工夫。"林子阳不知道接下来该说些什么，随声附和道："是啊，是啊。"肖树青并没有马上离开的意思，坐在那里拉家常似的和林子阳闲聊起来，渐渐地林子阳不像刚开始时那么拘束了。

聊了片刻，肖树青说："小林啊，你还年轻，将来必定大有作为。哪像我，都老了，快不中用了。"其实，肖树青并不老，才四十多岁。林子阳知道这是他过谦的话，连忙说："肖局，在您这个级别的干部里面，这个年龄算是年轻的呢。"

肖树青眼睛眯成了一条缝，他缓缓从椅子上站起来，说："小林，你先忙吧，我还有事，先走了。以后有时间再聊，好吗？"他这些话柔若无骨，仿佛离开这里要经过林子阳批准才行。林子阳受宠若惊，他慌忙起身，连声说好。

肖树青迈着四方步走出办公室，林子阳紧跟在他的身后，两个人小声说着话一前一后走在楼道上，直到把肖树青送到楼梯口林子阳才收住脚步，若是再送怕是要送到局长室了。

直到肖树青上了楼，林子阳才折回来。这时，他才发现王锐正在走廊的另一头直勾勾地望着自己。王锐的表情很古怪，好像一不留神吃进肚子一只大号的苍蝇。看得出，林子阳和肖树青亲昵地走过楼道的全过程他都看到了。

林子阳并未感到尴尬，他若无其事地朝着王锐走过去，走近时，他满脸坦然地说："王科来了？"他一直都是称呼王锐为王科的，正如称孟副局长为孟局，副字被省掉了。

王锐咧嘴一笑，那笑有点难看，倒有些像哭，他没说话，只是冲林子阳点点头，然后仓皇地回了办公室。

回到办公室，惊喜之余，林子阳心里一阵咚咚直跳，肖树青对他的态度和之前相比简直就是冰火两重天，究竟是什么原因让肖树青发生了这一重大改变，他苦思冥想也没有找到问题的答案。可他完全可以确定，今天肖树青出人意料的举动绝对不是因为自己近些天工作上的良好表现。

林子阳脑子里乱作一团，最终，他决定不再无谓地浪费自己宝贵的脑细胞。从肖树青今天的表现来看，有一点是不容置疑的，自己已经引起了肖树青的注意。不过，林子阳心里还一直在担心，他怕肖树青那张会变魔术的脸，过几天再变得冰冷无情。可这种担心好像是多余的，以后的日子里，肖树青每次见了林子阳都是笑面如花，他的过度热情有时让林子阳感到有些费解，反过来讲，不管怎么说，肖树青的笑脸相对毕竟是一件好事。

又观察了一些时间，林子阳看到，肖局见到王锐和局里的其他人时，仍是一副冰冷的表情。心存疑惑的同时，他决定当前情况下完全可以采取下一步的行动了。

10

名利和金钱的确很重要，可这两样东西和健康相比就显得微不足道。尤其是过了不惑之年，看到和自己一路走来的看似身体强健的同龄人轰然倒下时，才发现人的生命看似坚强其实有时候极其脆弱，活生生的一个人眨眼间就撒手人寰了。这时，大家才重视起健康来，那些所谓的成功人士尤为在乎，除了定期到医院查体，还经常出入一些健身俱乐部。

肖树青体态稍胖，查体时医生叮嘱他，血压有点儿高，体重也超标，平时要多锻炼身体啊。尽管情况不太严重，他还是一脸紧张，毕竟还年轻呀！他问："哪些运动比较好呢？"医生笑了一下，说："游泳、打乒乓球，对你来说都是很不错的。"

肖树青千恩万谢后从医院出来，立马就花了上千元买了个乒乓球拍，红双喜牌的，球拍放在一个精美的布包里。老板说这个球拍是专业运动员用的，质量不是一般的好。肖局笑了笑没说话，他向来不相信生意人的话。尽管如此，他还是爽快地取出一摞崭新的百元大钞买下这个球拍。

上中学时，肖树青就喜爱上了乒乓球，虽然水平不算很高，可也不是太差。上大学时肖树青偶尔也会到乒乓球场地活动一下手脚。参加工作后，他把精力全都用在了工作上，自由活动时间基本都花费在了饭桌上，因此他的乒乓球技术这几年都荒废了。

前些年，乒乓球台大都在室外，球台基本上是水泥制的，球拍也是劣质的。如今，室外球台几乎销声匿迹，即使有也是摆设，基本上无人问津。倒是乒乓球俱乐部火得很，乒乓球爱好者大都云集于此。

局里的活动室有一张乒乓球台，平时局里的乒乓球爱好者经常来这里打球。自从肖树青买了球拍，就成了活动室里的常客，不过他从来不在上班时间打球。

大概是受肖树青的影响，局里打乒乓球的人也越来越多。后来，大家发现肖树青很少去活动室打球了。一个偶然的机会肖局忽然现身活动室，以前他是很少赢球的，即使赢了也是别人为照顾面子故意输的。可是，这一次肖树青三下五除二把在场的所有人都斩于马下。这件事情传开后，全局上下一片哗然。有好事者暗里一打听才知道，原来肖树青成了乒乓球俱乐部的会员，年费三千元，那里不仅有陪练，还有专业教练。于是局里的乒乓球爱好者一拥而上，也都成了俱乐部的会员。

接下来，林子阳想给肖树青送东西，说得直白一点，就是送礼。第一次送礼，东西并不一定多么贵重，重要的是要投其所好，也就是说不一定送"贵"的，但必须是"对"的。要说肖局的爱好，除了喜爱打乒乓球，林子阳实在想不出还有什么，烟酒一类的他根本不缺。要送就送有特色的，其实十多天以前他就想好了，要送肖树青一副正宗的乒乓球拍专用胶皮，是专业运动员用的。胶皮是特供的，在市面上是无法买到的。若是用钱能买到的东西，效果将会大打折扣。

打乒乓球的人都知道，球拍的质量好坏胶皮是关键。凭林子阳目前的人脉关系，能搞到这种特供的球拍胶皮吗？他早想到了一个人，这人是他的同学，也是好哥们儿。他相信，此人一定能帮他把胶皮搞到手。

第四章

出　击

1

　　常言道，人生不如意者十之八九。林子阳和岳笑川忝列八九之中也是正常的事，不如意者常常会有同病相怜式的心灵上的感应。另外，上中学时两人就是形影不离的好哥们儿，因此岳笑川给林子阳做了阑尾炎手术后，两个人的交往就越来越密切，彼此间已成为无话不谈的好朋友。

　　岳笑川的性格略有些内向，和熟人在一块倒没什么，要是和陌生人在一起他话语很少。对象小秦是医院的护士，小秦的性格却恰好相反，她性格开朗，爱说笑，善于交际，见什么人说什么话，什么样的场面她都能应付得来。要不，怎么有人说夫妻二人的性格大都会相互取长补短呢。小秦和吴玲很合得来，两个人见了面总有聊不完的话题。岳笑川也有个女儿，比苗苗小一岁，两个孩子待在一块玩得就更开心了。因此，两家人一起聚餐从来不存在任何阻力。

　　林子阳出院后没几天，岳笑川就遇到了一件烦心事。

　　岳笑川是外科的副主任，科里的副主任有两个，另一个叫李昆。老主任年龄大了，他老早就提出从主任位上退下来回家颐养天年。可院长就是不同意，院长姓任，任院长不同意的原因是老主任退下来后，对其他人不放心。外科不同于别的科室，毕竟给病人开刀动手术不是闹着玩的事儿。

　　直到有一次，老主任在给病人做一个难度很高的手术时，由于手术时间太长压力过大，他忽然得了脑中风。危急时刻岳笑川挺身而出接下了老主任的手术刀，万幸的是岳笑川顺利完成了手术任务，老主任也因抢救及时转危为安。不过，这件事过后，任院长就答应了老主任退下来的请求。

这样一来，谁来出任外科主任成了市人民医院的焦点问题。

李昆的优势是参加工作早，资历深，为人圆滑有人缘，人际关系处理得比较好。不过，他的医术较差，只能做几个普通的手术，略微有些难度的手术就望而却步了。几年前，他主动请缨做了个难度不算大的手术，就弄出了一个医疗事故，幸好补救及时病人才无大碍。即便这样，医院还是赔付了一些钱才算了事。

岳笑川呢，年轻，业务过硬。论医术，科里除了老主任没人能比得上他，因此，知内情的人都托关系点名让岳笑川主刀做手术。

几年前，北京的一位专家来医院走穴，当时就是岳笑川给他打的下手。结果，得到了北京专家的大加赞赏，并且还试探性地问岳笑川想不想到北京或是省城的医院去发展，还拍着胸脯说愿意做他的引荐人。当时任院长也在场，岳笑川没有马上表态。这件事过后，有一家省城的医院听说情况后，马上向岳笑川抛了绣球。

任院长连夜主持召开了院长办公会，商定为留住岳笑川破格提拔他为外科副主任。除此之外，任院长还找到小秦，让她帮着劝说岳笑川留下来。别看岳笑川在外面什么事都是一副天不怕地不怕的样子，可是回到家他对小秦的话却是言听计从，他是个十足的"气管炎"。妻子的劝说和副科长的诱惑，终于把岳笑川留了下来。

岳笑川最大的缺点就是有些孤傲。大概是他医术高超的原因，整天都是一副目中无人的样子。为此岳笑川平时难免会得罪一些人。这似乎也是一个规律，即便是在其他领域，凡是身怀绝技的人，大都或多或少地有些高傲。

让谁来接任外科主任的问题，在医院的领导干部会议上发生了意见分歧。一种意见是支持李昆，另一种意见是支持岳笑川。大家在会上争执不下，任院长一时也没了主意，其实，他是倾向于岳笑川的，他的观点是主任的业务首先要服众，可是，其他方面又对岳笑川放心不下。最终大家统一了意见，在外科所有医务人员中搞了一个民意调查，看他们是怎么想的，然后再决定外科主任的人选。

民意测验完成后,结果出人意料,竟然出现了一边倒的现象,李昆的支持率居然到百分之八十以上。岳笑川终于败下阵来,他输得很惨。接下来的日子,岳笑川高傲的头终于耷拉下来,他和小秦说:"这里我待不下去了,要不去别的医院吧,实在不行到下面的县区医院也可以。"小秦坚决不同意。岳笑川虽是留了下来,可他的工作积极性受到了很大的打击,情绪也极其低落。

几天后,院长办公会上,任院长提到了岳笑川可能跳槽的问题,如果真是这样,外科的实力将会受到巨大影响。这时一个副院长提议道:"为了安抚岳笑川,我们可以平衡一下!"任院长忙问:"怎么平衡?"副院长说:"提拔小秦为护士长嘛,小秦协调能力强,业务又过硬,群众威信也高,我看能行!"

神经科的护士长刚退下来,位子正空着,大家听了这个建议,纷纷点头称这个主意好。于是,小秦就调到神经科做了护士长。小秦从一名普通护士纵身一跃成了护士长,岳笑川心中的阴霾也渐渐散去,他知道,在这件事上医院领导做了平衡,算是给了他一些补偿,于是也就不再说什么。

这件事原本就过去了,可是,过了些时间,岳笑川发现科里的医务人员不少人都穿上了清一色的衬衣,颜色、品牌、样式都完全一样,为此他感到十分纳闷。

终于有一天,科里一个要好的哥们儿喝醉酒偷偷跟他说:"在投票之前,人家李主任给每个人都分了一个衬衣卡,也给我送了,不过我没要。岳哥,你也太老实了,至今还蒙在鼓里呢……"岳笑川的脑袋嗡地响起来,仿佛有几只苍蝇在里面飞来飞去。

从此,岳笑川便有了一种厌世的感觉,大概是这个原因,他和林子阳在一块的时候共同语言格外多。

岳笑川把这件事的前后经过说给林子阳听的时候,林子阳一点儿都不感到惊讶,说:"这种事我见得多了,上大学时我就碰到过。"说完,他

第四章 出击

端起酒杯一饮而尽，杯子里可是半杯高度白酒啊！

酒下了肚，酒量不佳的林子阳脸顿时变得猩红，像抹了鸡血，尽管他的舌头已不听使唤，还是语无伦次地把那件让他痛心的事说了出来。

那年，班里要评选一个优秀班干部，都大四了，毕业在即，这个荣誉的重要性不言而喻。班里每名班干部都想把这个沉甸甸的荣誉纳入囊中，林子阳也不例外。

优秀班干部的评选流程是这样的，有评选资格的同学先报名，然后进行演讲，内容是讲述自己所做的工作与成绩，然后是全班同学投票，这是最关键的一个环节。参评的同学共有五人，林子阳、陈牧天还有另外三个班委成员，意外的是白杨并没有报名参选。

投票开始了，董梅把选票一张张发到了同学们的手里，然后是当众在黑板上计票。最后的结果让林子阳感到无地自容，陈牧天以绝对的优势击败其他对手，被评为优秀班干部，林子阳的得票数排在第二位，可是，他和另外三名同学的得票总数还没有陈牧天多。

这件事过后没多久，班里许多同学一起去看了一场足球赛，陈牧天也去了，他是个足球迷。看球赛的同学走后，林子阳猛然听到有人在教室里小声嘀咕："今天的球赛是陈牧天请客，要不他是评不上优干的！"听了这句话，林子阳感到十分震惊，忽地从座位上站起来，想冲进董梅的办公室把这件事的真相说出来。就在这时，林子阳望见了正坐在课桌前看小说的白杨。那时，白杨和陈牧天正处在热恋之中，因为白杨，他发热的脑袋凉了下来，屁股也缓缓地回到座位上，他想在白杨面前尽量表现得大度一些。

正是"优秀班干部"的荣誉证书，让陈牧天成了班里唯一的中共党员，然而林子阳直到三年后才在市农业局成为一名共产党员。

上大学时就入了党，正是这个耀眼的光环，让陈牧天顺利通过了白杨爸妈的法眼，他和白杨终于如愿以偿地走进了婚姻的殿堂。

2

星期六，吴玲参加同学聚会去了，苗苗被送到了姥姥家。百无聊赖的林子阳翻了一上午书，十点钟左右，拨通岳笑川的电话，说："中午有空吗？"电话那端传来岳笑川嘻嘻的笑声，说："在加班呢，刚从手术室出来，哪像你们机关啊，轻松又自在。打电话有事吗？"

林子阳在电话里笑了一阵，说："一个人待在家里闷得慌，中午想和你一块吃饭。""没问题，下午我休班，地点定了吗？"林子阳答道："家常菜饭馆，就咱俩，怎么样？"岳笑川说了一声"OK"，就挂了电话。

家常菜饭馆是家小饭馆，不过这里的菜很有特色，最主要的还是饭菜实惠地道，林子阳和岳笑川经常来这里吃饭。车被吴玲开走了，那辆旧车前些天也出了手，林子阳不得不骑着自行车前往，幸好离家不是太远。

十一点左右，林子阳来到饭馆先点了菜。岳笑川爱吃什么菜，林子阳清楚着呢。酸菜鱼、葱香木耳和五香豆腐，菜不多，就点了三个。点完菜，林子阳泡了杯茶慢慢地喝着。

中午时分，岳笑川风尘仆仆赶了来。林子阳要了啤酒，岳笑川指着刚上桌的酸菜鱼笑着说："这不会是你钓的鱼吧？"林子阳呵呵一笑："你可能还不知道吧，我已经不钓鱼了。"这阵儿两个人都很忙，很久没有见面了，连电话也少得可怜，发生在林子阳身上的一些事，岳笑川并不知晓。

岳笑川满脸惊讶，问："你不钓鱼了？谁信呀！"两人的酒杯啪地碰了一下，喝光杯里的啤酒，林子阳就把去参加完同学聚会后下定决心追求进步的前后经过讲述了一遍。岳笑川吃惊地望着林子阳，说："想不到，铁树也能开花呀！我先替那些可怜的鱼儿谢谢你！"说完，他又和林子阳碰了一杯。

第四章 出击

林子阳笑了笑没说话。接下来，岳笑川笑问："那位白杨真的有那么漂亮？"林子阳依然没吭声，见岳笑川提到了白杨，他脸上流露出一些伤感。岳笑川见状，忙说："算了，过去的也就过去了，就别再想了，吴玲已经够优秀了，别吃着碗里的再看着锅里。就凭老兄你的能力，将来一定能发达。总有一天会证明给白杨看的！"听了这些话，林子阳不由自主地笑起来。

两个人边喝边聊，见酒已过半，林子阳才说："笑川，今天约你来，有件事想让你帮个忙。"岳笑川已有酒意，笑道："我说呢，怎么会主动约我吃饭？原来有事求我呀，说吧，什么事？"

岳笑川有个堂弟在省乒乓球队当教练，之前两人聊天时岳笑川曾提起过，林子阳联想能力很强，听到乒乓球三个字，马上就想到了肖树青，这件事他就牢牢地记在了心里。球拍胶皮的事就想拜托岳笑川来帮忙。

林子阳把事情的缘由说出来时，岳笑川咯咯地笑起来，说："子阳，你小子为了升官可真是削尖了脑袋往上钻，真是无孔不入啊！"林子阳并未感到尴尬，说："你还没说这个忙帮不帮呢。就知道挖苦人，我也是被逼无奈啊，你知道我可是从来没给领导送过礼，这算是大姑娘坐轿头一回吧！让你见笑了。"

岳笑川收起脸上的笑，说："你来得真巧，老弟前些天回家，给我捎来两张球拍胶皮，原本是想送给一个同事的，你若急用就先送你了。记住，等当了官可别忘了我就行！"林子阳没想到事情会这么顺利，他原本想至少要等十多天才能拿到球拍胶皮，毕竟距离省城几百里路呢。

两个人又连喝三杯，岳笑川说："子阳，其实一个人若是没有了追求，与行尸走肉没什么区别。你的决定是对的，往后只要有用到我的地方，我都会鼎力支持的。"

林子阳打心眼里感激岳笑川，他暗自为有面前这个知心朋友而感到高兴。一个人在一生中的确会遇到许多朋友，可真正的朋友却没有几个，确切地说，可能一个都不会有。林子阳能遇到像岳笑川这样的朋友，已经很知足了。

两个人喝酒都很有节制，喝得差不多了，就会主动不再喝了，因此两个人在一起喝酒很少有喝醉的时候。

吃过饭，两人又聊了些别的话题，才各自回了家。

傍晚，吴玲回来了。她喝多了酒，车都开不了了，是代驾把她送了回来。可是，送她的人却是乘坐同来的一辆大奔走的，虽然代驾是个女的，开奔驰车的也是女的，林子阳还是心生疑团。

晚饭时，吴玲才告诉他，是余力见她喝了酒不放心，才找人送她回来的。林子阳虽然没说什么，但他一听见余力的名字，心里顿时感到一阵郁闷。

3

拿到球拍胶皮后，如何给肖树青送去，林子阳还是费了一番脑筋。给领导送礼毕竟不是什么光彩的事。虽说球拍胶皮算不上什么值钱的东西，可是，若被同事或是外人见到，人家还不戳他的脊梁骨？他考虑再三，最终决定到肖局的办公室把胶皮送给他，为了送这么点东西若是跑到局长的家里，的确有些小题大做。

肖树青整天都忙得不见人，不是开会就是出差，应酬也多。他待在办公室的时间很少，即便有时在办公室里，出出进进的人也多，汇报的、请示的、联络感情的……这些人让他不得清闲。因此，送球拍胶皮的事不能操之过急，要耐心等待时机。

机会终于出现。周五下午，同事们早已完成一周的工作，只等着舒舒服服地过周末了。因此这个下午基本上属于垃圾时间，有的在网上玩游戏，有的读杂志，有的在办公室闲聊，胆子大点的早就开溜了。

这一天，肖树青一直待在局里，他那辆专车一直停在那里根本就没挪窝，林子阳一抬头就能透过窗户看见。并且下午上班的时候，林子阳还在楼道上望见过他。

第四章　出　击

路科长的门两点的时候就锁上了，人不知道去了哪里。王锐的办公室也是关着的，门是内锁，锁没锁不知道，反正不曾听到有人进出。王锐提前开溜的可能性基本没有，他正急着表现自己呢，又怎会急着开溜？也不知道他把自己关在屋里做些什么。

林子阳同办公室的人，何涛和一个同事因公出差，另一个的孩子病了急着去医院了，办公室里只剩他一个人。

这的确是个绝好的机会！可他还是举棋不定，害怕去局长室时会被人碰到，时间在犹豫不决中一分一秒地过去，若是再不行动，怕是要错失良机。眼看机会就要失去，林子阳终于下定决心拿起抽屉里的档案袋走出办公室，球拍胶皮早已放在了牛皮纸的档案袋。

走廊上静得出奇，一个人也没有，林子阳心里却扑通扑通跳得厉害，仿佛四周有无数双眼睛正在盯着自己，他没有走在走廊的正中间，而是沿着雪白的墙壁一步步向前走去，他走路的样子像一个即将行窃的小偷。

局长办公室在三楼，那几道短短的楼梯本来一口气就可以跑上去，可是在林子阳看来却不亚于攀登了一座高山，等他来到三楼，背上已有汗水流出来。好在三楼也是静静的看不见一个人影，他不由得加快脚步快速来到局长室门前。

林子阳看了一眼贴在门正中的黄底红字的"局长室"三个字，踯躅了一下，他感到一阵心慌，忽然萌生了折回去的念头。可是，这个念头来得太晚了，他已经无法再退回去。眼前的那扇门忽然开了，屋里走出一个脑门锃亮的瘦老头，这个人是路科长。

林子阳全身像爬满了蚂蚁，浑身有说不出的难受，那一刻他真想找个地缝快些钻进去。可四周都是亮如铜镜的地板，地缝是不可能有的，他只好硬着头皮说："路科长，您这是……"路科长也感到很意外，他愣了一下，满脸惊讶地问："小林，你怎么在这儿？"林子阳的脸红到了耳朵根，支支吾吾地说："我找……肖局有点事。"路科长的脸上露出一些不悦，他哦了一下没再说话。

肖树青正要送路科长出来，也看见了林子阳，急忙说："是小林啊，来，快来屋里坐。"林子阳满脸羞涩，说："肖局，我找您有点事。"这句话看似是跟肖局说的，事实上是说给路科长听的。路科长用怪异的目光瞅了林子阳一眼，然后几步一回头地走了。

原来，路科长一直待在了局长室！林子阳在局长室坐下来的时候，仍然惊魂未定。

局长室比林子阳四个人的办公室还要大，中间摆着一张宽大气派的老板桌，四周是两组乳白色真皮沙发，一侧还有个套间，套间的门关闭着。墙角处摆放着两盆青翠欲滴的椰子树，树足有一人多高，长得很茂盛。

至于这两棵椰子树，还有一个说法。据说，以前肖树青曾在办公室里摆放着另外两盆名贵的花草。有一天，肖局请来一位会看风水的朋友，让他看看办公室的布置是否妥当，那位朋友只看了一眼，就说快把这两盆花草搬走，肖局顿时愣住了。朋友说："换上两盆四季常青的树木类盆景，才和你的名字相符嘛！"肖局恍然大悟，连忙让人把两盆花草搬走，当天就打电话给花木公司让他们送来两盆椰子树。这件事是真是假只有肖树青和他的那位朋友知道，对于林子阳来说，只是听别人说起过而已。

肖局居然给林子阳倒了一杯茶水，玻璃杯上氤氲着白色的香气，淡绿色的茶水晶莹剔透。不用喝就知道是好茶。林子阳有些受宠若惊，双手把水杯接在手里。肖树青在旁边的沙发上坐下来，笑呵呵地说："小林啊，有什么事就说吧，千万别客气！"

他还是那么和蔼可亲。

林子阳把档案袋抱在怀里，怵怵地从沙发上站起来，说："肖局，是这样的，知道您喜欢打球，就托朋友从省城弄回一副乒乓球拍胶皮，是省队队员专用的，是非卖品，市场上是买不到的。费老大劲才搞到，昨天朋友刚送来，这不就给您送来了。"说完，他把档案袋递了过去。

说完这番话，林子阳的脸上手心里都冒了汗，这些话仿佛耗尽了他所有的力气，坐回原处时他不停地喘着粗气。

肖树青面露喜色，从档案袋里取出球拍胶皮，胶皮一红一黑，重要的是胶皮背面印着红色的"省队专用"字样，上面还有一行数字编号和"非

第四章 出 击　　　　　　　　　　　　　　　　　　　　75

卖品"三个字。肖局爱不释手地翻看着球拍胶皮,说:"好,好!小林啊,你可费心了。真是太感谢你了。"

林子阳心里一阵欣喜,刚才遇到路科长的窘态已经没有了,他又补了一句,说:"胶皮可以自己粘,去体育用品店找他们也行。不过,自己体验一下粘球拍的感觉也是不错的。"肖局连连点头,说:"这个我知道。只是这么好的胶皮,我用简直是浪费呀。"

林子阳换了一个沙发坐下来,这样一来他和肖树青的距离又更近了一些,说:"肖局,常言说好马配好鞍,赤兔马只有关云长这样的大英雄骑上才能日行千里呀。"肖局用手指了一下林子阳,笑着说:"小林啊,你可真会说话。好吧,这份厚礼我收下了!你可不能反悔呀。"说着,他起身把胶皮和胶水一并放进了抽屉。

两个人又聊了一阵,聊的都是些与工作无关的话题。林子阳并没有提及科长人选的事,他知道,肖树青这样的人,什么事都不会瞒过他的眼睛,若是太操之过急,把话直接挑明往往会适得其反,还会显得自己缺少风度和耐心。

林子阳怕时间久了,若是再有人来会很尴尬,于是他起身告辞,肖局并没有挽留他。从局长室出来,林子阳快步下了楼,回来的路上他心里坦然多了。

林子阳终于完成了人生中的一次壮举——第一次给领导送礼。

4

回到办公室,一个人坐在椅子上,林子阳的脑海里禁不住浮现出路科长的身影,想到刚才与路科长相遇的情形,他的脸颊又是一阵燥热。

路科长奋斗了一辈子,只是混了个科长了事。林子阳还是蛮了解这个人的，他讲原则，识大体，作风正派，一生阅人无数，局里大小事情都能看得透，看得懂。马上就要退了，他的心情一定很复杂，今天待在局长室的时间至少一个多小时，也不知两个人谈了些什么，难道是科长的人选问题？想到这里，林子阳缓缓地从椅子上站了起来，惴惴不安地在办公室里踱来踱去。

林子阳紧皱眉头，脑子里一片混乱。他心里十分清楚，由谁来接任科长，即将退下来的路科长可能说了不算，可是让谁不能做这个科长，或许他还能做得了主。

路科长年龄大肖树青十几岁，是局里年龄最大的科长，他从二十来岁就在局里工作，一直干到现在，把毕生的心血都毫无保留地交给了市农业局。如果他跑到肖树青那里，大声叫喊："我坚决不同意由某某来当科长！"怕是这个人的"科长梦"真会竹篮打水一场空。

刚才林子阳从路科长忧虑的目光里看到了平时少有的愠怒，想到这里，他心里又不安起来。考虑再三，他决定要和路科长好好谈一次话，地点定在路科长的家里。

路科长从局长室出来并没有回办公室，而是直接回了家，再有几个月就要退了，他的心情很不平静。勤苦了几十年，还没感觉怎么着呢，眨间的工夫就要退了。别看到了一定年龄进步无望了，就祈盼着早些回家抱孙子。可是，真到了退休的时候，心里又充满了失落感。于是，他就去了局长室跟肖树青唠了唠嗑。

路科长和肖树青的个人关系还是很不错的。两个人是老乡，肖树青刚调来农业局那阵儿，局里的形势很复杂，原来的几个副局长年龄都大了，肖树青那时还年轻，副局长们拉帮结派各自都有着自己的一帮人，局里的一些工作推来推去互相扯皮。有一次，在全局中层以上领导会议上，几个副局长冲着肖树青提出的一个工作方案公开发难，肖树青气得脸色苍白说不出话来，这个时候路科长挺身而出，对副局长们所提的意见进行了措辞严厉的驳斥。路科长官职虽不大，可他是老前辈，说话还是很有影响力的，一见资格最老的路科长帮着肖树青说话，几个副局长再不吱声了。这件事过后，肖树青一直对路科长心存感激，在局里站稳脚跟后对他也很照顾，因此两个人的关系一直不错。

今天下午，肖树青的确谈起过谁来接替他担任科长的问题，不过他只是试探性提了一下，说："老路啊，怕是你退下来科里没人接下这副担子呀。"路科长当然听出了这句话的意思，他只是笑了笑没说什么，马上就要走人了还操这份闲心干什么。接下来，两个人就心照不宣地聊起了另外一个话题。

到家后，老伴去菜市场买菜了，家里空落落的。他看了会儿电视，老伴回家后开始忙着做起晚饭。在科长的位子上一干就是二十多年，期间他也有过几次提升副局长的机会，都因为种种原因与机会擦肩而过，后来年龄大了，也就没了这个念想。

以前，周末晚上他是很少在家吃饭的，到了周末总有电话打来约他吃饭。可是近段时间，电话越来越少。常言说，人走茶凉！可这人还没走呢，他已感到了阵阵凉意。

老伴做好饭，把饭菜摆到饭桌上，小心翼翼地说："老路，先吃饭吧，要不就凉了。吃完饭再看电视，好吗？"近些天，路科长经常莫名其妙地冲着老伴发火，老伴当然明白是怎么回事，因此她说话做事都格外小心。

路科长叹息一声，啪地关上电视，洗完手坐在了饭桌前。老伴炒了两个菜，香菜炒豆腐干和蒜泥拌豆角，都是路科长爱吃的。

吃过饭，路科长看起电视，眼睛虽然盯在电视屏幕上，脑子里却想着别的事，今天林子阳偷偷摸摸地去了局长室，平时看着他蛮清高的，想不到这小子明里一套暗里一套，真是人心隔肚皮做事两不知啊。哼！他终于把一股恶气狠狠地从鼻腔里呼出来。他见多识广，当然知道林子阳去局长室的真正意图。

这个时候，门铃骤然响起。近些天串门的人也没有了。因此门铃的响声听起来格外振奋人心。路科长连忙起身，连猫眼都没看就把门打开了。

林子阳笑眯眯地在门外站着，手上拎着一盒保健品。路科长顿时愣住了，等他缓过神来的时候，林子阳已进了屋。

"小林，看你买什么东西嘛。"路科长急忙让林子阳坐下，"快坐下。"林子阳把礼品放到茶几边上，说："路科，也没啥好买的，知道您胃不好，就买了点保健品，千万别嫌弃。唉，这还不是让工作给累的。"

说来也怪，刚才还在生林子阳闷气的路科长，听了这番话感动得眼泪差点流下来，他亲昵地拉住林子阳的手，说："小林，你想得可真周到。"说话间，老伴已泡了茶，两个人边喝茶边聊。

在一个科里共事都十年了，路科长平时对林子阳本来就挺关照的，因此彼此之间有聊不完的话题。聊了一会儿，林子阳便切入正题，说："路科长，不瞒您说，今天去肖局那里是有点儿事，其实什么事也瞒不过您老的眼睛。"说到这里，他停顿了一下，路科长在不停地点头。他又说："眼瞅着我都要往四十上奔了，至今仍一事无成。唉，人这一辈子又能图个啥呢？还不是想着进步进步嘛。"

见林子阳跟自己说了掏心窝子的话，路科长激动地一挥手冲着老伴说："弄两个菜，我要和小林喝两盅。"林子阳急忙起身，拦都拦不住。

路科长胃不好，酒不敢多喝，几盅酒下肚，脸上已经有一些红晕，他拍着胸脯，说："小林，我可没拿你当外人，要让我推荐，就推荐你来接我的班！"林子阳故作谦虚地说："您的成绩在那里放着呢，我怕是挑不了这副担子。"两个人聊得很投机，又过了些时间，林子阳怕路科长喝多酒，急忙把酒瓶抢在手里，然后起身告辞。

路科长一直把林子阳送到楼下，又大声嚷嚷着让林子阳慢些走，直到折腾得全楼的人都知道家里来过客人，才转身上了楼。

5

时间在期待中一分一秒地过去了，转眼又是二十多天过去了。所有的

第四章 出 击

一切似乎都在向着预定的目标进展，可林子阳知道，仅凭一副球拍胶皮就想把肖树青拿下几乎是不可能的。因此，他准备着向肖树青发射第二枚"糖衣炮弹"。

肖树青的儿子今年参加高考，他学习成绩虽不算很好，可也不是太差，属于一般水平。现在的大学遍地是，被大学录取并不是一件难事。高考分数下来后，肖树青逢人就说儿子考得还不错，属于超常发挥，果真儿子很快就被一所大学录取了。只是这所大学的名字有些陌生，反正林子阳从来没听说过。

这是一个绝好的机会，林子阳想借此送上一份有分量的礼物。他早就想好了，想送一部苹果手机。

也不知什么原因，现在的年轻人都迷上了苹果手机，这似乎成了他们身份的象征。有的孩子居然因为没有苹果手机，连学都不上了，爸妈被逼得没办法只好狠狠心为他们买回那部价值不菲的手机，一拿到手机孩子就高高兴兴地上学去了。

给肖树青的儿子送去苹果手机，他若是能把手机收下，估计科长的位子十之八九就到手了。不过，自从买了车，在车贷和房贷的双重压力下，家里的开支愈加紧张，这么多钱必须征得吴玲的同意才行。

吃过晚饭，林子阳把近期所发生的事一五一十地说给了吴玲听。听到肖树青对林子阳的态度莫名其妙地来了个一百八十度的大拐弯时，她那双明汪汪的大眼睛瞪得又圆又大，问："肖局是不是吃错啥药了？"林子阳嘿嘿一笑，说："这个先别管了，反正对咱来说是好事。我留意过，肖局见了其他人，脸上都是冷冰冰的，见了我都是笑容满面，真让人感到费解！"

见时机差不多了，林子阳便把送苹果手机的事说了出来。吴玲腾地从沙发上跳起来，像一口要吃掉林子阳似的，说："子阳，你疯了，咱俩的手机加在一起还不到两千块钱，一部苹果手机你知道多少钱吗？五千块呀，你算算，五千块能买多少米和面？"

林子阳坐在沙发上一声没吭，等吴玲平静下来，才说道："五千块在咱眼里是座山，可是在人家肖局眼里连块石头也不是！咱不送或是送少了，科长就落到人家手里。俗话说得好，舍不得孩子打不着狼，事情都到了这个分上，若是再不出手怕是前功尽弃了！"

两个人不再说话，吴玲低头沉思良久，终于有气无力地说道："你说得也对，事情都这样了。送吧，就送苹果手机！"说完，她起身去了卧室。

吴玲把一张银行卡递给林子阳，说："卡里还有五千多块钱，买苹果手机应该够了。"林子阳接过银行卡，把它放在手里看了又看然后才装进口袋。吴玲又叮嘱道："买手机时多转几家商场，跟商家好好砍砍价，省一点是一点嘛。"五千块呀，这可全是血汗钱！林子阳感到一阵难过，说："小玲，你放心，我会用最便宜的价格把手机买回来的。"

6

林子阳挑了一个没有月光的晚上，开车来到肖树青家所在的小区，他并没有把车停在肖树青家的楼下，而是停在不远处的空场上。几个副局长都住在这个小区，他怕被人知道他去过肖树青家。

他把装有苹果手机的盒子抱在怀里，快步来到楼下，肖树青住在三楼，按下楼门上的楼层号，门啪地开了。巧得很，肖树青正在家，见林子阳来了，他满脸是笑，急忙让座，说："子阳来了，稀客，稀客啊。"林子阳把手机放在茶几上，才一副诚惶诚恐的样子坐下来。

肖局绷紧了脸，装出不高兴的样子，用手指着手机，说："子阳，你这是做什么，快点收起来，待会儿带回去。"林子阳暗吃一惊，若是肖局果真不收，那还真麻烦了。他急忙站起来，说："过几天小宇就要到大学报到了，这是我的一点心意，现在的孩子都喜欢这玩意呢。也难怪，苹果手机除了打电话还有很多功能哩，它能帮着孩子学到很多知识……"小宇是肖树青的儿子。

说话间，林子阳看到肖树青绷着的脸渐渐松弛下来。这时，一个戴黑框眼镜的高个子男孩从房间里跑出来，一把拿起苹果手机，尖叫一声："正宗苹果，这可是好东西！"他连林子阳看都没看一眼，就拿着手机回了房间。

　　"小宇，把手机放下！"肖树青佯装生气地说，"这孩子，从小都让我惯坏了，一点儿礼貌都没有。"林子阳忙说："孩子喜欢，让他拿去玩好了，可别为难孩子。"

　　林子阳不想待太久，肖树青不比路科长，他家随时都会有人来，若是在这里碰到熟人彼此都会很尴尬。因此，他又和肖树青聊了几句就起身告辞，肖树青说了些感谢的话把林子阳送出了门。

　　走到二楼，林子阳听到楼门吱的一响，又有人来了！说不定也是去肖树青家的，他下意识地探着脑袋往楼下瞅了一眼，他的心顿时揪了起来。来人竟然是王锐，他正一步步往楼上走来，林子阳若是继续下楼，两个人一定会走个迎面，这当然是两个人都不愿意发生的事。当前他别无选择，只有退回去。于是，他蹑手蹑脚地又快步往楼上走去，一直到了四楼才停住脚步。

　　林子阳躲在暗处，侧着身子两眼目不斜视地盯着肖树青家的大门，王锐一步步走上来，来到肖树青家的门口按下门铃。门开了，肖树青满脸是笑，很热情地说："是王锐啊，快进来坐，快进来坐。"说着，他亲昵地拉住王锐的手。

　　肖树青对王锐的极度热情，让林子阳顿时有了酸酸的感觉，王锐虽然是两手空空，可他知道王锐的身上一定带着一份沉甸甸的礼物，说不定就是银行卡或是现金。想到此，林子阳又是感到一阵不安。

　　林子阳刚从肖树青家出来时的好心情，顿时一点都没有了。直到回到家，他的脑子还总想着王锐去肖树青家时的情景。

7

星期一，全局职工例会没有开。这天路科长没有来上班，究竟是公事还是私事，没有人知道。这样一来，科里的会议应该也开不成了。

开会是件很枯燥的事。林子阳他们正为今天无会可开而高兴呢，王锐来了，说："科里开会。"

大家吃惊地盯着王锐，齐声说："路科长回来了？"王锐摇了一下头，说："路科长没回来，会议由我来主持，地点在隔壁办公室。"隔壁办公室当然指的是王锐所在的办公室。说完，他扭头走了。

王锐走后，何涛吐了下舌头，小声说："难道局里已经内定由王锐来接任科长？"另两个人望了林子阳一眼，然后轻摇一下头。

王锐主持召开会议，究竟是路科长的意思，还是他本人的主意？林子阳的脑子飞快地旋转着，他禁不住又想起那天王锐去肖树青家的情形，难道是肖树青让他主持召开会议的？

林子阳心里禁不住咯噔了一下，他脑子里的确有点乱，可是，开会时间一到，他还是去了王锐的办公室，何涛他们三人紧跟其后。

王锐的表情很严肃，说："路科长有事，让我主持召开这个会议，会议内容有些多，同志们要认真听，认真做笔记！"一听问题有些多，大家不约而同地嘘了一声。

一听王锐主持召开会议并非是肖树青的意思，林子阳终于稍稍松了一口气。

问题终于讲完了，花了近一个小时的时间，大家都听得昏昏欲睡，这么多问题中，关系到大家切身利益的，就是下班时到后勤科每人领取十斤西红柿，是一个蔬菜种植基地送来的，前几天局里的技术员去进行了技术指导，为了答谢农业局送来的。进行技术指导时，林子阳和何涛都参加了。

除了这件事，其他事情都是一些陈芝麻烂谷子的"老皇历"问题。

开完会，大家伸着懒腰打着哈欠回了办公室。林子阳心里却直犯嘀咕，这个会根本没啥重要内容，是路科长授意王锐开的，还是王锐在撒谎？这件事，他越想越感觉不太对劲。

林子阳最终拿定主意，要给路科长打个电话证实一下。于是，他起身走出办公室……

和路科长通完电话，林子阳那颗骚动不安的心才算平静下来。

第五章

谁是赢家

1

陈牧天大学毕业后，去了城北区农业局工作，白杨能歌善舞去了电视台上班。参加工作后，陈牧天的各项工作都得心应手，事业上也是一路顺风，从科长到局长，又到副区长。如今他是城北区最年轻的副区长，工作有魄力，沟通能力又强，在全区是公认的最有前途的年轻干部。

近些天，辖区内的西郊镇发生的一件事，让陈牧天感到非常头痛。

西郊镇的前身是西郊农场，这是一个国有农场，以前的时候，光农场职工就有三万多人，农场还下设有分厂，他们除了种植燕麦、玉米、棉花等农作物，还经营着养殖公司、食品加工公司、酿酒公司等多家实体企业。

后来，农场进行了转型改制，和附近的一些村子一起合并成立了西郊镇，以前的实体企业都因经营不善而破产，原来的农场职工也相继失业，有的已自谋职业，多数人还在西郊镇这片土地上以种田为生。因此，西郊镇是一个农业大镇，上规模的企业却没有一家。

企业破产后，这些下岗职工因补偿款的问题没少闹腾。这些遗留问题始终未能得到妥善解决，因此西郊这片不安分的土地，时常让陈牧天感到心烦意乱。

也不知从哪传来的消息，有人说，镇政府今年大规模引进的玉米良种，存在严重质量问题，玉米的产量上不去不说，如果种植不当还会出现绝产现象。这并非是危言耸听，一眼望不见边的玉米的确是一副无精打采的样子，不仅叶子泛黄，而且有的玉米连穗都没长出来。这难道不是种子出了问题吗？种了几十年的玉米了，可从没遇到过这种情况啊！

几千亩良田呀，连种子带化肥投入了巨额资金，并且这里面凝聚了种植户们多少心血啊！眨眼之间，就一无所有了？难道就这么算了？这个责任该谁来承担？一系列问题让那些种植户们再也坐不住了。

这个消息一传出，如同一个重型炮弹在农场上空爆炸了。在企业改制过程中，早就充满怨恨的农场职工忽地一下围住了镇政府，由于镇上个别领导采取了比较极端的处理方式，情绪激动的群众乘车赶到了城北区把区政府的大门堵了个严严实实，有的群众干脆来到了海州市政府门口静坐。一时间西郊镇乱成了一锅粥。

为这件事，城北区的主要领导还受到市政府的严厉批评，责令其务必于十个小时之内劝回闹事的群众，海州市正在承办一个全国性学术交流会议，各地的专家很快就赶到海州，如果不及时把上访群众疏散，海州市的脸这一次可丢大了！

城北区委立即召开常委会议，迅速成立事件处理小组，陈牧天担任组长。陈牧天不敢怠慢，接到任务后立即带领工作小组，马不停蹄赶往西郊镇。

陈牧天在区农业局工作时是西郊的常客，那时，他经常来这里进行农业技术指导，在西郊镇他有着一定的工作基础。到区政府工作后，他也时常来西郊镇检查指导，因此他对西郊镇的情况还是非常了解的。

来到西郊镇，他先让镇政府的工作人员迅速召集待在家里的农场职工前来开会。这些人大都是老职工，对陈牧天还是比较了解的，知道他是搞农业出身的，曾在农业局工作过，以前没少来西郊进行技术指导。因此，听说是陈副区长主持会议，他们都赶来参加了会议。

在会上，陈牧天挥动手臂，慷慨陈词地说："西郊镇这片土地上有我陈牧天走过的足迹，我对这片土地有感情啊！今天搞成了这个样子，我感到无比心痛！各位都曾经是农场的职工，有的还是农场的元老，你们大把的青春都扔在这片沃土上，是你们养育了这片土地，也是这片土地养育了你们。要说感情，没有人比你们对西郊镇更有感情。现在闹成这种局面，难道你们就不痛心吗？大家这是在做什么？有问题解决问题，这是在给我们西郊人抹黑呀！"

会场上阒然无声，停了片刻，陈牧天把胸脯拍得啪啪作响，说："如果大家相信我陈牧天，我向所有西郊人保证，一定把事情的真相查个水落石出。若是玉米种子真存在问题，不管牵扯到谁，一定严查到底！"

一位鬓发斑白的老职工颤巍巍从座位上站起来，神情激动地说："陈区长说得对，事情搞成这个样子，是谁都不想出现的事。陈副区长，现在我们该怎么做！只要你说句话，我这把老骨头上刀山下火海眼都不眨一下！"这位老人当年被农场的一头牛一头撞进了水沟，若不是路过的陈牧天及时用车把他送到医院，老人怕是连命都保不住。因此，他第一个站出来支持陈牧天。

周围许多人听了老人的话，也随声附和道："对，陈副区长，你说现在该怎么做！"

陈牧天终于长出了一口气，说："我们这些人马上分兵三路，一路去市政府劝回在那里静坐的群众，并且对他们进行说服教育，耐心等待事情的调查结果。另一路赶往区政府，剩下的人员对即将赶往静坐地点的群众进行说服教育。时间紧迫，我们马上行动！"

会议一结束，全体人员马上行动起来，赶往市政府的一路人马由陈牧天亲自带队，到区政府的人员由西郊镇党委书记郭志明带队，他五十来岁，长得略微有些瘦，身体一直不是很好，不久前，因胃出血刚住过一次院。接到任务后，他用喑哑的声音招呼着一拨人马风风火火地上了路。剩下的人员由镇长门向东带领，对待在家里的群众做说服教育工作。

参加闹事的群众大都是这些老职工的子女或是之前的徒弟，老职工们一来到就冲着他们一顿呵斥，有些脾气粗暴的，竟然是破口大骂，刚才还激情高涨的上访群众顿时都蔫了，乖乖地上了车。不过，他们坐在回西郊镇的大巴车上谁也没闲着，一个个大声叫嚣着，若是查不出事情真相，非把镇政府砸个稀巴烂不可！

人总算是回来了，局面也得到了控制。可是，陈牧天悬着的心丝毫没有放松，他比谁都清楚，若是不能及时给群众一个事实真相，恐怕日后还会闹出更大的乱子。

第五章　谁是赢家

2

周二，大家刚到办公室还没等坐下来，就接到通知召开全局职工会议，事情来得很突然，准是有什么要紧事。

林子阳依然坐在了第二排，其实，大家也早已习惯了他往那里坐，似乎第二排就应该有他一个座位。

肖树青端坐在主席台的正中央，他面沉似水，仿佛天快要塌下来一般。会场上鸦雀无声，大家不知道有什么事情要发生，都睁大眼睛等待着会议的开始。

会议开始了，肖树青咳了两声率先讲话。他首先宣读了市政府关于农产品质量标准的文件通知，然后通报了城北区西郊镇因玉米良种问题发生集体上访事件的有关情况。

对于这起事件，大家还是有所耳闻的，见肖树青在会上提到这件事，立即有人小声议论起来。见会场有骚动，肖树青故意咳嗽一声，会场又静下来。肖树青面色凝重，说："市政府下达了紧急通知，责令我局马上成立专家组前往西郊镇，对事件真相进行调查，然后再根据调查结果研究对事件的处理意见。这起事件李市长非常重视，要求我们迅速行动，务必用最短的时间调查出事实真相。昨天晚上，局党委连夜召开会议，经反复酝酿研究最终成立了以聂峰同志为组长的调查小组。下面请聂副局长宣布调查小组成员名单，所有调查组成员散会后马上出发，调查期间吃住在西郊镇，请各位同志务必作好出发前的准备工作。"

之前分管人事的孟副局长去年已调走，聂峰是分管业务的副局长。

大家刷地把目光落在了聂峰身上，聂峰戴着一副小镜片的眼镜，鹅卵石般光滑的脸上没有任何表情。他环视了一下会场四周，清了清嗓子，开始大声宣读起来。

林子阳彻底愣住了！他简直无法相信自己的耳朵，可是，这是聂峰当着全局职工的面亲口说的，这不可能有假。想不到他竟然是调查组的副组长！

应该说，本次调查工作属于林子阳所在科的职责范围，如果说他是调查组的成员之一，这没什么可奇怪的。可是，让他来担任调查组的副组长，这不能不叫他感到吃惊。按理说，聂峰任组长的话，副组长应该由路科长来担任才对，如果考虑到路科长年龄大即将退下来这个因素，应该由副科长王锐来担任才是常理。可是，副组长却意外地落在了林子阳的头上。

林子阳担任副组长，场下的其他人也都很吃惊。大家齐刷刷地把目光投向林子阳，他顿时感到脸上一阵火辣辣的。

聂峰读完名单，又强调了调查组在工作期间的注意事项。林子阳的脑袋一阵发涨，聂峰后面的讲话他一句也没听进去。

林子阳暗想，让他担任副组长的原因可能有两个：一是王锐虽然是副科长，可他的专业和本次调查工作不对口；第二个原因可能是肖树青借此机会向全局职工发出一个重要信号，路科长退了后，由自己来接替他的科长。

当然，林子阳更希望是后一种情况，可是，不管真实的原因是什么，这个机会的确很难得。一来可以向全局职工证明自己，二来聂峰亲自带队，获取他的信任和好感也是极其重要的一件事。

其他几个成员都是从各科室抽的业务骨干，他们大都是从名牌农业大学毕业的年轻人。科里的何涛就是其中一个。

会议结束的时候，林子阳瞅了王锐一眼，他看见王锐铁青着脸，是一副忧心忡忡的样子。

林子阳开着车回了趟家，在路上他打电话把情况和吴玲说了，吴玲听说林子阳是调查组的副组长，也是感到一阵惊喜。到家后，林子阳取了几件换洗的衣服和日常用品就迅速地下了楼，他待在家里的时间不到两分钟。他是第一个赶回局里的，不一会儿，聂峰和其他几个人也都风风火火地赶了来。

调查组共有七个人，大家坐进了局里的那辆大面包车，车子风驰电掣

第五章　谁是赢家

般向西郊镇赶去。

3

近午时分，车子驶入西郊镇。面包车在镇政府门前停下来时，陈牧天等人早已在门外等候了。

下车后，陈牧天和车上的人一一握手，轮到林子阳时，他张开双臂和林子阳来了一个拥抱，说："子阳，你也来了！这次可要看你们的了。"林子阳笑了笑，说："牧天，近来好吗？"陈牧天一脸苦笑，说："只是眼前这件事就把我搞得焦头烂额了，你想还能好得了吗？"

一行人走进了镇政府，陈牧天对聂峰说："聂局，先去招待所看一看住宿情况，顺便休息一下，其他事还是等到下午再说吧。"聂峰笑着说："我心里可是一点儿底也没有，现在是饭吃不下，觉睡不着，我看还是先听汇报再说吧，其他事先放放。"陈牧天对身边的郭志明说："聂局愿意先听汇报，那就直接去会议室吧。"

大家在会议室里坐下来，陈牧天简短地说明了一下情况，郭志明开始对问题做了详细的汇报。

这次玉米良种的购进是由镇政府牵头集中采购的，整项工作都是由镇农委负责的，事件发生后镇农委也联系了种子的销售方，对方态度很坚决，认为种子不存在任何问题，因为用了同类玉米种子的其他客户都不存在西郊镇所出现的问题。

郭志明正在做着汇报，林子阳有些按捺不住，插嘴问："田地里的玉米主要存在着哪些问题？"聂峰咳了一下，然后不悦地看了林子阳一眼，林子阳马上知道自己有些冒失了，他脸色微微一红，心中暗自懊悔，别以为是副组长就了不起，有组长在这里，还轮不上自己说话呀！

郭志明刚要回答林子阳的问话,这时聂峰沉着脸,说:"先汇报吧,存在什么问题,会后可以实地查看嘛。"郭志明脸上露出一些窘态,又继续汇报起来。林子阳感到脸颊一阵发热,连声说道:"还是先汇报吧。"

这个"小插曲"顿时提醒了林子阳,千万要摆正自己的位置,做事别太冒进了。刚才的确有些唐突了。

陈牧天坐在那里一句话也没有说,他不动声色地做着笔记,对刚才的"小插曲"视若不见。

听完汇报,聂峰代表市农业局又讲了一些意见,陈牧天也做了简短的讲话,会议终于在热烈的掌声中结束。

午饭安排在镇招待所,说是招待所,其实就是一家饭店,一个大院落,里面有两排砖瓦房,一排是餐厅和包间,一排是用来住宿的。虽是平房,可房子刚装饰过,里面布置得很别致,很温馨。午饭由陈牧天和郭志明作陪,因为下午还有事,尽管陈牧天再三劝酒,聂峰还是滴酒未沾。

吃过午饭,回房间小憩片刻。聂峰和林子阳住的都是单间,其他几个人住的是三人间。

下午两点,一行十几人准时出发,大家坐进了两辆车,一辆轿车,一辆大面包,两辆车一前一后行驶在辽阔的田野上,四周是碧绿的庄稼,车子顿时淹没在了一个绿色的世界里。

时值八月,庄稼即将收获,辽远的田野弥漫着稻谷的香气。

车子在一条泥土路上停下来,郭志明从车里钻出来,大声说:"就在这里下车吧。"十几个人陆续下了车。

眼前是一望无垠的玉米地,暖暖的风吹过来,传来一阵沙沙的响声。

林子阳抬眼看过去,他的第一感觉是,玉米棵和往年同期相比株高矮了足有十厘米,就叶片颜色来看也有些泛黄。

林子阳用相机从不同角度拍下一些相片,然后跟随大家走进玉米地,他发现玉米的出穗情况也是良莠不齐,玉米正处在出穗期,出现这类情况是极不正常的。他刨开一个幼穗看了看,穗粒的数量不仅少,还不够丰满。

聂峰走在最前面,也是边走边查看。年轻时他做过农业技术员,对粮

第五章 谁是赢家

食作物的生产还是很有经验的。其他人也是一边走一边四处查看,从玉米的长势来看存在重大问题是不容置疑的,不过,究竟是不是种子的原因,短时间内谁也无法判断。

一行人从玉米地里走出来,又换了另一块田地进行查看。聂峰取了玉米秸切片的样本递给何涛,何涛是农业大学的高材生,业务过硬,来时的路上,聂峰说,何涛是他亲自点的将。何涛熟练地取出显微镜,仔细查看起样本,他一边看一边摇头,他说:"没有发现异常。"聂峰和林子阳又先后用显微镜仔细查看了一遍样本,两人都面带遗憾地摇了摇头。

折腾了一下午,谁都没说一句带有结论性的话,其实大家都有着自己的结论和看法,可是,谁都不敢贸然发言,都知道问题的严重性,一旦说错话意味着什么,他们心里都非常清楚。

太阳西下,天边燃起一片火一样的云霞,整个田野仿佛披了一层薄薄的红纱。

大家沉默许久,聂峰终于说话了,他脸色凝重地说:"看样子,不像是虫害,从显微镜里根本没有看到虫子的痕迹。天晚了,我们多采些样本回去再仔细查看研究。究竟是不是种子的问题……需要进一步调查才可以下定论。"

"事情总会真相大白的!"陈牧天在一旁笑着说,"大家累了一天了,今天就到这里,我们先回去吧。"说着,他笑眯眯地望着聂峰。

聂峰望了一下天空,说:"就听陈区长的,咱们先回去吧。"

于是,一行人又上了车,车子行驶在了田间的大路上。

4

晚饭时,陈牧天摆出一副舍命陪君子的架势,和聂峰拼起了酒,就连林子阳他也不放过。聂峰喜欢喝酒，又是出了名的海量，因此他和陈牧天都喝了个一塌糊涂。不过，聂峰喝酒从来不误事，若是有事，即使酒再好，也是滴酒不沾。

　　回到房间，林子阳毫无睡意，他看了一会儿电视，然后又翻阅起文件夹里的一些资料。在查看提供玉米种子公司相关信息资料时，猛然感觉到"星华集团"这个名字似乎在哪里听说过，提供玉米良种的公司是星华集团的一个分公司。于是，他把资料重新放回文件夹，然后独自躺在床上缓缓闭上了眼睛。

　　十几分钟后，林子阳忽然鲤鱼打挺一般从床上蹦起来，他打开笔记本电脑在百度上打上"星华集团"四个字，让林子阳感到吃惊的是，星华集团的总经理居然是毛头。蓦然间，林子阳又联想到了陈牧天，难道采购"星华集团"的玉米种子是毛头通过和陈牧天之间的关系进行推销的，要不，西郊镇政府操这份闲心干吗！

　　林子阳不敢再想下去，他也不想再继续往下想，累了一天的他合衣躺在床上，直到很晚才迷迷糊糊地睡去。

　　第二天，刚吃过早饭，城北区电视台的新闻采访车就到了。车上下来两女一男，男的手上拎着摄像机，三个人朝着林子阳一行人走来，林子阳的眼睛忽然亮起来，走在最前头的居然是白杨。

　　陈牧天开玩笑说："调查结果还没出来呢，你们电视台凑什么热闹呀。"白杨笑了笑不吭声，陈牧天又说："白杨，你猜谁来了？"说着，他用手指了指林子阳。白杨笑眯眯地说："区政府网上早挂出调查组的人员名单了，子阳担任调查组副组长的事早已不是秘密了。"

　　林子阳知道，白杨之所以赶过来，是因为自己来到西郊镇，要不进行新闻采访，记者前来就可以了，一个副台长跟着做什么？见白杨走近，他开玩笑地说："想不到连副台长也来了！"白杨说话还是那么直来直去，说："老同学来了，我能不赶过来吗？"

　　接着，林子阳把聂峰等人和白杨一一做了介绍。

　　今天上午的主要任务是召开碰头会，地点在会议室，参加会议的人员

第五章　谁是赢家　　　　　　　　　　　　　　　　　　　　　　95

是调查组全体成员,陈牧天等城北区的所有工作人员要进行回避。会议定在上午九点召开,九点以前要求大家在房间里准备会议上的汇报材料。

在去房间的路上,白杨喊住了林子阳,她那双水汪汪的大眼睛依然柔情似水,白杨小声问:"子阳,根据目前情况来看,种子不会有啥问题吧?"林子阳忙说:"依我看,应该不是种子的原因,不过也不像是遭受了虫害。"白杨长舒了一口气,说:"那就好。"两个人又聊了一会儿,白杨才告辞走开。

林子阳正愣愣地望着她优美的身影远去,想不到的是,白杨又折了回来。

她压低了声音,神秘兮兮地说:"子阳,你知道吗?这些玉米种子是毛头通过牧天送过来的,我怕万一有什么事,牧天他……"

这件事,林子阳早有心理上的准备,因此他并未感到吃惊。怕白杨担心,他说道:"放心吧,不会有事的。"白杨听了,冲他嫣然一笑,那一刻,林子阳的身体仿佛就要融化在那花一般的笑容里。

曾经走过的青葱岁月已化做时光的尘埃将永不再来,白杨转身离开的刹那间,林子阳忽然感到一阵莫名的酸痛……

白杨像是忽然想到了什么,她又止住脚步,转过身来,说:"要不,你给董老师打个电话,还是征求一下她的意见吧。"白杨口中的董老师当然是他们的班主任董梅。董梅是农业大学的教授,也是全省知名的农业专家。

林子阳顿时感到一阵欣喜,幸亏白杨提醒,怎么把这么重要的事都忘了!可是,他又无奈地轻摇了一下头,面带羞涩地说:"聚会时走得急通讯录落在了酒店,我……没有董老师的电话号码。"白杨吃吃一笑,说:"你这个马大哈,我这儿有,你记一下。"她一边翻看着手机,一边把一组号码告诉了林子阳。

林子阳像捡到了宝贝似的,把号码存在了手机里。他猛然发现这串号码十分眼熟,再仔细翻看手机,他恍然想起,那天参加同学聚会从省城回来,刚进楼门后收到一个陌生号码发来的短信,当时以为是白杨用另外一个号码发来的,想不到短信是董老师发的……

董老师一直对我充满期待啊!林子阳心里禁不住一热。白杨早已走远,他快步回到房间。

　　林子阳拨通了董梅的电话，电话那端传来一个亲切的声音："是子阳吗？打电话过来有事吗？"董老师的手机里竟然存着林子阳的手机号码，一时激动，他支支吾吾地说："董老师……您……"

　　"怎么了子阳？你可不是一个婆婆妈妈的人哦。"

　　"董老师，有件事想麻烦您一下，是这样的，我们这里的玉米出现了些异常情况，想请您给诊断一下。"

　　"好哇，你把有关的信息资料发给我。我马上把我的邮箱告诉你……"

　　林子阳在电话里又和董梅闲聊了几句话，挂掉电话后，他急忙把照片和其他的一些文字资料发进了董梅的邮箱。

　　几分钟后，林子阳正整理着汇报材料，董梅打过电话来，他急忙按下接听键，董梅的语气略带责备，说："子阳，这不是我们课堂上常说的大斑病吗？这些年你都干什么去了？难道连玉米的常见病都瞧不出来？"林子阳面色一红，说："董老师，大斑病我当然知道，可……这根本就不是大斑的症状嘛。"

　　电话里是董梅清脆的笑声："是啊，也难怪你瞧不出，这种病若是在不同的玉米品种之间，或是在不同地域和不同的气候条件下，它的症状都会有着不同的表现……"林子阳哦了一下，刚要再说些什么。这时，董梅又说："对了，是不是你们那里的玉米大面积爆发了这种病症啊。前几天，陈牧天也给我发来了同样的信息资料啊……"

　　林子阳顿时愣住了！陈牧天已经知道是大斑病了，那他还……

　　时间已容不得他多想，又问："董老师，是不是按治疗大斑的方法处理就可以了？"董梅笑着说："对。"

　　林子阳又问："通过治疗处理后玉米会减产的，对吗？"董梅想了一下，说："肯定会的，不过如果措施得当的话，影响应该不会太大。"林子阳听了心中一喜，他在电话里对董梅谢过后才挂了电话。

　　林子阳连忙在电脑上查找起有关大斑病防治的信息资料，脑子里想的却是陈牧天，原来他都知道了！难怪他总是一副气定神闲的样子。

第五章　谁是赢家

5

九点整,调查组的全体成员来到会议室,没有外人在场,聂峰说话很随意,笑呵呵地说:"子阳,你是副组长,你先说吧。"

给董梅打了电话后,林子阳虽然已成竹在胸,可他并不想早早地把问题的结果说出来。于是,说:"聂局,还是先听一下他们的意见吧。"

聂峰笑了,说:"也好,何涛,你先来吧。"于是,何涛和其他几个人都谈了自己的看法,从他们的意见来看大都对种子的可靠性表示怀疑。

聂峰点点头,说:"我也考虑过种子的问题,可是,我向其他省市的农业部门了解过,他们的确没有出现这类情况,如果是种子的问题,'星华集团'的种子又不是只卖给了西郊镇,怎么只有他们这里出了问题呢?我认为还是因为气候和土壤等因素导致的特殊病症。"

聂峰说完后,其他几个人不再说话。林子阳心中暗自对聂峰表示敬佩,不愧是做过农业技术员,确实能抓住问题的关键。这时,聂峰说:"子阳,谈谈你的看法。"

林子阳先谈了自己的看法和观点,然后把打电话给董梅的经过说了一遍。董梅这个人,大家还是了解的,毕竟都搞农业的,全省有名的农业专家,他们不可能没听说过董梅的名字。

聂峰惊喜地从座位上站起来,大手一挥,说:"子阳,这次你可立大功了。我们马上对少量玉米按大斑病进行治疗,若是症状消除,马上大面积采取措施。"大家连声说好。

调查组所有成员立即赶往距离较近的一块田地,同去的还有陈牧天和郭志明,施完药,大家终于舒了一口气,各自待在田埂边上闲聊。

陈牧天来到林子阳身边,压低声音,问:"给董老师打电话了?"林子阳轻轻地点了一下头。陈牧天不再说话，只是会意地笑了。

第二天，施过药的玉米生长状况有了明显好转，郭志明兴奋地说："马上进行大面积施药吧！"大家也都随声附和说："对！"然而，聂峰却说："还是等几天看看情况再定。"大家一想也对，毕竟是几千亩玉米，万一有什么差错，这个责任谁也担负不起。

正如聂峰所料，隔了一天再看那些施药的玉米又恢复了原状，有个别苗株的情况甚至比以前更差了。大家暗自庆幸，幸亏没有大面积采取措施，否则后果不堪设想。这时，林子阳终于从陈牧天那张深藏不露的脸上看到了许多惊慌。

陈牧天快步来到聂峰的面前，问："聂局，这可怎么办？"聂峰埋头思索片刻，说："观察几天吧，会有结果的。"

回去后，聂峰去了林子阳的房间，他紧锁眉头，说："子阳，你再打个电话，问一下董老师出现这种情况是怎么回事。"林子阳正在想着究竟要不要打电话给董梅，听聂峰这么说，便不再犹豫，急忙拨打了董梅的电话。

电话通了，林子阳急忙把情况和董梅作了汇报，董梅笑着说："子阳，你们海州到底是一个什么样的情况呀？刚才牧天打来电话也是咨询这个问题，你们没有联系吗？"聂峰就站在旁边，林子阳支支吾吾不知该如何回答，董梅又说："出现异常情况，大概是药量过大玉米正处于恢复期的原因吧。观察几天再说吧，好吗，子阳？"

林子阳如释重负，连声说好。

又过了几天，奇迹终于出现。用过药的玉米彻底变了样儿，长势比没施药的玉米有明显好转。聂峰十分兴奋，说："可以大面积医治了。"大家兴奋地鼓起掌来。

种植户们听到这个消息后，无不欢欣鼓舞。一星期过后，那些病态十足的玉米地终于恢复了喜人的长势。

第五章　谁是赢家

6

聂峰早已通过邮件将调查结果发送到了局里，肖树青也在第一时间将情况上报给了市政府。

面包车驶进市农业局大门的时候，肖树青和其他几位领导早已在等候了。

这件事过后，林子阳在局里的形象发生了巨大变化，不说别人，就是包括聂峰在内的几个副局长，见了他都是笑脸相迎。林子阳呢，却是一如既往地早来晚归，全身心地投入到了工作之中。

以前王锐见了林子阳都是铁青着脸，仿佛遇见了一只令人心烦的癞蛤蟆，现在见了面，他也会主动上前打声招呼。

有一天，林子阳正在处理一些农业品检测信息数据资料，何涛在一旁小声说："听说王副科长背着路科长给咱们开会的事，不知是谁告诉了路科长，他知道后很生气，不仅狠狠地批评了王副，还把这件事反映到了肖局那里……"

林子阳继续处理着资料，头也没回说道："难道会议不是路科长让开的？"

何涛脖子伸得老长，说："哪里呀？路科只是让王副通知大家下班后到后勤科领西红柿，他却借机给咱们开了会！"

林子阳不再说话，又专心地忙起手上的活。其他几个人却仍然意犹未尽地在议论这件事。

路科长眼看就要退了，准确地说，时间已经超过他退休的日期，他却仍然善始善终地来局里上班，每次开会，他都标榜自己是在站好最后一班岗，说是在画一个圆满的句号，可是，这个小小的句号却迟迟画不完。

任何事情都一样，有了第一次，就会有第二次、第三次……每次开会，路科长讲完后,王锐都会或多或少地讲上几句,像是做总结,又像是对路科长的讲话进行补充说明。近些时间,林子阳察言观色的水平有了明显提高,每次王锐一开口,他都会从路科长的脸上寻找到让人难以察觉的不悦。

十月的雨,像雾,又像烟。这天下午,路科长来到林子阳的办公室,说局里已通知他可以休息了,他低沉的话语充满了伤感,他还说昨天晚上肖树青和几个副局长亲自为他举行了辞别宴席……说这些话时,他的眼里迸射着亮亮的光芒。

林子阳拉住路科长那干瘪的手指,说:"路科长,您这就退了?大家可舍不得你走啊。"何涛他们也都满脸神伤地围了上来……

路科长收拾了一整天办公室,东西大都是私人用品。王锐叫来两个年轻科员叮嘱他们帮着把东西给路科长送回家,林子阳也主动过来帮忙。

晚上,全科所有人都参加了路科长的辞行晚宴,宴席是王锐一手操办的,他指手画脚把那些年轻人安排得如同热锅上的蚂蚁团团转。全然是一副现在科里是他当家作主的模样。不过,王锐从来不让林子阳去干这干那。

向来很少喝酒的路科长,也喝高了,他脸色酡红,说话有些语无伦次。

宴席很晚才结束,路科长都站不住了,说话也大喊大叫,全然没有了开会时的威仪。几个年轻人费了很大力气,才把他扶到车上。

7

第二天,科长室的门紧闭着,科长的位子暂时还空着。不过,科里有什么大事小情王锐都是跑在最前头,他正在竭尽全力地向他人暗示着一个重要的信号,未来的科长非他莫属。

林子阳的心里空落落的,心里一点儿底也没有,有几次和肖树青迎面走过,肖树青对他依然很和气,他本想问一下科长的人选问题,可几次话

第五章 谁是赢家

都到嘴边了，又咽了下去。

又过了几天，仍然没有任何消息，林子阳如坐针毡。

这天，林子阳正和科里几个人闲聊，猛听到有人用尖细的声音喊王锐的名字，他的心咯噔了一下。喊王锐的是个中年女子，是局里的财务科长，她喊王锐是让他去楼上开会。

开会！多么敏感的字眼啊！自参加工作以来，林子阳参加的会议数都数不过来，这些会议都让他感到无比厌烦，每次都是在煎熬中度过的，这些大大小小的会议也不知浪费了他多少宝贵的时间，这些时间可是他生命的重要组成部分啊！可是，今天他对王锐所要参加的这个会议却产生了从来未曾有过的兴趣和期望，什么会议？谁主持？有哪些人参加？内容是什么……这一系列的问题，他都想快些知道，他却一点儿也不清楚。

会终于开完了，时间不长。王锐和其他科室的科长主任们从楼上走下来。

上午快要下班的时候，王锐过来说道："明天五十岁以下的机关干部参加义务劳动，八点在局里集合，千万别迟到！"说完，他匆匆地走开了。

这件事让林子阳的心情糟糕到了极点，晚上回到家，没有跟吴玲提起这件事，他怕她心疼银行卡上的那些钱。

第二天的义务劳动是集中清扫城区街道卫生，是市政府为了维护城市形象所搞的一项活动。这次活动搞得很隆重，电视台、报社的都来了，活动的场面当晚就上了电视。

星期六，吴玲去4S店保养车去了，林子阳待在家里给苗苗补习功课，近午时分吴玲打电话来，说中午不回家吃了，要和几个同学一块吃饭。林子阳心里本来就郁闷，听说吴玲和同学一块儿吃饭心里就有气，可又在电话里不便多说，问："又是哪个同学啊？"电话那端，吴玲的心情似乎好得很，说："余力呗，还有另外几个中学的同学。"

林子阳怅然若失地挂掉电话，脑子里又浮现出了余力在吴玲脸上爬来爬去的目光。

林子阳用自行车驮着苗苗来到超市，他想买些现成的饭菜回去填饱肚子，他实在没有心情亲自下厨做饭。自行车上了锁，父女俩正往超市门口走着，一个长头发的大男孩一边打电话，一边摇摇晃晃地从超市走出来，男孩鼻梁那副黑框眼镜让林子阳的眼睛顿时亮起来。男孩是肖树青即将要上大学的儿子，他手上拿的正是那部白色的苹果手机。

那部苹果手机，简直就是一颗定心丸，让林子阳心情顿时好起来。他在超市买了很多好吃的饭菜，和苗苗回到家里吃了个肚儿圆，那天，他还破天荒地一个人喝了瓶啤酒，已是深秋，酒有点凉，他边喝边打哆嗦。

8

新的一周开始了，一切似乎都是那么平静。例会照开，内容还是老一套，没有半点新意。

最受煎熬的还是科里的会议，王锐连说话的腔调也变了，他一开口，林子阳就感觉到浑身有千万条毛毛虫爬来爬去，难受死了。

这天，林子阳正在座位上发愣，肖树青夹着文件包走进来，局里所有人都知道他的文件包里装着一个省队专用胶皮的乒乓球球拍。

与以往不同的是，这一次肖树青脸上的笑容没有了，看上去很严肃，仿佛天要马上塌下来。林子阳慌忙站起来，刚要开口说话，肖树青抢了先，说："到我办公室来一趟！"说完，他板着脸转身出了门。

林子阳好不容易才缓过神来，不知道此去是喜还是祸，可他有种预感，科长人选的事，马上就有结果了。他宛如一只温顺的羔羊跟在了肖树青的身后，肖树青的脸紧绷着，一路上一句话也没有说。林子阳的心脏在剧烈跳动着，他的腿上像绑了沙袋，每迈出一步都感到异常困难。

肖树青打开门，林子阳一声不吭地跟了进去。关上门，肖树青示意林子阳坐下，林子阳木讷地站在原地傻了似的没有动，直到肖树青坐下来，才诚惶诚恐地把屁股凑到沙发上。

第五章　谁是赢家

办公室一阵沉静，林子阳感到有些透不过气来，肖树青终于说话了，脸色也稍稍有了一些缓和。果不出所料，他一开口就直奔主题而去。

肖树青用低缓的声音说道："子阳啊，老路退了，科长的位子一直空着，我是想让你把这副担子挑起来，可有的副局长认为不是很妥当，的确也是，毕竟你现在连副科长都不是啊！"说完，肖树青沉着脸叹了口气。

听完肖树青的一番话，林子阳脑袋嗡地响起来，他知道一切都"over"了，肖局说得够明白了，他已经尽力，都怪你连副科长都不是！林子阳嘴角颤动了几下，想说点什么，以此来表现他的大度，可费了好大的劲，一句话也没说出口。

办公室里又是一阵宁静，林子阳的胸口怦怦地跳动着。

"昨天的局长办公会讨论得真够激烈！"过了片刻，肖树青又面色凝重地说，"费了九牛二虎之力我才说服其他几个人，真不容易啊！别看是个科长，这副担子可不好挑呀！子阳，要好好干，一定要争口气！"

这番话像一辆快速的玩具车，在林子阳的脑子连续拐了几个弯，他才恍然听明白，原来，他已经是科长了！

林子阳当然明白，肖树青这么费劲地把这个消息告诉他，不过是让他知道这可全是肖树青的功劳！

林子阳感到全身的血液都在沸腾，说："肖局，您放心，我会好好干的！"肖树青哈哈大笑起来，说："过几天就要公布结果，公示期一过，可要称呼你林科长了。"林子阳脸一红，有些羞涩地说："肖局，太感谢您了！"肖树青微微一笑，说："都是自家人，说什么感谢呢，这件事暂时保密，你先回去吧。""自家人"三个字让林子阳倍感亲切，他连忙起身告辞，然后轻飘飘地回了办公室。

一整天，林子阳都是处在极度亢奋之中。晚上回家，他把消息告诉了吴玲，吴玲兴奋得搂住林子阳的脖子，宛如一只小羊羔咩咩直叫。晚饭，吴玲多炒了几个菜，还拿出一瓶红酒，两个人好好庆贺了一番。

王锐似乎听到了什么，见到林子阳时他脸色很难看，每次林子阳主动打招呼，他都是掉头就走，根本不理会林子阳。林子阳感到一阵愧疚，毕竟王锐是副科长，是自己横刀夺爱般地把本应属于王锐的科长抢了过来。

这天早上，见楼内的电子屏上打出了通知：上午九点在会议室召开全局职工大会。

林子阳提前十分钟去了会议室，在老地方坐定，他像做错了事的小学生，脑袋埋在胸前。其他人在说说笑笑，他却一言不发。

会议开始了，几个副局长先后强调了几个与日常工作有关的问题。随后，肖树青终于提到了路科长退了后，科长一直空缺的问题。然后他公布了一项关于人事任免的决定，林子阳为农产品质量监督科的科长，王锐则去了局办公室任副主任。另外，还有其他几个人工作上的轻微变动，当然这些都是无关痛痒的。

对于王锐的变动，是林子阳没有预料到的。

散会后，林子阳没有急着离开，他偷看了一眼王锐，他的脸如同刚从锅里捞出来的猪肝，看起来有些吓人。那一瞬间，林子阳忽然感到自己简直就是一个抢劫犯，强行抢走了原本属于王锐的最贵重的东西。

公示期七天，只要这七天不出什么差错，林子阳就搬到科长室办公了。

大家的消息真够灵通，当天林子阳就接到不少电话，是向他表示祝贺的，其中路科长就打来了电话，他以一个老前辈口气在电话里叮嘱了林子阳一番。

林子阳没做什么见不得人的事，面对公示他心里很坦然。可是过了几天，在楼道上他遇到王锐，王锐见到他形如路人，与他擦身而过。就在那一刻，他忽然感到一阵心虚。他想，公示期内若有人给他添麻烦的话，这个人百分之百是王锐。

王锐去办公室工作，应该说是肖树青的一个平衡动作，其实，王锐去办公室工作挺合适的，办公室在局里是一个举足轻重的部门，在那里和领导打交道多，很容易被提拔的。因此，从某种角度来说，王锐也算是被提拔重用了。

林子阳总感觉心里不太踏实，吃过晚饭，忽然想起一件事，于是，他匆匆出去了。

第五章　谁是赢家

在医院的病房里，林子阳见到了王锐，他的脸上还充满懊丧。王锐的爸爸在住院，是老毛病，脑血栓，每年都要住几次院。前些天，林子阳已经和科里其他人来过一次了。

林子阳把刚买的营养品放在病床旁边，小声问："王叔好些了吗？"很显然，林子阳的出现，让王锐感到很吃惊也很感动。他忙握住林子阳的手，说："你这是……"

从病房出来，两个人在走廊上说了一会儿话，话题是关于王锐爸爸病情的。人事变动的事，只字未提，敏感话题，两个人都心照不宣地在刻意回避……

从医院出来，林子阳的心里才踏实了许多。公示期终于平安地过去了，林子阳如愿以偿地当上了科长。

第六章
光环效应

1

　　林子阳坐在科长室里舒适的座椅上的时候，恍然感觉是在梦中，从参加同学聚会归来仅仅五个来月的时间就发生如此大的变化。此时此刻，若不是那张宽大的老板桌就摆在他的面前，他还真有点儿不相信所有的这些是真的。

　　从开始行动到实现目标，每一步都是那么顺利，几乎都是按他的预期下来的。可是，有一件事他至今还百思不得其解，每次闲下来他时常绞尽脑汁地去思索这个问题，至今一无所获。肖树青那张冰冷的脸为什么会突然变得如春花般灿烂？这个问题，见到肖树青时有几次他差点儿就问出来，可理智让到嘴边的话又咽了回去。他知道尽管只有肖树青知道这个问题的答案，可他是万万不可以当面向他问询的。除非肖树青主动说出来。

　　自从当上科长，林子阳事务多了，电话多了，应酬也多了……忙得他似乎再添一双手脚才够用。

　　公示期刚过，白杨就打来电话向林子阳表示祝贺，他不好意思地说："不愧是在电视台工作的，消息可真灵通，才几天的事你就知道了。"白杨笑着说："这有什么奇怪的，公示在你们局的网站上挂着呢，只要点点鼠标就能知道。"两个人聊了片刻，白杨说："牧天还要和你说几句，你等一下。"原来陈牧天就在白杨身边。陈牧天接过电话说了一番表示祝贺的话，林子阳嘴上说就是个科长嘛没啥值得祝贺的，心里却是飘飘然的感觉。最后，陈牧天说："子阳啊，这可是一件大好事！瞅空我和白杨一定去给你庆贺一下。"林子阳又说了一些客套话，两个人才挂掉电话。

第六章　光环效应

按理说，科长应该算是最低级别的干部了，可是，以前和林子阳已失去联系的朋友和同学像雨后的笋，忽然间不知从什么地方冒了出来，他们都给林子阳打来电话表示祝贺。近些时间，林子阳的手机时常有一些陌生号码打进来。让林子阳意想不到的是，毛头等一些远在千里之外的同学为这件事也打来电话，他们的耳朵可真够长的，林子阳想毛头他们大概是通过陈牧天才知道这个消息的。

这天，林子阳正在办公室看文件，岳笑川打来电话，成了科长的事他第一时间就告诉了岳笑川。这次他打电话来是有几个中学同学晚上要来看望林子阳，林子阳忙问："是哪些同学啊？"岳笑川说："大头、二毛和三饼，三个人听说你成了科长，就托我联系你，你可千万别说晚上没空！人家可是一片真心。"这些天林子阳基本每天晚上都有饭局，他已很久没有在家吃饭了，为此吴玲都有意见了。

于是林子阳无可奈何地说："好吧，不见不散。"电话那端，岳笑川笑着说："这就对了嘛，地点我已经订好了，在环球酒店。"林子阳禁不住心中一惊，环球酒店是全市数一数二的饭店，那里的酒菜贵得能吓破没钱人的胆。近些天的饭局大都是别人掏钱埋单，林子阳都是出上一张嘴巴，除了吃喝外，别的甭操心。之前岳笑川曾向他提起过这三个人，大头现在在开出租车，二毛是汽车维修工，三饼是一家企业的电工，他们每一分钱来得都不容易，是靠力气赚的血汗钱，他们是不可能埋单的。可岳笑川已订了桌，他也不便再说什么，只好硬着头皮说了一声好。

2

下班时间到了，林子阳刚要出办公室，电话响了，是岳笑川打来的，说他和大头等人已来到林子阳家的楼下。林子阳急忙说："直接到环球酒店不行吗？家里乱糟糟的就先别去了。"岳笑川说："大头他们还给你买了个电压力锅算是一点心意。"林子阳在电话里客气了一番，只好开车回了家。

　　来到楼下时，吴玲骑着电动车刚回来，听说林子阳的同学来了，忙招呼大家一起上了楼。吴玲老早就想买个电压力锅，听同事说用它做汤特方便，预约好了时间，下了班就能喝上热乎乎香喷喷的五谷粥，只因手头临时紧一直还没有买，今天见大头给他们送来一个，心里自然高兴。

　　大家闲聊一阵儿，林子阳小声对吴玲说："今天我们到外面吃，笑川定在了'环球'。"他故意把"环球"两个字加重了语气。吴玲知道林子阳这个科长吃了饭还不能签单，她转身去了卧室，出来时手里捏着一张银行卡，她把卡塞进林子阳的手里。

　　见时间不早了，林子阳说："咱们走吧。"于是五个人起身下了楼。下楼时，林子阳猛然发现，大头的一条腿是瘸的，上学时他可不是这样，走起路来两条腿可利索了，并且他还是运动场上的健将。他知道那条瘸腿的背后一定有着一个让人心酸的故事，老同学见面原本是件很喜庆的事情，恐引起大头伤心难过，便没问那条受伤的腿到底是怎么回事。

　　大家坐进了大头的出租车，不多不少五个人刚好坐满车。

　　大头长着一颗圆溜溜的脑袋，上学时他的头就大，因此得绰号大头；二毛是因头的后面留着两撮头发，老师天天催他理掉，他总也舍不得，于是得名二毛；三饼上学时中午从不到学校的伙房吃饭，中午一放学他会想尽一切办法穿过门卫层层封锁到校外买烧饼吃，每次都是买回三个，因此同学们都称他三饼。

　　三个人的真实姓名，林子阳已记不很清了，倒是他们的绰号还留着很深的印象。上学时，这三个人的学习成绩不是很好，经常抄林子阳的作业，会考一结束三个人就离开学校，放弃了高考。记得临走前，三人还约了林子阳和岳笑川到校外的一家饭馆里美美地撮了一顿，菜虽有些简单，可对那时的他们来说已经算是满汉全席，大盘鸡、蛤蜊汤、麻辣豆腐和土豆丝四个菜。林子阳和岳笑川晚上还要上课，他俩没敢喝酒，三个人要了啤酒一杯杯地喝起来。在昏黄的灯光下，喝到动情处林子阳清晰地见到三个人的眼里闪动着晶莹的泪光。那一刻，林子阳心里一酸，眼泪险些落下来，他暗下决心，等以后考上大学，将来有钱了，一定请兄弟几个吃一顿丰盛大餐。

后来，林子阳和岳笑川都考入了不同的大学，五个人各奔东西在茫茫人海中彼此失去联系。一晃十几年过去，五个人终于见面了。

大头还是口若悬河，嘴巴毫无遮拦，他一边开车一边东拉西扯，那条伤残的腿丝毫没有影响到他见到老同学时的喜悦之情。不一会儿，来到环球酒店，几个人进了包间，林子阳把菜单拿在手里时头皮顿时感到一阵生疼，这哪是菜呀，简直就是张开的血盆大口，一份酸辣白菜丝简直能换半车白菜。他把菜单给了大头，大头点了个竹篓背虾，然后又将菜单给了二毛，二毛反复看了一遍点了个茶树菇牛柳，然后将菜单给了三饼，大头嘿嘿一笑，不怀好意地说："三饼就别点了，给他来三个烧饼就行。"三饼翻翻白眼瞅了一下大头，说："我要点个大头呢。"说完，他点了个砂窝鱼头。

林子阳嘴上虽说捡自己爱吃的点，让他们多点几个，可每点一个菜，林子阳心里都会痛一下，这哪是吃饭呀，简直就是从身上往下割肉。他心中暗自埋怨岳笑川不知深浅，订下了这家高档酒店。菜单终于又传回到林子阳手中，他又点了几个价位稍便宜的菜，才算把菜点完。

不光是菜，酒水也贵得惊人。来时林子阳本想带酒过来，几天前朋友刚送他两瓶酒，酒还不错。可是，环球酒店谢绝自带酒水，他是知道的，只好作罢。刚才大头他们点菜时都是挑最贵的点，林子阳不敢再让他们点酒水了，便问岳笑川："喝什么酒？"岳笑川还算识相，要了较普通的酒。

大头开车不喝酒，烟却抽得厉害，刚坐下就跟服务员要了一包烟，超市几十块钱的烟，这里却是一百多。林子阳心里如同刀割，暗自懊悔，酒店并不谢绝自带香烟，却忘了带两盒过来。

二毛和三饼喝酒还是那么凶，一杯高度白酒，没几口就下了肚，林子阳酒量差，大家是知道的，因此他喝得并不多。不一会儿，二毛和三饼两个人喝得已差不多了，说话也啰唆起来没完没了。

几个人一边喝酒，一边海阔天空地胡侃。饭罢，大头手一挥，又让服务员拿来一盒烟。林子阳心中不悦，又不便说什么。岳笑川喝了不少酒，脸已通红，说："大头，烟不是还有吗？别要了，给子阳省点吧！"大头嘴一咧，说："你懂啥，人家子阳是大科长，吃完饭大笔一挥签单走人。不花子阳一分钱！"

岳笑川不再说话，冲林子阳狡黠一笑，林子阳心中暗自叫苦，难怪这几个小子点菜专挑值钱的下手，原来他们以为是公款消费。服务员把香烟拿上来，大头把烟接在手里顺手装进口袋，说："这盒留着明天抽，子阳可别笑我贪啊。"林子阳冲他笑笑没说话，暗想，今天自己就是一头爱面子的猪，只有任人宰割的份了。

吃过饭，三个人有说有笑地出了酒店，林子阳腿上像灌了铅，慢腾腾地向服务台走去。年轻漂亮的收银员告诉他，1280元！林子阳眼睛瞪得像鸡蛋，问："有没有算错？"收银员服务态度很好，当着林子阳的面又算了一遍，分文不差。林子阳这才瑟瑟地从口袋里摸出银行卡。

就在这时，岳笑川快步走过来，一把挡住林子阳的银行卡，顺手递过来另一张卡，他手里拿的是一张"环球酒店"的VIP消费卡，林子阳诧异地望着他。收银员莞尔一笑，接过VIP卡。这时，林子阳才恍然明白岳笑川为啥把饭定在环球酒店，他心里不由得一阵感激。

收银员将卡拿在手里，还没往刷卡机里放，一个走起路来像企鹅的中年男子伸手将卡拿了去，哈哈一笑，说："岳大夫，今晚我请客！"说着，他麻利地将卡塞进岳笑川的口袋。收银员连忙冲来人施礼："万总好。"

岳笑川忙笑道："原来是万总，怎么好意思再让你破费呢？"万总用手指了指林子阳，问："这位是……"岳笑川介绍说："市农业局的林科长。"万总急忙握住林子阳的手，连声说幸会。

从酒店出来，林子阳问："VIP卡哪来的？"岳笑川说："万总送的，他是环球酒店的老总。前些天，他妻子做了个手术，是我主刀做的。"林子阳笑道："想不到你这正人君子也收红包啊，可真是靠山吃山，靠水吃

第六章 光环效应

水呀。"岳笑川不以为然，说："这要看送红包的是什么人了，像万总这样的有钱人我当然会笑纳的。"

大头开着车已在门外等候了，等两个人一上车，他就开车驶离了酒店。

3

自从林子阳成了农产品质量监督科的科长，科里的人员从八个人变成了六人。过了些时间，何涛成了副科长，他干劲十足，凡事都跑到前头。每项工作他都完成得很出色。自从何涛成了副科长，倒是省了林子阳不少心。

林子阳成了科长后，做的第一件事就是取消了周一下午的会议，有事随时召集人员开会，没要紧事就各自忙手上的事。这一举措深得全科人员的拥护，大家的工作积极性都很高涨，效率也上去了，因此，科里各项工作还算顺利。

这一天，林子阳正在网上看新闻，近午时分，桌上的电话响了，来电显示是门卫室打来的。他接起电话，门卫室的老王说："林科长吗？你老家来了两个人说是要找您，是让他们直接进去呢，还是……""老家来人？"林子阳愣了一下，想："会是谁呢？"沉默片刻，他终于说道："我马上过去！"

林子阳快步出了办公楼向门卫室走去，走近时顿时怔住了，门口站着两个穿着与周遭环境格格不入的人，一看就知道他们是乡下来的。两人身上穿的衣服倒是干净整洁，显然是刻意打扮过的。可款式和布料都是老掉牙的。最让人感到不协调的是，已是初冬，天气异常寒冷，两人穿着崭新的黑布鞋，脚上竟然没穿袜子，裤子和鞋子之间裸露着一截刺眼的黑黝黝的皮肤。另外，两个人的肩上都背着一条脏兮兮的蛇皮袋，袋子里鼓鼓囊囊的，看起来似乎很沉重。

一见到这两个人，林子阳感到眼睛一阵酸涩，泪水险些滚下来。他们不是别人，正是林子阳的父亲和叔叔。看见林子阳，两个人满脸喜色快步迎上来，林子阳压低声音，用稍带埋怨的语气说："来之前怎么不先打个电话？我也好到车站去接你们！"林父狡黠一笑，扯开嗓子大声说："给你提前打电话你准不让俺俩来！我和你叔就直接来了，哈哈……"林父的说话声立即引来周围一些人的惊异的目光，然而他完全陶醉在见到儿子的喜悦之中却浑然不知。旁边路过的人大都是林子阳的同事，他禁不住羞得脸颊一阵发烫。

叔叔把肩上的蛇皮袋放在地上，说："子阳啊，听说你当科长了，这件事全村人都知道了，我和你爹脸上可有光彩哩。"他的嗓门也是标准的男高音，完全不逊色于林父。这时，聂峰还有几个人刚好从楼里走出来，这些话恰好都让他们听了去，林子阳尴尬极了，顿时浑身的汗毛都立了起来。

聂峰从身旁走过，笑呵呵地说："子阳啊，老家来人了？"林子阳红着脸，慌忙说道："聂局长，您要出去呀。"聂峰笑眯眯地点点头，钻进了一辆黑色轿车。

林父嘴巴张得大大的，直到聂峰的车走远，才吃惊地说："那人是局长呀，怪不得这么有派！子阳，你争口气，过几年也弄个局长当当。"林子阳脑子里有点混乱，可他又清晰地知道，当前最要紧的事是让父亲和叔叔赶紧离开这个是非之地。他刚要开口说话，林父弯腰打开蛇皮袋，兴奋地说："这是咱家种的土豆和红薯，你小时候可爱吃了，我和你叔给你捎来了！"

林子阳往四下看了看，幸好这会儿四周没人，连忙说："爹、叔，咱们先回家吧。""回家急啥！"林父一摆手，说："我俩先到你的办公室坐一坐，看看科长办公室气派还是镇长的办公室气派。你说对不对他叔？"林叔一撸袖子，说："还用说吗？一定是子阳的办公室气派了。"说着，两个人背起蛇皮袋就冲着办公楼走过去。

林子阳这下可犯愁了，若是父亲和叔叔这身打扮去了办公室被同事们看到，可是一件很没面子的事。父亲脾气犟，在村里是出了名的，他想做

第六章 光环效应

的事牛都拉不回来。林子阳灵机一动，快步向前，说："爹，今天省里来检查工作呢，外人是不允许进去的，可不能因为这事让我受连累吧。咱们还是先回家，等下次来再去我的办公室，好吗？"林父伸着脖子想了一会儿，有些扫兴地说："省里检查……可不是一件小事！就等下次吧。"

林子阳给何涛打电话说了一声，然后开车回了家，自从买了新车，林父还是第一次见到，一路上两个人对新车赞不绝口。到家后，两个人把蛇皮袋里的东西一股脑地倒在地板上，家乡的土产品够全了，除了土豆和红薯，还有核桃、绿豆、红枣、苹果……林父一样一样地把东西往茶几摆放着，说："今年咱家树上的红枣可甜了，苗苗准爱吃，我都给她留着哩。"

林子阳泡了茶，两个人在沙发上坐下来，林父又打开了话匣子，说："你小子有出息了，我在家里也有脸面。村里人现在可不敢小瞧你爹了，连村支书见了我，也喊我去他家喝茶哩。以前哪有这种事？"林叔在一旁也连声附和说是。

林子阳忙说："爹、叔，其实科长不算什么官，根本管不了什么事，你们可别太当回事儿。"林父一脸严肃，说："村里人都说你这个科长可是跟咱镇上的镇委书记和镇长是一个级别呢！你还说不是官？书记和镇长出门都有小车接送哩。"林子阳一时间没话可说，过了片刻，说："爹，中午吴玲和苗苗都不回家，咱三个到外面去吃午饭吧。"林父说："吃饭先别急，今天来是有事求你的，你现在可是科长了，可别再和以前那样啥事都说办不了！"

林子阳心里咯噔一下，其实他早已想到父亲和叔叔这次来肯定有事，要不两个人也不会这么着急赶来，这个时候家里应该还有农活没忙完。这时，林父对林叔说："子阳又不是别人，是自家的孩子，他还不是咱哥俩从小看大的？你就说吧。"林叔摆摆手，说："哥，还是你说吧。"两人推让片刻，林父终于一拍大腿，说："我说就我说！是这么回事，你妹子文娟从学校毕业后现在一直没有工作，闲在家里都一年多了，一个女孩子家农活又干不了，老是待在家里也不是个事。子阳，你得想办法赶紧给文娟找个工作。她可是你妹妹呀。"

不等林子阳开口，林叔又说道："咱林家就出了你这么一个吃国家饭的，如今你又成了科长，文娟的事就只能靠你了，和你爹来时，文娟正和你婶在家吵呢。这事可都把我愁死了。"说完他把脑袋埋在了十指之间。

文娟是林叔的女儿，她读的是职业学校，毕业后被学校介绍到一家私企上班，上了半年班活没少干工资却打了五折，一气之下，文娟和她的那些同学都回了家，开始四处找工作。现在正规大学毕业的学生工作都不好找，文娟这样的从职业学校出来的学生找工作又谈何容易。

林子阳顿时犯了难，爹和叔还以为自己有多大本事呢！本事大小自己心里最清楚。本来他是想把这事推掉的，一来他不想找麻烦，二来这件事他实在无能为力。可是，话到嘴边他又把话咽了下去，父亲和叔叔黝黑的脸上满是岁月的风霜和沧桑。仅是半年多的时间没见面，田间地头的风吹日晒让两位老人的脸上又多了一些皱纹，头上也增添了许多白发。眼前是他的亲生父亲呀！母亲去世了，父亲一直孤身一人，遇事都是依靠叔叔和婶婶。自己再难，怎么说也比两位老人好上百倍千倍。记得，小时候，自己受到委屈的时候，父亲会把他搂在胸间为他抹去脸上的泪水，那正在一点一点变弯曲的脊背也不知为他遮挡过多少风雨……想到这里，林子阳无论如何再张不开嘴说一句拒绝的话，于是他爽快地应下了给文娟找工作的事。

林父二人兴奋地笑起来，林叔说："我就说过，文娟找工作的事子阳一定能办好，都是科长了，这点事能办不妥？"林父笑得露出两排玉米粒似的大黄牙，许久闭不上嘴巴，说："子阳，还有件事需要找你帮忙呢，你就顺便一块办了吧。"林子阳的心里又是咯噔一下，问："爹，又是啥事？"

林父问："子阳，还记得你麻子叔吗？"林子阳说："记得，小时候经常给我送好吃的，怎么会不记得。"

麻子因为脸上长有麻子而得了这个绰号，年轻时他娶了个媳妇却不能生育，婚后一连几年没有孩子，为此他整天对媳妇非打即骂，他媳妇天天在家抹眼泪。大约是没孩子的原因，他特别喜欢小孩，尤其是小男孩，因此有啥好吃的他总给林子阳送些去，为此林子阳打小跟麻子有着较深的感情。后来，麻子在一远房亲戚的劝说下两口子去了趟省城医院做了检查，

第六章 光环效应

等从省城回了家没多久媳妇就怀孕了,据说问题出在了麻子身上。自从媳妇怀了孩子,麻子对媳妇的态度顿时来了个急转弯,伺候媳妇像孝敬太上皇。

　　林父又说:"你麻子叔承包了村里的池塘,今年物价飞涨,这养鱼的成本高了,鱼的价钱也跟着涨,乡下人买鱼的少了,出现严重滞销。眼看池塘就要结冰,里面的鱼至今没卖多少,你看能不能在城里帮他销点儿?"林子阳心中连连叫苦,这可怎么帮着销呀?他心里正想着这事该不该应下来呢,林父又说话了:"临来时麻子还给我拿了两条尺来长的鲤鱼去呢。本来是给你捎来的,路上不好带,才养在了水缸里,临来时两条鱼还在缸里乱蹦呢。"

　　林子阳陷入深思,没有说话,林父见状急忙说道:"别看事儿小,这事你可要帮忙啊!我可是在麻子面前打了包票的呀!"林子阳见到父亲已是几乎用哀求的语气跟他说话,他再不能继续保持沉默,终于硬着头皮把事情答应下了。林父随即呵呵一乐,说:"你麻子叔知道了准高兴得原地蹦高。"林子阳没再说话,只是咧嘴笑了一下。

　　林父从怀里摸出两张攥得充满褶皱的百元钞,递到了林子阳面前,说:"也没见到苗苗,这是给苗苗的,就说是爷爷给的。"林子阳推让,林父沉下脸来,呵斥了林子阳一顿,林子阳才把带有父亲体温的人民币接在手里,那一瞬间,他心里又是一阵酸痛,他心里比谁都清楚这两张薄薄的纸币来得是何等不容易。

　　中午,林子阳跟父亲和叔叔一块去饭馆吃了饭,地点还是家常菜饭馆,林子阳点了很多菜,三个人每人喝了一杯白酒,结果菜三个人没吃完,林父非要打包带走,林子阳再三劝阻才算完。

　　回到家,林子阳把家里的一些酒和茶填进了父亲和叔叔的蛇皮袋,两位老人高兴得咧嘴直乐。休息片刻,林子阳把两个人用车送去了车站,帮两人买了车票,然后一直在车站等着,直到大巴车开动,他才开车离开。当那辆豪华大巴车开动的一刹那,泪水忽地从林子阳的眼里淌下来。

4

一回到办公室,林子阳就犯了愁,这可怎么办?这两件事他都在父亲和叔叔面前打下包票,回到村里他们还不知道怎么吹乎呢。若是办不好,父亲的脸面可往哪里放啊。

林子阳从手机上一遍遍地翻看着手机号,一直到下班也没想起一个能帮他这个忙的朋友。到家时,吴玲刚从学校接苗苗回家,见到吴玲的那一刻,林子阳脑子里忽然冒出一个主意来。吴玲正在收拾堆在茶几上的土产品,林子阳笑着说:"今天父亲和叔叔来过,这些都是他们带来的。"当初买房子时,林子阳回了趟老家一分钱也没讨来,吴玲本来就对林父有成见。因此,她只是嗯了一声。

林子阳知道吴玲至今还对父亲有意见,又从口袋里取出早已捋平的两百元钱,说:"苗苗,快拿着,这是爷爷给你的。"苗苗正在看动画片,她对钱似乎根本不感兴趣。尽管林子阳把钱晃得沙沙作响,吴玲还是视若不见地洗着红枣,成见归成见,说实话老家的红枣她还是蛮爱吃的。

林子阳来到吴玲面前嬉皮笑脸地说:"你先尝尝老家的红枣,我来做饭。"说着,他转身要去厨房,这时,手机响了。

电话是何涛打来的,准确一点,是何副科长,何涛在电话里说今天晚上有几个朋友约他一块去吃饭,他想让林子阳一块去凑凑热闹,林子阳压低声音说:"今晚要再不陪你嫂子吃饭,你嫂子就跟我玩完了,还是你自己去吧。"何涛是实心实意地邀请林子阳,说:"林科,您就过来吧,我那帮朋友都想结识您一下呢。嫂子那边我来说,好吗?"

这一次林子阳很坚决,两个人在电话纠缠了许久,何涛才有些失望地说:"那好吧。林科,下一次您可一定去!"林子阳见终于脱身,连忙说好。

挂了电话，林子阳瞄了吴玲一眼，见吴玲脸上已流露出喜色，他走进厨房时，吴玲说："爹大老远赶过来，也不让我和苗苗陪他们一块吃顿饭，这也就算了，连个面也没让我们见！也不知你是咋想的？"林子阳急忙从厨房里探出脑袋，满脸讪笑地说："你不是忙嘛，苗苗又上学，都是一家人没啥的。"

吴玲吃着又脆又甜的小枣，说："你就让老人空着手回去了？也不给他们买些东西捎回去！"林子阳在厨房里大声说："捎了，家里那些酒茶给他们捎了些。"说实在话，虽然吴玲对林父颇有成见，可是在东西上却从不抠门，每次回家，她都舍得给老人买东西。听林子阳这么说，她才说："这还像个儿子样儿，咱好久没有回家了，等过些时间带上苗苗回趟家。"

林子阳再没说话，脑子里想的却是那两个比刺猬还要棘手的问题。

吃过饭，林子阳主动洗刷了碗筷。苗苗做作业去了，吴玲说要去广场跳舞，林子阳忙说："天冷，就别去了。"吴玲想想也是，天的确冷了，去广场跳舞的人越来越少，再说难得今天晚上林子阳待在家里，于是她又坐在了沙发上。

林子阳紧挨着吴玲坐下来，叹息一声，说："文娟毕业都一年了，至今还没工作呢，二十来岁的姑娘整天待在家里也不是个事……"说完，他满脸愁容地抬头望着屋顶发呆。

吴玲对文娟的看法还是蛮好的，文娟不仅长得漂亮，说话做事也得体，很讨人喜欢。记得苗苗小的时候，每次回老家，文娟都会抱着苗苗四处转，把苗苗逗得咯咯直笑。

吴玲也叹息一声，说："是呀，一个姑娘家老待在家里的确不是个办法！"

见时机差不多了，林子阳才说："爹和叔听说我当了科长，还以为我本事多大呢！今天来想托我给文娟找个工作……"吴玲的眼睛瞪得溜圆，吃惊地望着林子阳，问："你应下了？"林子阳没说话，只是重重地点了几次头。

吴玲霍地从沙发上站起来，用手指着林子阳说："子阳啊，你有多大本事你不知道啊！没有金刚钻你还真敢揽瓷器活儿啊！"林子阳没吭声，过了些时候才说："你没见爹和叔当时那副可怜样儿，我实在无法把这事儿推出去！"吴玲当然能想得到当时的情景，于是她没再说什么。

屋子里一下子静下来，只有林子阳时不时地叹息一声。

过了一阵儿，林子阳用小得几乎让人听不见的声音说："吴玲，要不你……"吴玲怂怂地说："我怎么呀？"林子阳满脸难色，说："你跟余力说说，看他的4S店里缺人不？"吴玲再一次从沙发上站起来，厉声说："林子阳！我说呢，今天辞了饭局又是做饭又是刷碗的，原来你是想打我的主意呀！亏你也想得出。你也不想想，十多年没跟人家见面了，前些天买车时才碰面。这件事我可开不了口！"

林子阳把脑袋埋于十指之间，一声不吭。这时，苗苗从书房跑出来，说："你们别吵了，我在做作业呢！"吴玲见影响了苗苗做作业，急忙说："苗苗，快回屋做作业，妈妈和爸爸不再吵了。"见苗苗回了屋，林子阳又小声说："我也不想这么做的，其实，我对那个余力挺反感的。"他说的是实话，的确他对余力是烦到了骨头里，若不是实在没办法，他才不想麻烦吴玲呢。吴玲白了林子阳一眼，压低声音说："你对余力很反感，还想着麻烦人家！"

林子阳笑嘻嘻地说："文娟学的是营销专业，在4S店里正有用武之地，咱正愁找不到工作，说不定他的店里正在为招不到人发愁呢。你说对不对，就是问一下嘛，要是不缺人就算了……"吴玲的脸上还有愠怒，说："那你自己问好了。我不问！"林子阳笑着说："你俩是同学，你来问总比我要好一些，对不对？"吴玲想了很长时间，才很不情愿地说："好吧，明天我打个电话问问，不过你也别抱太大希望。"

林子阳说："我替咱叔和文娟先谢谢你。"说完，他张开胳膊抱住吴玲，往她的脸颊上轻轻亲了一口。吴玲怕让苗苗听到，一把推开了林子阳，他只好冲吴玲做了个鬼脸。

一切正如林子阳所料，第二天上午吴玲打来电话，说余力的店里正好缺销售员，让文娟尽快去上班。林子阳欣喜异常，当即给叔叔打了电话，林叔听说是卖汽车，高兴得连说话的腔调都变了，在电话里扯开嗓子喊："子阳可真有本事！给文娟找了一份卖汽车的工作哩。"林子阳从话筒里听得出，叔叔的四周有不少人。

下午，文娟就乘着车来了，林子阳给吴玲打了电话，两个人用车拉上文娟去了余力的4S店……

5

文娟的工作终于有了着落，给麻子叔卖鱼的事却一点眉目都没有。这件事，林子阳不想再让吴玲知道，吴玲若是知道了这件事，肯定对他又是一阵奚落。

这天下午，林子阳正坐在办公室里打盹，桌上的电话响了，他懒洋洋地将电话拿在手里。当他听到电话里的声音时，顿时从椅子上站了起来，电话是肖树青打来的，说："等会儿万总去你那里盖个章，顺便给他签个字。"林子阳哦了一下，还没想起说些什么，那边的电话已经挂了。

林子阳站在那里还没缓过神来，就响起笃笃的敲门声，他连忙说："请进！"门开了，一个穿着光鲜的中年男子走进来。

林子阳居然看着这名男子十分眼熟，等男子在对面的椅子上坐下来，他才恍然想起，原来这位万总正是环球酒店的老总，那天请大头几个人吃饭时两个人见过面。

林子阳再次把手伸过去，说："万总，幸会，咱俩以前见过面的。"万总也连忙说："噢，林科长，对……我们见过面……"说着，万总脸上又漾起波纹般的微笑。

林子阳从万总手里接过一摞文件和表格之类的材料，在万总的指指点点下连看都不看一眼就签了字盖了章，肖树青都打过招呼了，自己闭着眼睛照办就是。

万总把材料装进了公文包，然后又坐下来，他并没有马上离开的意思，和林子阳又天南海北地聊了起来。临了，他摸出一张名片递给林子阳，笑着说："谢谢林科长，这是我的联系电话，若有用得着万某的地方尽管打电话。我还有事，就先行一步了。"说完，他起身告辞。

毕竟万总是肖树青介绍过来的，非同一般，因此林子阳直把他送到楼门外才回来。

回到办公室，林子阳拾起桌子上那张精美的名片，万总名字叫万木春，是"环球有限责任公司"的总经理，公司的经营范围有酒店、生态农业、旅游等。他的目光像一把刮刀在那张名片上刮来刮去，渐渐地，他终于把名片和麻子叔池塘里活蹦乱跳的鱼联系了起来。

林子阳拨通岳笑川的电话，说："刚才我见到万木春了。"岳笑川说："噢，你说的是环球酒店的万总吗？"林子阳嗯了一下，然后把万木春来盖章的事从头至尾地说了一遍。岳笑川说："听说万总刚搞了个蔬菜种植基地，大概是为这件事吧。"

"肖局打过招呼，是什么材料我倒没细看。"林子阳猛吸了一口气，说，"笑川，是这样的，我想让万总帮个忙，他的酒店每天要到市场上采购不少鲜鱼，看他能不能帮我销一些……"不等林子阳说完，岳笑川开玩笑说："不会是你钓的鱼吧？"

林子阳笑起来，说："开什么玩笑。"随后，他把为麻子叔销鱼的事讲了一遍。岳笑川说："子阳，你是说让我陪你去找万总？"林子阳说："万总是肖局让他来盖章的，若是我去找他，肖局若是知道了这件事，后果你是清楚的！"

电话那端陷入了沉默，许久后，岳笑川才说："你是让我去找万总，还说是我的一个亲戚要卖鱼，对吗？"林子阳笑了，说："你的确聪明！"岳笑川忽然提高了嗓门，说："还聪明呢，我这不分明就是一个傻蛋吗？我和万总也不过是一面之缘，你让我咋开口呀！"林子阳用恳求的语气说："谁让咱俩是好兄弟呢，你就帮我这个忙吧，我实在是没有别的办法了。"

第六章 光环效应

岳笑川想了一下，说："好吧，为了哥们儿，我豁出去了，那我就试试吧。"林子阳喜出望外，在电话里又向岳笑川说了一番感谢的话。

下午快要下班的时候，岳笑川打来电话说销鱼的事已经妥了，他说池塘里的鱼捕捞上来随时都可以送过来，特别注意的是千万别让鱼在路上死了。林子阳兴奋地给父亲打去电话，听到这个消息，林父在电话里高兴得像个孩子连话都说不完整了。说："子阳，我没白养你……麻子叔没白疼你，我这就告诉你麻子叔去。"听见电话里父亲舒心的笑声，林子阳心里终于有了一些欣慰。

一个阳光很好的上午，林子阳接到了一个陌生号码打来的电话，打电话的是麻子，他说拉鱼的车已经上路。林子阳叮嘱他把车开到环球酒店的北门，到了后再给他打电话。麻子年轻时在城里干过建筑工，路还是熟悉的。

林子阳又给岳笑川打了电话。几分钟后，岳笑川回了电话，说万总去了省城，麻子到了后找采购部的李经理，完了直接到财务部取钱。林子阳谢过岳笑川，又给麻子打去电话，把岳笑川的话又重复一遍，最后叮嘱道："找到李经理就说是万总让你来的，拿不到钱千万别离开。"麻子笑呵呵地连声说记住了。

虽是这样，林子阳心里还是有些忐忑不安，他毕竟和万木春只是一面之缘，对方是什么样的人，岳笑川也不是很清楚。万总又说去了省城，万一出现什么差错，那一车鱼卖不出去都死掉，或是鱼收下了钱却拿不到，这可不是闹着玩的。

近午时分，麻子打来电话说到环球酒店了，林子阳说他这边事多就不过去了，让他直接找李经理就是，麻子高兴地挂了电话。林子阳那颗原本就不平静的心也随之悬在了半空。

大约过了半个小时，麻子又打来电话，林子阳以最快的时间按下接听键，大声问："事情怎么样了？"麻子在电话里嘴都合不拢了，说："子阳，你这科长的本事太大了！这次可帮你叔大忙了，钱都拿到了！价格比市场价还要高一些哩，你现在在哪儿，我马上过去，今天中午我请你吃饭！"林子阳悬着的一颗心终于平安落地，说："叔，你快回去吧。过会儿我还要开会,这个会很重要,局长都要参加呢。"在林子阳看来,开会的确是一件很烦心的事,不过,有时候开会也是一块很好的挡箭牌。果然,麻子一听说林子阳要开会,就说:"开会是大事,千万别误了,争取在局长面前好好表现,以后好做更大的官!过些时间我再来。"两个人又闲聊几句才各自挂掉电话。

林子阳把情况跟岳笑川在电话里说了一遍,然后才如释重负地忙起了其他的事。

6

陈牧天向来是说话算话的,他说过有时间要来看望林子阳。

这天天气很冷,空中布满了铅色的乌云。早饭后,天上飘起雪花,白色的花瓣纷纷扬扬地落下来。这是今年的第一场雪,不过雪有些小,洁白的雪花不等盖过地面就快速地融化掉了。

九时许,陈牧天打来电话,说正在赶往海州的路上,他要去趟市政府,等办完事中午来林子阳这里一块吃午饭,还说白杨也来了,叮嘱林子阳到时别忘了叫上吴玲。林子阳听了,连声说好。

吴玲和白杨彼此都认识,之前两人见过几次面,只是近几年见面机会越来越少。

陈牧天结婚时间比林子阳要早一些,不过,陈牧天结婚时,林子阳和吴玲已经确定了恋爱关系。听到陈牧天要结婚的消息后,林子阳执意要去参加他和白杨的婚礼,那时条件差,没有车,交通也不便利,到陈牧天那里需要倒几次车。吴玲建议林子阳给陈牧天多捎些礼金过去,人就不要再去了。可是,林子阳的态度很坚决,非要赶过去参加婚礼不可,他说:"海州的同学就我们三个人,牧天已打过电话了,不参加他和白杨的婚礼实在

第六章 光环效应

说不过去。"其实，林子阳执意前往的主要原因是想亲眼看到穿着白色婚纱的白杨究竟会是什么样子，看她是不是比下凡的仙女还要漂亮。这个念头并不是林子阳临时才有的，准确地说，在他见到白杨第一眼的时候就有了这个想法。

　　吴玲终于没有拗过林子阳，那时，她浪漫又单纯，当即提出要随林子阳一同前往，林子阳不同意，她就抹眼泪，最终两个人都参加了陈牧天和白杨的婚礼。常言说来而不往非礼也。等林子阳和吴玲结婚的时候，陈牧天和白杨也同样出现在他们的婚礼现场。

　　刚参加工作那阵儿，家务少，空闲时间比较多，尽管距离远，两家人还是断不了来往的。后来，随着孩子的出生和工作的忙碌，彼此间的来往逐渐少了。特别是陈牧天成了副区长后，见面的机会更是少得可怜。

　　林子阳给吴玲打了电话，吴玲在电话里很兴奋，陈牧天感觉倒是无所谓，她和白杨在一起还是有一些共同话题的。

　　林子阳给陈牧天打去电话，告诉他忙完后直接去环球酒店，还说房间他已订好了。电话那头陈牧天似乎很忙，只说了声好，就匆匆挂掉电话。

　　这次去环球酒店，林子阳底气很足，几天前肖树青曾经暗示过他，局里会给他们科调拨一些经费的。他当然能明白"经费"的真正含义。

　　直到中午十二点，林子阳才接到白杨的电话，问在哪个包间。不一会儿，陈牧天和白杨来了，四个人一见面，林子阳和陈牧天倒没什么，毕竟前不久在西郊镇刚见过面。吴玲和白杨却孩子似的闹个没完没了，亲热了好一阵子，才落了座。

　　白杨先是拿出一个儿童玩具"遥控飞机"，说："这是给你们家苗苗买的，也不知她喜欢不喜欢。"吴玲知道这个飞机要八百多元才能买到，前些天逛商场苗苗曾嚷着要买，她瞅了眼价格，一吐舌头拽起苗苗就走了。吴玲一边说着客套话，一边将飞机接在手里。随后，白杨又从包里取出一件浅红色女式皮衣，皮衣上火红的毛领宛如红狐狸的尾巴，让吴玲看得心里直发痒。白杨笑着说："吴玲，我在商场转了一个上午才买到的，来，穿上试试看合身不。"吴玲经常逛商场，一眼就知道这件皮衣没有几千元是买不下来的,听说这皮衣是买给她的,慌忙起身,说:"这么贵重的东西,我可不敢要!"林子阳在一旁也帮腔,说:"你看,这么贵重的东西吴玲可不敢穿!"

话虽是这样说,可是,在陈牧天和白杨的执意要求下,吴玲还是把那件锃亮的皮衣穿在了身上,她走到房间内的衣镜前一照,脸颊上顿时泛起一轮红晕。怪不得,有人说人是衣裳马是鞍。衣镜里的吴玲简直一下子年轻了十多岁!

吴玲小心地脱下皮衣,白杨把它接在手里包好后又放进衣袋,然后递给吴玲,吴玲不好意思地说:"我们想得不够周全,也没给你准备礼物,又怎么好意思收下这么贵重的东西。"白杨拉住吴玲的手佯作不高兴,说:"你这可见外了,一家人怎么能说两家话呢?"见白杨很有诚意,不像是虚让,吴玲便把皮衣接在手里。

菜陆续上来了,四个人边吃边聊,白杨和吴玲聊的都是些家长里短的事,陈牧天和林子阳聊的大多是工作上的事,陈牧天带着司机来的,可以随意喝酒。

说话间,林子阳感觉到和陈牧天之间似乎已经有了一种看不见摸不着的隔阂,这种隔阂究竟什么时间开始有的,他并不能确定。两个人谈起话来看似推心置腹,事实上一些敏感问题上都在相互遮掩、相互回避,全然不再是十几年前上大学时无话不谈的那个样子。

几杯酒下肚,林子阳和陈牧天都面色红润,陈牧天锃亮的脑门上放着红光,他举起一杯酒,笑呵呵地说:"来,再为子阳成了科长喝一杯!"林子阳笑着说:"都喝了 N 杯了,怎么还喝?"陈牧天只说了一个字:"喝!"说着,他将杯中的白酒一饮而尽。没办法,林子阳只能舍命相陪也干了杯中的酒。

过了一会儿,陈牧天起身去了洗手间,这时,吴玲笑问:"这大冷天的,你们怎么跑来了?""牧天去市政府办了点事,子阳都成科长了,一直也没能过来,就顺便一块来看看你们。"白杨瞅了林子阳一眼,一本正经地说:"牧天在副区长位子上干了都三年了,他总想着再向前迈一步。"

第六章 光环效应

也不知道什么原因，林子阳听了这句话心里顿时有了一种酸酸的感觉，自己刚刚当上科长，陈牧天又即将要从副区长位子上再迈一步了。这可真是一步赶不上十步撵不上啊。

四个人吃过饭，又在包间里聊了些时候，白杨才提出要回去。

细小的雪花飘飘洒洒地从天空落下来，地上像撒了一层薄薄的盐，整座城市像一个即将出嫁的女子，穿上了一件妙曼的白色婚纱。

陈牧天和白杨上了车，又从车窗里伸出手来和林子阳再见，车轮碾出两道黑色的辙痕飞快地驶去。车子很快从视线里消失，林子阳一脸惘然，他实在想不明白陈牧天和白杨这次来为什么带来这么贵重的礼物，是手头富足不差钱，还有其他意图？这是陈牧天的意思，还是白杨的意思？他始终无法确定问题的答案。

7

转眼已是年底，今年林子阳感觉明显比往年要忙碌，除了年底报表、总结、汇报等一系列工作，一些必需的迎来送往也是很费心神的。一直忙到年三十的下午，林子阳才拖着疲倦的身子回到家。

吴玲早已办好年货，今年林子阳成了科长后，也或多或少地收到一些礼物，大都是一些烟酒茶之类的东西。刚进腊月时，麻子就专门来过一趟，给林子阳送来了酒和茶，还有两条鲜活的鲤鱼。

年三十晚上，一家人去了吴玲爸妈家，一大家子一起吃了年夜饭。

年初一，起了个早，吃过早饭，一家三口急匆匆往家赶，按照老家习俗，年初一是要挨家挨户拜年的。不过，林子阳每年赶回家时大都是十点以后了，拜年的最佳时间已过，他只是到几个长辈家串个门就算是拜过年了。

十时许，车子一进村，见林父还有许多人已在村口等着了，来到家门口，红色的大铁门上张贴着充满喜庆的对联。车停下来，一下车林子阳就感觉到今年和往年有些不太一样，车上的年货不等他动手，已被街坊四邻争抢着拎进了家门，在往年这些都是林子阳一趟趟往家搬运的。

屋里聚满了人，林子阳往四周一看，今年不用串门了，自家的长辈们都在呢。林子阳一一向他们说了声过年好，林父满面红光，急忙让大家坐下来，接着他又是泡茶敬烟，又为大家拿糖果瓜子，那一刻，林父仿佛一下子年轻了好几岁。

林子阳给文娟找了工作和为麻子卖鱼的事早就在村子里传开了，在村民眼里林子阳俨然成了一个手眼通天的大能人。

女人们都围住吴玲和苗苗问这问那，她们还时不时地逗引苗苗传出阵阵银铃般的笑声。

过了一会儿，村支书来了，他手上拎着一只野兔，是去了皮的，还有两瓶酒。连村支书都来了，手上还提着礼品！大家连忙起身让座，眼里喷射着艳羡的目光。

热闹了一整天，吃过午饭，在吴玲的极力要求下，一家人终于踏上了归途。林父等人一直目送林子阳一家走远，才回了家。这次春节回家，林子阳终于找到了衣锦还乡的感觉，他知道所有这一切都是"科长"这个耀眼的光环为他获取的。

8

春节过后，饭局明显增多，大都是朋友同事间的吃吃喝喝。上班后的第一天晚上，岳笑川打来电话，约林子阳一家在饭馆吃了顿年后饭。吃饭时，小秦小声对吴玲说："你们家子阳还蛮有上进的，现在都是科长了。笑川还是老样子就知道混日子，至今还是个副主任。听说，医院的一名副院长快要到市二院当院长去了，即将空出一个副院长的位置……"

不等小秦说完，岳笑川起身离席，看得出他是有心事的，林子阳急忙起身跟了出去。在僻静处，岳笑川满脸神伤地说："我算是活明白了，其实一个人有时候并非完全是为自己活着，一个人也不完全属于你自己，他还有父母、兄弟、老婆、孩子、同学、朋友等，一个人并不是孤立存在的，任何人不可能生活在真空之中……"

林子阳见岳笑川说话怪怪的，神情也有些诡异，知道他准是受到了什么刺激，于是说："笑川，你今天怎么了？有什么烦心事就说出来，千万别憋在肚子里！"岳笑川脸上流露出一副很痛苦的表情，说："今年过年回家，大年初一到同村的一个儿时的伙伴家串门，我俩是同一年考上大学的，人家现在都是局长了。本想去跟他叙叙旧，可是去了他家后，屋里挤满了人，结果和他连句话都没机会说。等我回了家，家里冷冷清清，只有父母和我，还有小秦和孩子。听父亲说，每到农忙时村里人都争着去帮那位局长的父亲忙地里的活。父亲那番话的意思我当然明白，老人家是埋怨自己的儿子没本事啊！"说完，他无奈地低下了头。

岳笑川的心情，林子阳比谁都清楚，他劝道："笑川，你医术高明，又聪明能干，将来你一定有所作为的。好好努力，我相信你！"说着，他把一只手伸到了岳笑川面前。

岳笑川慢慢抬起头，迟缓的目光透过窗玻璃凝望着不远处的一幢幢高楼大厦，许久后，两只大手才紧紧地握在一起。

第七章

贵人为何相助

1

一年之计在于春。在这个鸟语花香的春天里，林子阳有着自己独立的思索。他并不想再四平八稳地在科长的位子上碌碌无为地混日子，尽管在科长这个小小的舞台上不容许他有什么大的作为，可他的内心深处时刻都有着一种莫名的冲动。这种冲动也可以说是一个梦，这个梦想或许是在孩童时代已经有了，也许是在读大学时才应运而生的，他完全可以确定，这个曾经让他热血沸腾过的梦有段时间曾经死掉了。可是，当他成为科长的那一刻起，死去的梦想又像一团火在他的体内熊熊燃烧起来。

近年来国内所发生的毒奶粉、瘦肉精、硫黄生姜等一幕幕触目惊心的事件让公众把食品质量安全问题摆到了重中之重的位置。

林子阳一直关注着农产品的质量安全问题，他思考得最多的就是绿色农业和生态农业的问题，许多农户为了提高农产品的产量昧着良心使用超标的农药和不符合规定的农资品，从而置消费者的生命安全于不顾。作为一名农业工作者，这些问题时刻让他坐立不安。

春天是播种的季节，林子阳一直在思索，他想牵头在全市范围内搞几家绿色生态农业种植试点，以便日后在全市内进行大面积推广。可是，他清醒地知道，仅凭他林子阳，农业局的一个科长，是无法来完成这项工作的，只有得到局里主要领导的鼎力支持才行，甚至于还要得到其他政府部门的配合才能得以实现。

这天下午，林子阳正在网上搜寻着与"绿色生态农业"有关的资料。这时，桌上的电话铃响了，是王锐打来的，他说肖局要林子阳去他办公室一趟。肖树青找人到他办公室,有时候会亲自打电话,更多的时候是让局办公室的人来通知的,王锐打电话过来一点也不奇怪。王锐交代完后,就匆匆把电话挂了。

林子阳快步上了楼。肖树青正在办公室喝茶,见林子阳进来,示意他快坐下。

两个人在沙发上坐下来,肖树青笑吟吟地说:"子阳,近段时间工作还好吧,有什么困难没有?有困难可以直接跟我讲,局里可以帮你解决。"肖树青的话很亲切,话语里充满了关怀和呵护。林子阳连声说:"还好,还好。谢谢肖局关心。"

肖树青不再说话,只顾细细地品茶,林子阳知道找他来绝对不是随便问问这么简单,一定还有其他重要的事,过一会儿他就会把事情说出来。林子阳咧着嘴冲肖树青直笑,他也是什么话都没说。

沉默片刻,肖树青终于笑着说:"子阳,过几天有个生态农业种植方面的观摩座谈会,这是全国性的一次会议,出席本次会议的人员局里就两个名额,这可是一次很不错的外出观摩学习的机会。"一听到"生态农业"几个字,林子阳的听觉陡然灵敏起来,他目不斜视地望着肖树青,脸上充满期盼。

"这个观摩会由我和你参加,会议通知上已注明局长必须参加,至于你嘛,我在局长办公会上提出来后是出现了一些不同的声音。"肖树青啜了一小口茶水,说,"不过,最终我还是把那些持反对意见的人说服了,毕竟你是农业大学毕业的高材生,是咱市农业方面的专家,况且在西郊良种事件中你是有过突出表现的!"

这个惊喜来得太突然,林子阳情不自禁地从沙发上站了起来,连声说道:"谢谢肖局,这个机会简直太好了!"肖树青不紧不慢地摆摆手,示意林子阳先坐下来。于是,林子阳又回到了座位上。

肖树青慢条斯理地说:"会议地点在长沙,时间一周,后天咱俩就出发。"林子阳不停地点着头,心中暗想,什么好事都落到自己头上!肖树青对他实在是有点关照过度了。难道真是因为那部苹果手机?这个念头在他脑海里刚一出现,就被他排除掉了,一部手机有多少分量他还是清楚的。到底是什么原因让肖树青一次次把绝好的机会都留给他,难道仅仅是对他的赏识吗?仔细一想,这个理由也是站不住脚的,农业局人才济济,有本事的比比皆是,怎么说也论不上他林子阳啊!时间容不得林子阳多想,他神情激动地说:"肖局,您对我的厚爱,我是不会忘记的。"肖树青面带微笑,说:"子阳,看你这是说的什么话,咱俩虽说是上下级关系,其实也是好朋友,彼此间相互照顾是很正常的事嘛。"

听了这番话,林子阳顿时掉进了云雾里,肖树青在他眼里一直都是高高在上的,他一直把肖树青当做上级,从来没有想过两个人会是平起平坐的朋友关系,更不会想到有一天肖树青会需要他的什么照顾。

肖树青又换了一种很随意的语气和林子阳聊了一会儿家常,说话时他很和蔼,很随和,以至于让林子阳感到有些无所适从。

林子阳感觉到两个人聊的时间不是很短了,怕有人来碰到他待在局长室影响不太好,便起身告辞,肖树青也不挽留,笑眯眯地把他送出门来。

2

从局长室走出来的那一刻,林子阳兴奋得心几乎要蹦出来,可是走进科长室的那一刻,他又陷入疑惑之中。他实在想不明白,自己居然莫名其妙地成了局里的幸运儿,近些时间来,所有的好事都落到他的头上,究竟是什么原因只有肖树青心知肚明,他却怎么也瞧不出其中的端倪。

第二天上午,王锐给林子阳送来两张去长沙的飞机票,肖树青每次出差车票和飞机票大都是由办公室的人去买的。王锐把票递过来,说:"这是你和肖局出差的飞机票,肖局让我交给你。"王锐脸上的表情很复杂,有羡慕也有怨恨,林子阳把票接在手里,很友好地说道:"谢谢,快点儿

第七章 贵人为何相助 135

坐下。"事情过去这么久了，他总觉得还欠着王锐什么似的。王锐并没有坐下来，他又说了几句客套话，就转身走了。

出发的那个上午，天气风和日丽。林子阳跟在肖树青的身后两个人一同钻进了肖树青的专车，车子风驰电掣一般向飞机场驶去。

说来也够寒碜的，林子阳从小到大还从来没有坐过飞机，因此他激动的心情是难以言表的。他原本以为今生大概是没有乘坐飞机的机会了，想不到马上就要从蓝天白云间穿行而过。他知道，这一切都是肖树青给予的。

出差期间，肖树青和林子阳一起出出进进几乎是形影不离。肖树青完全没有了局长的架子，在异乡的人海中没人知道他是局长，除了林子阳外，也没人把他当作局长，在会场上他只是一个普普通通的与会者，在下榻的酒店，他只是一个平平常常的房客。

和肖树青在一起的日子里，林子阳仿佛找到了和肖树青是朋友的感觉，之前和他待在一起时的拘束感已渐渐消失。肖树青也全然没有了局长的样子，整天当着林子阳的面说说笑笑，有时还会说上一段荤段子，引来林子阳一阵捧腹大笑。林子阳也会时不时地讲一个让人发笑的段子打打牙祭。短短几天时间，两个人似乎已是无话不谈了。

尽管肖树青对林子阳青睐有加，可林子阳总感到他和肖树青之间似乎有一座永远都无法攀越的高山，经过近些天的零距离接触，他感到两个人之间的距离正在渐渐缩短。

这次会议，林子阳见到了很多国内的知名农业专家，他十分珍惜这次学习的机会，每到一处生态农业园，他不是仔细查看，就是拿出照相机进行拍照。那些生机盎然的农产品种植基地让他感到热血沸腾。有些农业基地的运作模式他在网上是见过的，但是实地观摩体验对他来说还是第一次，每次走进农业示范园，一幅幅美好蓝图就渐渐地在他的脑海里勾勒出来。

可是，眼前的一切对肖树青来说，都是一副司空见惯的样子，他倒背着手在田埂上漫不经心地走来走去，这哪是观摩学习，俨然就是一副游览观光的样子。看着忙忙碌碌的林子阳，他还不以为然地说："也别太认真了，这些东西不适合我们的。"林子阳却不这么认为，他依然忙着拍照或是做笔记。

会议期间，林子阳拍照近千张，笔记写了上万字，这次会议他收获多多。

3

就在这次行程即将结束的前一天晚上，肖树青敲开了林子阳的房间，一进门他就说："子阳啊，闷在屋里干什么呀？"林子阳正在电脑前整理白天所做的笔记，见肖树青进来连忙起身，说："肖局来了，我正在整理笔记呢。"

肖树青一屁股坐在沙发上，说："白天累了一整天，晚上又忙着做笔记，子阳啊，我可真没看走眼，你的确属于实干型的。"林子阳不好意思地笑了笑，说："大老远来了，要珍惜这次学习的机会嘛。"

肖树青摆了摆手，说："先别忙了，来，陪我聊聊。"林子阳用鼠标点击了一下笔记本电脑里的"保存"，然后起身给肖树青泡了一杯茶，在另一个沙发上坐下来。肖树青很健谈，这是林子阳近些天才知道的，以前肖树青给他的印象是很少说话，近几天的接触才知道肖树青知道的事情很多，似乎天底下的事没他不知道的。他的知识面也非常宽广，任何话题都能插上嘴，他海阔天空地聊起来，总是没完没了。

聊着聊着，林子阳渐渐有了睡意，白天他跑了太多的路，他的确有些累了。可能肖树青已看到了林子阳的睡意，他的畅谈戛然而止。林子阳瞄了肖树青一眼，见他的脸颊上忽然漾出了异样的光芒。肖树青缓缓地眯上了眼睛，仿佛在静静地思索着什么，许久后，才用低缓的声音说："唉，我在局长这个位子上干了五年了，眼瞅着就是五十岁的人了，谁不想着再进上一步呀……"他的话语里充满了无奈与幽怨。

林子阳顿时睡意全无，愣愣地望着肖树青，他实在无法相信肖树青会

第七章 贵人为何相助

忽然说出这一番话来，这些话即便是在知心朋友面前也是难以启口呀！肖树青城府很深，他又没喝醉酒，怎么会……

林子阳的思路顿时混乱起来，宛如一张千丝万缕的蜘蛛网，彼此交织在一起，再也无法把它理清。这时，肖树青又开口了："子阳啊，安部长一直对你很赏识，他在我面前提起过你，看得出对你非常关注……"

"安部长？"林子阳陡然睁大了眼睛，那张惶惑的脸渐渐幻化成一个偌大的"？"。肖树青眯着的眼睛已经恢复到先前的样子，说："子阳啊，其实你心里比我清楚，有安部长的关照，将来你前途无量啊！"

林子阳越听越糊涂，安部长？安部长是谁？许久他才想到，市委组织部的部长姓安，叫安峻山，他在市电视台的新闻联播节目里见过这个人。安峻山给林子阳的印象是，中等身材，四四方方的脸膛，长得还算英俊。除了安峻山，他再不知道有姓安的部长！不过，林子阳从来没有在现实生活中见过安峻山，更没有和他有过任何交往。

肖树青两眼直勾勾地望着床头上的那盏散发着橘色灯光的台灯，似乎已经忘记了林子阳的存在，说："子阳，你和安部长是什么关系，我并不感兴趣，这是你的个人隐私，你有权利不说出来。这些天，为了你的事我也是费了心思的，若是方便的话，请你在安部长那里为我多美言几句……"

林子阳幡然醒悟，他心中的那个谜团终于解开！原来，自己幸运地从担任调查组的副组长到科长，再到跟着肖树青来长沙出席生态农业观摩座谈会，都是因为安部长。他曾经在肖树青面前推荐或是赞赏过自己，于是肖树青就以为自己和安部长有着某种不同寻常的关系。为讨好安部长，肖树青就想方设法地提拔重用自己。自己舍身费力地给肖树青送去球拍胶皮和苹果手机，所起的作用是微乎其微的，甚至于都是徒劳。如果没有安部长的出手相助，自己百分之百还是原来的老样子，说不定，自己又翻出鱼竿到湖边钓鱼去了呢。

想到这里，林子阳的心里泛起一阵莫名的悲凉。谜团解开的同时另一个谜团又倏地一下冒出来，安部长？究竟是不是安峻山？他喃喃说道："安部长……"肖树青呵呵笑了一下，说："子阳啊，就别跟我装糊涂了。组织部的安峻山部长你不会不知道吧！"

林子阳顿时不吭声了，果真是安峻山！他怎么会关注起自己来呢？他想遍所有亲戚朋友也没找到与安峻山有任何牵连的人。

这一刻，肖树青正用充满期待的目光望着林子阳，那灼灼的目光仿佛用烈火烧烤过一般把林子阳的脸看得通红。他的确无法回答肖树青，若是实话实说，说自己根本不认识安峻山，并且跟他无任何瓜葛，肖树青一定不会相信，不仅如此，他还会以为自己不想帮这个忙从而以此来敷衍他。这样做将会是怎样的结局，林子阳心里很清楚。若是痛痛快快地答应下来，肖树青固然是心满意足，可是，自己这不是在欺骗人吗？他林子阳可不是这样的人啊！

林子阳左右为难，他的嘴巴连续抽动了几下，最终一个字也没有说出来。房间里一阵宁静，林子阳感觉到肖树青看他的目光正在慢慢地发生着变化，时间非常紧迫，已容不得他用过多的时间去思考，他必须马上进行回答。于是，他只好不知所云地嗯了一下，然后模棱两可地点了几下头。

肖树青忽然从沙发上站起来，然后冲着林子阳哈哈大笑起来，说："天不早了，明天还有事，子阳，你先休息吧。我要告辞了。"他说话时的神情瞬间又回到了以前的样子，仿佛刚才什么事都没有发生过。

林子阳心里七上八下，他并不知道自己刚才的表现是对还是错，更不知道肖树青对他的回答是否满意，尽管他尽力想在肖树青的脸上看出一些什么，可是在那一瞬间肖树青的那张脸又变得让人无法看透了。

林子阳并没有挽留肖树青，他慌忙起身把肖树青送出门外。等回到房间，他又陷入了困惑之中。

安峻山，市委组织部的安部长，这个之前和林子阳毫无瓜葛的人，现在已让他产生了巨大的兴趣。难道有一个和自己同名同姓的人和安峻山有着什么关系，自己从而张冠李戴地从中受了益？这个想法刚从脑海里冒出来，就被林子阳立即排除掉了。局里姓林的就他一个人，况且名字叫"子阳"的，除了他再没有第二个人，像安部长和肖树青这样的人物，又怎么会犯下如此低级的错误呢？若不是这样，那又是怎么一回事儿？林子阳陷

第七章 贵人为何相助

入深思，夜深了，他毫无倦意。

打开电脑，林子阳从网上查寻着与安峻山有关的所有信息，从籍贯、毕业学校、曾经工作过的单位等等，他没有找到丝毫与自己有牵连的信息。

时间已过零点，林子阳躺在床上依然无法入睡，安峻山究竟为何向肖树青推荐自己？林子阳绞尽脑汁地思索着，直到脑袋即将裂开也毫无任何结果。

4

两个人飞回海州时已是晚上八点，肖树青的专车早已在机场等候着。林子阳钻进了黑色轿车，心情异常复杂。车子驶向市区时，肖树青说："先送林科长回家吧。"林子阳连忙说："肖局，还是先送您吧。"肖树青眯着眼没吭声，司机犹豫了一下，还是一打方向朝着林子阳家所在的小区而去。

到家时，吴玲正穿着一件半透明的天蓝色睡衣在沙发上看杂志，见林子阳回来了，急忙小鸟似的飞奔过来，问："吃饭了没有？"林子阳用手摸抚着她柔顺的长发，说："在飞机上吃过了。"说完，他从旅行包里一件一件地把买回来的物品掏了出来。

吴玲把一条素色长裙抱在胸前欣喜异常，说："子阳，你可真有眼光，这件裙子实在是太漂亮了。"林子阳面露微笑，看着吴玲小鸟依人的样子没吭声。其实，长裙是肖树青的眼光，肖树青给太太买了一件淡紫色的，然后又动员林子阳也买一件，于是他就买下了这件白色的，想不到吴玲居然如此喜欢这条长裙。

这么多天没见面，干柴与烈火必将会燃起熊熊火焰，两个人在宽大的席梦思床上折腾了一阵儿后，林子阳把吴玲拥在怀里开始慢声细语地讲述起他的所见所闻。吴玲听得入了迷，说："等咱们日子好了，有钱了，你带着我和苗苗去看看生态农业种植园究竟是什么样子,好吗?"林子阳爽快地答应下来。

关于安部长的事,话到嘴边的时候,林子阳又把话咽了回去,真相还没有拨云见日之时,他不想让吴玲知道。

第二天一来到办公室,林子阳就坐在电脑前整理起了关于"绿色生态农业种植"方面的资料。

中午下班时,林子阳在走廊上远远地望见了肖树青,肖树青脸上的随和已荡然无存,他板着的脸又回到了先前的样子。

下午快要下班的时候,林子阳去了肖树青的办公室,肖树青一脸疲惫,笑呵呵地说:"子阳来了,有什么事吗?"林子阳支支吾吾地说:"是有点儿事。""别吞吞吐吐的,有事快点说嘛。"说完,肖树青坐在了沙发上。

林子阳说:"肖局,我想把外出开会的信息资料系统地整理一遍,然后结合所见所闻给全局职工做个汇报,你看行不行?"肖树青摆手示意林子阳坐下来,有些不以为然地说:"子阳,你也别太较真了,其实我们出去看到的那些生态农业基地呀,农业园什么的,咱们市就有,搞得也差不到哪里去!不说远的,就说眼皮底下的,我的中学同学万木春就搞了个生态农业基地。如果你感兴趣,瞅空你可以过去看看。"

万木春的生态农业基地,不久前林子阳已经去过,基地临着公路,在郊区一片农田的边上,基地里种植的全是蔬菜。基地旁边借用以前的一个废弃的沟渠建了一个小池塘,里面还养了鱼,在这里还可以交费享受垂钓的乐趣。更为特别的是,基地一侧还建了一个酒店,名字叫农家乐,酒店不是很大,和环球酒店相比要小得多,风格也是大不相同,饭菜以新鲜蔬菜、农家产品为主,可是菜单上菜的标价却是贵得惊人。明眼人一看就知道,万总的那块基地长出来的蔬菜都是为他的酒店服务的,目的是为降低经营成本。基地的种植模式没有任何改变,缺少科学管理,对农药的残留不做任何检测。在林子阳看来,那个标示着生态农业字样的种植基地,严格意义上来讲根本和"生态"两个字不靠边。

林子阳的脸上流露出一些尴尬,说:"肖局……万总的农业基地我去

第七章 贵人为何相助

过，和我们这次看到的那些种植园是完全不一样的。"肖树青脸上露出一些让人难以察觉的不悦，说："哦，难道外地的月亮真的比我们的还要圆？"说完，他干笑了几声。

林子阳并不想在这件事上和肖树青过多地纠缠，他只是想把前些天自己的所见所想，说给全局的职工听听，也让他们对"生态农业"有所认识。于是，他笑了一下，说："月亮肯定是一样的。我只是想把咱们的见闻说给同事们听听……"

肖树青打断了林子阳的话，笑着说："好吧，既然你想表现一下自己，那就安排个时间由你来做个汇报吧！"林子阳刚想说些感谢的话，可当他听到"表现"两个字时，像有只苍蝇忽然一头扎进他的喉咙，一句话也没说出来。他原本是想再作一番解释的，可又感到若是再进行解释，就会有一种越抹越黑的味道，于是说道："多谢局长。"肖树青没说话，眯着眼望着林子阳轻轻地点头。林子阳知道他该离开了，于是他起身告辞。

报告会是在一个下午举行的，包括肖树青在内的全局所有职工都参加了。会议室里挂出了一个红底白字的横幅，上面写着：市农业局生态农业现场观摩会学习汇报。会议室坐满了人，主席台上只坐着肖树青和林子阳两个人，肖树青做了简短的讲话，然后从主席台上走了下来。主席台上只剩下了林子阳一个人，他脸色绯红，胸口咚咚直跳。

也不知市电视台和报社的记者怎么知道了这个消息，他们也都早早地赶到会场，这是林子阳始料未及的，他并不想过多地宣传这件事。

上大学时，林子阳参加过系里的演讲比赛，当时台下的听众有数千人之多，是全局职工数的几十倍，可是，林子阳感觉现在却比那时要紧张得多。林子阳的口才没得说，阐述问题也很有条理性，况且他还制作了PPT幻灯片，因此大家听起汇报来并不感到枯燥。

一个多小时的时间，汇报结束了。林子阳自我感觉不错，全体干部职工的表现也很好，也许是来了记者的原因，也许是林子阳的报告原本就很精彩，会场的纪律非常好，大家的反响也不错。

大家散去后，记者们又围住林子阳要他谈谈感想。这些来得很突然，林子阳没有任何思想准备，他使尽浑身解数，也无法推脱记者的纠缠。记者们膏药似的牢牢黏住了他，不得已他只能临时抱佛脚谈了几点自己对发展生态农业的见解。记者们直到把林子阳问得无话可说，才让他离开会场。

第二天，市里的报纸上大篇幅地报道了林子阳对"生态农业"的推广作了专题报告的事。几天后，电视台也对此事做了专题报道。瞬间，林子阳成了市里的名人，就连岳笑川都听说了这件事，打来电话询问林子阳是怎么回事。不只是岳笑川，接下来白杨、陈牧天、大头等人也纷纷打来电话，事情搞成了这样，是林子阳之前所没想到的。

结果，这件事让分管农业的张副市长知道了，是从电视上看到的。几年前，他的肝脏曾经动过手术，医生叮嘱他要注意饮食，因此张副市长对无公害原生态食品格外感兴趣。于是，第二天一到办公室，他就给肖树青打了电话，这个电话让肖树青对这件事一下子重视起来。

肖树青又找来林子阳，让他准备了一份以"生态农业的推广与发展"的讲话稿，然后召开了全局干部职工专题会议，他在会上做了典型发言。几天后，这次会议也都及时地出现在了电视和报纸上。

这件事过后，林子阳顿时成了热点人物，一时间他处在了风头浪尖，成了全局干部职工所议论的焦点人物。

5

由于报纸和电视对生态农业的报道，全市各地也都纷纷搞起了所谓的生态农业种植园。公路两侧的农业品种植基地也都打起了生态、绿色的大旗，都在田地边上用广告牌标上了生态、绿色、环保字样。他们还通过各种途径找到林子阳，请他去对这些种植园进行指导评估。林子阳想推辞都推不掉，一时间他成了大忙人。

第七章 贵人为何相助

万木春当然不会错过这样的好机会,他找到肖树青,肖树青又找来林子阳,林子阳当然连半个不字也不能说,很爽快应了下来。同去的还有何涛,万木春可真是个爱讲排场的人。他在农田边上拉起了一道长长的横幅,上面写着红底白字的仿宋体大字:热烈欢迎市农业局专家莅临环球生态种植园检查指导。四周还插满了彩旗,披着飘带的礼仪小姐站在路边列队相迎,报社、电视台的记者也早被请了来,他们冲着和万木春并肩而行的林子阳不停地拍照,搞得林子阳有些不知所措。

走在田间的小路上,林子阳看见就连地边的蔬菜上都系着各种颜色的绸带。林子阳禁不住心中暗笑,有些记者还拉近镜头冲着绑了绸子的蔬菜一阵疯狂拍摄。

林子阳仔细查看了蔬菜的种植情况,然后让万木春找来所有的农技师,他们大都是附近村子里的,这次和林子阳上次自己来时所不同的是,农技师们今天都换成了统一的服装,衣服都是新的,看得出是临时抱佛脚刚刚定做的。另外,他们的脖子上还挂着一个标志牌,上面有本人的名字和相片。

在田地边上,林子阳对蔬菜种植过程中所注意的事项做了详细说明,他重点讲解了在施肥和使用农药过程中所注意的问题,尤其强调了要尽量选对农药的品种,药量不能超过规定标准,施药时间要避开蔬菜的成熟期和采摘期等。林子阳还半开玩笑地说:"万总啊,绿色生态并非是形象工程,这里面的学问可大着呢,只有规范管理完善制度,实施好各项农艺流程,绿色生态这面大旗才能越走越远。"万总笑呵呵地说:"多谢林科长的指教,我们正在向这方面努力。"林子阳用手指着管理制度中关于"奖金与产量挂钩"的一项规定,说:"绿色生态追求的可不是产量,要的是质量!"万总又是呵呵一笑,说:"是的,是的。"说完,他笑嘻嘻地把林子阳带到池塘边。

万木春满脸是笑,说:"听岳大夫说林科长可是钓鱼高手啊,今天可以一显身手,也让我们开开眼界。"礼仪小姐马上拿过来鱼竿等钓鱼工具,前来的记者也有喜爱钓鱼的,他们也纷纷拿起了鱼竿率先体验起了钓鱼的乐趣。林子阳犹豫了一下,当他看到池塘里游来游去的鱼儿,就再也无法抵挡住诱惑了,于是他接过鱼竿坐在木椅上钓起了鱼。

钓鱼对林子阳来说是轻车熟路,不一会儿,就有几条一尺来长的草鱼被他钓上了岸,何涛也不甘寂寞,摸起一根鱼竿在池塘边钓起鱼,他以前从没有钓过鱼,因此许久也没能钓到一条鱼,直到林子阳向他传授了一些心得,何涛才好不容易钓到一条一尺来长的草鱼。

钓鱼的时间过得飞快,不觉间已是中午,礼仪小姐过来清点胜利品,结果林子阳以绝对优势拔得头筹,万木春屈居第二,他用两只胖手用力鼓掌,说:"林科长不仅是农业方面的专家,钓鱼也是专家啊!"

一辆豪华大面包驶了过来。一行人在万木春的招呼下都钻进了面包车,车子径直向环球酒店驶去。

第八章
勇挑重担

1

自从市电视台对生态农业做了重点报道，生态农业在全市一下子火了起来。林子阳也是红得炙手可热，通过参加这次观摩会，全市出现了"绿色生态热"的局面是肖树青始料未及的。

午后，肖树青泡了一杯大红袍，端起杯刚要喝，桌上的电话响了。他懒洋洋地伸手拿起电话，电话里一个高亢的声音让他情不自禁地从座位上站了起来，对方是个男子，说："肖局长吗？我是安峻山呀，过一会儿，张副部长和王科长到你们局去一趟，要给你添麻烦了呀！"肖树青的两只眼睛宛如两只放着光的灯泡，是安部长！张副部长要来！会是什么事？组织部派人来，又会是什么事！他的脑子里倏地闪过了林子阳的影子，难道……

林子阳的办事效率居然这么快！肖树青的心跳顿时加快了，他激动得连说话的腔调都变了，连声说："欢迎，欢迎，一点儿都不麻烦！"安峻山又说："肖局长，我代表组织部先谢谢你了。"说完，他挂掉了电话。肖树青意犹未尽地把话筒拿在手里迟迟不肯放下。

肖树青像是想起了什么，他啪的一下把电话扣在了电话机上，然后又快速地按下一串电话号码，他用急促的声音说："办公室吗？马上把接待室收拾好，组织部的张部长马上要来！速度要快。"

时间一分一秒地过去了，肖树青站在窗前，两只眼睛紧紧地盯着窗外，一辆黑色的轿车终于驶进了大门口。肖树青快步下了楼，不等轿车停稳，他已准时地出现在了楼前。

肖树青和张副部长、王科长一一握了手，三个人快步去了接待室，里面已清扫得一尘不染，橘红色布艺沙发前的茶几上已摆放了茶水、水果、香烟等，肖树青示意张副部长快坐下，可张副部长并没有坐下的意思，他笑着说："肖局长，不好意思呀，打扰你们工作了。"

肖树青的脸笑成了一朵花，说："张部长太客气了。"张副部长恰到好处地收起脸上的笑，说："肖局长，是这么回事，今天来呢，是想找林子阳谈点儿事，你通知他马上过来，好吗？"

见张副部长是来找林子阳的，肖树青心里顿时凉了半截，可他毕竟在官场待了多年，算是老江湖了，泰山崩于前而色不变的功夫还是有的，因此他的脸上并没有什么大的变化。他笑眯眯地说："张部长，你们先坐下吃点水果，我马上让林子阳上来。"说着，他摸出手机给林子阳打了电话。

接到肖树青的电话时，林子阳正在办公室查找关于生态农业的信息资料。前些天，去了万木春生态农业种植基地，万木春把这件事在报纸、电视和网站上大肆地进行了宣传，就连大家一起钓鱼的照片也都发到了网络上，看看那些报道，不知道的人还以为他的种植基地是多么的完美无缺呢！并且有些记者把标榜环球酒店的话还借用林子阳的嘴巴说了出来，这些话他可是只字未提的。林子阳看了，气得哭笑不得。准确地说，林子阳可是帮着万木春做了一个"绿色生态"的广告，一时间他的农家乐酒店天天爆满，若是不打电话提前定餐，想到农家乐吃饭连空位都没有。

这次前往，林子阳发现了环球蔬菜种植基地的确存在不少问题。他想根据这些问题制定一份整改方案，然后交到万木春手上。

肖树青很少亲自打电话给林子阳的，即便是亲自打，也是用办公室的座机，用手机打电话还是第一次。林子阳听得出，电话里肖树青的声音似乎与往常不太一样，似乎有些急促。林子阳不敢怠慢，放下材料，就快步去了接待室。

肖树青正在门外翘首等待。他向林子阳介绍说："这位是市委组织部的张部长，这位是干部科的王科长。两位领导要找你谈点儿事。你可要密切配合啊。"林子阳满脸狐疑，组织部找我做什么？他和两个人一一握手后，怵怵地坐在对面的沙发上，林子阳知道张部长是副的，因为安峻山才是市委常委、组织部的部长。在那一瞬间，他心里陡然一亮，脑子里闪过一个念头，张副部长前来难道与安峻山有关？

林子阳来不及多想，王科长开口说话了："肖局长，我们要和林子阳谈点工作，您得回避一下！"肖树青直勾勾地望着张副部长，极不情愿地从沙发上站起来。张副部长并未说什么，只是冲他微微一笑，肖树青皮笑肉不笑地说："好，你们谈，我先失陪了。"说着，他一步一回头地离开了接待室。

2

屋里顿时静下来。事情来得太突然，林子阳禁不住有些紧张。这时，张副部长笑着问："你是林子阳，对吗？"林子阳抬头看了一眼，张副部长穿着很随意，说话也随和，并没有摆什么架子。林子阳感到一阵心安，木木地点了点头。

王科长说："林科长，你可能听说过城北区西郊镇近几天所发生的事情吧？"林子阳又是点了点头。

西郊镇的确是一块不平静的土地，年前发生了因玉米种子问题群众集体上访事件，事情过去还不到半年，西郊镇再起波澜。因土地开发的问题，西郊镇又发生集体冲突事件，开发公司的人和部分群众大打出手，结果十余人受伤住进了医院。郭志明一气之下，急火攻心当场犯了心脏病晕倒在了出事现场。虽然西郊镇离海州市区有二百多里路，可是这件事宛如一阵疾风，早已传遍海州市的大街小巷。林子阳对这件事的详细情况虽不是很清楚，不过大致过程还是听说过的。

张副部长的脸上变得有些严峻，说："郭志明至今还待在医院的急救室，西郊镇群龙无首，怒气难平的群众还堵在镇政府门口，为避免形势的

第八章　勇挑重担

进一步恶化，城北区委的意见是不想再从本区内选派干部去西郊镇主持工作，他们和市委组织部进行了沟通，经慎重研究，市委组织部同意了城北区委的意见。"

林子阳顿时掉入了云雾之中，他听天书一般听完张副部长的一席话，这些话应该说是与他无任何关系的。西郊镇，这片不安定的土地，如果说与林子阳有关联的话，那就是半年前林子阳曾以调查组副组长的身份到过那里。除此之外，对林子阳来说，他与西郊镇再无半点瓜葛。

可是，林子阳从张副部长定定的目光里渐渐体会到了什么，同时也把自己和那个几百里之外闹翻了天的西郊镇慢慢地捆绑在了一起。墙上的时钟啪嗒啪嗒地发出了清脆的响声，三个人谁也没有说话，时间在煎熬中一点一点地过去。

林子阳满脸疑惑，问："张部长，今天找我来是与西郊镇的事有关，对吗？"

张副部长点了一下头，说："是的，组织部研究决定，想让你到西郊镇挂职镇党委书记，主持全面工作。不过你放心，时间不会太长，一旦有合适人选就把你替下来。"说完，他用期待的目光望着林子阳。

尽管林子阳早已有了预感，也可以说已经有了一些心理上的准备，可这句话从张副部长嘴里说出来的时候，还是仿佛在他面前响了一个惊雷，震得他脑袋嗡嗡作响。林子阳顿时蒙了，他宛如一尊石雕一动不动地呆坐在沙发上。

不等林子阳说话，张副部长又说："让你去西郊镇，是经过慎重研究的。首先考虑到西郊镇是个农业大镇，你是搞农业的，去主持工作比较合适。另外，不久前西郊镇因玉米种子问题发生群体事件时你表现突出，为西郊镇挽回了巨大损失，你到西郊镇去，工作会容易开展一些。"说完，他瞄了王科长一眼。

王科长笑着说："要知道，你可是安部长亲自点的将啊！"安部长，又是安峻山！近些天，这个让林子阳经常夜不能寐的名字，又在他的耳畔响起。

张副部长脸色依然凝重，说："林子阳，你是一名党员，按理说应该无条件地服从组织的安排，不过，我们今天来是向你征求意见的。这件事你并不需要马上回答我们，给你一天的时间，现在是三点半，明天这个时间以前给我答复，好吗？到时你可以拨打这个电话。"说着，他把一张写有电话号码的纸条交到林子阳的手里。

林子阳从接待室走出来的时候，两只脚轻飘飘的，仿佛走在了棉花上。今天的事情来得的确太突然，之前无任何征兆！这是他从来都不曾想过的事情，不只是他，任何一个人都不可能想到会让他去西郊镇工作，这绝对是一次非常时期的打破常规的工作调动。从科长到西郊镇党委书记，虽然从职位级别上来讲是完全相同的，可是科里只有六个人，三间办公室，不费多大力气工作就能应付自如。西郊镇就不同了，全镇几万人，辖区面积近二百平方公里，况且现在西郊镇正处在多事之秋，自己没有任何基层工作经验，去了能应付得了吗？

是接过这副担子，还是退缩？一时间林子阳拿不定主意，那一刻，他的脑子里浮现出了吴玲、父亲、岳笑川等人的身影，他想征求一下他们的意见，这件事的确太大了，简直是一块巨大的磐石，把他压得连气都喘不过来。

从接待室出来，林子阳在心底不停地呼唤自己的名字，他想走得快一些早点见到吴玲，和她商量一下该怎么办。可是，不过几十米长的楼道，他却许久也没有走到尽头。他即将走到楼梯口的时候，忽然听到身后有门响动的声音，知道张副部长和王科长就要离开接待室了。就在这一刹那，林子阳忽然感到体内有一团火燃烧了起来，身上的每一滴血都沸腾了。他停住脚步，然后猛地转过身，迈着雄健的脚步折了回来。

张副部长刚要离开，见林子阳又回来了，疑惑地问："林子阳，你还有什么事吗？"林子阳的眼里迸射着灼灼的目光，说："张部长，我已经决定了！"张副部长是一副很吃惊的样子，说："噢，这么快就决定了？"说着，他又推开门重新走进接待室。

林子阳二目如电，说："我愿意到西郊镇去！"王科长急忙说道："西郊的形势很复杂，这副担子究竟有多重你可要想清楚，千万不要意气用事，你还是认真考虑一下吧，不要这么急就作决定嘛。"

林子阳的脸严肃得如同一块生铁，说："不用再考虑了！我已经作好充分准备！"张副部长出了一口气，说："好，你打算什么时候动身？"林子阳想都没想，脱口而出，说："明天！"王科长笑着说："也太快了吧，难道你就不准备一下？"林子阳的脸上勉强挤出一些笑容来，说："西郊镇还乱作一团呢，晚一分钟事态就有进一步恶化的可能！既然已经接下这副担子，就尽快吧！"

张副部长终于如释重负地拍了拍林子阳的肩膀，说："好吧，就这样定了。安部长交代过，说若是你愿意接这副担子的话，走之前去他办公室一趟。时间已不多了，我们就一起去见安部长吧。"

听了这句话，林子阳既激动，又是紧张。激动的是他终于可以见到安部长了，说不定就能知晓他为何一直关注自己；紧张的是安部长并未和自己有什么关系，等见了面，若是知道了这一切都是阴差阳错造成的，又该怎么办？事已至此，已经没有退路，林子阳只好硬着头皮跟在张副部长的后面。

走出楼门口的时候，林子阳忽然感到那颗蹦跳的心已经飞到了西郊镇，那一刻他仿佛变成了一个即将奔赴沙场的将军。他猛然感到大有一种"风萧萧兮易水寒，壮士一去兮不复返"的豪迈和悲壮！冥冥之中他又感觉到西郊镇似乎就是和他有着前世约定的那方为他施展才能和抱负的舞台，他坚信这次前往必定会高唱凯歌从那片为他承载使命的土地上归来。

在去组织部的路上，林子阳接到肖树青的电话，他还不知道事情的真相，打电话过来就是想了解一下情况。林子阳看了张副部长一眼，张副部长轻轻点了点头，他才把事情经过简单说了一遍，他从电话里传来的变了腔调的声音里仿佛看到了肖树青脸上惊愕的表情。随后，张副部长又从林子阳手里接过电话，代表组织部就这件事和肖树青说了几句话。

3

走进安峻山的办公室时，林子阳紧张得手都没处放了，张副部长笑着对安峻山说："林子阳已经同意接下西郊镇这个烂摊子了。"安峻山从椅子上站起来，笑呵呵地说："好！那就好！"张副部长示意林子阳快坐下，说："安部长，你们先聊着，我走了。"说完，张副部长出了门。

屋里只剩下了安峻山和林子阳，林子阳抬头望了安峻山一眼，安峻山的身体很强壮，四方脸，短发，浓眉大眼。只看了一眼，林子阳就完全可以确定面前这个人和自己无任何瓜葛，于是他愈加紧张了。

安峻山声若洪钟，说："你是林子阳吧。"林子阳下意识地点了点头。安峻山起身在旁边的沙发上坐下来，说："西郊镇这副担子可不轻啊！你作好充分准备了吗？"林子阳木讷地点了点头。

安峻山想了一下，说："去西郊镇工作对你来说，是机遇也是挑战，可不像你在农业局当科长。那可是个火山口啊，弄不好会把你烧个粉身碎骨的，你知道吗？"说完，他二目放光，定定地看着林子阳。

林子阳见安峻山并未对自己的身份有任何置疑，他的心里便坦然了许多，说："这个我知道。"说虽是这样说，其实他心里一点儿底也没有。安峻山的目光透过玻璃窗凝望了一会儿远方，这一刻他似乎已忘却了林子阳的存在，说："这次去西郊镇工作，你可能会遇到之前从来没有遇到过的困难，一个人只有经过困难和挫折的历练，才能逐渐成熟起来，才能肩负起更大的责任。你要记住，不管遇到怎样的困难，不管面临怎样的风险，决不能放弃原则！这是一名领导干部必须要坚守的底线！"

安峻山说的每一个字，仿佛是一粒粒从枪膛里射出的子弹，震得林子阳的耳朵啪啪直响。林子阳没有说话，他默默地把安峻山所说的每一句话牢牢地记在了心底。

安峻山把目光落在林子阳那张毫无表情的脸上，说："子阳啊，这次我点了你的将，非常时期采用非常的方式调用干部，让你来挑这副担子，我身上的压力有多大你是知道的。希望你能争口气！要知道，周围可是有许多只眼睛看着我们呢！可不能有任何差错啊！"

听得出，安峻山并没有弄错人！正如林子阳先前所料，安部长这样的人又怎么会把人都搞混呢！于是，林子阳愈加疑惑了。究竟是什么原因让安峻山对自己充满了期待？

林子阳终于壮着胆子说："安部长，谢谢您对我的信任……我实在想不起和您之间……"他希望能从安峻山那里得到一些提示，然后再确定和安峻山是不是有着什么不为人知的关系。可是，安峻山脸上的表情瞬间又变得如同一座岿然不动的大山，说："有些事你不必知道太多，当前最需要你去考虑的事情是到西郊镇后如何开展工作！"

林子阳尴尬地笑了一下，说："我会的。"安峻山嗯了一下，说："明天动身时间够紧张的，天不早了，你还是快点回去准备一下吧！"林子阳望了一下窗外，的确天有些晚了，太阳已经收完最后一抹红光，天色即将暗下来。于是，他连忙起身告辞。

在回家的路上，肖树青又打来电话，说："子阳啊，我说过你是前途无量的嘛，终于应验了吧，西郊镇可是一块跳板呀，去了那里日后你会跳得更高的……"林子阳脑子里很乱，说："肖局，西郊镇现在还乱成一锅粥呢，我不知道究竟能不能应付得来。"肖树青的语气里已完全没有了局长的架子，说："就凭林老弟你的能力，绝对没问题的。"肖树青对林子阳变换了称呼，林子阳乍一听还有些不太习惯。

肖树青说已订下了酒店，晚上要和林子阳一起吃饭为他饯行，林子阳想到还有许多事要处理，这么大的事，吴玲至今还不知道，也不知她会是什么反应。因此他把一起吃饭的事推辞掉了。

4

回到家时,天已完全暗下来,吴玲已做好了饭,正在和苗苗玩包袱、剪子、锤头的游戏,见林子阳回家,两个人并没有停下来。林子阳很晚回家是经常的事,因此吴玲和苗苗并未感到奇怪。

苗苗刚刚用她那伸开的小手赢了吴玲的拳头,她高兴地舞动着手臂,说:"不玩了喽,爸爸回来了,要吃饭了。"吴玲笑着往厨房走去,林子阳勉强笑了笑,说:"先别急着吃饭,有件事跟你说一下。"当他走进家门,第一眼望见吴玲和苗苗的时候,他忽然对自己的决定有些后悔了。吴玲忽闪着水汪汪的大眼睛,问:"啥事呀?看你火急火燎的。"

林子阳没说话,一屁股坐在了沙发上,机灵的苗苗也感觉到了气氛有点不对头,她乖巧地躲在了一旁。吴玲在林子阳的身边坐下来,说:"到底啥事?"林子阳沉着脸,迟疑了许久,才说:"市委组织部选派我到西郊镇主持工作。"

吴玲笑得很可爱,说:"别开玩笑了,快吃饭去。"说着,她轻拽了林子阳一把。平时林子阳经常捏造一些假消息,还不动声色地逗着吴玲玩,这一次吴玲以为林子阳又在说瞎话。林子阳面色依然凝重,说:"是真的!"吴玲也感觉到林子阳并不像是在闹着玩,她瞪大眼睛,问:"是……真的?"

"真的!"林子阳点了点头,随即他看见吴玲的脸渐渐变成了一张白纸。吴玲的两道目光宛如锋利的锥子在林子阳的脸上戳来戳去,问:"什么时候走?"林子阳像犯下了不可饶恕的错误,头垂得很低,说:"明天。"

吴玲忽然从沙发上跳起来,像个泼妇,喊道:"林子阳,这么重要的事,你为什么不征求我的意见!你走了,我和苗苗可怎么办呀?你眼里还

第八章 勇挑重担

有我和孩子吗?"林子阳没有料到,暴风雨来得居然如此猛烈。他抬起头,愣愣地望着吴玲那张苍白如雪而又充满怒容的脸,一句话也没有说。

是呀,明天就要去西郊镇了,家里只剩下了吴玲和苗苗,缺了男人的家还像个家吗?想到这里,一阵莫名的愧疚感忽地涌上了林子阳的心头。

吴玲用低缓的语调说:"林子阳,西郊镇可是一座火山呀,你知道吗,这是在玩火自焚呀!听同事说,城北区的干部竟然没有一个人愿到西郊镇去主持工作。组织部一连找了几个人谈话,人家都推了出去。就你林子阳不知深浅居然敢去蹚这浑水,难道就你林子阳本事大?"

沉思许久,林子阳说道:"小玲,今天的事我做得的确有些唐突。不过,我是认真考虑过的,这个机会对我来说真的很重要!"吴玲白了他一眼,说:"你知道吗?那个鬼地方到了夏天蚊子苍蝇四处乱飞,一年四季都是刮不完的风,到那里工作简直就是受罪,哪比得上在局机关呀,清静又自在。"林子阳猛然想起,吴玲的爸爸年轻时曾在西郊农场工作过两年,吴玲曾在那里读过小学,难怪一听说自己去西郊镇,她的敌对情绪这么强烈。

林子阳看到吴玲眼里闪动着晶莹的泪花,说:"小玲,生米已做成熟饭,事情我已应了下来。你别难过,虽说远了点,不过我会按时回家看你们的……我走后家里就靠你了……"他说着说着竟然鼻子一酸再也说不下去。

两个人沉默了一阵儿,吴玲起身把饭菜摆在了饭桌上,苗苗是个懂事的孩子,一声不吭地来到饭桌旁,规规矩矩地坐下来。她虽然不知道究竟发生了什么事,但她从刚才爸妈充满了火药味的谈话里,听出爸爸好像就要离开她们到很远的地方上班了。因此,她的小嘴嘟得老高。

林子阳故作若无其事的样子,笑着说:"苗苗,怎么不高兴了,给爸爸笑一个,爸爸可是有奖励的哟。"说着,他把一条淡紫色的丝巾在苗苗眼前晃了晃,苗苗的嘴巴依然撅得老高,对林子阳看都不看一眼。

今天上班的时候,见超市门口正在推销丝巾,是儿童围的那种,于是他停住车为苗苗买了一条,在衣袋里都放了一整天了。

苗苗终于把丝巾接在了手里,然后搂在胸前,紧接着豆大的泪珠从她眼里滚下来。孩子一落泪,吴玲也忍不住抽泣起来。

晚饭吃得很沉闷，三口人谁都没说一句话，吃过饭，林子阳哄着苗苗做作业去了，自己忙着收拾起了东西。吴玲一声不响地去厨房刷起了碗筷。

收拾完行李，林子阳感觉有些累了，说道："小玲，我先睡了。"吴玲没吭声，林子阳知道她还在生自己的气，洗刷完毕后，他就上床睡了。

一觉醒来，看了下表，已是早上五点。昨天张副部长打电话过来说五点半准时出发，五点二十分组织部的车在小区门口等他。第一天报到，张副部长陪同林子阳一同前往，用王科长的话说，张副部长是去给林子阳呐喊助威呢。

林子阳怕惊醒熟睡中的吴玲，他小心翼翼地起了床。洗刷完后，他发现行李包裹旁边又多了个大皮箱，打开拉链见里面是自己漏带的生活用品。他心头一热，禁不住瞄了一眼在床上蒙头大睡的吴玲。临出门前，林子阳又来到苗苗的房间，轻轻地亲了一口苗苗胖乎乎的脸蛋，然后转身出了门。

林子阳迈着沉甸甸的脚步从楼梯上走下来，楼梯的拐角处，他猛然听到身后有门响的声音，他缓缓地回过了头。门开着，吴玲正穿着睡衣探出半个身子泪汪汪地看着他。蓦地，林子阳的眼泪淌了下来。

5

林子阳从小区里出来时，张副部长已在等着他了，林子阳上了车，车子飞快地行驶在了公路上。

林子阳坐在车里心情极其复杂，在去西郊镇的路上他才感觉到这副担子究竟有多么重，离西郊镇还远着呢，他似乎已被一种无形的压力压得有些透不过气来。张副部长坐在副驾驶座上时常回过头来跟林子阳聊上几句，一再叮嘱林子阳当前要做的第一件事就是先稳定西郊镇的混乱局面。其实，仔细想想这是一句多余的话，别说是林子阳，连三岁小孩都知道，西郊镇

第八章　勇挑重担

159

最需要的就是稳定。

前方是一片一望无际的田地，这里已经是西郊镇的辖区，再有十几分钟就到镇政府了，这时林子阳忐忑了一路的那颗心反而平静了许多。

陈牧天和区委组织部的孟部长早已在门口等待了。车子缓缓地停了下来，张副部长和林子阳从车里快速地钻出来，大家彼此握了握手，脸上的表情都异常沉重，话语自然不是太多。

陈牧天握住林子阳的手许久没有放开，似乎千言万语已从两人的手掌间进行了快速的交流。随后，陈牧天用低沉的语气说："子阳，做梦都没想到会是你来。"林子阳用力晃了晃陈牧天的手臂，苦笑了一下，没说一句话。

一行人快步来到会议室，在陈牧天的介绍下，林子阳一一见过了西郊镇党委一班人。会议室里已坐满了西郊镇的所有机关干部，几个人在主席台上坐定，林子阳看了下时间，七点一刻，张副部长七点半准时离开，市里有个重要的会议必须要他赶回去参加。林子阳知道，会议的时间不会太长。

陈牧天对张副部长做了简短的介绍，然后带头鼓掌欢迎张副部长讲话。张副部长从座位上站起来，把话筒抓在手里，大声说："同志们，西郊镇出了这么大的事，造成了这种局面，市委和城北区区委都感到揪心啊！这次选派林子阳同志来西郊镇主持工作收拾残局，是市委组织部和城北区委经过慎重考虑的。林子阳同志政治坚定，有大局意识，组织能力强，他又是我市农业方面的专家，西郊是农业大镇，非常需要懂农业的人来主持工作。他为人坦荡，作风正派，年富力强，思路清晰，有开拓创新精神。事业心和责任感强……"张副部长用铿锵有力的话语对林子阳大加赞赏了一番，最后他又讲了一些要求全镇领导干部一定要支持林子阳的工作之类的话。

随后，陈牧天又讲了一番话，也是说了一些对林子阳的赞誉之辞。完了，陈牧天小声对林子阳说："你也说几句吧。"林子阳瞅了一眼台下黑压压的人群，摆了摆手，说："我就不说了。"

陈牧天和张副部长咬了一会儿耳朵，说："张部长还要急着赶回市里开会，区里有些事也等着我回去处理，这里就交给林书记了。"说完，他站起身和张副部长、孟部长等人快步离开了会议室。

主席台上只剩下了林子阳一个人，台下是一双双干巴巴的眼睛，那一刻，他猛然感觉到自己仿佛成了一个没了爹娘的孩子。来之前早已想好的话，一时间一句也想不起来了，他兀自端坐在主席台前，许久居然没有说一句话。会场上静悄悄的，除了呼吸声再没有多余的任何声音。

林子阳定了定神，说："今天我刚来，情况还不是很了解。这样吧，镇党委委员留下，其余人散会，先回到自己的工作岗位。"他的声音虽然不是很高，但是很有力。

可是，就在这时，忽然听到外面有吵吵闹闹的声音，刚走出会议室的几个人又转身回来了，大声喊道："闹事群众又把大门堵上了，看来谁也走不了了！"林子阳心里咯噔了一下，他沉思片刻，忙说："党委委员先到我的办公室开会，其余人暂时在这里等着吧。"说完，他快步走出会议室，其他党委成员紧随其后。

会议室里顿时乱作一团，大家七嘴八舌地议论起来。

第九章
焦头烂额

1

书记办公室在二楼，林子阳几个人刚走进楼门口，就听见楼上一阵嘈杂声。这时，秘书小王快步从楼上下来，压低了声音，说："不好了，乡亲们知道来了新书记，早早地堵在林书记的办公室门口了。"林子阳倏地停下脚步，一时间他进退两难。这时，不知谁喊了一声，说："要不，咱们去小餐厅吧，他们应该不会找到那里的。"接着，大家都随声附和说："对，去小餐厅吧。"于是，一行几个人做贼似的从楼里出来，直奔不远处的一排砖瓦房而去。

小餐厅是镇政府工作人员就餐的地方，近期接连有群众闹事，餐厅已有几个月没有开伙了。伙房师傅也早已回了家。

推开门，里面一片狼藉，横七竖八的桌椅上落满了厚厚的灰尘。林子阳四下看了看，然后从口袋里摸出一块手帕抹去了一个凳子上的灰尘，自我解嘲地说："想不到，第一天上班就狼狈得如同丧家之犬啊！"另外几个人正在清扫着桌椅上的尘土，也都跟着干笑了几声。

清扫了一会儿卫生，大家总算坐了下来，林子阳和几个人再次一一握手，之前他曾来过一次，虽然不是很熟悉，但彼此都不陌生。

镇长门向东，很早以前林子阳就和他打过一次交道。那年，门向东和村里的支书去找过林子阳，以母亲身体有病为由，想托他找陈牧天调动一下工作。结果被林子阳一口回绝。大概是受了这件事的影响，林子阳第一眼见到门向东时对他就没有什么好感。

副镇长刘波，之前在农业局时曾和林子阳共过事，后来在舅舅的帮助下，他去了市政府工作，舅舅是市政府的秘书长，这些都是听路科长说的。为借调到市政府工作，林子阳为此还动过不少心思，结果是竹篮打水一场空。

刘波去了市政府后接连出现工作失误，有一次他喝醉了酒误了事，工作中出现重大过失，为此李市长都发了火，他的舅舅也不敢站出来为他说话了，结果他离开了市政府办公室，调到了城北区工作。后来舅舅退了下来，刘波在城北区待了不到一年时间，就被发配到了西郊镇。不过，刘波毕竟是在市政府工作过的，因此他现在是西郊镇的副镇长。

2

林子阳满脸凝重，说："我刚来，一些情况不是很清楚。时间紧迫，门镇长先介绍一下西郊镇当前的情况，我们再商量下一步该怎么做，然后立即分头采取行动！"说完，他把目光落在了门向东那张布满了皱纹的脸上。

门向东四十多岁，但看上去他要比这个年龄大得多，他穿着不是很讲究，上身穿了件灰夹克，里面是白衬衣，衬衣没有扎进腰里，夹克小，衬衣大，衬衣有一大截露在夹克外面。门向东咳了一声，开始说起了这起事件的前后经过。

西郊镇有一块五千多亩的闲置地一直没有开发利用。其主要原因是，这块地皮原属西郊养殖厂，除了厂区外，其余地块曾是一个大牧场。现如今养殖厂已经倒闭，厂区的房子也都成了破屋烂墙。这么大的一片地闲着也怪可惜的，镇政府多次决定要对这块闲置地进行开发利用，可原养殖厂的下岗职工因补偿费等问题，多次聚众闹事从而阻挠对闲置地的开发利用。有几家公司也曾经和镇上洽谈过在这里投资办厂事宜，可每次都被闹事群众把投资的事给搅黄了。因此这片土地一直没能得以开发。虽然这五千来亩地的土质不适合用来种植农作物，可在寸土寸金的今天，一直闲着也的确让人感到心疼。

今年春天，郭志明和镇党委一班人商量，镇上财政这么吃紧，守着大片土地过穷日子也不是个事。在陈牧天的极力撮合下，终于联系到一家有实力的公司来西郊镇投资办厂，公司的名字叫冯氏公司，总部在香港。稳妥起见，双方只是在口头上对一些投资事宜进行的商定，投资事项眼看就要顺利达成协议，可是，冯氏公司的工程队进入西郊镇进行实地查看时，闹事群众闻讯赶来，说了没几句话双方就大打出手，结果闹出了这种事。

门向东刚介绍完情况，分管农业的副镇长宋刚接过话头说："其实，就是一个叫丁大山的人在里面捣鬼！他以前是养殖厂的副厂长，每次闹事都是他带的头。俗话说，擒贼先擒王。只要做通丁大山的工作，这件事处理起来并不复杂。"

宋刚和林子阳是校友，也是搞农业的，林子阳比他高一级，算是他的师兄。宋刚毕业后，通过招考去了乡镇工作。这些是上次来时陈牧天告诉林子阳的。

刘波呵呵一笑，急切地说："那还不好办？找到丁大山，暗地里多送些钱给他，把他买通，事情不就好解决了！"说完，他有些得意地望着林子阳。林子阳沉着脸，一言不发。门向东瞪了刘波一眼，说："若是用钱就能买通丁大山，他就不是丁大山了！五千亩地的问题至今没能解决，还不是因为他丁大山百毒不侵。前年郭书记不是给丁大山送过钱吗？丁大山生病住院，我和郭书记还买了礼品去看他，结果怎么样，钱和礼品还不是送到了区委？结果郭书记受到了区委的通报批评。"刘波缩了一下脖子，再不作声。

屋里一片沉静，过了片刻，林子阳表情沉重地对门向东说："我对情况还不是很熟，你是镇长，我想听听你的意见。"门向东用舌尖舔了一下干裂的嘴唇，思索了片刻，说："我认为，当务之急是先稳住丁大山，等群众散开后，组织全体机关干部职工分头到闹事群众的家里做工作，采取各个击破的方式对他们进行说服教育……"不等他说完，宋刚插了一句："谁来说服丁大山呢？""我来吧。"门向东随口说道。

第九章　焦头烂额

林子阳的眉头已经拧成了麻花,说:"关键问题是群众把政府大门都堵住了,我们出都出不去呀!"大家谁都没吭声,知道这是个很棘手的问题。

门向东的目光在林子阳的脸上晃来晃去,说:"我看这样吧。林书记,你刚来,大家对你还是十分敬重的,你出去给他们讲讲话,或许那些人能给你一个面子,等他们散开后,我们这里就行动。"

球又踢给了林子阳,他心里一点底也没有,若是群众不给他这个面子,当众丢了丑又该怎么办?上班的第一天就来个马失前蹄,以后的工作又该怎么开展?可他仔细一想,感觉门向东说得又句句在理,并未有不妥之处。再说除此之外也的确没有其他更好的办法,于是,林子阳说:"我同意门镇长的意见!"

刘波忽地站起来,大声说:"门镇长,林书记刚来,就让他去冒这个险,你究竟是什么居心?"门向东脸色铁青,说:"我完全是从工作角度考虑的,无任何居心!"

林子阳气愤地站起身来,叱责道:"刘波,请不要再说了!"刘波翻了一下眼珠再不说话。

林子阳的话掷地有声,说:"就这么定了!宋刚和我一块去见外面的群众,其他人员跟随门镇长去会议室安排对上访群众的说服工作。散会!"林子阳话音刚落,忽听到门外有人大声喊道:"找到了,找到了,新来的书记和门镇长都躲在餐厅呢!"紧接着,外面是一阵嘈杂的脚步声。

林子阳来不及多想,快步走出餐厅迎着人群走了过去,宋刚紧随其后,门向东等人借机快步去了会议室。

林子阳高高地举起双臂站在了迎面而来的群众面前,宋刚快走几步来到前面,大声喊道:"乡亲们静一静,这位就是刚来的林书记,他有话要对大家说!"

听说新来的书记主动找上门来,人群渐渐平静下来,人群中有人窃窃私语,说:"这位就是帮我们查出玉米病症的专家吗?"宋刚大声说:"这位就是林书记!"林子阳向前一步,放大嗓门,说道:"乡亲们,我今天第一天上班,一些情况还不是很清楚,其实我和你们一样着急。如今郭书记还住在重症监护室，还有受伤的群众住在医院，请大家给我一些时间，我保证一定会给大家一个满意答复的！现在正是春耕播种季节，大家都聚集在这里还不误了秋后的收成啊？大家先回去吧，好吗？"说完，他用期盼的眼神望着眼前黑压压的人群。

这时，一个长得很敦实的中年男子走向前来，说："林书记，这也不能怪大家聚集起来找你讨个说法。事情都过去这么多天了，至今没有处理意见！我们能不着急吗？这一次我们先相信你，若是还没有让大家满意的处理结果，明天这个时候我们再来！"说完，他大手一挥，说："咱们先相信林书记这一次，大家先回去忙着种庄稼，林书记说得对呀，耽误了种庄稼可不是小事情啊！若是明天还没结果，咱们再来！"

于是，这伙人呼呼啦啦地都走了。林子阳望着渐渐散去的人群，终于长长地舒了一口气。

见人已散去，宋刚小声说："林书记，刚才说话的那个人就是丁大山！每次闹事都是他带头的，若是拿下丁大山，事情就容易解决了。"林子阳不停地点着头，两个人一边说着话，一边快步来到会议室。门向东已简单地做了分工，林子阳来了后，又针对性地做了一番强调，说："多讲讲聚众闹事的坏处，让他们先把心思放在春种上，让群众放心，处理结果一定让他们满意……"

林子阳讲完后，门向东看了一下时间，已是中午十二点，他小声对林子阳说："先让大家回去吃饭吧，咱们下午开始行动，你看怎么样？"林子阳点点头，说："好吧。"

3

来到办公室时，林子阳看见木门上有一些凌乱的脚印，看得出，是愤怒的群众见门锁着用脚踹过门。他打开门，向四周环视了一下，办公室还算宽敞，办公桌、沙发、茶几、衣架等一应俱全。不过，这些东西都是老古董了，东西比较破旧不说，样式也都是老掉牙的了。

秘书小王买来了热乎乎的蒸包，还送来了一壶热水。林子阳的确有点饿了，从早晨起床到现在还一口饭没吃呢。

正大口吃着蒸包，吴玲打来电话，她的声音里充满了担心，林子阳却装出一副很悠闲的样子，满口说好。可等他一挂掉电话，心里才顿时感到一阵伤感。

有人敲门，林子阳起身开门，是门向东。他笑着说："林书记，真没想到你会来。"林子阳也笑了笑，说："难道我就不能来吗？"门向东连忙说道："不是，不是。你来的确出乎大家的预料。"

门向东给自己泡了一杯茶，说："那年的事，我做得的确有些冒失！等从你那里回来，就后悔了。"林子阳知道他说的是托自己找陈牧天办调动的事。

林子阳没说话，门向东也没说话。沉默了一阵儿，门向东说："那年母亲得了脑血栓，急需人照顾。母亲辛劳了一辈子，怎么说也该行行孝心！镇上离家一百多里路，确实不方便，我找到区里的领导，答应为我想想办法，可是，在研究这件事的时候，陈副区长却死活不同意，调动工作的事也就泡了汤。"林子阳慢悠悠地吃着包子，仿佛根本没有听到门向东的话。

门向东喝了口茶水，说："陈副区长分管农业，我在镇上也分管农业，有一次在区里开会，我顶撞过陈副区长。哎，仔细想来，都怪自己那时年轻气盛啊！"听得出，他的话里充满了幽怨。林子阳抬起头，定定地望着门向东那张沟壑纵横的脸，问："伯母身体还好吗？"

"前年冬天，母亲去世了。"门向东的脸色很难看，说，"虽然我费了不少力气，可在母亲去世前终究没能调回到她的身边。不过，我当时的承诺他们倒是没忘掉，母亲走后没多久，就把我调到西郊镇来了。"

林子阳吃惊地问："什么承诺？"门向东苦笑了一下，说："我曾对区里的领导说只要把我调到母亲身边工作，等母亲百年之后，把我调到任何地方我都毫无怨言。"

林子阳心里明白，门向东急着来见自己一定还有其他的事。果不出所料，过了一会儿，门向东说："林书记，今天来就是想问你一个准话。其实处理这件事的最关键的问题，就在于那块闲置地究竟是开发还是继续闲置！"这个问题，林子阳还没有考虑过，准确地说是还没来得及考虑。他想了一下，说："这个问题我还没来得及想，可以先谈谈你的看法。"

门向东叹息一声，说："要想开发利用闲置地，就得先还清原养殖厂下岗职工的补偿款，否则，那帮人不允许任何人去碰那些地。若是继续闲置，就可以保一时风平浪静。"说完，他不声不响地喝起茶来。林子阳埋头思索了片刻，然后定定地看着门向东，问："你的意见呢？"门向东没有立即回答，他想了一会儿，说："西郊镇是农业大镇，上上下下全靠农业。镇上连个像样的企业都没有，财政收入严重不足，新校址几年前就选好了，因缺少资金，至今还没有开工。要想扭转当前的被动局面，必须要引进几家有发展前景的企业才行。"门向东句句在理，林子阳听了，频频点头。

门向东瞄了林子阳一眼，又说："西郊镇要发展，必须要把闲置的五千亩地开发利用起来。"林子阳叹息一声，说："只是丁大山那帮人整天闹事，这些历史遗留问题不是一天两天能解决的啊！"门向东也叹了口气，说："是啊，一千多万的补偿款毕竟不是个小数目，就是把镇政府卖掉也不值这么多钱啊！"

林子阳大吃一惊，眼睛瞪得像乒乓球，说："这么多？丁大山这帮人怎么能狮子大开口呢？不是有这方面的补偿规定吗？"门向东苦笑一下，说："丁大山他们都找律师咨询过了，按规定就是补偿这么多！其实，目前来看一千多万像座大山，可是，等那五千亩地利用起来，这些钱对西郊镇来说简直就是毛毛雨！"

林子阳愣愣地望着门向东，惶惑地问："老门，难道你已经有谱了？"他喊了声老门，两人之间的距离似乎一下子近了许多。门向东说："有倒是有，只是还不够成熟。"林子阳说："说说看。"门向东思索片刻，说：

第九章 焦头烂额

"补偿款一次性付清我们肯定做不到，但是可以分批付清的，跟买房按揭还贷是一个道理。每年支付一部分，如果这样的话，我算了一下，十年付清应该没问题的！"

林子阳听了这些话，眼前猛地一亮，顿时想到了自己的房贷和车贷，他点了几下头，说："别说，这真是一个很不错的办法！"他想了一下，又说："我们也不能让丁大山他们吃亏，只要他们同意这个方案，还款的时候连利息一块算上。"门向东高兴得直点头。

林子阳说："其实，那些下岗职工也够难的，若是条件允许的话，我们可以引进一家养殖与加工一体化的企业，优先让他们到新公司上班！你说怎么样？"门向东兴奋地用手一拍大腿，忽地站了起来，说："林书记，有你这一番话，下午去找丁大山谈话我心里就有底了！"说着，他一阵风似的出了门。

门向东刚走，林子阳的手机就响了，是白杨打来的。白杨的话语充满了忧虑，说："子阳，你怎么去了西郊镇啊，真是做梦都想不到。牧天刚告诉我，这不就给你打来电话，那个烂摊子可真够人受的，你可要小心点……"她在电话里没完没了地说个不停。林子阳静静地听着白杨那泉水击石般动听的声音，心里感到一阵温暖。

白杨把话说完了，林子阳说："白杨，你放心，我会小心的。谢谢你的叮嘱，我不会有事的。"白杨说："那就好，知道你忙，过些时间再去看你。"说完，她才依依不舍地挂掉电话。

林子阳把手机捧在手里愣了好长时间，才把手机收起来。

4

岳笑川打来电话时，已是林子阳到西郊镇的第二天，这天岳笑川休班，吃过早饭，猛然觉得好久没有见到林子阳了，于是就有了中午两个人一块吃饭的想法。

拨通林子阳的手机时，林子阳正被丁大山一伙人围在正中，就连他衣服上的纽扣都被扯了一个下来，他正狼狈不堪。

不到一天的时间，西郊镇的局面又发生了惊人的变化。那天下午，门向东去了丁大山家。说实话，丁大山原本对门向东的看法还是很不错的，因此见门向东来了，他还让妻子泡了茶。两个人坐在一张破旧的长条沙发上拉起了家常。

门向东并不想一上来就把问题抛出来。那壶茶水快喝得没有味道的时候，他才说道："大山啊，原养殖厂的遗留问题一直这样拖着也不是个办法，总得要寻求一个切实可行的方案才行呀。"门向东心里清楚，其实对于这个问题没有人比丁大山更着急。为了讨要补偿款，这些年丁大山东奔西走，连地里的庄稼都顾不上管，家里的其他事就更管不上了。其他人有的做起了生意，有的另谋职业了，有的见补偿款没了指望，干脆死心塌地地种庄稼了，只有他还在这一根绳上不死不活地吊着。

听了门向东的这些话，丁大山的脸上露出了红色的亮光，问："门镇长，难道你有什么好的处理方案吗？"门向东默不作声地喝着茶水，许久后才说："方案倒是有，就是不知你丁大山有没有诚意？"

丁大山用期待的目光看着门向东，连声说有。见时机差不多了，门向东便把临来时和林子阳商定的方案全盘托出。丁大山听了脸上的表情很复杂，有喜也有忧，对于引进一家养殖企业，让原养殖厂的职工优先就业，丁大山是非常满意的。至于十年分期还清补偿款的事，他把头摇得像拨浪鼓，他坚决不同意。

丁大山的这些表现，门向东早已料到，他不急不躁，苦口婆心地给丁大山讲道理。可丁大山也不是省油的灯，说："门镇长，十年后西郊镇是什么样子，谁也不知道，今天你们还不了钱，十年后就能还清了？再说，你们这些当干部的，每年都频繁调动，用不了几年你就调走了，我们找谁去要钱去，到那时，高楼大厦都建起来了，我们总不能把崭新厂房炸掉

第九章　焦头烂额

吧。"门向东耐心地说："即使我和林书记都走了，西效镇政府走不了吧，你们和镇政府有合同，怕啥？"丁大山嘿嘿一笑："合同顶什么用，你们不守诚信，已经让我们伤透心了！"

门向东说："这次你放心好了，有林书记在你怕啥！"丁大山说："怕啥？我怕你们用的是缓兵之计，我可不上你们的当！"两个人你一言我一语地争执起来。

最终，丁大山还是退了一步，说："门镇长，我看你也是个实在人，这样吧，第一次先付清一半，剩下的五年付清怎么样？"门向东知道，先付清一半，按镇上目前的财政情况看是无法做到的，因此他一口回绝了。

两个人正在为这件事争执不下的时候，有两个村民神色紧张地走了进来。他们在丁大山的耳朵旁边嘀咕了一阵儿，丁大山脸色突变，他的脾气十分暴躁，一把抓住门向东，大声说道："居然明一套暗一套，你们根本就没有诚意，还来和我谈什么？"门向东长得瘦小，丁大山抓着他像拎了一只鸡，门向东知道其他人在做工作的时候，不知道什么地方出现了差错，他刚想解释，丁大山不容分说，冲着门口推了他一把，说："你走吧，这件事我们根本没法谈了！"

事情也凑巧，门向东被推得失去了重心，身子一晃左手臂正撞到门框上。他感到一阵剧烈疼痛，摔倒在地上。这时，宋刚听见吵闹声从外面走进来，一见是这个情景，盛怒之下他一边打电话找人把门向东送去了医院，一边给派出所打了电话。

派出所的人来了，不由分说把丁大山带走了！这一下可捅了马蜂窝，村民们一怒之下又围住了镇政府。还有一些人干脆去了城北区政府，把区政府的大门也堵了个严实。区里打来电话，点名让林子阳到区政府门口领人，事情到了这个分上，闹事群众根本不买林子阳的账，他和宋刚等人说破了嘴皮也不见一个人回来。

门向东伤得倒不是多么重，只是有点轻微骨折，做完一系列检查，医生用石膏把他的小臂固定了一下，然后用绷带缠好。医生刚走，他就偷偷地从医院里溜了出来。回到镇政府了解到情况后，门向东立即给派出所打去了电话，他想让派出所先放人。是一个副所长接的电话，对方说："宋副镇长说了，没他的话谁也不能把丁大山放了。"门向东拉高嗓门，冲着话筒大声喊："你是听副镇长的，还是听镇长的，我让你马上把丁大山放了！不然我饶不了你。"说完，他把电话撂了。这个副所长见门向东的口气有点不对劲，急忙把情况向所长进行了汇报，所长说当然先听门镇长的了。于是，派出所把丁大山放了回来。

派出所放人后，门向东又赶去区政府，上访群众听说丁大山被放了出来，在门向东和林子阳等人的劝说下，总算回来了。回来后，林子阳做的第一件事就是让宋刚赶紧把打着绷带的门向东又送去了医院。

本想这事总算过去了，可是，刚吃过早饭，丁大山等人又来到了镇政府把正准备出门的林子阳围了个结实。

5

岳笑川的电话就是这个时候打来的。电话来得真不是时候，电话铃响了一遍又一遍。林子阳把手机举在半空，大声说："乡亲们，我先接个电话好吗？"大家倒也听话，自觉让出一条通道，林子阳好不容易从狭窄的通道里出来。他喘了一口粗气，连电话是谁打来的都没顾上看就按下了接听键。

岳笑川乐呵呵地说："子阳啊，今天我休班，想和你中午一块吃饭，有空吗？"林子阳一副哭腔，说："笑川，我的脑袋都要爆了，还有闲心吃饭？"林子阳去了西郊镇的事，岳笑川并不知晓。听了林子阳的话，他顿时愣住了，林子阳今天到底吃错了什么药，火气怎么这么大？不等岳笑川再说话，林子阳在电话里把他来到西郊镇工作，被原养殖厂上访职工围住的事粗略地讲了一遍。这件事对岳笑川来说，简直是太突然了！他大吃

第九章　焦头烂额

一惊，一起吃饭的闲情顿时没有了，匆匆地说了句你先忙就挂了电话。

岳笑川直勾勾地瞅着手机，许久没回过神来。等他把手机装进衣袋的时候，他突然想起什么似的，又把手机摸了出来，快速地给林子阳打了过去。

林子阳的手机又响了起来，他依然故伎重演，大家又是让出一条通道。林子阳大声喊道："岳笑川，你别打电话了好不好？我真的一点时间也没有！"岳笑川吓了一跳，像不小心点了炸药桶。他急忙说："子阳，你先别着急，我帮你搬救兵去。"说完，他匆匆挂了电话。

林子阳根本没听清他说的啥，见手机里没声音了，就把手机装进了衣袋。见林子阳已打完电话，上访群众又忽地一下把他围在正中。

岳笑川快速从手机上翻出了大头的号码，然后打了过去。大头在马路边等活，闲着没事做，正与几个同行在玩扑克。岳笑川急促地说："大头，你不是说你在西郊养殖厂时很有人缘吗，林子阳到西郊镇当镇党委书记去了，现在被你以前的同事围住了，你快点救他去吧！"

大头愣住了，手里的扑克撒了一地，他把嘴上香烟啪地吐在地上，扯着嗓子喊："笑川，到底是咋回事呀？你慢点说行不行！"于是，岳笑川把林子阳的事又说了一遍，这一次大头终于听明白了，他只说了三个字"马上到"就挂了电话。

大头高中会考完成后，就托关系去了西郊农场，种了一年棉花，第二年就去了养殖厂。他为人厚道，又勤快，很有人缘。那年，养殖厂的草料库失了火，大火封住了库门，二十多名职工被困在仓库里出不去，大头也在其中。火势越来越大，眼瞅着二十多条生命就要葬身火海之中。紧要关头，大头脱下褂子往水里一浸，然后蒙在脑袋上，扛起一根木头冲进了火光之中，他连人带木头冲着一扇窗户撞过去，仓库顿时被撞出一个大口子。大家终于看到了希望，陆续从大头撞开的口子处逃了出来。可是，就在大头准备离开时，一根木头从库顶落下来，恰好落在他的左腿上。二十几个人终于得救了，可是大头左腿却冒出了鲜红的血。大头被送往医院时，岳笑川恰好是他的主治医生，因此大头曾在西郊农场工作过的事他格外清楚。

后来，养殖厂倒闭了，西郊农场和附近的一些自然村一起成了西郊镇，因为一条腿有伤的原因，大头一直没有找到工作，他又干不了重活，只好离开西郊镇开起了出租车。

6

丁大山从派出所里出来后，并没有回家，他来到了镇政府，当打听到门向东并无大碍后，直接加入了闹事的人群。

其实，这件事中间出了差错，责任全在刘波。昨天中午散会后，刘波和几个机关干部中午到饭店吃饭，结果喝了个酩酊大醉。下午对群众进行说服工作时丑态百出，说了些不负责任的话，他的舌头都僵硬了，说："你们还想要补偿款……告诉你们吧……你们一分钱也不会得到！林书记可是从市里派下来的，他是挂职干部，用不了多久就高升走人！镇里连一分钱都没有，况且还欠下了一屁股债，稳住你们别闹事就行了……"村民们听了刘波的话，就悄悄地告诉了丁大山，于是就在丁大山家里发生了那一幕。

丁大山挤到人群的最前面，质问林子阳："要想动那块地，必须先支付我们的补偿款，否则我们决不答应！"林子阳并没有被吓倒，说："镇政府目前的确拿不出那么多钱，我们计划分十年付清补偿款，保证你们的钱连本带利一分也不少！"丁大山冷笑一声，说："刘波都说了，你是来挂职的，用不了多久就脚上抹油溜掉了，到时我们找谁去啊！"林子阳并没有生气，心平气和地说："别说我走不了，即使走了，你们也放心，有和西郊镇政府签的合同，怕什么嘛？"

丁大山大声说："我们才不相信呢，事情拖了这么久都没解决，想用缓兵之计，没门！"林子阳见短时间内无法说服丁大山，他想尽快脱身，便缓和语气和丁大山说："我还有事，过后我们再细谈好吗？"丁大山恼羞成怒，说："今天不给我们一个明确的答复，你休想离开半步。"这分明就是限制了林子阳的自由，一听这句话，他生气了，大声说："丁大山，你若敢不放我走，信不信我马上打电话让派出所来铐你！"

丁大山是一头犟驴，脖子上的青筋跳得老高，说："我就不让你离开这里，有种你就把我再抓进派出所！"林子阳厉声喊道："快点放我走！"丁大山一把揪住林子阳的衣领，说："不给我们一个明确的答复，今天你别想离开这里！"

两个人正针尖对麦芒地争吵着。这时，大头气喘吁吁地挤了过来，情急之下他冲着丁大山的后背重重地拍了一下，大声说："山哥，快放手！"见有人居然从背后击打自己，丁大山放开林子阳，瞪着豹子眼往后面看去。蓦然间，他像被点了穴道似的，一动不动地和大头四目对视了许久，随后忽地张开双臂和大头紧紧地搂在一起。大头的突然现身，林子阳也感到很惊讶。

丁大山兴奋地喊叫着："虎子，你怎么来了！近些年你还好吗？"说完，他低头瞅了一眼大头的那条伤腿。听了丁大山的话，林子阳才恍然想起大头的真实姓名叫高大虎。大头连说了几个好，然后指着林子阳说："这位是我的兄弟，请给我个面子，暂时不要为难他，大家坐下来慢慢谈好不好？"

丁大山回头看了林子阳一眼，然后冲着骚动的人群一挥手臂，大声喊道："虎子兄弟可是咱养殖厂的大英雄啊！当年仓库失火若不是虎子舍生相救，我丁大山怕是早就变成一把灰了。今天虎子兄弟来了，这个面子咱不能不给啊！大家说是不是？"在场的人大都认识虎子，也都听说过关于他的事，因此大家齐声喊是。

大头和丁大山再次紧紧拥抱在一起，林子阳清晰地看到，两个人眼里都闪动着亮亮的泪光。那一刻，林子阳心头一热，眼睛也湿润了。

人群已渐渐地把大头和丁大山围住，林子阳的周围一个人也没有了，大头的到来，让他获得了自由。

丁大山拉住大头的手，说："走，喝酒去，喝个一醉方休！"大头也大喊道："走，一醉方休。"两个人在众人的簇拥下走了。

7

　　林子阳长出了一口气,现在要做的首件事就是要去看一下门向东,一来是了解一下他的伤势怎么样,二来和他碰碰头商量一下接下来该怎么办。

　　林子阳的车出去没多远,就见前面有辆货车突然停下来,门向东手臂上打着绷带,从车上下来了。司机连忙停住车,林子阳跑上前去,问:"老门,你怎么又从医院出来了?"门向东喘着粗气,说:"我根本没啥事,家里乱成这个样子,我怎么能待得住?"

　　回到办公室,林子阳说:"先等等大头那边的情况,再确定下一步的工作方向吧,毕竟暂时消停了。"门向东说:"这个大头可真是帮了咱们的大忙了,改日可要好好请大头喝两盅。"林子阳忽然想起了什么,说:"等我回去,还得要好好感谢那个通风报信的人!"门向东疑惑地问:"谁?"林子阳便把岳笑川打电话的事说了一遍。

　　门向东气呼呼地说:"对刘波和那几个一起喝酒的机关干部,我认为必须要严肃处理!"林子阳点点头,说:"我同意,必须要严肃纪律!"两个人统一意见后,马上召开了镇党委会议,决定对刘波等人进行通报批评。此时的刘波早已蔫了。

　　第二天,九时左右,大头找到林子阳。林子阳满脸欣喜,问:"大头,这次可帮我大忙了!"大头不好意思地说:"没啥,谁让咱们是好兄弟呢。"两个人坐下来,林子阳问:"情况怎么样?"大头叹息一声,说:"大山这个人,犟着呢。认准的事很难回头。再说,他也挺难的,这件事关系着数百名下岗职工的利益……"大头欲言又止。

　　林子阳看了大头一眼,说:"说下去!"大头又说:"大山的态度很坚决,除非一次性还清补偿款的百分之五十,余下的分五年还清,否则就

第九章　焦头烂额

别打那块地的主意……"林子阳没说话，愣愣地望着窗外那片瓦蓝的天空，轻轻叹息一声。

　　大头又低声说道："子阳，其实这补偿款也有我一份，我也想快点能解决这件事……"林子阳望了一眼大头那条伤腿，苦笑了一下，没吭声。大头又说："大山在养殖厂工作了十多年，把一生中最美好的时光都交给那片土地，他大概是对那块地有感情啊！"林子阳说："我能理解……"后面的话他再也说不下去。

　　送走大头，林子阳找来门向东，把大头说的一些情况告诉了他。门向东面色凝重，说："等过些时间，我再和丁大山谈谈，我就不信啃不下这块硬骨头！"林子阳想了一下，说："现在正是春耕时节，对我们西郊镇来说是一年中最宝贵的时间，这件事先放一放，等春播完成后再说吧。"门向东连声说："也好，若是影响了春耕可不是闹着玩的。"

　　两个人又聊起一些其他工作，这时，宋刚从医院回来了。打斗中的受伤人员和郭志明都住在了城北区人民医院，宋刚去处理那边的一些事情了，林子阳忙问："受伤的群众情况怎么样？"宋刚说："他们大都是皮外伤，基本上都出院了，有个伤势稍重些的过两天就能出院。他们的医药费和赔偿款冯氏公司愿意和我们共同来承担。"林子阳不停地点着头。

　　宋刚喝了一杯白开水，说："对了，郭书记已从重症监护室转到普通病房了，我去看过他，目前身体还很弱，他还一直为我们这边的情况担心呢。"林子阳仿佛想起了什么，对门向东说："我们去医院看望一下老郭吧，顺便也向区里汇报一下我们这边的情况，你看怎么样？"门向东说："好啊，我也正在想这件事呢。"于是，三个人一块下了楼。

　　车子驶进了城北区，短短几年的时间，城北区发生了巨大的变化。以前的荒地和破旧的房屋现在已经不见了，随之出现在林子阳面前的是一片片鳞次栉比的高楼大厦。许久没有到城北区来了，公路两侧美轮美奂的城市风景无不让他感到喟叹！

　　来到医院，三个人下了车，广场上已停满了车，司机开着车找停车位去了，三个人快步向住院部走去。

病房楼新建成不久，有二十多层高，三个人乘坐电梯来到18楼，在宋刚的带领下，他们走进了郭志明的病房。病房里只有郭志明和老伴两个人，郭志明鼻孔里输着氧气，他脸色苍白，紧闭双眼，颧骨高高的，瘦得都快剩一把骨头了。

见到郭志明的那一瞬间，三个人心里都是一酸，眼泪差点儿落下来。听见有人来，郭志明缓缓睁开眼睛，见是林子阳，他的眼睛亮了一下，颤抖着干裂的嘴唇，说道："子阳……你来了？"林子阳急忙点头。

郭志明断断续续地说："子阳啊……听说西郊镇现在消停了……你这一来呀，我也就放心了。"林子阳小声说："老郭啊，你安心养病吧，等你康复了，也早点把西郊镇这副担子接过去。"郭志明满脸悲怆，说："这副担子我怕是挑不了了。"说完，他又缓缓地闭上了眼睛。在场的所有人都知道，此刻的郭志明还在惦念着西郊镇那片富饶广阔的土地，他还是放心不下呀！毕竟他从一名普通的办公室人员到副主任、主任、副镇长，又到镇长，到镇党委书记，把自己一生的时光都交给了那片让他魂牵梦绕的土地。

病房里好一阵宁静。许久，郭志明才睁开了那双浑浊的眼睛，他环视了一下在场的所有人，说："我想和子阳单独说点事。"说完，他把目光落在了林子阳的脸上。门向东、宋刚，还有郭志明的老伴都离开了病房。

郭志明脸上终于有了一些笑容，说："西郊镇这副担子不轻啊，组织上把这副重担交给你，算是选对人了。你是搞农业的，有能力又有魄力，主持西郊镇的工作再合适不过了。"林子阳知道，郭志明让其他人回避，并非只是说说这些客套话，一定还有什么更重要的事。他浅浅一笑，说："老郭，你过奖了，自从接过这副担子，我压力大着呢，晚上觉都睡不好！"

郭志明伸出干瘪的手从枕头下摸出一样东西。林子阳看见，他颤抖的手指间有一把钥匙，钥匙不大，是铜的，抖动中它散发着黄色的亮光。郭志明费力地喘了一口粗气，说："财政所靠墙的铁橱子上数第三个抽屉里还有些钱，13万！这是钥匙，急用钱时，你可以去取！"林子阳愣愣地望着郭志明，说："老郭……你这是……"他迟迟不肯接过那把钥匙，仿佛

第九章　焦头烂额

那是一块烫手的炭火。

郭志明催促道:"拿着!镇上财政紧张,会用得上的!"说完,他用恳求的目光望着林子阳。林子阳这才伸过手去把那把钥匙接过来,然后紧紧地攥在了手里。林子阳定定地望着郭志明,希望他接下来能说出这些钱的来历,可是,郭志明却仿佛累了似的,又缓缓地合上眼睛,他似乎已完全忘记了林子阳的存在……

8

从医院出来,三个人来到了区政府大院。林子阳说:"咱三个一块找牧天汇报一下西郊镇目前的情况吧。"两个人知道林子阳和陈牧天是同学,门向东摇了一下头,说:"我的手臂这个样子怎么能行,我是不去了!"宋刚也是连连摆手,林子阳知道两个人见到陈牧天没什么话可说,便一个人走进了区政府的办公大楼。

林子阳提前打了电话,他刚上楼梯,陈牧天就迎了过来。

陈牧天的办公室布置得很阔气,老板椅、真皮沙发、书橱都摆放得体,墙壁上还悬挂着一幅字,是篆体,上面写着:"宠辱不惊,闲看庭前花开花落;去留无意,笑望天外云卷云舒。"这幅字苍劲有力,很有气势。林子阳看了这幅字,暗自为陈牧天能有如此淡定的心态和高雅的志趣而感到惊叹。

陈牧天和林子阳相继落座,不等林子阳说话,陈牧天说:"你来得正巧,下午正好有个会,就别回西郊镇了,中午我请你吃饭,算是给你接风洗尘了。"林子阳说:"家里还有一摊子事呢,哪里顾得上接风吃饭啊!还是等下一次吧。"陈牧天起身为林子阳倒了杯水,说:"下午的会你是要参加的。若是回去,下午还不是再跑一趟,这一折腾时间还不都浪费在路上了？"

林子阳仔细想想也是这么回事，于是他打电话把开会的事告诉了门向东，门向东和宋刚只好先回了镇里，下午司机再开车接林子阳回去。

林子阳把西郊镇目前的情况向陈牧天做了简单的汇报，陈牧天边听边点头，两个人又聊了些时间，陈牧天忽然说道："子阳，其实你也知道西郊镇近年用的玉米种子，都是毛头所在的星华集团旗下的一个分公司提供的，昨天毛头又打电话过来，让我再帮着销售一些种子，其他乡镇都答应帮着销一部分，毛头是咱们的好哥们儿，你们西郊镇应该没什么问题吧？"

这个问题来得很突然，林子阳仔细想了一下，面露难色，说："牧天，我刚到西郊镇，各方面的工作还没就绪，群体事件还没处理妥善……再说，因为玉米种子的事去年还发生过群众上访事件，我看，今年我们就……"陈牧天哈哈一笑，说："你说的倒是实情，这样吧，今年西郊镇就先不用帮着毛头承销种子了。不过，等见了毛头，可要罚你多喝两杯哟。"听了这些话，林子阳如释重负，笑着说："罚酒是一定的。"

两个人又聊了片刻，陈牧天问："那块闲置地准备什么时候开发啊？"林子阳说："等春种完了，就着手准备闲置地的招商引资工作。"陈牧天说："冯氏集团是香港的一家集房地产、物流、电子、酒店、金融等多项经营的集团公司，五年前冯氏集团落户海州，公司的总部就设在了城北区，城北区周边的楼盘大都是冯氏开发建设的。公司的信誉很高，前几天在西郊镇出现了斗殴事件，受害人的医药费和精神补偿费人家冯氏公司很爽快地承担了下来，伤者家属对此十分满意。要是能把这样的公司引到西郊镇，对西郊镇今后的发展一定大有好处啊。"

林子阳终于听出了陈牧天话的意思，陈牧天在极力推荐那家曾经和丁大山他们发生过冲突的冯氏公司。他没有说话，只是轻轻地点了几次头。

陈牧天看了林子阳一眼，又说："郭志明和冯氏公司眼看就要达成投资协议，若不是丁大山等人从中捣乱，怕是现在连开工仪式都举行完了。"林子阳依然没说什么。

近午时分，陈牧天打了几个电话，然后和林子阳一起下了楼。林子阳说随便找个饭馆吃点饭就行，陈牧天笑着说："你第一次来城北区，若是太随便了，让别的同学知道了，还不说我寒酸呀。"

车子行驶在城区宽阔的马路上。城北区近年来的旧城改造工作的确成绩斐然，道路两边是林立的高楼大厦，风格迥异的建筑群为城区增添了一道道亮丽风景。

车子驶进了一家豪华酒店，林子阳看见高大的楼厦顶上有着"冯氏大酒店"的字样。一眼看去，酒店高雅气派，丝毫不逊色于万木春的环球大酒店。走进酒店，在陈牧天的带领下，两个人坐电梯去了十楼的一个包间，走进去时，硕大的饭桌边早已坐了几个人，见两个人进来，他们急忙起身，陈牧天一一介绍，原来这些人都是区政府的工作人员。

林子阳和他们一一见过，这时，一个漂亮的红衣女子走进来，女子摇动着她那婀娜的身姿款款而来，女子白润如雪的脖子上挂着一条纯金项链，散放着炫目的光芒。女子一步步向林子阳走近，一时间他无法确定女子的身份，只能怔怔地望着眼前那张温润的脸发呆。

陈牧天从座位上站起来，笑眯眯地说："这位就是香港冯氏集团董事长冯老的孙女冯曼莹小姐。"不等林子阳缓过神来，一只散发着香气的白皙的手掌已出现在他的面前，他急忙接住那只柔软得像面团一样的手，说："原来是冯小姐。"冯曼莹的声音宛如风铃般悦耳，说："林书记，幸会。"

陈牧天又说："子阳，可别小看了冯小姐，人家可是冯氏集团海州分公司的总经理哦。"冯曼莹冲林子阳莞尔一笑，然后在旁边的座位上坐了下来。

林子阳下午还有事，执意不喝酒，冯曼莹和区政府的那几个工作人员执意不肯。倒是陈牧天帮他解了围，说："既然子阳不喝，就不勉强了。"林子阳心里暗自感激陈牧天。不过，冯曼莹的到来，却让他心中顿感疑惑。

很显然，林子阳是饭桌上的主角，冯曼莹频频向他敬酒，她超乎寻常的热情，让林子阳感到十分不安。

陈牧天说："子阳，今天可是在冯总的酒店。听说你来了，冯总非要做东不可，人家可是一片盛情啊！"林子阳连声称谢，他从陈牧天的话语里，渐渐感觉到陈牧天和冯曼莹之间有着一种不同寻常的关系，具体是什么关系，他一时还无法确定。

吃过饭，冯曼莹一直把陈牧天和林子阳送到车前，临别时，她用甜甜的话语说："林书记，前些天在西郊所发生的不愉快的事，我深表歉意，您可要多多包涵哦。"不等林子阳开口，已坐在了车里的陈牧天，说："在这件事上冯氏总司表现得很大度嘛……"林子阳实在不知道该说些什么，只是冲着冯曼莹笑了笑。

在回来的路上，林子阳隐隐感觉到今天的这顿饭绝对不是陈牧天所说的为他接风那么简单。

第十章

将相难和

1

　　林子阳正在办公室里考虑着下一步的工作该如何开展，这时，响起一阵清脆的敲门声。

　　门开了，林子阳怔住了，他一点一点地从椅子上站了起来。白杨从天而降一般出现在他的面前，她笑着在门口那张旧沙发上坐下来，林子阳心里一阵慌乱，说："白杨，你……怎么来了？也不提前打个电话。"白杨嫣然一笑，并没有说话。

　　林子阳为白杨泡了一杯茶，他知道白杨爱喝茶，而且是菊花茶，可是林子阳这里没有菊花茶，只好泡了茉莉花。林子阳把茶水放在白杨面前，他嗅到了女人所特有的体香，那一刻，他几乎要醉了。

　　白杨嘟起那张好看的嘴巴，说："子阳，昨天到区里也不给我打电话，还老同学呢，这可不够意思呀。"林子阳满脸是笑，说："昨天事情太多，真的没顾得上。中午和牧天一起吃了午饭，下午开完会就回来了。"白杨话锋一转，说："工作怎么样？能适应吗？"林子阳说："还行，这几天总算稳定下来了。白杨，你怎么突然跑来了？"

　　白杨说："台里要拍摄一些春耕生产方面的视频资料，来你这里正好是顺路，就跟着来了。自从听说你来了西郊镇，也不知什么原因，总是对你放心不下。"说完，她抬起那张白皙的脸凝视了窗外许久。林子阳心头一热，他发现白杨的眼神里似乎有一些让人难以察觉的哀伤。

　　林子阳呵呵一笑，说："工作开展得顺利着呢，你有什么好担心的？"白杨把幽幽的目光落在林子阳身上，说："下一步你有什么打算？"林子阳被她看得浑身有些不自在，说："现在考虑得还不是很成熟，当前先忙着搞好农田的春耕工作，等完了，就集中精力引进几家企业到西郊镇安家落户，少了企业的带动，发展经济就无从谈起……"

白杨的眉头突然拧成了一团，说："你是不是想在那片闲置地上招商引资？"林子阳点点头。白杨脸色白得有点让人感到可怕，说："子阳，你千万别犯傻！那块闲置地可是炸药桶啊，你千万别碰，弄不好会被炸个粉身碎骨的，郭志明不就是栽在那片闲置地上？"林子阳不以为然地说："白杨，这件事我和门向东商量过，我俩已经统一意见，丁大山的工作会做通的！"

白杨的语调突然升高，说："子阳，不是你所想的那么简单。说实话，门向东这个人的确是个好人，他工作认真负责，对人也热情，考虑问题也全面，也不知什么原因，在那片闲置地的问题上他就是犯糊涂。之前，郭志明在的时候，刚开始他是铁了心不想开发那片土地的，可是，在这个门向东的鼓动下，最终还是打起了那块地的主意，结果怎么样？现在还不是躺在了医院里！"白杨提到门向东时，语气充满了怨念。

林子阳不解地问："昨天见到牧天，他也劝我尽快把闲置地开发利用起来。"白杨愤愤地说："哼，他还不是为了冯氏公司的那个冯总？"听完这句话，冯曼莹的身影又过电似的在林子阳的脑子里快速闪过，他惊愕地望着白杨，一句话也没有说。

白杨压低了声音，说："子阳，你知道冯氏公司在西郊镇要投资的是什么项目吗？"林子阳说："听说是搞生态养殖吧。"白杨笑了一下，她的笑已没有了往日的温婉，听起来倒有一些凄厉，说："公司申报的确是生态养殖，可是等厂房建成，主营项目将会是化工。"林子阳惊得张大了嘴巴，问："这是真的？"

白杨重重地点了点头，说："你即使能过了丁大山这一关，你能挡得住冯氏公司的污染企业进入西郊镇吗？"过了许久，林子阳才好不容易缓过神来，问："这件事门向东知道吗？"白杨摇摇头，说："这件事我是听牧天喝醉酒后说的，门向东应该不知道。"林子阳若有所思地点了点头。

白杨想了一下，又说："子阳，你可要摆正自己位置呀！你是来挂职的，用不了多久又要调到市里去的。你目前的任务就是要保证西郊镇的稳定，只要不出现大面积的群体上访事件就行。这个烂摊子总有一天会有人从你手上接走，你又何必去捅这个马蜂窝呢？弄不好还将你叮个稀巴烂，这又何苦呢？"想不到，白杨一个弱小的女子居然把事情分析得如此透彻，林子阳心中暗自折服。

听了白杨的一席话，林子阳体内燃烧着的那团火终于渐渐熄灭了。中午，林子阳和白杨在招待所一起吃了午饭，饭后，两个人肩并肩地走在了镇政府的甬道上，院子里春意盎然，鸟儿从天空中飞过，花儿在阳光下开放。那一刻，林子阳恍然觉得又回到了十几年前的大学校园……

2

离开家已是十多天了，林子阳决定回家一趟，这些天几乎每天都要和吴玲通电话，可是，声音毕竟无法完全消除他对家的牵挂。

周五下午，林子阳开车离开西郊镇，向海州市区驶去。路上他接到了肖树青的电话，问他这个周末是不是回家。他急忙说正在回家的路上，肖树青说："子阳啊，今天晚上我在环球酒店订了饭，一起过来吧。"林子阳原本是想陪吴玲和苗苗的，可他当然不会忘记从某种意义上来说肖树青还是他的上司，况且之前肖树青的确给了他许多关照，因此他答应了下来。

回到家，吴玲和苗苗早在楼下等候了，一家人兴高采烈地回了家。走进家门的那一刻，林子阳顿时感到了家的温暖，短短十几天没见面，吴玲见林子阳变瘦了，连眼圈都陷了下去，她心疼地说："看你瘦的，今天晚上我们去饭馆好好美餐一顿！"林子阳将苗苗搂在怀里，用手不停地抚摸着女儿的长发，歉意地说："路上肖局打来电话已约我晚上一起吃饭……"

在以往，吴玲脸上一定会露出强烈的不满，今天她却笑着说："既然是肖局长约你，可不能缺席，洗把脸快点去吧。"于是林子阳收拾了一下，便出了门。

林子阳来到环球酒店的时候，房间里已坐满了人，让林子阳意想不到的是，除了肖树青和几个副局长外，万木春也在场。

吃饭间，万木春笑呵呵地说："林书记，年轻有为啊，前途不可估量，听说你们西郊镇有块地皮近期要招商，我手头上正好有个项目，到时候可别把我给忘了呀！"虽然是酒席间的一句玩笑话，可林子阳听了，原本已经松弛下来的神经又忽地紧张起来，他冲万木春笑了笑，并没有做正面回答。万木春也是一笑而过。

回到家时，苗苗已经睡了。吴玲拿出一个精致的盒子，盒子里是一块银光闪闪的手表，牌子是劳力士的，这块表居然和陈牧天戴的那块一模一样。林子阳把表捧在手上，爱不释手地看来看去，吴玲笑着说："快戴上看看怎么样？"说着，她帮着把手表戴在了林子阳的手腕上。

这块表简直太漂亮了！林子阳突然想到了什么，问："这么贵重的东西哪来的？"家里的贷款还没还完，这块表的价值他是清楚的，别说家里临时拿不出那么多钱，即便是能拿出来，吴玲也不会舍得买这么贵的手表！

吴玲笑了，说："你怕啥，这是余力为你买的。"听完这句话，林子阳对手表顿时没了好感，从第一次见到余力那天起，他对余力就很反感。他诧异的目光在吴玲的脸上飘来飘去，问："余力？他为我买这么贵的东西做什么？是不是有所企图？"

吴玲又笑了，说："子阳，看你想到哪里去了？人家可是听说你调动了工作才给你买的，余力前些天去香港了，是顺便捎来的，比内地便宜好多呢。人家可是一片诚意，看你这副样子，好像这块表咬人似的。人家可是说了，咱若是过意不去，什么时候有钱了，就按原价把表钱还上。你知道吗，想买这块表的人多着呢。"

林子阳又把手表拿在手里，说："好吧，等有了钱，就把表钱还给余力！"或许因为陈牧天也戴着这么一块表的原因，林子阳对这块劳力士分外喜欢，若是真把这块表退回给余力，说实话他还真有些舍不得。

吴玲笑着说："这就对了嘛，这块手表若是拿到市面上去卖，能赚很多钱的！"听了这句话，这块表在林子阳手里攥得愈加紧了。

3

虽然待在家里，林子阳还是没得清闲，不断有电话打来请示些工作。

宋刚打电话来，问今年的玉米种子镇上是不是还统一采购，林子阳说，这件事已经推出去了。种粮户还是自己购买吧，货比三家，愿意买谁家的就买谁家的，咱们就不再管这种闲事了。电话那头宋刚很高兴，说马上通知各种粮户去。

第二天，林子阳约了岳笑川和大头他们，几个人喝得酩酊大醉，这次吃饭，岳笑川的心情非常好，他喝得脸色酡红，告诉大家，外科主任李昆做手术时又出现了医患事故，病人家属闹得很凶，李昆已调离了外科，去了医院办公室，任院长已找他谈了话，准备让他出任外科主任。这个消息让林子阳也感到很兴奋，为此，这天中午他喝了不少酒。

本来是想提前一天回西郊镇的，喝了酒自然就回不去，只能等到第二天了。

回到西郊镇，林子阳就开始准备镇党委会上的相关材料，回了趟家，他又有了新的打算。

会议上，林子阳传达了区里开会的内容，又对春耕工作讲了一些意见。然后他重点讲了一下关于"生态农业"的问题，他瞄了门向东一眼，说："我的想法是这样的，咱们划出五十亩良田，作为生态农业种植园试点，然后在每个自然村都找一名农业技术员进行管理。等种植园的品牌效应出现了，再把这一种植模式在全镇范围内进行推广。这件事，不知大家有没有意见?"说完,他看了一下所有的与会人员。

门向东先说话了,说:"这件事倒是不错,不过操作起来怕是有难度,作为农业种植来说,要想提高产量是很困难的,产量上不去,就谈不上什么收益,如果折腾一阵子到时候赚不到钱,劳民伤财的事怕是乡亲们不会做的。"

这件事,之前林子阳并没有和门向东进行沟通。自从白杨来了后,他对门向东的看法已经有了瑕疵,他实在不明白门向东为什么老是想着去引进企业,难道让西郊镇先稳定一段时间不好吗?真不知道门向东这样做究竟有何居心。

"做什么事都会有风险的,搞农业投资毕竟要比办企业风险要低得多!"林子阳刻意在企业两个字上加重了语气,说,"传统农业的确是很难把产量搞上去的,仅仅靠产量也是很难获取巨大财富的,然而新型现代农业却能通过科学种植,让财富倍增。譬如:种植大棚蔬菜,在冰天雪地的季节,就可以长出新鲜的蔬菜,大家都知道,这个时节蔬菜的价格比平时是高出很多倍的。这只是我所举的一个例子,如果仅仅依靠传统农业的种植模式,我想是不会有什么出路的,这个试点一旦取得成功,就在全镇范围内大面积进行推广。西郊镇最不缺的就是良田,我们拿出三分之一的优质田地,进行多种模式的绿色生态农业种植,农民的收入就可以倍增,甚至还会更高。再如,当下观光农业不是很流行,很赚钱吗?咱们西郊人也可以搞嘛。"

大家知道林子阳是农业专家,听了他的话都频频点头,门向东也不说话了。刘波嬉笑着说:"林书记,你说说什么是观光农业,也让我们开开眼界。"

林子阳想了一下,说:"比如,我们大规模种植冬枣,我们的冬枣必须是无公害、无污染、吃着让人放心的。现在人们最关注什么?当然是健康,城里人听说西郊镇的冬枣是无公害的,就争着来采摘,想吃哪一个就摘哪一个,亲自体验采摘冬枣的乐趣。在游玩休闲中,就把咱们的冬枣买了去。这就是我所说的观光农业。"

大家听了频频点头，过了一会儿，宋刚说："就村里那些技术员种玉米、小麦、大豆之类的粮食作物还过得去，要是让他们种大棚蔬菜怕是不行吧？"

林子阳笑了一下，说："这正是我要说的第二个问题，大家知道吗？要想搞绿色生态农业，最缺的是什么……"不等他说完，刘波嗷的一嗓子，喊道："当然是钱喽！"林子阳看了他一眼，说："钱可以通过很多途径来解决，比如到银行贷款，现在国家有许多扶持农业发展的小额度贷款。我们可以争取嘛！因此，最重要的当然是种植技术！"

刘波又大声说道："有你这个农业专家，我们还怕没技术？"林子阳笑了笑，说："宋刚也是农业大学毕业的，我们从校园里出来后，从来没有到田里去亲自动手实践，都是纸上谈兵啊，依靠我俩这点技术非把生态农业种植园试点给搞砸了不可！"

宋刚脸色一红，问："那可怎么办？"林子阳收起了脸上的笑容，说："外出学习！让他们到生态农业搞得好的地区观摩学习，让他们吃住在田地上，学真本事回来，将来各个村里的生态农业推广的重任就交给他们了！"

听了林子阳的话，宋刚显得很兴奋，可门向东一直眉头紧锁。

会场上议论纷纷，门向东说道："林书记，搞生态农业的试点可是要不少钱的！镇财政已是入不敷出，难道我们真要向银行贷款去啊？"

见自己一提到农业问题，门向东就想方设法地从中阻挠，林子阳心里很反感。他没有立即回答门向东的话，他抬头凝视了片刻头顶上的那盏吊灯，脸慢慢地沉了下来。

许久后，林子阳才说道："钱的问题，会有办法的。大家先讨论一下这个做法是否可行。"听完林子阳的话，大家都纷纷表示同意他的意见，最后，只剩下了门向东一个人没有表态。

门向东看看宋刚，望望刘波，又瞅瞅其他人，最后把目光落在林子阳那张表情严峻的脸上，木木地说："我没意见。"林子阳用手拍了一下桌子，说："那这件事就这样定了！宋刚分管农业，这事具体由宋刚负责，外出学习的事由农委办的刘主任带队！"

第十章　将相难和

宋刚连连点点头，其他人也都纷纷称是，最后，门向东只是冲着林子阳勉强地点了一下头。

4

散会后，林子阳留下了门向东，问："老门，你对搞生态农业还有什么顾虑吗？"门向东说："生态农业倒不是什么坏事，可……"林子阳问："有什么话可以直说嘛。"门向东说："引进企业的问题还没有彻底得到解决，若是再搞起生态农业种植园，我怕万一会影响到我们的精力。再说，搞生态农业的过程中如果出现什么问题，也会影响到招商引资工作的，这样就因小失大了！"又是招商引资问题！林子阳一阵不悦，说："既然西郊镇是农业大镇，我们就应该以发展农业为主，把生态农业作为亮点工程来抓，力争把我镇的生态农业打造成为全市乃至全省的品牌。"

门向东许久没有说话，林子阳说："西郊镇虽然目前来看没有什么知名企业，可我们却拥有着清澈的河水和瓦蓝的天空，你知道吗？这可是一笔宝贵的财富啊！它将为我们生态农业的发展提供先机。"

门向东终于说话："子阳，我并不是不想搞生态农业，农业的运作周期长，回报慢，基本上是靠天吃饭！咱们现在缺的是钱啊！学校和医院还都待在几十年前的旧房子里，新址都选好了，资金不到位，至今无法开工兴建！我们成片的土地都闲在那里，一所高标准的学校却迟迟建不起来，我心里着急啊！"

林子阳似乎有些不耐烦，说："闲置地的事先放一放，等春耕完成后咱们再商量吧。当前还是把工作的重心转移到生态农业上来！"他说话的语气有些强硬。门向东已经注意到了林子阳的情绪有些不对头，便无可奈何地说："好吧。"

两个人沉默了片刻，门向东问："子阳，五十亩生态农业种植物园的启动资金，该怎么解决呢？"林子阳想了一下，说："走，咱俩马上去一趟财政所。"门向东说："算了吧，镇财政已没有钱了，去也没用。"

"或许会有办法呢？"说完，林子阳用狡黠的目光看了门向东一眼，然后向门外走去。门向东只好快步跟在了后面。

财政所在办公楼的一楼，张所长和小王正在桌子上打瞌睡，见林子阳和门向东进来，慌忙起身站好，林子阳的目光在靠墙的旧铁橱子上来回看，然后他把手放在上数第三个抽屉上，张所长忙走过来，说："林书记，这个抽屉的钥匙在郭书记……郭志明手上呢！也不知道这里面放了啥玩意儿，好像很值钱似的，每隔一段时间他都会来看一看，每次都让我们先到门外等着。"

林子阳用手轻轻地敲了几下抽屉，似乎要听出里面放了什么东西。他瞅了那个抽屉片刻，然后从衣袋里摸出一把钥匙，交到了张所长手上，说："把抽屉打开。"张所长怔怔地看了林子阳一眼，然后把钥匙插进了锁孔。

抽屉打开了，里面是一个纸盒子，林子阳把盒子打开，里面果真是码得整整齐齐的人民币。几个人的眼睛都看直了，张所长咧着嘴，说："咱们缺钱缺得都快疯了！想不到眼皮底下放着这么多钱我还不知道。郭志明这葫芦里究竟卖的什么药啊！"门向东狠瞪了张所长一眼，张所长一缩脖子连忙退到了一边。

林子阳冲张所长说："清点一下，看看是多少钱？"小张哎了一声，拿着钱和小李一起数了起来。

钱清点完了，13万整！

林子阳沉着脸，冲张所长和小李说："这些钱只能用到生态农业种植园上，其他的开支一律不能用，若是乱用，用多少你俩自掏腰包赔多少！可记住了？"两个人连忙点头称是。

从财政所出来，门向东满脸疑惑地问："这究竟是怎么回事呀？"林子阳便把那天在医院郭志明单独与自己所说的话又重复了一遍。门向东问：

第十章 将相难和

"这些钱是怎么来的？"林子阳摇了摇头，说："不知道。"门向东忽然停下脚步，说："不知道，你就把钱都花掉了，这样不合适吧！"

林子阳说："老郭说急用时可以拿来用，咱们暂时先用用，等生态种植园以后赚了钱可以再送回来。"门向东听了，不再说话。

5

有了钱，生态农业种植园的各项工作也就容易开展了。宋刚承包来的五十亩良田，经林子阳等人实地查看后，认为完全符合种植大棚蔬菜的标准。签下承包合同的当天，镇农委刘主任率队的外出学习队伍也准时出发了。

这件事，城北区的报社和电视台还相继进行了报道，西郊镇这片土地几十年来一直种植粮食作物，种大棚蔬菜还是头一回，寒冬腊月天能否种出新鲜蔬菜，全西郊镇人都在翘首以待。

外出学习人员走了已二十多天了，西郊镇的春耕工作已步入尾声。林子阳到西郊镇已经有一个多月的时间，这些时间他除了处理一些日常性事务外，几乎把所有的精力都交给了西郊镇农业园的创建工作。

林子阳的身影经常出现在田间地头，在局机关工作多年，因长期不见阳光而白皙的脸也变得有些黝黑。

五十亩生态农业种植园的播种工作已完成，用不了多久幼苗就破土而出了。再有几天外出学习的人员就会回来了，只要有了管理技术，生态农业园的试点就能取得成功。

陈牧天参加了种植园的开园仪式，区电视台、报社等一些媒体也都来到了现场，礼炮在西郊镇的上空炸响，林子阳当着众多来宾的面做了热情洋溢的讲话，那一刻，他那颗漂浮不定的心似乎一下子找到了归宿，他多年的心愿仿佛马上就要在眼前这片土地上得以实现。

开园仪式结束后，没人的时候陈牧天小声问林子阳："那块闲置地怎能总让丁大山一伙人占着呢？赶紧把地利用起来才行啊！"白杨的话犹言在耳，林子阳为难地笑了笑，未置可否。这时，恰好有人过来打招呼，两个人便没再聊这个话题。

林子阳信心满满，他对生态农业种植园的前景充满了期待，刚来西郊镇时因群众上访事件而笼罩在他心头的阴霾，终于拨云见日一般渐渐散去。

幸亏没有在那块闲置地上做文章！林子阳打心眼里感激白杨，若不是白杨及时提醒，他把精力全都用在招商引资上，现在的西郊镇会是什么局面，不用想也知道！如今，生态农业种植园已取得开门红，等试点成功后，再在全镇范围内全面推开，到那时候，还愁没有钱？有了钱，丁大山他们的补偿款不就解决了？解决了补偿款，西郊镇也就平静了。到那时，就可以把西郊镇生态农业这个品牌做大做强！

引进一些有污染的企业有什么好？难道为了钱连健康都不要了吗？每次想到这些，林子阳对门向东就一肚子意见。

6

这一天，林子阳从生态农业种植园回到办公室没多久，门向东就来了，他手臂上的绷带已经解除掉了，手臂行动自如，看来已恢复如初。门向东似乎对生态农业不是很感兴趣，空闲时间他经常到那片闲置地去，有几次还去找过丁大山，看来他的心思还完全在那块闲置地的开发利用上。

门向东在沙发上坐下来，说："刘主任他们已经回来了，种植园的事可以交给他们去做，我们也该考虑一下引进企业的问题了。"

原本清清静静的林子阳听了门向东这些话，脑袋嗡地一响，又是闲置地！门向东是怎么了？非要去捅那个马蜂窝不可，难道非要再被马蜂叮个

第十章 将相难和

焦头烂额才算完吗？林子阳脸上的笑容渐渐消失了，说："老门，现在我们的种植园进展这么顺利，势头非常好，闲置地那个火药桶我们还有必要冒险去点燃它吗？"

门向东的脸刷地变得煞白，说："子阳，咱俩以前可是说好的，等忙完春种就着手解决闲置地的问题，现在怎么说变就变呢？"林子阳没想到门向东的反应会如此强烈，越是这样他对门向东越是表示反感。他愈加断定门向东一直怂恿自己对闲置地进行开发利用，其中必定有不可告人的目的。若不是白杨及时提醒，说不定就落入门向东的圈套了！现在还躺在医院的郭志明不就是活生生的例子吗？这个门向东非要把西郊镇再次搞乱不可，不知道他到底安的是什么心！

林子阳当然不会把白杨的话说出来，他铁青着脸，说："前些天，我刚来对西郊的情况还不是很了解，同意引进优质企业利用外力发展西郊镇的经济考虑得不是很成熟。通过近些天的观察和了解，我发现走生态农业的路子完全也可以富民强镇。这几天我一直在想，只有稳定才可以发展，没有稳定就没有一切！因此，我已改变原来的工作思路！"

门向东忽地从沙发上站了起来，说："你既然改变了主意，为什么不提前和我通个气，想不到……你做事居然这么武断！"

林子阳一时无语，不想对闲置地进行开发的事，自从见了白杨，他就拿定了主意。有几次，林子阳也想着和门向东把事情挑明，可是，每次话到嘴边都没有开口，他知道门向东对开发那片闲置地所持有的态度是何等坚决，他刚来不久，不想为这件事和门向东发生争执。他原本想随着生态农业种植园的建成，门向东会把所有的注意力转移到生态农业上来时，再和他商量暂停开发闲置地的事。可是，门向东却对生态农业不感任何兴趣，想不到今天又主动找上门来。

林子阳的脸憋得通红，说："老门，你别着急，先坐下来。"门向东喘着粗气，又坐回原处，林子阳说："这件事我也一直犹豫不决，近几天见生态农业园的事进展顺利，才拿定主意的。本想这几天就跟你交换一下意见，这不今天你就来了。"

门向东的脸色变得有了一些红润，说："子阳啊，那片闲置地真的不能等了呀！"林子阳已作好了说服门向东的充分准备，他勉强笑了笑，说："怎么不能等呢？那片地已经等了那么多年，再等几年又能怎么样呢？"说完，他一口气喝光了杯子里的白开水。

门向东苦笑了一下，说："你还没到镇上的学校和卫生院去转转看看，那些旧房子破得简直不成样子，新校址选了都两年多了，到现在一直无法开工，原因就是缺钱！大片的土地闲着，我们却连建校舍的钱都没有，难道你不感到心痛吗？"

的确，林子阳来到后还没来得及到四处转转看看，学校究竟是什么样子，他还不是很清楚。但是，他心里明白，门向东说的这些理由完全是借口，这绝对不是他极力要求开发闲置地的根本原因。

林子阳平静了一下情绪，说："搞现代农业照样可以发展经济，等生态农业种植模式在全镇大面积推开，咱们的腰包里就有钱了！到那时，可以让种植户们在那片闲置地上集资办公司，可以搞养殖，也可以对农产品进行深加工，何必非要从外面引进企业呢？"这些话，并非是林子阳临时用来搪塞门向东的，这是他这些天一直思考的问题！等西郊镇的生态农业搞得有了一定规模，不管那个时候自己还是否在西郊镇，要想把经济做大做强，这将是西郊镇人必须要走的一条路。

门向东的表情看上去似乎很痛苦，说："林书记，你能再慎重考虑一下吗？等生态农业发展到一定规模，我们一定会办自己的公司，可是，现在开发那片闲置地已是迫在眉睫啊！把那块地皮拍出去，明年春天就可以动工建新学校，要是依靠生态农业，到何年何月新学校才能建成啊！"门向东真顽固，话都说到这个分上，仍不死心。这是林子阳事前没有想到的。

好个门向东，居然以建学校为借口打那块地皮的主意！怕是另有所图吧。林子阳暗自生气，说："这件事，我已说得很清楚，你就不要再费口舌了！"说完，他把头扭向了一侧，拿出一副不再理会门向东的样子。

门向东是急性子，他额头上青筋鼓得老高，怒吼道："林子阳！西郊镇是几万西郊人的，不是你一个人的，有些事不是你想怎么做就怎么做！

为了个人的私利,就由着你一个人胡来!"说完,他气呼呼地喘起了粗气。听了这番话,林子阳勃然大怒,怒喝道:"门向东!你要为你所说的每一句话负责!我怎么胡来了?我又怎么只顾个人私利了?"

门向东毫无惧色,完全是一副豁出去的样子,他冷笑一声,说:"你以为我不知道,你是来挂职的,说白了就是来镀金的!你根本没有心思在西郊镇待下去,这里只是你的一块跳板,等你稍微有了些成绩,就抬腿走人。你害怕那块闲置地会给你带来麻烦,影响到你的政绩,因此你想回避这个棘手的问题……"

门向东所说的这些话,正是白杨所提醒林子阳的那番话。这的确是摆在林子阳面前的一个实际问题。可是,这些话却从门向东的口中说了出来。那一刻,林子阳仿佛被赤身裸体于光天化日之下,顿时感到羞愧难当。他脸色铁青,气得嘴唇一阵发抖,咬着牙说道:"究竟是谁为了个人私利,谁心里明白!这个问题今天就不要争了,把问题拿到党委会上集体决议吧!"

门向东的脸涨得通红,像个熟透的西红柿,他的两只眼睛露着猩红的光芒,愤愤地说:"好,我在党委会上等着你!"说着,他甩门而去。

7

林子阳离开农业局不久,王锐就回到农业品质量监督科当了科长,肖树青找他谈话时曾说过,林子阳担任西郊镇书记,他可是挂职锻炼,说不定什么时候会回来,他若是坚持要回质量监督科的话,你可能还会再挪个地方。因此,肖树青在会上公布王锐任职情况时,在科长的前面加了一个"代"字。

如此一来,远在西郊镇的林子阳,俨然成了王锐眼里一颗钢钉,他每时每刻都盼望着林子阳在西郊镇那片泥沼地里深深地陷进去,永远也无法顺利地从那里脱身。即便是林子阳不再回来夺走自己已经到手的科长的位子，王锐也不希望林子阳在西郊镇有好的表现。事实上，自从林子阳成了科长的那一刻起，王锐就在暗地里祈盼着林子阳有一天霉运加身，可是林子阳却如同有贵人相助一般什么好事都落在了他的头上。

林子阳到西郊镇的当天晚上，王锐就给刘波打去了电话，两个人都在农业质量监督科待过，在一起工作时关系还不错，后来刘波去了市政府，王锐以为刘波日后必定会被重用，因此他和刘波一直保持着密切的关系，谁成想刘波近年来是公鸡洗澡越洗越小，如今居然去了西郊镇，这是王锐之前所不曾想到的。

在电话里，王锐让刘波多注意一下林子阳的一些举动，若是有什么关于林子阳的信息，及时向他提供。林子阳刚来时，刘波以为之前两个人曾经共过事，说不定林子阳会对他有一些关照，因此刘波还多留了一个心眼，嘴上虽爽快地应了下来，心里却站在了林子阳这一边。直到因刘波和几个机关干部喝醉酒惹出乱子被全镇通报后，他对林子阳再不抱任何希望，于是他和王锐站在了同一条战线上。

林子阳和门向东在屋里发生争执时，刘波正好路过，两个人争吵的全过程都被他听到了，他一回到办公室，就给王锐打去了电话，王锐听了很激动，林子阳去了西郊镇才几十天就出现了将相不和的情况，以后的工作看他怎么开展！刘波在电话里幸灾乐祸地问："你说，在党委会上我该站在谁哪一边呢？"

西郊镇搞生态农业，还是引进企业，王锐并不感兴趣，他只要林子阳当众难堪，因此他说："那还用问吗？你肯定要站在门向东那一边，林子阳只不过是一个挂职干部，对于西郊镇来说他只是一个匆匆过客，用不了多久他就会从西郊镇灰溜溜地滚蛋！"刘波连连点头称是。

王锐得知林子阳和门向东发生争吵的事情后，第一时间将这一消息传了出去。

第十章　将相难和

8

吴玲是从余力那里得知这件事情的,余力是从一位朋友嘴里听说的。

余力和吴玲是中学同学,两个人还同桌过一段时间,上学时漂亮大方、活泼开朗的吴玲就让余力整天神魂颠倒,但是吴玲学习成绩在全校都是数得着的,余力不仅成绩平平,其他方面也没有过人之处,因此貌美如花的吴玲虽然与他近在咫尺,他也不敢有任何非分之想。

中学毕业后,余力没有考上大学,只好回家做起生意,卖过服装,开过饭店。淘得了第一桶金后,他卖起了摩托车,直到现在又经营起一家4S店卖起了汽车,上学时并不出众的他,如今摇身一变成了名副其实的余总。

自从那天林子阳和吴玲来到余力的店里买车,他见到吴玲的那一刻起,仿佛一下子又回到了青葱的学生年代。他像着了魔,吴玲的影子总是在他的脑海里飘来飘去,让他对吴玲念念不忘。因此,余力总是以同学相聚的名义约吴玲见面。

林子阳去了西郊镇的这些天,余力与吴玲的接触愈加频繁,当他得知林子阳与门向东闹翻的这一消息时马上给吴玲打了电话,约她在一家名叫"恋情鸟"的酒吧见面,吴玲不知道是什么事,丢下手头的工作就赶了过去。

见了面,余力把林子阳和门向东吵架的事告诉吴玲后,吴玲忧心忡忡,她怕影响林子阳的工作,坚持没有给林子阳打电话,想等到晚上再说。

9

镇党委委员共九个人，大家陆续走进会场时，已经感觉到了浓烈的火药味。门向东坐在椅子上呼哧呼哧直喘粗气，林子阳阴沉着脸，倒背着双手在会场的一角走来走去。

人齐了。林子阳先讲了近些时间生态农业种植园的一些情况，并对种植园的进展情况给予了充分的肯定。然后，他用低缓的语气说道："对于西郊镇来说，重点发展农业，随着高端农业的稳步发展必将会带动本地企业的诞生，两者是相辅相成的。这一发展模式是完全符合西郊镇现状的，几年以后，事实将证明我们当前的决定是完全正确的。近几天个别同志提出把工作的重心挪到引进企业上来，西郊镇目前的情况大家是清楚的。几十天前，镇政府门前还乱作一团，郭书记至今还躺在医院大家是知道的。一些别有用心的人就是看不清问题的本质，看来有些人是见不得西郊镇消停啊！"说完后，他的目光死死地盯着门向东。

门向东轻轻咳了一声，说："我首先澄清一下，我并没有说发展农业有什么不好。为什么要急于引企业进来呢？我们当前用钱的地方的确太多！就拿学校来说吧，房屋破旧不说，教学用房也严重不足，为这件事，罗校长天天打电话问新学校什么时间开始筹建，作为镇长，我都感到脸红啊！优先发展企业，的确存在着很大的阻力和风险，可是，孩子们的功课的确耽误不起呀！大片的土地一直闲着，让人感到心痛啊！把企业引进来，不仅能增加收入，还可以带动咱们镇各项事业的发展。对生态农业也能起到推动作用，两者并不矛盾嘛。"

等门向东说完，林子阳用灼灼的目光环视了在场的所有人，问："谁还有意见？"大家都你看看我，我看看你，许久也没人说话。这是明摆着的事，书记和镇长较上劲了，谁还敢乱插嘴呀。

见没人说话，林子阳说："我是镇党委书记，西郊镇是我主持工作，可我并不想搞一言堂，我也不想在这个问题上落下什么话柄。今天大家都在场，我们就用举手的方式集体决定当前是否急于开发那块闲置地，不同意开发的请举手，不举手的按同意处理，弃权的可以离席！"说完，他把右手高高地举过了头顶。

会议室里静寂得让人感到后怕。硕大的会议室里，除了几个人的喘息声，再没任何声音。大家相互对视了片刻，又相继有三个人把手举了起来，其余五个人除了门向东外，都一声不吭地低着头，没有人起身离开。很显然，目前的情况是四比五，林子阳落后。

林子阳的胸口咚咚跳个不停，他的脑袋如同格式化了的硬盘，里面一片空白。竟然是这样一种局面，这是他之前不曾想到的。近些天，西郊镇生态农业种植园的创建工作取得的成效是有目共睹的，他原本以为绝大多数人会站到自己这边来，可现在却是事与愿违。林子阳心里比谁都清楚，与门向东的首次较量如果败下阵来，以后的工作又将如何开展？个人颜面的丧失暂且不说，一把手的权威又在哪里？

直到这个时候，林子阳才知道自己忽视了一个重要的问题。门向东在西郊镇已经待了三年多的时间，然而他才来了几十天，况且还是挂职的，说不定哪天就会一纸调令马上走人。别看这些人平时都是一副恭恭敬敬的样子，关键时候他们就原形毕露了。

刘波站到了门向东那边，林子阳是有心理准备的。前几天，因喝醉酒散布不当言论的事，林子阳刚在会上对他进行了严厉批评。刘波是个小肚鸡肠的人，借机报复林子阳，是他一贯的伎俩。让林子阳想不到的是，宋刚，分管农业的副镇长，他的校友，近些天和他一起奔波在田间地头的生态农业种植园创建工作的负责人，居然也没有站在他这一边！他用灼灼的目光看着把脑袋埋在了胸间的宋刚，忽然有了一种让人从背后捅了一刀的感觉，他感到鲜红的血液正从体内喷出来。

此时此刻，林子阳终于为当初唐突的决定感到后悔，这么重要的事怎么会冒险拿到党委会上来讨论呢？简直太草率了！可是，一切都晚了，他不得不接受眼前这个残酷的现实。

林子阳正要把举起的手放下来，就在这一瞬间，宋刚忽然把手举了起来，低声说道："我同意林书记的意见！"

五比四！林子阳赢了！那一刻，他几乎要大声欢呼起来，可理智让他不动声色地说道："这是集体的决定，开发闲置地的问题暂时放放吧！等时机成熟了，我们再商定！近期的工作重点就是集中精力把生态农业种植园创建好！"说话间，林子阳看到门向东耷拉着脑袋，脸色猩红，宛如抹了血，那一刻他仿佛一下子老了许多。

也不知什么原因，门向东垂头丧气的样子，让林子阳感到一阵难过。他不想再多看门向东一眼，更不想再多说一句话，因此，说完这些话，他第一个离开了会议室。

10

一想起会议室里所发生的那惊心动魄的一幕，林子阳仍心有余悸。

吃过晚饭，他待在宿舍里百无聊赖地翻看报纸，脑子里想的却是农业生态种植园的事。这个时候，吴玲打来了电话，她担心地问："子阳，你没事吧？"林子阳吃惊地说："我会有什么事？"

吴玲几乎要哭了，说："听说，你和那个门镇长吵了嘴，你去西郊镇才几天呀，就搞成这个样子。我能不担心吗？凡事商量着来，何必吵闹呢？"听了吴玲的话，林子阳的脑袋嗡地响了起来，今天上午发生的事，当天晚上吴玲就知道了。究竟是谁把这个消息传到了吴玲耳朵里？吴玲都知道了，其他人呢？

林子阳顿时感到问题有一些严重，问："小玲，这些事你是听谁说的？"吴玲说："是余力……""余力？"这个曾经帮助过林子阳而又让他感讨厌的男人，又是怎么知道的呢？他愣了一下，问："余力是听谁说的？"电话那头沉默了片刻，吴玲说："这个我不知道，反正人家说得有鼻子有眼的……"

恐吴玲担心，林子阳立即换做一种看似轻松的口吻，说："根本没有的事，都是传言，我在这里好着呢。过几天回家后再详细和你说，好吗？"两个人在电话里又聊了一会儿，吴玲才将信将疑地挂了电话。

挂了电话，林子阳打了个寒噤，顿时感到后背上一阵冷嗖嗖的。

第十一章

明枪暗箭

1

第二天，林子阳刚到办公室，陈牧天就打来电话，这是意料之中的事，不过他没想到电话这么快就打了过来。闲置地暂停开发，最让林子阳感到头痛的人就是陈牧天。凭直觉，陈牧天和冯氏公司之间必定有着一层讳莫如深的关系。白杨已向林子阳透露，冯氏公司要落户西郊镇的那个化工项目，陈牧天是知道的，并且郭志明也是在陈牧天的极力干涉下才同意和冯氏洽谈业务的。

电话里陈牧天的火药味很浓，说："怎么搞的？闲置地开发的问题说停就停了？丁大山他们一闹就把你吓住了？这样做让老百姓怎么看你们西郊镇政府，也太懦弱了吧？西郊镇当前最紧要的工作是发展经济！缺少创造巨额利润的企业，你们的工作永远都是滞后的！子阳，你难道连这么简单的道理都不明白？"

等陈牧天把这些话说完，林子阳低眉顺眼地说："老同学，你先消消气，这件事都是赶巧赶上了。引进企业是早晚的事，现在只是暂停，等我们把生态农业这方面的工作做得有了起色，会重新考虑让优质企业来西郊镇投资的！"

陈牧天气呼呼地喘着粗气，没吭声。林子阳压低声音说："其实，这里面有点儿小插曲，是我和门向东之间的……"然后，他就把和门向东发生争执的事说了一遍，在讲述过程中他还添油加醋地进行了一番加工。最后，他嬉笑说："牧天啊，完全是因为两个人怄气，才搞成这个局面，等过些时间我俩的关系缓和了，引进企业的事一定会重新提上议事日程。"

目前，林子阳只能采用缓兵之计来应付陈牧天，除此之外他实在想不出更好的办法。另外，他也想借此试探一下，陈牧天和门向东都对开发闲置地那么感兴趣，两个人是不是出于同一目的。

陈牧天的口气似乎有了一些缓和，说："子阳，咱俩是同学，在这里我提醒你几句，不管在什么时候一定要搞好班子之间的团结，这可是做好工作最基本的条件啊！"

林子阳在电话里连声说是，临了，他说："牧天，我来到西郊镇后，给你添了不少麻烦，都是缺少工作经验造成的。你可要谅解呀！过后一定会登门道歉的。"

陈牧天的气似乎也消得差不多了，终于用平缓的语气说道："子阳，人家冯氏公司的投资计划都制定好了，引进一家好企业不容易，你们可不能把这条就要到手的大鱼放跑了呀！"林子阳连声称是。

挂了电话，林子阳一脸漠然，一想到冯氏公司，他眼前仿佛是一片不见边际的尘埃，心情也随之沉重起来。

2

村里人听到林子阳去了西郊镇工作的消息，众说纷纭，有人说林子阳成了镇党委书记，管的人多了，受到重用了，官越做越大了；也有人说，他从市农业局里调去了一经济落后的西郊镇，工作条件差了，官比原来小了。

不管别人怎么说，反正林父是认为儿子的官大了。在他看来，镇党委书记是一个很大的官。若是他听到别人说林子阳的官比原来小了，他准会找上门去跟人家理论一番。

这天午后，村里人刚吃过午饭，正准备着到田里忙农活，一辆黑色轿车驶进了村子。车子在那条高低不平的土路上停下来，上面下来两个穿着笔挺西装的青年男子。其中一个习惯性地整理了一下胸前那条鲜红的领带，问街上的村民："林书记家怎么走？"农村人和城里人不同，难得村里来陌生人，更巴不得有人问路。当大家确定来人所说的林书记就是林子阳时，一个个都伸长了脖子争先恐后地大声嚷嚷着林家的位置。

  轿车在林家门前嘎地停下来，林父早已从家里跑出来，青年男子满脸堆笑，说："这是林书记家吗？"林父的脸上笑开了花，说："我是子阳的爹，你们是……"另一名男子赶紧下了车，还从车上拎下了酒和茶，包装都很精致，一看就知道很贵重。两个人和林父一前一后进了家门。

  林家的门口围满了人，他们不知道这两个人是来做什么的。只有等那两个男子离开，才可以从林父嘴中得知，村里人好奇心很强，宁愿晚些去田里忙农活也要等着最后的谜底揭晓。

  几分钟后，两个男子终于从林家出来，林父紧随其后，最先下车的那个男子站在门口用手指着眼前那条布满了土疙瘩的街道，轻描淡写地说道："这条路也太难走了，若是林书记抬抬手肯帮这个忙，我们公司就把这条街修成柏油路！"说完，他钻进轿车，啪的一声把车门关上了。

  在场的所有人简直都听傻了！只要林子阳抬抬手，这条路就能变成柏油路？这可是全村几代人做梦都想的事呀！为了这条破路，村支书不知往镇上跑了多少趟，也不知道磨破了多少张嘴皮子！每到年底光杀好的羊往镇上送了也十几只了，现在这条街道不还是老样子吗？一到下雨天，村子就像海上的一个孤岛，村里人出不去，外面的人进不来。林子阳究竟有多大能耐，不用说大家也一清二楚了。

  在场的所有人都望着林父，他们的目光都仿佛被烈火烧烤过似的，把林父的脸看得红通通的。

  这件事过后的当天晚上村支书就去了林家，村支书手上提着两瓶酒。

  从这一天起，再没人说林子阳的官比原来小了。从此，村民们见到林父打老远就扯着嗓子打招呼，就忙着敬烟，急切地往家里拽……

第十一章　明枪暗箭

3

　　一整天，白杨都待在了录制"生态农业"专题片的现场，快要下班的时候从宣传部开会刚回来的台长，又召开了紧急会议，把会议精神第一时间做了传达。因此，她到家时比以往整整晚了一个小时。

　　儿子正在书房做作业，陈牧天则阴沉着脸靠在沙发上看电视，白杨瞅了一眼厨房，笑着说："回到家也不先做饭，儿子怕是饿了吧。"只是说了句再平常不过的玩笑话，陈牧天却如同吃了火药似的，把手里的遥控器重重地往茶几上一摔，大声吼道："这么晚才回家！你还有理了？"

　　白杨惊讶地望着怒不可遏的陈牧天，顿时怔住了。不知什么原因，近些天，两个人动不动就拌嘴吵架，这在以前可是很少有过的。两个人刚结婚那阵，陈牧天对白杨百依百顺，白杨在陈牧天眼里似乎永远都是他心爱的小公主，永远是他捧在手心里的心肝宝贝。可是，近几年来，陈牧天像换了个人似的，经常莫名其妙地冲着白杨发火，若是喝了酒，他会吵得愈加厉害，有时还会无缘无故地摔东西！刚开始白杨以为是陈牧天工作压力大、事务繁多所造成的，因此，每次她都是强压着胸中的怒火息事宁人，可是，她的忍让并没有让陈牧天有所收敛，换来的却是他变本加厉地挑起争端。

　　渐渐地，白杨对陈牧天失望了，她感觉到这个家似乎已经不可救药了。可是，为了年仅八岁的儿子，作为一名母亲，白杨只有一次次通过忍让来维系这个家不四分五裂。

　　见陈牧天再次挑起事端，白杨去书房看了一眼正在做作业的儿子，然后轻轻地关紧房门，她不希望儿子听到两个人的争吵声。白杨压制住心中的火气，心平气和地说："快下班的时候，台长又临时开了个会，这不就晚了。好了,别生气了,我马上做饭。"说着,她向厨房走去。

陈牧天狠狠地哼了一下,说:"怕是又忙着给西郊镇的生态农业做免费宣传去了吧!"白杨停住脚步,说:"子阳去了西郊镇,那个烂摊子真够他受的!毕竟是老同学,别的忙咱又帮不上,只能帮他做做宣传了。"

陈牧天的话语忽然变得有些恶毒起来,说:"一个人偷偷摸摸地跑到西郊镇,怕不只是做宣传吧,这种伤风败俗的事你也做得出来!?"

听了这句话,白杨顿时怔住了,她脸色苍白,喘着粗气,陈牧天那张四四方方的脸渐渐在她眼里幻化成了牛魔王的头像。她再也无法压制住心中的怒火,厉声道:"陈牧天!你把话说清楚,谁伤风败俗了?"陈牧天没有说话,他脸色酡红,眯缝着眼睛一声不吭。看得出,他中午喝过酒。

见陈牧天不再说话,白杨强忍着悲痛推开了厨房门,她正要准备做晚饭,这时陈牧天又开口说话了:"别以为我不知道,上大学时你和林子阳就经常眉来眼去,那次全班同学春游,你和林子阳却借机躲起来去幽会。还说什么迷了路,亏你俩也想得出!"

白杨惊愕地望着陈牧天,仿佛坐在沙发上的是一个她从来都不相识的陌生人,泪水悄无声息地从她的脸颊上流下来,那一刻,她的心仿佛一下子碎了!她的喉咙仿佛被什么东西结结实实地堵住了,许久一句话也没有说出来。最终,白杨哇地一声哭了出来,满腹的委屈像开了闸的洪水汹涌而来,她双手掩面冲出了门外。

走在清冷的大街上,往日熟悉的街道、商铺、花草……在她眼里变得陌生起来。她仿佛忽然置身于一个陌生的世界,天色已晚,大街上熙熙攘攘的行人正在匆匆赶路,他们或是回家,或是去会亲朋好友,或是去赶饭局……然而,白杨却不知道应该去哪里,她漫无目的地走着,那条宽阔的步行街已经来回走了好多趟。她再一次走到街的尽头时,一辆的士车嘎地在她的旁边停下来。

车玻璃缓缓落下来,里面露出一张充满期待的脸,司机是一个脸上充满疲惫的中年女子,大概是女人间惺惺相惜的缘故,白杨打开车门,坐上了那辆的士车,可她并不知道自己要去哪里。

第十一章 明枪暗箭

4

　　林子阳是烧菜好手，做饭也是内行。来到西郊镇后，不管工作多么忙，时间多么紧，一日三餐他很少委屈自己的肚子，除非累得实在爬不起来。

　　下了班，回到宿舍时，有预约功能的电锅已为林子阳蒸熟了香喷喷的米饭。他的宿舍是砖瓦房，紧挨着的两个单间，一个用来睡觉，一个用来做饭、放杂物，两间房的中间墙上开着一个小门，可以自由通过。

　　林子阳用清水冲洗了两个西红柿，又拿出两个鸡蛋，西红柿和鸡蛋炒一会儿，再和米饭合在一起炒一炒就是今天晚上的美餐。他把西红柿削成片，葱花、姜末往热油里过一遍，才把西红柿放入炒锅，房间里顿时充满香气，别看是个大老爷们儿，可他做起饭来总是一丝不苟。

　　鲜香的西红柿炒米饭正要出锅的时候，白杨给林子阳打来了电话。

　　一接通电话，林子阳就感觉到白杨有点儿不太对劲，她说："子阳，你在哪儿呀？我已到了你们镇政府门口。"刚开始，林子阳还以为白杨在开玩笑，说："我在做饭呢，你开什么国际玩笑，说真话，打电话有事吗？"白杨说话还是有气无力的，说："子阳，我真的来到了西郊镇……"林子阳这才相信，他丢下手中的不锈钢快餐杯，快步出了门。

　　这个时节，正是白天长夜间短的时候，虽然天空阴得厉害，但还没有完全黑下来。林子阳远远地望见白杨正孤零零地站在镇政府门口，她形单影只的样子让林子阳瞬间感觉到白杨一定出了什么事，否则她怎么会这个时候忽然出现在西郊镇呢。林子阳急切地问："白杨，到底发生了什么事？"见到林子阳的一刹那，白杨的眼泪又掉下来，她一句话也没说，任凭泪水在晚风中滑落……

　　林子阳意识到了什么，说："白杨，你还没吃饭吧？我刚做好饭，走！

尝尝我的手艺去！"说完，两个人默默地向林子阳的宿舍走去。

天边轰隆隆响过一道沉闷的雷声，天空完全黑下来，天上看不到一颗星星，更没有月亮的影子，只有路灯散发着幽亮的光。

白杨把白瓷碗里最后一粒米吃进嘴里的时候，脸上才露出一些红润，林子阳抿嘴一笑，说："两个人在一起过日子拌嘴是难免的，动不动就离家出走，怎么行？"白杨脸色又黯淡下来，林子阳摸起手机，给陈牧天打去电话："牧天呀，和白杨吵嘴了对吗？先别着急，白杨跑到我这里来了，待会儿我让司机把她送回去！"

有了白杨的消息，电话那头，陈牧天似乎并没有表现出太多的惊喜，说："子阳，外面下雨了，路上不好走，你就安排白杨在西郊镇暂住一晚上，明天早上再回来吧。"这时，林子阳才恍然听到窗外已响起沙沙的风雨声，他先是愣了一下，随后才喃喃地说："那好吧……我先让她住在招待所，明早再让司机送她回去！"

挂了电话，林子阳望着满脸忧伤的白杨，说："趁着雨还没下大，我让司机送你回家吧，好吗？"白杨摇了摇头，说："你以为陈牧天盼我早点儿回去呀，他巴不得我不回家呢！"林子阳笑了一下，说："都一把年纪了，就别再任性了。"

白杨的话语里充满幽怨，说："子阳，近些年，陈牧天变化越来越大，他已经不再是以前的陈牧天了，他眼里除了名利和私欲外，已经什么都没有了。"林子阳并不想白杨在他的面前对陈牧天说三道四，毕竟人家是夫妻，自己是外人。于是，他说："白杨，既然你不想回家，我就给招待所打电话，让他们给你准备房间，虽然条件差了一些，不过这已是我们西郊镇最高标准了。"说完，他掏出手机给招待所打了电话。

雨哗哗地下着，窗外所有的一切已经淹没在茫茫的雨水之中，一道道闪电将夜空一次次点亮，水珠从天而降，似乎非要把世间的尘埃清洗干净才算完。

白杨像是在低声倾诉，又像是在自言自语，说："陈牧天刚参加工作那阵儿，打着我爸爸在省直机关上班的旗号四处走动。从科长到局长，又

第十一章 明枪暗箭

到现在的副区长，一路走来他削尖了脑袋往上钻。现在他又瞄准了区长这个位置，整天挖空心思地想着往上爬，家顾不上不说，一回到家就冲我发脾气。为了孩子，为了这个家，我再三忍让，泪水一次次往肚子里咽！今天我是实在忍不下去了……"

林子阳清晰地看见，一行晶莹的泪水在昏黄的灯光下从白杨白皙的脸上淌下来，他心里顿时感到一阵难过。眼前这个貌美如花的女人，自从见到她的那一刻起，就成了他心中的白雪公主，他曾不止一次地下定决心，如果可能，他将会呵护她一生一世。可是，这个女人在他眼前泪流满面，他却无能为力。

林子阳心里如刀绞般疼痛。白杨抬起那张苍白色的脸，用手轻轻抹了一下脸上的泪珠，说："子阳，你还记得上学时有一次我俩在山上迷路的事吗？"林子阳脑子里一片空白，并未听清白杨所说的话，他哦了一下，定定地望着白杨使劲点了一下头。

白杨笑了一下，说："那次在山里迷路，咱俩转了一整天才转出来，想想那时，真是快乐！"林子阳终于明白了刚才白杨所说的话，说："是啊，上学时的日子的确很美好！可是，往事不堪回首，逝去的青春年华终将不会再来！过去的就让它过去吧，不要再想了！白杨，我送你去招待所好吗？"此时的林子阳只想尽快让白杨离开他的宿舍，窗外下着雨，又是漆黑的夜晚，孤男寡女待在一起，他怕外人说闲话。

白杨并没有理会林子阳，说："在坎坷不平的山路上，在层层叠叠的绿叶间，咱俩不停地走啊走啊，似乎永远都走不到尽头。那天的天气也是和今天一样，天阴得很厉害，还不时有雷声传来。你急得脸上淌满了汗，你担心地说，若是下不了山，万一遇到泥石流该怎么办？可我却一点也不害怕……"说到这里，白杨忧伤的目光落在了林子阳怅然若失的脸上，她继续说道："我感到和你走在一起，是那样快乐，即便是泥石流来了，我也丝毫不害怕，也不知是什么原因，和你在一起我心里就格外踏实！"说完，白杨起身来到窗前，把目光投向了漫无边际的雨夜。

林子阳整个人像是忽然被掏空了似的，他的记忆早已飞回到十年前的连绵不断的群山和茂密的山林之中。其实，那天的情景他一直牢记在心，甚至于每一个细小的动作他都记忆犹新。那天，他心爱的人和他近在咫尺，可他却没有勇气向她吐露心扉。那一刻，他缺少的何止是勇气，在一个瘦弱的女孩面前，他简直连一只羔羊也不是，怯懦和自卑最终让他错过了他最爱的女孩。

白杨在林子阳眼里是永远都无法触及的女神，他多看她一眼，似乎都是对她的一种亵渎，他又怎么会有勇气向她表白呢？直到陈牧天和白杨公开恋情的那一刻，他才恍然醒悟，其实白杨并非是什么女神，她也是有血有肉有情有义的活生生的人。她不是也被陈牧天这个来自农村的男孩追到手了吗？林子阳后悔得连肠子都一段一段地烂掉了，可一切都晚了。陈牧天和他是同学，是好哥们儿，他不可能去横刀夺爱。

白杨从窗前又回到刚才的小木凳上坐下来，她柔美的头发又出现在林子阳面前，说："子阳，你知道那座山之前我去过多少次吗？"林子阳愣了一下，然后摇摇头，这个问题他的确不知道。

白杨笑了笑，她的笑依然那么迷人，说："从小到大，那座山去了多少遍我也记不清了，甚至于每一个石阶都深深地烙在了心里，难怪后来陈牧天不相信我会迷路！是啊，我又怎么能迷路呢？想想那时真傻，为能和你多一些时间待在一起，居然撒谎说迷了路……"

一直以来，林子阳心中那把他永远都无法打开的锈迹斑斑的心锁，那一瞬间啪的一声开了，那扇关闭已久的心灵之门终于四敞大开。他恍然明白，在美好的大学时代，因为来自乡村的怯懦和自卑，当他面对一个看似完美的漂亮都市女孩的时候，在初恋的十字路口退缩了，为此他错过了那辆最美丽的爱情列车。

林子阳仿佛重重地挨了当头一棒，他把脑袋埋于十指之间，这个曾经把人生起落看得比清水还淡的铮铮铁骨的汉子泪水忽然涌出来！面对眼前这个因为自己缺乏勇气而伤害过的他深爱着的女人，林子阳无言以对。他的那颗坚实的心脏在那一时刻顿时破碎了，过了许久，他才缓缓地抬起那张淌满泪水的脸。

第十一章 明枪暗箭

林子阳猛地看到，眼前的小木凳上已经空空如也，白杨早已拾起屋角的花折伞冲进了茫茫雨夜……

5

外出学习的技术员回来后，一个个干劲十足、信心百倍，因此，种植园里整天都是热火朝天的景象。一场春雨过后，田地里一片葱绿，茄子、辣椒、西红柿、西蓝花等蔬菜长势喜人。

林子阳再三叮嘱种植人员一定要进行科学管理，指出这不仅是简单种植蔬菜，务必要把农药残余量、肥料、环境等对蔬菜质量的影响降到最低，甚至于达到零的标准！每一位种植人员心里都清楚，他们肩负着在西郊这片土地上创建一块绿色、生态、环保的金字招牌的重任。打造一个品牌不知道要付出多少汗水，需要多少人力才得以实现，可是毁掉它却是易如反掌，只要一次疏忽大意就足够了。因此，每一个种植环节他们都认真对待。

每次走进绿油油的生态农业种植园，林子阳都掩饰不住内心的喜悦，阳光下，每一株绿苗都让他感到热血沸腾。

已是六月，近午时分，天气热得像浇了热油。林子阳在田埂上走来走去，迟迟不肯离去，他身上淌满汗水，白衬衣紧紧地黏在了皮肤上。这时，他望见一辆沾满泥巴的旧面包车疾驰而来。

车嘎的一声停下来，门开了。林子阳顿时愣住了，原来是父亲和村支书来了。半年多的时间没见到父亲了，田间地头的风吹日晒让他又老了许多。看见父亲的那一刻，他的眼睛有些酸涩了。他快走几步，迎上前去，说："爹，你们怎么来了！"林父抹了一把脸上的汗水，笑着说："子阳啊，想不到你又升官了！全村人都替你高兴哩。这不，我和村支书特意来看看你。"林子阳说："爹，你胡说啥呢，只是工作调动，这哪叫高升呀?"村支书在一旁说:"子阳,你都成镇党委书记了!这可是咱全村人的骄傲啊。"

林子阳和两个人说了一会儿话,说:"天不早了,咱们回镇上吧。"说着,他和林父、村支书上了那辆黑色桑塔纳,车开动起来,面包车跟在了后面。

林子阳在招待所订了饭,他想借这个机会在父亲和村支书面前摆摆阔,爱面子是人的通性,林子阳当然也不例外。司机在外面单独点了菜,硕大的圆桌上就他们三个人。

三个人坐在一张大圆桌边,村支书和林父的脸上满是笑容,村支书不停地说:"想不到子阳会这么有出息,真是咱全村人的福分。"林父笑得合不拢嘴,林子阳心里也是说不出的高兴,他连声说吃菜吃菜。

下午还有事,再说镇上有规定中午不准喝酒,林子阳没有喝酒。村支书和林父也不计较,各自倒了一杯白酒,没几口酒下肚,两个人脸色有些红润,村支书冲林父递了个眼色,林父又猛喝一口酒,憨笑一声,说:"子阳,前几天有辆豪华车去过咱家,村支书说那辆车贵着呢,值一百多万哩。"说着,他看了村支书一眼,村支书连忙点头。

林子阳忽然意识到了什么,他愣愣地望着父亲,手里的筷子停在了空中。林父又说:"车上下来两个小伙子,长得真帅气,都是穿西服打领带,人家还给我拿来酒和茶!"林子阳的眼睛睁得越来越大,脸上的笑容也渐渐消失。林父并没有注意到林子阳的变化,继续绘声绘色地说:"那些酒茶全村人只有村支书能叫上名字,据说都很名贵,值好几千元哪!"村支书脸上露着红光,他又是一阵连连点头。

林子阳的脸已经沉下来,他一句话都没有说,然而林父和村支书都处在极度亢奋之中,他们依然没有注意到林子阳神情的变化。林父说:"那两个小伙子说他们是冯氏公司的,公司总部在香港,香港人可有钱哩。人家能看得起我这个老头子,能把车开进咱这个小村子,还不是看你的脸面?"说完,他望了林子阳一眼。

一听到冯氏公司几个字,林子阳的心里顿时咯噔了一下,他陷入了深

第十一章 明枪暗箭　　　　　　　　　　　　　　　　　　　　221

思之中。林父又啜了一口酒，可能酒喝得有点急，他咳了几声，红着脸往四下看看，压低声音，怕被外人听了去似的，说："子阳，人家临走时可当着全村男女老少的面说了，说是只要你抬抬手帮人家一个忙，就把咱村里那条街修成平整的柏油路！"说完，林父孩子似的咧着嘴，望着林子阳。

林子阳顿时明白了。他一直感到奇怪，得知了闲置地不再开发，冯氏公司为何不见一点儿动静。原来，冯曼莹派人去了他的老家，父亲、村支书，还有那些善良质朴的乡下人，又怎能经得起如此的诱惑！他不禁为冯曼莹的良苦用心感到惊叹。

林父嘻嘻一笑，说："子阳，就是抬抬手的事，对咱村来说就是一件天大的事！今天村支书都亲自来了，你表个态，全村男女老少还等着俺俩的信哩。"林子阳一声不吭，他的脸宛如秋天的茄子，又红又紫。

林父渐渐从儿子的脸上感觉到了什么，他从椅子上缓缓地站起来，走到林子阳身边，语气凝重地说："儿子，你还记得你娘左手臂上那块长长的伤疤吗？那年你还小，我在外打工，寒冬腊月天，东北风呜呜地刮。你娘去担水，一个没留神让脚下的土疙瘩绊倒了，连人带水啪地摔在了冰冷的地上，血登时就流了出来。是那条高低不平的路，给你娘的手臂留下了那道长长的疤痕啊！儿子，你现在有出息了，你抬抬手帮人家这个忙，让他们给咱村修好那条路，你可是给咱村立下了大功德啊！不为别人，就为你九泉之下的娘，你也要把这件事应下来呀！"

林子阳依然沉默不语，面对父亲，面对已经死去的曾经深爱着他的母亲，还有村支书及全村男女老少，他实在想不出该说些什么。一边是西郊镇几万双雪亮的眼睛，一边是父老乡亲的翘首期盼，他左右为难。

村支书已从林子阳的漠然的神情中知道了这件事并非是想象中的那么容易，于是说："子阳啊，全村人还在等着俺俩的信哩，你就破这一回例，算是为老家人作点贡献吧，乡亲们不会忘记你的！"村支书在村里可是说一不二的人，在村里他从来没有对谁低三下四地说过一句话。可是，今天在林子阳面前，曾经不可一世的村支书，几乎要跪下来求他了。

林子阳是一副很痛苦的样子，说："这件事并非是你们想的那样……

也不是我抬抬手就可以做到的……"短短的几句话，他用尽全身力气只说了一半就再也说不下去。

林父把眼睛瞪得溜圆，脸色铁青，说："子阳，当着村支书的面，我就说句痛快话，你是我儿子，我是你老子，你是我一把屎一把尿养大的，今天这事你办也得办，不办也得办！若是你说个不字，往后你就别再叫我爹！"说完，他呼哧呼哧地喘起粗气。

林子阳从椅子上站起来，在圆桌边踱来踱去，他的心里乱作一团，此时此刻，他实在无法作出抉择。

村支书又说道："子阳，你是西郊镇的党委书记，是一把手，啥事还不是你说了算，只要不犯法，有啥好怕的？把那条路修成柏油路可是全村几代人的梦想，若是你把这事给办了，等你回老家的时候，我亲自挑着鞭炮去村口迎接你！"

林子阳说："支书，您不知道，这件事我真的办不到！"听了这句话，林父忽然从椅子上蹦起来，单腿着地，用手脱下一只鞋子来，准备冲着林子阳的脑门打过去，叫骂道："我非打死你这个浑小子不可！"村支书见状，急忙上前把林父手中的鞋子夺下来。

林父双手紧紧地抱住脑袋，蜷着身子蹲在了地上，忽然抱头大哭起来："子阳啊，我来时可是在全村人面前打过包票的，你若是不应下这件事，你爹这张老脸该往哪里放啊！"

面对掩面哭泣的老父亲，林子阳心如刀绞，可他清醒地知道，若是让冯氏公司在那块闲置地上办厂，等厂子建起来化工设备安装调试完毕，西郊镇这片土地将会受到重度污染。不只是生态农业这块牌子将会受到严重威胁，就是西郊镇几万百姓的生命健康也难以得到保证。这和那条暂时泥泞的乡间小路相比，谁重谁轻林子阳心里比谁都清楚。

村支书已把林父从地上扶起来，说："算了吧，就别再难为子阳了，看来这件事的确不是那么容易，要不人家又怎么会答应给咱们修路哩！子阳还有事，咱哥俩就先回去吧。"说完，两个人连饭都没再吃一口，就走出了包间。

第十一章　明枪暗箭

直到两个人走远，林子阳才恍然缓过神来，快步走上前去，那辆面包车已老牛大憋气似的驶出老远。

林子阳愣愣地站在招待所门口，望着面包车渐渐走远，直到在他模糊的视线里消失。

6

近几天，烦心的事接踵而至，林子阳烦得脑袋都大了一圈。

就在父亲和村支书来的第二天，王锐给林子阳打来电话，说肖局和聂局及市农业局的其他一些领导要到西郊镇来。林子阳手头还有大把工作要做，当然不希望有外人来骚扰。可是，人家提出要来，他又不能拒绝，只能在电话里连声说欢迎。

林子阳是从农业局出来的，肖树青、聂峰都是他以前的顶头上司，若不是他来了西郊镇，在以前，这些局领导们又哪会把他放在眼里呀。反过来说，林子阳人虽然在西郊镇，他的组织关系还在农业局，从某种意义上说，肖树青和聂峰他们依然还是林子阳的直管领导，他们手里还掌握着林子阳的"生杀大权"。这些林子阳当然不会不知道，因此，接到王锐的电话后，他马上找来秘书小王，让小王把自己这一天所有的工作暂且延后，不能延后的就让门向东和宋刚他们代他处置。小王在笔记本上密密麻麻地记了足有一张纸，才急匆匆地走了。

张副部长和林子阳谈了话以后，第二天他就心急火燎地来到了西郊镇，他走得急，和局里的领导职工也没能道个别，虽说肖树青也专门设宴和他吃过一次饭，可是，事隔几个月，肖树青他们再来西郊镇看望林子阳，这原本也是一件再正常不过的事情。可是，对林子阳来说，他却有着一种不祥的预感。

自从知道了肖树青要来的消息，林子阳的心里就一直忐忑不安。

王锐在电话里说，肖树青一行人上午九点到。林子阳制定的行程是这样的，肖树青等人来到后，先到接待室听林子阳的工作汇报，毕竟老领导来了，汇报一下近期工作是很有必要的。然后大家一起去生态农业种植园进行观摩交流，市农业局的领导大驾光临，给生态农业园提一些指导性意见也是好的。最后，一班人直接到招待所吃午饭。

吃过早饭，林子阳早早地在镇政府门口等着了。九时许，两辆黑色轿车驶过来，开在最前面的是肖树青的专车。林子阳快步迎上去，车子缓缓开进了镇政府大院。

车门开了，肖树青、聂峰还有局里的其他几个领导都从车上下来了。让林子阳感到意外的是，王锐居然也在其中，几个月没见面，王锐看上去似乎比以前精神多了，刚去局办公室任副主任那阵儿，他一直是一副垂头丧气的样子，现在他满面春风，精气神十足。林子阳已经知道了王锐接替自己成了农产品质量监督科科长的事，因此和王锐握手时直接称呼他王科长。

一行人走进接待室分宾主落座，林子阳对他来到西郊镇后的全面工作做了一个简短的汇报。这个过程肖树青始终眯着眼睛面带微笑冲林子阳不停点头，等汇报完毕，他清了一下喉咙假装认真地对林子阳大加赞赏一番，随后其他人也象征性地讲了几句，他们的讲话也是一些对林子阳的赞誉之词。

从接待室出来，众人上了车向生态农业种植园驶去。上车前，肖树青还特意邀请林子阳与他同坐一车。

工作人员早已在种植园严阵以待了，等车子一停下，语音解说员和引领员立即迎了过去。种植园的蔬菜正值生长期，有的已经结了果实，几天前刚下过一场雨，田地里的蔬菜青翠欲滴，长势喜人。

解说员对各类蔬菜的品种及种植流程一一作了介绍，肖树青边听边点头，有时还大发感慨讲上几句。镇上搞宣传的工作人员也忙得团团转，有的举着照相机不停地拍照，有的扛着摄像机四处拍摄。

折腾了一阵子，肖树青煞有介事地做了一番即兴发言，代表市农业局对西郊镇生态农业种植园的运作模式给予了充分肯定。讲话完成后，观摩

第十一章　明枪暗箭

活动终于在一阵热烈的掌声中结束了。

午饭在招待所，林子阳早已叮嘱过招待所的经理，要认真准备，今天的饭菜标准是自从他来到西郊镇最高的。大家彼此都比较熟悉，午饭吃得波澜不惊，每个人都很随意，喝了点啤酒，说了些荤段子，聊了些见闻，饭很快就吃完了。

林子阳准备好了房间让大家休息，聂峰提出要玩扑克，房间里有现成的扑克，这个需求很容易满足。这时，肖树青却面无表情地说："你们去休息吧，我要和林子阳谈点事。"

听了这句话，林子阳马上意识到最关键最重要的问题马上就要来了！许久以来，这个问题一直让林子阳感到头痛，感到彷徨，感到不安。对于这个问题他一直在逃避。尽管他清醒地知道，不管你如何去逃避，该来的终究还会来。可他的确除了逃避之外，无任何解决问题的方法。

肖树青和林子阳去了办公室，一路上肖树青那张因长期养尊处优而异常明净的脸上始终挂着微笑，可是林子阳却从他看似平常的笑容里嗅到了另样的一种味道。他的心跳在加快，脑子飞速地转动着，面对即将到来的那个一直让他惶惶不可终日的问题，他在思索着应对的措施。尽管他向来有着超强的应对能力，可是这一刻他依然束手无策。

来到办公室，林子阳连忙给肖树青倒水，肖树青一屁股坐在了靠门的旧沙发上，说："子阳啊，你可真够节约的，沙发这么破了还不换新的？"林子阳咧嘴一笑："镇财政没钱，先将就一下吧。"说着，他把水放在了肖树青面前的茶几上，然后在一旁的沙发上坐下来。

肖树青向来都不是直接切入主题的，他笑了笑，说："子阳，什么时候调离西郊镇呀？"林子阳愣愣地看了一眼肖树青，说："肖局开什么玩笑，刚来西郊镇没几天，就想着走？"肖树青说："你是来挂职的，工作上不能太当真，镀镀金一有机会就高升走人！"林子阳干笑了一下，说："事情哪会这么容易？还不知道要在这个鬼地方待多久呢？"说完，他装模作样地叹了口气。

肖树青眯着的眼睛忽然睁开了，脸上漾出了神秘的笑容，他压低声音，说:"有安部长为你说话,你在这里时间待不长!"一听到安部长三个字,林子阳浑身像过电流一般,浑身打了个冷战,肖树青终于拐弯抹角地把话引到了今天的主题上。

林子阳面色通红,心跳加快,一句话都没说。肖树青把脸上的笑容一点一点收了起来,说:"近来有没有见过安部长?"林子阳一脸漠然,连忙摇头,并且脑袋来回摇动的幅度越来越大。

肖树青说:"唉,虽说各自都有手头的工作,忙是够忙的,可是该走动的时候也要走动啊。这不,我们今天就来到西郊镇。"说完,他笑了几声。

林子阳还是沉默不语,他实在不知道自己该说些什么。肖树青长长地叹息了一声,那声叹息,让林子阳的记忆倏地回到了和肖树青一块去外地参加"生态农业观摩现场会"回来前的那个晚上,酒店的房间里幽亮的灯光下肖树青的那声哀叹,这两个声音竟然是惊人的相似。

肖树青像是在自言自语,说:"马上就要到届了,市直部门的主要领导即将进入调整期。为此我也做了一番努力,也到市里几个主要领导那里进行了走动。安部长来我市工作时间不长,总觉得他那里说不上什么话……"他的话突然停下来,把目光定定地落在了林子阳茫然的脸上。

此种情况下,林子阳再也无法保持沉默,嗫嚅着说:"我和安部长……"不等他继续说下去,肖树青笑了一下,说:"即使见不了面,给安部长打个电话也是好的。"

林子阳的脸憋得通红,他忽地从沙发站了起来,使出吃奶的劲,才说道:"肖局,其实……我和安部长……真的一点关系都没有……"话说完了,他仍然电线杆似的愣愣地杵在了肖树青的面前。

肖树青哈哈大笑起来,说:"子阳,你和安部长是什么关系这个我不想知道,只要能在他面前替我美言几句,我就感激不尽了。"说完,他摆摆手让林子阳坐下来。

林子阳并没坐下,说:"肖局长,实在对不起,我真的和安部长没有任何关系,来西郊镇之前我俩从来都没见过面!"这一次,肖树青终于听明白了林子阳的话,他吃惊地张大嘴巴,也缓缓地从沙发上站起来,用

第十一章 明枪暗箭

手指着林子阳说:"你和安部长没有任何关系?"林子阳毫不犹豫地点点头。

肖树青又是一阵大笑,随即他坐回到沙发上,说:"林子阳,你若是和安部长没有任何关系,你能从一个科员在这么短的时间内变成今天的样子,你以为我会相信你的鬼话?!"

林子阳知道肖树青是不会相信他的。可他已拿定主意,对于这件事他不想再无休止地拖下去,不管将来会发生什么事,即便是他再重新去做原来的科员,他也要把事情真相说出来。这件事宛如绑在他心上的一个结,时常让他夜不能寐、食不知味。他需要解脱,需要把这个心结解开,哪怕将来天要塌下来,今天他也要把事实真相讲出来。

林子阳脸上是一副很痛苦的表情,说:"肖局长,不管你信不信,我向你发誓,我所说的每一个字都是千真万确的!"肖树青苦笑了一下,说:"林子阳,话说到这个分上,我也不再说什么。不过你要记住,做人要厚道,要知恩图报,别以为自己翅膀硬了,就学会过河拆桥了。想不到……直到今天我才看清你的真面目……"他嘴里所说的每一句话都充满了幽怨与恶毒,让林子阳感到一阵心惊肉跳。

林子阳羞愧难当,那一刻若是有条地缝的话,他会毫不犹豫地一头钻进去。他刚想说点什么再向肖树青作进一步解释,可是,肖树青已从沙发上站起来气呼呼地甩门而去。

当林子阳听到重重的甩门的声响时,才恍然明白过来,等他从办公室跑出来,楼道上已没有了肖树青的身影。

7

已是初夏,接二连三的暴雨,田野的沟壑里都积满了水,今年雨水特别大,邻近个别省市已有洪涝灾害发生,防汛工作也就成为当前的一项重中之重的工作。区里的防汛会议一个接一个，近些天，林子阳和门向东经常往区里跑，雨季还没来到，河里已蓄满了水，河坝已是岌岌可危，万一遇到大暴雨若是冲垮河坝，后果将不堪设想。

近些天，林子阳多次对学校、医院、敬老院等重点防范场所进行查看。他发现门向东所言果然不虚，学校校舍除了破旧外，所处的地势也较低，若是河坝被大水冲开，第一个遭殃的就是学校。每次回来，林子阳心里很不平静，他一直盘算着建新学校的事，可大把大把的钱却又没有着落。因此，他感到十分纠结。

陈牧天代表区委区政府视察了西郊镇汛期的防洪情况，林子阳、门向东、宋刚等人一起陪同对西郊镇的防洪重点区域进行了查看。查看完河道，陈牧天指着河坝，面色沉重地说："河坝还要加固，要确保特大暴雨来临之时河道内一滴水也不会外漏！"林子阳等人听了连连点头。

了解完西郊镇防洪工作的情况，陈牧天提出去原养殖厂看看，林子阳知道他心里仍然还惦记着那块闲置地。

众人驱车向着那片闲置地的方向走去，在距离原养殖厂约两公里处的路边有一块闲置的空场，空场很大，上面长满了杂草。陈牧天急忙让停住车，其余车辆也停下来，众人从车上下来。

陈牧天一步步向空地走近，在空地边上四下望了望，问："这么大的一块地一直闲着，实在可惜！"林子阳知道这是学校的新校址，因资金一直不到位，没能按时兴建。见林子阳没说话，门向东小心翼翼地说道："陈区长，这块地是新学校的校址，一直还没能兴建。"

陈牧天缓慢地回过头来，眯着眼睛望着门向东，问："为什么一直没兴建呢？人家其他乡镇的新学校早就投入使用，你们这里居然连块砖也看不见！"门向东心里一阵发毛，支吾着说："资金一直不到位……要是区财政能拨一部分资金，学校兴许能早些建起来。"

陈牧天掉头走回来，说："不要老是想着区财政拨款，首要前提是先把西郊镇的经济搞上去，经济上不去一切都是空谈！"门向东听了连连称是。

大家上车后，不一会儿就来到那块闲置地边上。这里以前是牧场，平

第十一章　明枪暗箭

整的土地杂草丛生，除了养殖厂破烂不堪的厂房外，没有任何建筑。辽阔的草地上牛羊成群，这些牛羊大都是以前养殖厂下岗的职工们自家养的，平时田里农活多，他们就把牛羊撒在草地上吃草，等忙完农活再把它们赶回家。干活放牧两不耽误，地里收入不受任何影响，牛羊长大了还能卖钱！这大概也是部分下岗职工不愿意把这片空地开发利用起来的一个重要原因吧。很显然，这块地依然还是一个天然牧场。金灿灿的阳光下，牛羊们在青草地上或奔跑，或嬉闹，或吃草，这里是牲畜们的乐园。

陈牧天用手指着遍地的牛羊，说："现在的土地几乎是到了寸土寸金的地步，你们西郊镇守着'聚宝盆'却穷得叮当响，连所学校都建不起来，还说要区财政拨款支持。真是天大的笑话，也不知你们西郊镇党委一班人是怎么想的！"听了这一番话，林子阳等人都各自低下了头。

门向东凝望了一下空地的尽头，小声解释道："陈区长，要不是丁大山一伙人从中阻挠，这片土地如今早已经是厂房林立了。"陈牧天对门向东看都没看一眼，哼了一声，说："西郊镇也是一级政府吧，就任由这些不法之徒乱来！我真就搞不明白了，在西郊这片土地上是他丁大山说了算，还是西郊镇党委政府说了算！你们总不能在一群地痞流氓面前认输吧？改革开放这些年来，若是我们一遇到困难就退缩下来，就半途而废，那么别说是发展经济，干什么事都是一无所成！"说这些话时，陈牧天的脸色很难看。

林子阳自始至终一语不发，他心里清楚，陈牧天说的每一句话都是冲他来的，西郊镇中断了与冯氏公司的合作，陈牧天一直耿耿于怀。

见陈牧天生了气，门向东连声说是。今天原本该林子阳说的话，门向东都代劳了。为开发这块闲置地，林子阳和门向东闹翻了脸，今天门向东挺身而出甘愿做林子阳的挡箭牌，林子阳对他却无任何好感。

林子阳心里一直在思考着一个问题，陈牧天和门向东对闲置地都有着浓厚的兴趣，在两个人一唱一和的背后，是不是有着什么不可告人的约定，这个约定是不是已把两个人牢牢绑在了一条无法挣脱的利益链上。当然这只是一种猜测，他目前还没有任何证据。

陈牧天胸中的怨气似乎还没有完全释放,他沉着脸,说:"今天西郊镇的主要领导都在场,看见眼前这片广阔的土地,你们可以进行一下设想,如果这片土地不是一些杂草牧畜,而是一些楼厦厂房,那又会是怎样的一种情景?现在却连所学校都建不起来,孩子们至今还在破屋烂墙里上课!你们这些人居然也能坐得住?居然还有心思搞什么生态农业?真是乱弹琴……"很显然,陈牧天的这一席话已把林子阳近期的所有工作全盘否定。

林子阳满脸通红,他仍然低头不语。其他人也都是面面相觑,大气不敢出一口,就连刚才还接连打圆场的门向东也是一言不发了。这个时候,林子阳知道再不开口说话已经不行了,于是,他低声说道:"这些问题我们正在考虑,用不了多久就会着手这方面的工作。"他说的话有些模棱两可。

陈牧天看了林子阳一眼,终于缓和了一下语气,说:"子阳啊,我知道你们西郊镇有自己的难处,这么一大片土地也不能老是这么闲着,难道你们就不觉得心疼吗?"林子阳连声说是,过了片刻,又说道:"当前不是忙着防洪嘛?等过了这几天,就把这件事搬到党委会上讨论。"其实,这是林子阳用的缓兵之计,当前情况下除了把事情继续往下拖,他别无选择。

有了林子阳这句话,陈牧天像是吃了一颗定心丸,脸上终于露出了一些笑容,他凝望着远处,满怀豪情地说:"将来在这片土地上吸引几家大公司进来,别说是租用土地的资金了,一年光税收也得几千万吧!那时候,咱们西郊镇还愁没钱建学校?"大家连声称是。

林子阳的脸上虽然不停地笑着,可他凝望着眼前这片牛羊遍地的草地,心头却宛如压上了一块巨大的石头,感到无比沉重。

在回来的路上,同坐一车的门向东意味深长地对林子阳说:"陈区长的一番话很有道理啊!看来对于闲置地的处理意见咱们真得要好好再讨论一下了。"林子阳正心烦意乱,他扭头白了门向东一眼,一句话也没有说。

吃了闭门羹,门向东知趣地收起了脸上的兴奋,一路上再没说一句话。

8

近些天烦心事一个接一个，把林子阳搞了个焦头烂额，连脑袋都大了。

屈指算来，来到西郊镇已是四个多月了，在这一百二十多个日子里，林子阳基本上每个周末都要回一次家，除非到周末有要紧的事情处理，若是回不了家他都会给吴玲打电话。他知道，自己来到西郊镇的这些时间，一个女人在家带孩子有多难。不管在外面吃了什么苦，受了怎样的委屈，家，都是为他避风挡雨的温馨港湾。吴玲和苗苗每时每刻都让他牵挂惦念。

周末下午，一想到马上就要回家了，林子阳的心情顿时好起来，一家人终于可以团聚了。

到了下班时间，林子阳不顾一身劳累开着那辆桑塔纳就往家赶，到家时已是傍晚，天还没有完全暗下来。

林子阳把车停在楼下，一溜小跑就上了楼，来到门前按下门铃，门却没有马上开启。他摸出钥匙打开房门，想不到屋里居然没人。吴玲和苗苗不知去了哪里，在以往两个人都是在楼下等着林子阳的，今天是怎么回事？难道……他不敢再继续想下去，急忙摸出手机，给吴玲打了电话。

电话通了，林子阳着急地问："小玲，你和苗苗去哪里了？"电话那头，吴玲不急不慢地说："我和苗苗去我妈那里了，正在回去的路上。"两个人在电话里又不咸不淡地聊了几句就挂了电话。

林子阳把手机拿在手里许久没有收起来，他感觉到刚才吴玲说话的语气有一些冷淡，她今天的表现明显有些反常。不知道这几天发生了什么事情，他心里很不平静。

吴玲和苗苗回来了，苗苗像一只欢快的小鸟一进门就扑进了林子阳的怀里，吴玲却与以往不同，她阴沉着的脸宛如蒙上了一层透明的面膜，看不出有任何惊喜。进屋后，她沉着脸，跟林子阳连个招呼都没打，就不声不响地躲进了卧室。

安顿好苗苗，林子阳急忙来到吴玲身边，问："小玲，你怎么了？究竟发生了什么事？"吴玲在收拾着床上的杂物，头根本没有回，说："你自己做的好事，还有脸来问我？"林子阳顿时掉进了云雾之中，说："什么事你快点说嘛，我真的不知道！"吴玲冷笑一声："全海州城的人都知道了，你自己做的事，难道你还不知道？"说完，她掉头出了房间。

林子阳跟在吴玲身后，嬉皮笑脸地说："有啥事等过后再说，现在还饿着肚子呢，先做饭吧，好吗？"吴玲脸上没有一点笑意，说话还是冷冰冰的，说："我和苗苗已经在我妈那里吃过了，你想吃就自己做！"忙了一整天，林子阳早就饿坏了，他知道在这种情况下想让吴玲来做饭已经是不可能了。若不是有什么不开心的事，知道自己今天下午要回来，以往她早把晚饭做好了，这会儿应该把饭菜摆在饭桌上笑眯眯地和他一起吃饭了。

林子阳只好戴上围裙准备做饭。就在这时电话响了，是岳笑川打来的，他说大头、二毛和三饼都在，想一块吃个饭，地点在环球酒店，让林子阳快点赶过去。林子阳偷着瞄了吴玲一眼，小声说："知道不，环球酒店的饭菜贵死人呀！"岳笑川呵呵一笑，说："放心吧。万总知道你来，说今天由他埋单！"林子阳不再说什么，挂了电话，对吴玲说："笑川约我吃饭，你俩吃过了，正好不用做饭。你看，这就叫来得早不如来得巧。"

吴玲沉着脸，对林子阳理都不理一下，林子阳讨了个没趣，仍旧不死心，又说了些哄吴玲开心的话，才离开家。

林子阳出门时，吴玲依然嘴巴嘟得老高，看来这股怨气不是一时半会儿能消得了的。一路上，林子阳心里一直在琢磨到底是什么事让吴玲这样生他的气，直到进了酒店的包间，他也一无所获。

岳笑川几个人早已坐好，见林子阳进来，纷纷起来让座，坐定后林子阳忽然发现几个人的脸上都很严肃，没有了往日的嬉笑。他心中暗自纳闷，究竟发生了什么事？每个人仿佛都缺了笑神经似的。

大头先说话了："子阳，甭管遇到啥事，都要学会坚强！"林子阳一

第十一章　明枪暗箭　　　　　　　　　　　　　　　　　　　233

脸茫然，刚想问一下究竟发生了什么事，二毛接过了话头，说："这件事我们兄弟几个都相信你，根本没那么一回事……"不等他把话继续说下去，岳笑川重重地咳了一声，二毛顿时闭上了嘴巴。

林子阳有点丈二和尚摸不着头脑，说："到底发了什么事呀？"这时，岳笑川把酒杯举了起来，说："今天咱啥也不说了，喝酒，咱们喝酒。"其他人也都举起酒杯，连声说喝酒。放下酒杯，林子阳再次询问到底发生了什么事，几个人却马上把话题挪向别处。看得出，几个人是有意在躲避着什么。

林子阳刚要再进行追问，这时，包间的门开了，万木春腆着肚子走进来，他见了林子阳，又白又胖的一张脸笑成了一朵怒放的白牡丹，说："林书记，真是稀客呀。"说完，他和林子阳连喝两杯酒，随后，又和其他人喝过，聊了片刻，他才以还有别的事为由起身离开。

几杯酒下肚，几个人脸色酡红，话头多起来，嘴上也没了遮拦，大头紧紧攥住林子阳的手，说："子阳呀……不管……事情是真的还是假的……到啥时候也别提出离婚呀……妻离子散的滋味可不好受呀……"不等他把话说完，岳笑川起身走过来，拽了大头一把，说："大头！你胡说什么呢？"这时，大头才恍若从梦中惊醒一般连声说："我喝醉了！子阳，我刚才说的全是醉话，你千万别往心里去。"

大头这些此地无银三百两的话，让林子阳顿时明白了几分，又联想到吴玲今天的异常举动，知道十有八九是有什么关于他的桃色新闻在海州传开了。于是，他把岳笑川拽到了包间的一角，用低沉的语气说："笑川，快点告诉我到底发生了什么事！"岳笑川咧着嘴，笑比哭还难看，说："别听大头胡说八道，真的没啥事，今天咱们就是喝酒。"林子阳面沉似水，说："别骗我了，快点说！"岳笑川知道林子阳不是那么好糊弄，只好压低了声音说："近几天，有人造谣说你在西郊镇和白杨搞在了一起，她晚上睡在了你的宿舍……散布谣言的人说得有鼻子有眼的。"

林子阳终于明白了！他什么话也没说，一仰脖咕咚一声把一杯白酒灌进了肚子，他额角的青筋顿时鼓了起来。岳笑川连忙说道："都是谣言，你千万别往心里去！快坐下咱们慢慢喝。"林子阳放下酒杯，说："我先回去了！"说完，他快步出了房门。岳笑川不放心，一捅今天没喝酒的三饼，说："快跟上，开车送子阳回去，千万别让他开车！"三饼快步跟了出来。

林子阳到家时，吴玲在看电视，他用哀求的语气说："小玲，请相信我，我和白杨之间真的什么事情也没有发生！我可以对天发誓！"吴玲的眼里噙着泪花，说："啥事也没有，人家会跑到你那里去过夜？"林子阳顿时愣住了，想不到发生在西郊镇的事，会这么快就传到海州市区。究竟是什么人在时刻盯着自己，这些人又究竟是何企图？他想着想着，禁不住感到一阵心惊肉跳。

不只是白杨到西郊镇夜宿的事，就连林子阳和父亲闹翻以及得罪了肖树青的事，吴玲也知道得一清二楚。林子阳听得后背上直冒凉气，当前情况下容不得他多想，最紧要的事情当然是先做通吴玲的思想工作，让她解除对自己的误会和猜疑。于是，他把每件事的经过仔细讲给了吴玲听，他苦口婆心地哄了吴玲大半个晚上，直到两个人在床上纠缠在一起的时候，吴玲那张板了一个晚上的脸总算松弛了下来。

伴随着均匀轻细的呼吸声，吴玲已进入梦乡，可林子阳却辗转难眠。他在西郊镇所做的每一件事这么快就传到海州市区，有人还歪曲事实散布谣言，其目的不言而喻，看来背后有人想把他搞臭，让他身败名裂。每次想到这些，林子阳都是不寒而栗。其实，谣言并不可怕，只要自己站得正立得直，时间久了谣言将会不攻自破。让他感到害怕的是身后那双藏在花丛里的眼睛，这双恶毒的眼睛每时每刻都在洞察着他的一举一动，一旦出现机会，就会将他置于死地，让他永世不得翻身。

林子阳实在没有想到，去西郊镇工作才短短几个月的时间，就已经陷入了明枪暗箭之中。

第十一章　明枪暗箭

第十二章

决堤

1

防汛工作的严峻程度显然超出了林子阳和西郊镇人事前的预料。

雨季来临后，暴雨一场接着一场，河坝一再加固，推土机、挖土机等重型工程机械也都用上了。可是和日益上涨的河水相比，看似坚固的河坝还是让人有些放心不下。近年来，村民们的乱伐乱建也给抗洪工作带来很大的麻烦，几年前河道两边原本葱绿的树木现在连片树叶也不见了，人们对树木的无端砍伐让河坝少了一道天然的屏障。另外，河道上的一些违章建筑及堆放的沙石等也为河水的排放制造了许多困难。

西郊镇近期防洪的主要工作就是加固河坝、排流减洪，一连几场暴雨过后，生态农业种植园已数次被洪水淹没，幸亏排水系统顺畅，每次排水又比较及时，种植园里的蔬菜才没什么大碍。

林子阳和门向东几个人每天都守在抗洪现场，有时他们吃住都在工地上。林子阳已有十多天没去种植园看看了，这些天，他的确太忙了，区里提防汛的会议一个接一个，每次在会上区委书记和区长都把桌子拍得啪啪直响，看他们那猴急的样子，用不了多久就要跺脚骂娘了。除非林子阳有分身术，否则是顾不上他曾寄以厚望的生态农业种植园了。

昨天区里开会，林子阳和门向东两个人去的。会议刚开始，区长就宣读了一份处分决定，因防汛工作不力，邻近几个乡镇的书记、镇长都榜上有名。幸亏西郊镇的防汛工作做得还比较到位，林子阳和门向东才幸免于难。

门向东在乡镇工作时间长，抗洪防汛这方面的经验比较丰富，西郊镇采取的所有防汛措施大都是门向东制定的。对于抗洪排涝，林子阳是个睁

第十二章 决 堤

眼瞎，对此他是一窍不通。幸亏有了门向东，西郊镇总算没出现什么差错。经过这些天在防汛抗洪工作中的频繁接触，林子阳对门向东的看法已经有了巨大转变，他渐渐觉得门向东这个人并非是他先前想的那样在闲置地开发问题上有什么企图，反过来说，倒觉得他是一个真正干事创业的好干部。

在回西郊镇的车上，林子阳笑呵呵地说："老门啊，这一次可真要谢谢你呀，若不是你，这次我肯定会被通报批评了！"门向东也是呵呵一乐："子阳，这话可是见外了。这件事还分什么我和你，现在咱俩可是拴在一条绳上的蚂蚱了。"说完，两个人会心地笑起来。

近些日子，林子阳睡觉前和起床后的第一件事就是到网上查看天气预报。真是见鬼了，基本上每天的天气预报都是有雨，或小雨，或中雨，或暴雨，在网上能查到的天气里居然没有一天是晴天。

2

这天是周三，区办公室打来电话，说未来几天会有大的降水，要求继续加大防洪力度，严防死守，确保西郊镇万无一失。

林子阳主持召开了党委会，大家共同的意见是继续加固河坝。散了会，所有人就来到了工地现场，机器的轰鸣声、人们的吆喝声交织在一起，工地现场是一副热火朝天的场面。

下午收工时，河坝的厚度和高度都有了不同程度的增加。林子阳站在刚刚加固完成的河坝上，终于长长地出了一口气，对门向东说："这一次可固若金汤了，就是有再大的暴雨也没有什么可怕的了。"然而，门向东的脸上却表现得异常严峻，说："先别说高枕无忧的话，刚加固过的河坝若是突然遭遇特大暴雨是经不起冲击的，防洪工作任何时候都不可以掉以轻心啊！"林子阳虽然不住地点头，可心里却是有些不以为然，他以为，门向东也太过于小心了，因为刚加固过的河坝的确比水位高出了很多。

从工地上回来后，林子阳思量着要回趟家。今天虽不是周末，可他已连着二十多天没有回家了，今天下午吴玲打电话过来，说苗苗病了，从昨天就发烧，苗苗想他了，晚上睡着觉直喊爸爸，问他今天是不是回家一趟。听说女儿病了，林子阳马上就应下来说晚上回去。

午后下过一场小雨，雨刚停，太阳就从云彩里冒了出来，地上顿时像下了火，天气燥热无比。回到宿舍时，天已很晚了，不过夏日的太阳很迟才会落山，天还亮着。

林子阳简单收拾了一下，就开着车上了路。他想回去看看苗苗，明天一早就赶回来，防汛任务这么重他当然不敢掉以轻心。

一想到马上就可以见到吴玲和苗苗，林子阳疲惫不堪的心情顿时好起来。路上的车不是很多，回家心切的他把车开得飞快。车子刚离开城北区地界，他就接到了吴玲的电话。女儿病了，当妈妈的一定很着急。电话里可以听得出吴玲的情绪很低落，说："子阳，苗苗在发高烧呢！你今天晚上能回来吗？"林子阳大声说："我正在路上呢！马上就到家了，等我回去，咱送苗苗去医院吧。"吴玲在电话那头嗯了一下，就把电话挂了。

林子阳刚把手机放下，电话又响了，是门向东打来的。

电话通了，门向东并没有立即说话。林子阳大声问："老门，这个时候打电话来有事吗？"门向东支支吾吾地说："子阳，我一直在思考一个问题……"林子阳急切地问："什么问题，你快说。"门向东仍然是一副欲言又止的样子，说："我有一种预感，今天晚上的雨一定小不了！我怕……"就在这时，远处传来一阵雷电的轰鸣声。

林子阳放慢了开车的速度，问："老门，你怎么变得婆婆妈妈，有啥事就直说嘛！"电话那头，门向东的语气从来没有像今天这么凝重过，说："刚才区办公室又打来电话，说是今天晚上有突降大暴雨的可能，让我们提前做好防范！我一直在想，假如暴雨来势凶猛，四面八方的水涌入河中，河水短时间内排不走，水位不断上涨，新加固的河坝万一被冲开怎么办？"林

第十二章 决 堤

子阳有些心烦,这个门向东整天都疑神疑鬼的,那么牢固的河坝会被冲开?他问:"老门,你认为河坝被冲开的可能性大吗?"门向东的回答很干脆,说:"不大!"林子阳笑了一下,说:"这不就行啦,还有什么可担心的!"

门向东的语气仍然没有丝毫的放松,说:"我是怕万一……防洪可存在不得半点侥幸心理!要确保万无一失嘛,这可是关系到群众的生命财产安全的大事啊!"门向东的这句话一下子提醒了林子阳,是啊,虽说河坝被冲开的可能性不大,可这里面容不得有半点闪失啊!

林子阳问:"老门,都这个时候了,你说我们应该怎么做?"门向东说:"作好河坝随时决堤的准备,立即组织可能受灾的群众进行转移!"这些话他说得很坚决,没有丝毫商量的余地。

林子阳嘎地把车停在了路边,快速地从车上下来。这时,他才发现在车后面有一片黑压压的乌云正从天际边压了过来,他知道,大雨将至!时间紧迫,已容不得他过多的思考。那一刻,一种神圣的责任感让他拿定主意,马上掉头回去!

一阵冷风呼啸而过,风裹着沙粒打在林子阳的脸上,使他感到一阵生疼,他大声说:"老门,就按你说的办,马上转移群众!你先召集所有机关干部在会议室集合,我马上就到!"门向东说了声好就挂了电话。

车子调了头,林子阳拨通家里的电话,吴玲心急火燎地说:"子阳,你到哪里啦?我刚给苗苗测过体温,都到四十度了!你快点呀!"林子阳先是沉默了一下,然后用歉疚的语气说:"小玲,你快送苗苗去医院,镇上又有新情况……我恐怕回不去了!"吴玲几乎用哭腔说:"林子阳,西郊镇离了你,天塌不下来!不管西郊镇的事多么重要,你今天晚上必须回来!难道你连女儿都不要了吗?"

林子阳眼圈一红,惭愧地说:"小玲,真的对不起。"吴玲拉高了声音,说:"林子阳,这个破书记咱不当了。你马上回家,苗苗正在呼喊着爸爸呢!"林子阳从电话里隐隐听到了苗苗梦呓般的喊叫声:"爸爸……快回家……我要爸爸……"林子阳心如刀绞,泪水从眼角缓缓淌下,说:"小玲,对不起……今天我真的回不去了,你赶快送苗苗去医院!"说完,他咬着牙把电话挂了，然后一只脚用力踩在了油门上。

车子疾驶在回西郊镇的公路上，豆大的雨滴终于噼里啪啦地落下来……

3

林子阳赶到会议室时，门向东和宋刚几个人已经把群众转移的行动方案制定好了。

若是河坝决口，最可能被淹的除了西郊镇初中之外，还有附近的几个村子。幸好村子不是很大，居住人口也不是很多，转移难度自然不是很大。关键问题是学校全体师生的转移，学校所处位置的地势是最低的，教学用房和宿舍也是些旧房子，一旦洪水泻下来，那些房子不堪一击，随时有倒塌的危险。

所有人员共分成了两个组，一个组负责几个村子村民的转移工作，由宋刚任组长；另一个组负责学校师生的转移任务，由门向东负责。林子阳负责全面转移工作，留守镇政府坐镇指挥。

让林子阳待在家里，他当然不同意，说："火都烧到眉毛了，我怎么能待得住？无论如何我要和你们一块去！"说这些话时，林子阳脖子上的青筋都跳了起来。门向东对林子阳的脾气还是了解的，于是说："好吧，你就对两队人马进行督阵吧！"林子阳这才点头应允。

公布了转移方案后，台下的工作人员唧唧喳喳，说啥的都有。有的还没来得及吃晚饭，就被召集起来冒雨做群众的转移工作。大多数人认为这简直就是小题大做，本来就是没有必要的事，因此众人都是牢骚满腹。

门向东挥动着手臂大声说："林书记今天从回家的半路上又返了回来，足以说明这次转移工作的重要性！大家想一想，今天夜里河坝安然无恙当然很好。可是，万一河坝被大水冲开，后果将不堪设想！"说完，门向东

第十二章 决堤

243

看了林子阳一眼，示意他也讲几句。

就在这时，刘波扯着嗓子，喊道："门镇长，河坝开不开口子还是未知数！我们的肚子都饿扁了，哪有力气干活呀？还是先让我们吃了饭再去吧。"说完，他望了一眼身边的其他机关干部，希望有人能为他帮帮腔。

林子阳气愤地说："刘波，即使再饿，也要等着把群众转移完再吃！"刘波见林子阳生了气，一缩脖子不再说话。

林子阳把话筒举在胸前，大声说："同志们，这次群众转移关系到近两千个鲜活的生命啊！我们也有亲人，如果他们即将被洪水淹没，我们会坐视不管吗？在场的都是机关干部，有些还是党员，紧要关头就要挺身而出！若是哪位同志不想去，请站到台上来，你可以先回家吃饭！"说完，他把话筒重重地放在了桌子上。

台下众人你看看我，我看看你，没人吭声。刘波伸长了脖子往人群中望了又望，最终还是乖乖地坐了下来。

林子阳喊了声出发，大家开始分头行动起来。外面已下起雨，但是雨还不是很大。不过，雷声愈来愈近，天空漆黑一片，风越刮越大，天气燥热无比，对天气变化稍有经验的人都知道这是大雨来临前的征兆。

转移目的地是这样的，几个村子的村民到地势较高的几个村庄去暂住一晚，学校的师生离家三公里之内的护送他们回家，离家较远的师生暂时到镇政府及附近一些机关单位住一晚上。等第二天天亮，再根据天气和河坝的情况确定下一步的行动方案。

宋刚所带的工作人员到达村子时，村里人刚好吃过晚饭，外面哗哗地下着雨，他们有的在家里看电视，有的聚在门楼底下聊天，当大家听到要转移的消息时，村里的年轻人都不以为然，认为也太小题大做了。可是，一些老年人马上回到家里收拾起了东西。三十多年前，这几个村子曾经被洪水淹过，那年也是一连几天的特大暴雨，周围山坡上的雨水全部泻入河中，河坝决堤。据说，那次洪灾村里还死了不少人。这件事虽然过去很多年了，可这些年龄大的人都亲眼目睹过，知道洪灾有多么凶猛，也知道什么叫水火无情。那次洪灾过后，就有人提出要把村子迁移到地势较高的地方。可是，村里有些人对村子有着很深的感情，舍不得离开。那次洪灾后，政府又专门对河道进行了治理，近些年防洪措施做得又比较到位，一直没有水涝灾害发生，这件事也就搁置了。

常言道，一朝被蛇咬，十年怕井绳。今年雨水特别大，大家是有目共睹的，见镇政府组织这么多人来动员大家转移，老年人马上行动起来。见那些老年人收拾东西准备转移，年轻人再也不敢怠慢了，也急忙丢下手头的事急急火火地忙活起来。贵重物品及怕水淹的物件能带在身上的就带着了，不能带的就用雨布包个严实放在了家里，然后锁了门，有车的开了车，也有骑摩托车、电动车的，村子里的交通工具全都派上了用场，几百人就这样向着各自的亲戚朋友家出发了。

一个多小时的时间，村子里的人已经走得差不多了，当林子阳赶过来和宋刚他们会同村委会的人挨家挨户查看时，几个村子都已变成空城一座。

原以为很复杂的一项工作想不到这么快就完成了，林子阳禁不住心中一喜，才猛地想起了吴玲和苗苗，也不知道苗苗现在怎么样了，天上下着雨，还有雷电，吴玲能行吗？于是，他摸出手机给吴玲打了电话，让他感到失望的是，吴玲的手机已关机，打家里的座机是无人接听。

林子阳把手机用塑料袋包好，又装进衣袋，他稍微有些放松的心情再次紧张起来。

来到西郊镇初中时，雨下得已是十分密集。让林子阳想不到的是，门向东他们的转移工作却没有任何进展，连一名师生也没有转移走。门向东正急得抓耳搔腮。

4

再有几天就要期终考试了，考试完成后就是暑假。对于全校师生来说，

第十二章 决 堤

这几天正是黎明前的黑暗。期终考试对于每一个学生来说，重要性不言而喻。现在家长把孩子的学习成绩看得比什么都重要，家长们待在一起聊天的话题看似是比谁家有几套房谁家换了车，其实这些对他们来说都不是最重要的，这些事说起来似乎把他们羡慕得口水都要流下来，可是一转身就会把这些事忘得一干二净。真正让他们刻骨铭心的是比孩子的学习成绩，看谁家的孩子考进了哪所大学，毕业后找了份什么样的工作，什么房子呀，车子呀，和孩子有没有出息比起来都是毛毛雨！在这样的大背景下，学生们能不看重这次期终考试吗？

看重这次考试的还有老师，等考试成绩出来，学校会拿着各班的考试成绩和区里其他兄弟学校的成绩进行比较，然后按成绩高低给全校老师进行排队，这就是对老师们一年教学工作的考评。都是为人师表传道授业解惑的先生，一样的受苦受累，一样的起早贪黑，一样的勤勤恳恳，有的排在队伍前面，有的排在队伍后面，有的上台领奖，有的却两手空空，对于那些把"脸面"看得比生命还重要的老师来说，成绩若是落在了后头，就如同被人在扇耳光！因此考试来临之际，他们都是不待扬鞭自奋蹄！

作为学校来说，所承受的压力绝对不会比老师和学生少，区教育局每年都要根据期终考试成绩对全区内的所有初级中学进行一次大排名，然后对成绩出色的学校进行表彰奖励。虽然定制一块金灿灿的大奖牌花不了几个钱，可是对于获奖学校来说意义却是非同凡响。

这些天，西郊镇初中的全体师生正为几天后的期末考试紧锣密鼓地作准备。刚吃过晚饭，同学们丢下碗筷就都回到了教室，老师们也早已站在站台上讲解起了习题。校长姓罗，叫罗欣。罗欣绝对是一个实干型的校长，她已是快五十岁的人了，还一直盯在教学的第一线，吃过晚饭，见外面下起了雨，她就拿起一把花折伞，在校园里四处转悠。她留着短发，戴着一副深度近视眼镜，多年来，来自社会各方面对教育的多重压力让她在校长这个位置上从来不敢有半点懈怠，长年累月，她已是多病缠身。她瘦弱的身体，似乎被一阵风就能刮倒，可她撑着伞在风雨中的校园里所迈出的每一步都是那么坚定！

自从身体有了毛病，罗欣就萌生了退意，可她一直有个心愿未了，就是西郊镇中学新校区至今没能建成。新学校建成后，她只要能在新学校里当一天校长，哪怕是参加完新学校的开学典礼，她就马上写辞职报告。想不到这个看似很容易实现的心愿，让罗欣一等就是三年，直到今天一直未能了却这桩心愿。记得三年前，她在第一时间接到小学同学门向东的电话，告诉她镇里已经选定了新校址，用不了多久新学校将会拔地而起。她当天就召开了全体教师会，在会上她高兴得像个孩子，挥动着手臂说："新校址有了，用不了多久，我们就可以到新学校给孩子们上课了！"话音刚落，台下掌声雷动。可谁又想到等了都三年了，新校址那里至今连半片砖瓦也不见。

　　三年来，罗欣不知给门向东打了多少电话询问建学校的事，跟其他领导不熟，她只能找门向东，谁让他和自己是老同学呢。每次问起建新学校的事，门向东都是对她说资金不到位。她知道建一所学校需要巨额资金，也知道这是一件很难完成的事，可她更知道新学校对孩子们来说有多么重要。

　　罗欣知道门向东是不会和她说谎的。上学时，门向东就是一个诚实守信乐于助人的好同学。记得，有一天下了大雨，下午放学回家时，河水漫过了那座窄窄的石桥。八岁的罗欣无奈地站在石桥边直抹眼泪，这时，门向东背着书包走过来，说："我背你过去吧！"罗欣望着那湍急的河水，有些担心地说："你行吗？"门向东说："行！"

　　门向东脱下黑布鞋，挽起裤腿，露出了小脚丫，然后俯下身子蹲在了地上，罗欣提心吊胆地伏在了他瘦小的背上。门向东缓缓地站起来，一步步向石桥走去，罗欣吓得闭上了眼睛，她听到了哗哗的蹚水声，让她想不到的是趴在门向东的背上居然是那么平稳，并不是想象中的那么可怕。于是她缓缓地睁开了眼睛，她看见四周全是水，门向东的两只脚丫没在了冰冷的河水里，他正小心地一步步向石桥的另一头走去，居然一点儿也不害怕。罗欣猛然觉得在门向东背上的感觉真是美极了！可她还没美过来呢，两个人已经过了桥。

　　让罗欣至今都感到遗憾的是，门向东把她刚从背上放下来，她连声感

第十二章　决　堤

谢的话都没说，就甩着两条漂亮的麻花辫子跑回了家。

后来，门向东因父亲工作变动转学走了，两个人从此失去了联系，直到门向东调到西郊镇工作，别过四十年的老同学终于接上了头。

5

门向东带领工作组全体人员一走进学校，就碰到了罗欣，见教室里师生们还在挑灯夜战，便一脸惊讶地问："老同学，你们怎么还没准备好呀！车我都带来了。"来之前，门向东给罗欣打了电话，已经对学校的情况进行了了解，除了离家较近的学生，较远的还有三百来人，为此他联系了两辆大巴车，用不了三趟就能把人拉走。

罗欣把伞往前举了举，花折伞把门向东微秃的脑袋罩住了，说："老门呀，你们是不是有些小题大做呀！这节骨眼上让我们转移，这不是瞎胡闹嘛！那条人工河养护得那么好，又怎么会决堤？这不是开玩笑吗？孩子们马上就要考试！就是我同意转移，怕是正在上课的老师们也不答应啊！"说完，她用祈求的目光愣愣地望着门向东，不再说话。

门向东说话的声音有些喑哑，说："我们已接到区办公室的电话，说今天夜里极有可能降特大暴雨，河两面山坡上的积水一旦泻下来，万一河坝承受不了，后果你是清楚的！"罗欣沉默片刻，说："这只是一个假设，是一个未知数，因为一件还不能确定的事件，就让我们转移，你要知道全校师生近一千人呀，现在同学们还在教室里上着课呢！天又下着雨，全部师生马上转移简直就是一件难以完成的事！"

门向东知道眼前这位老同学脾气有些犟，于是他把转移计划又详细地和她说了一遍，站在旁边的其他机关干部也不时地插嘴帮几句腔。可是，不等他把话说完，学校的其他领导和老师闻讯赶过来，他们好像和罗欣都串通好了，意见出奇一致，都不同意转移，即便是转移也要看看天气的情况再说。

门向东在平时处理棘手问题的法子还是挺多的，可是今天在老同学面前却是束手无策，他用几近哀求的口气说："罗欣啊，你可不能因为多上一晚上的课，犯下大错啊。"罗欣根本没把他的话放在心上，说："你们这是小题大做，那么高的河坝说决口就决口了？再说今夜一定会有特大暴雨？上午我还查看过天气预报呢，是中雨，没你说得那么严重。你们就快点回去吧！"

不管门向东怎么劝，罗欣他们就是不肯转移，门向东看了一下表，已是晚上九点钟了，雨一直下着，并且越下越大，一群人站在办公室的房檐下久久僵持不下。

林子阳把车开进学校时，见教室里老师还在给学生们按部就班地上着课，顿时气就不打一处来，这个门向东葫芦里到底卖的什么药，怎么还没有行动！于是他从车上一下来，就气呼呼地朝着办公室方向快步走去，他没有打雨伞，也没有穿雨衣，顷刻间他就变成了落汤鸡。

远远地，林子阳就听见了门向东正在和罗欣他们为转移的事争吵着，而且言辞相当激烈，他顿时明白发生了什么事，于是加快脚步赶了过去。

天已经很晚了，西郊镇初中近千名师生的转移还没有半点动静，林子阳顿时急眼了，他分开人群来到罗欣面前，厉声喝道："罗校长！若是河坝决堤，这里将会是一片汪洋！我以西郊镇党委的名义郑重地告诉你，为保证全体师生的生命安全不受损害，请你马上组织全校师生按原定计划转移！如果再拖延时间，我现在就撤掉你校长的职务。"他的话不亚于一声惊雷，在场的所有人都异常震惊。

罗欣幡然醒悟，顿时意识到了问题的严重性，于是她掉头向办公室走去，不一会儿，学校的广播喇叭里响起了全体师生马上停课准备转移的通知。

全体师生转移的既定方案是这样的，离家近的同学马上回家，凡是一个村或同路的同学由一名工作人员和一名教师负责带队回去，离家远不能回家的就乘坐大巴车暂时到镇政府住一晚上。

第十二章 决 堤

同学们收拾好东西披好雨具分头行动起来，这时雨越下越大，雷电在头顶上响个不停，风越刮越烈，狂风裹着瓢泼般的雨水，似乎要把整个世界吞噬掉一般。骑自行车逆行的同学被风刮得东倒西歪，简直寸步难行，带队人员只好和他们一起推着自行车深一脚浅一脚地赶路。有些胆子小的女同学吓得都哇哇大叫，幸亏同行的人较多才能壮着胆子在漆黑的雨夜中继续赶路。

去镇政府暂住的同学需要三趟才可以用大巴车把他们转移完，按低年级同学先走高年级同学后走的原则，大家陆续上了车。第一趟车很快就出发了，余下的同学都待在教室里翘首等待。

林子阳、门向东和罗欣三个人一直站在房檐下焦急地祈盼着最后一名学生的离开。借着校园里昏黄的灯光，罗欣清晰地看到白色的雨水宛如有人在天空中用盆子浇一般从天而降，狂风呜呜地怒吼着，似乎要把四周的一切都要掀翻才肯罢休。片刻间，校园里的积水已没过了人的小腿部位。面对眼前白茫茫的世界，罗欣开始相信了刚才门向东对她所说的话，于是她愧疚地望了门向东一眼。可门向东并没有注意到她的目光，他正直勾勾地望着远处的那条青石路出神，那是接送学生的大巴车回来时的必经之路。

大巴车终于回来了。三个人不约而同地冲进了狂风暴雨之中，风很大，雨势凶猛，三个人都禁不住打了寒战。同学们都披着雨衣，带着用雨布裹严的书本，陆续向车上走去。

工作人员和留守的班主任查看完各个教室确定再没有遗漏的学生后，大巴车终于出发了。车子驶出学校那两扇已经锈迹斑斑的大铁门时，大家悬着的心终于落进肚子。林子阳紧绷着的脸也松弛下来，他冲罗欣笑了一下，说："罗校长，刚才情况紧急，我的话说得有些重了，你可千万别往心里去。上车，咱们一块回去！"罗欣尴尬地笑了笑，说："都是我不好，差点误了大事……"不等她说完，门向东长舒一口气，说："啥也别说了，走吧。"说着，他为罗欣打开了车门。

三个人上了车，那辆黑色桑塔纳顿时疾驶在了风雨之中。

6

　　早到的师生，已经分男女被安置在了会议室、接待室、办公室等场所，床没有那么多，大多是在地上铺了棉垫子或是卷席之类的东西就地休息，条件虽然差了一些，可是，时值夏季天气闷热，总算能凑合过去。

　　最后一批师生抵达后，工作人员迅速带大家分头去了安置点。罗欣从车上一下来就和学校的几个中层领导了解起师生的安置情况，当她得知全体师生都已安全撤离后，脸上才释然地露出笑容。

　　林子阳站在办公楼的大厅里，看了一下手表，已是零点。手表是余力送的那块，果真是货真价实的劳力士，雨水一点也奈何不了它。

　　从晚上到现在林子阳虽然一直没有吃东西，他却一点儿也没觉得饿。见老师和学生们都已经安置妥当，他再次摸出手机给吴玲打了电话，手机还是关机，家里的座机还是无人接听。

　　狂风卷着雨水铺天盖地而来，雷电利剑一般一次次划破漆黑的夜空，雨越来越大，路面上积满了水。林子阳心里一直惦记着吴玲和苗苗，苗苗发着高烧，这样恶劣的天气下吴玲一个人行吗？林子阳的心再次悬在了半空中，他呆呆地望着漆黑的雨夜，沉默不语。

　　罗欣望着门外肆虐的风雨，叹息一声，说："这一次差点让我误了事，几十年了，还从没见过这么大的雨呢。"门向东干笑了一下，说："你心里装的只有那些孩子们，哪里还顾得上去关注天气。"两个人正在说着话，一名女老师忽然慌里慌张地从楼上跑了下来，大声喊："罗校长，不好了，不好了……"

　　林子阳不知道发生了什么事，急忙走过来，说："先别急，慢慢说。"女老师长长地喘了一口气，才断断续续地说道："我班上的……丁小明还没有撤出来……他现在还待在宿舍呢！"听完这句话，几个人顿时紧张起来，罗欣也急了，大声说："刘老师，到底是怎么回事？你不是说你们班上的同学都撤出来了吗？"

刘老师哇的一声哭起来，她抽泣着说："吃过晚饭时……丁小明说他头痛……我就让他回宿舍休息了……他一直待在宿舍……撤离时由于时间紧忘记通知了……"不等刘老师把话说完，门向东果断地说："我再回去一趟！"说完，他一挥手，招呼了几个机关干部就要往外走。

林子阳深情地望着门向东，大喊道："老门！"门向东停住脚步，林子阳嘴角颤动了几下，本想说点什么，可是，他只是说了三个字："小心啊！"然后紧紧握住门向东的手来回晃动了几下。就是这次简单的握手，林子阳恍然感到心里有了一种异样的感觉，先前两个人之间所发生的那些不愉快的事在这一瞬间似乎都云消雾散。

门向东重重地点了一下头，说："子阳，放心吧，我会把那个学生带回来的！"说完，他定定地望了罗欣一眼，然后带领几名工作人员冲进了风雨之中。

雨还在没完没了地下着，真是一场罕见的特大暴雨！

门向东几个人走后约半个多小时，林子阳的手机响了，接听后才知道，原来是看守河坝的人员打来的，电话里是一个声嘶力竭的声音："林书记，四面山坡上的水都泻进了河里，水位上涨太快了，河坝守不住了，已经决堤，幸亏我们把群众进行了转移……"林子阳怔怔地拿着手机，再没听清对方所说的一句话。

林子阳缓缓地把手机从耳边放了下来，他知道，假如今天没有门向东的提醒，现在会是什么后果，他心里比谁都清楚！门向东，简直就是一个英雄，是西郊镇名副其实的英雄！他的坚持和执著，换回了多少人的生命安全啊！河坝决口了！担心的事终于成为现实，庆幸的是河道下游的村民和学校师生都顺利地转移了。那一瞬间，如果门向东在的话，林子阳真想真诚地向门向东道一声感谢。

可是，此刻门向东却还在风雨之中寻找那位叫丁小明的学生，林子阳想到了那些破旧的校舍，想到了洪水正向学校方向狂奔而去，他又想到了门向东和一起同去的那几名工作人员，于是他的心倏地提到了嗓子眼。

7

时间在一分一秒地过去。外面的雨依然没完没了地下着，门向东几个人始终没有回来。

林子阳一直在拨打着门向东的电话，可是，电话里只有嘟嘟嘟的声音，他急得如同热锅上的蚂蚁在门厅里转来转去。和他一样着急的还有罗欣，她除了直跺脚外，还时不时地直抱怨那位刘老师。刘老师是一位刚参加工作不久的年轻老师，她见找丁小明的人至今没有回来，早已乱了方寸，只顾一个人躲在角落里不停地抽泣。

又过了些时间，外面的风和雨似乎小了许多，雷声也渐渐远去。

这时候，一辆黑色桑塔纳快艇一般从雨水中疾驰而来。林子阳等人不顾外面的雨水忽地冲了出来。车停下来，许久后，车上的人才从车里出来。

丁小明是第一个从车上下来的，他是一个很瘦弱的小男孩，身上穿的雨衣很肥大，袖口上还有一个洞，一看就知道雨衣是门向东的。其他人依次从车上下来了。奇怪的是，丁小明安然无恙地回来了，大家却都是垂头丧气的模样，一个个掉了魂似的谁都没说话。

门向东没有在车上！

林子阳忽然意识到了什么，他大声叫喊着："门镇长呢！门镇长在哪里？"同去的几个人在低声抽泣，根本没有回答他。林子阳一把抓住站在最前面的那个人，用手托住男子的脸，厉声问道："告诉我，门镇长呢？"就在那一刻，林子阳什么都明白了！因为他看见这名工作人员的脸上淌满泪水，呜咽着已是说不出话来。

第十二章 决 堤

林子阳明白了一切！他的眼泪哗地涌了出来，刚回来的几名工作人员也都孩子般地号啕大哭起来……

事情原来是这样的，门向东带人赶到西郊镇初中时，校园里的积水已没过了膝盖，车子根本没有办法开进学校。于是他和几个人下了车，打着手电筒分头向宿舍附近走去。

丁小明患了重感冒，吃过晚饭后感觉脑袋痛得像要裂开似的，就跟刘老师请了假回宿舍休息。他往床上一躺就睡了过去，等醒来的时候，才发现宿舍里已积满了水，窗外是雷雨交加。他借着宿舍里微弱的光线发现，自己那双白色运动鞋已经漂了起来。外面的风雨声顿时让他明白了一切，他吓坏了，就从床上爬了起来，这时才发现整个宿舍只有他一个人，四周的床铺连个人影也没有。

丁小明试探着拉开了电灯开关，可是灯没有亮。他大声呼叫起老师和同学的名字，喉咙都喊哑了，也没有人回应。丁小明只好穿上衣服忍着病痛蹚着水出了宿舍，外面的风雨很大，他听见头顶上不断有瓦片被风刮得飞落水中。这时他才看到整个校园漆黑一片，什么也看不到。这是怎么了，他简直不相信自己的眼睛，近千名师生的校园，一盏灯也不亮，连个人影也没有，除了雷雨声居然是死一般沉静。

人都去了哪里呢？丁小明吓得哇哇大哭起来，这个无情的雨夜并没有被他的哭声所打动，风雨非但没有变小，而是变本加厉地越来越大。后来，丁小明终于止住哭声，宿舍的屋顶上虽然已经漏雨了，但是总比在外面好得多，于是他又回到宿舍。床是上下两层的，下面的床铺已被水淹了，只好爬上了上铺，他现在的奢望就是等待奇迹能够出现，盼到能有人带他离开这里。

也不知等了多久，宿舍门终于被推开了，一个穿着雨衣的黑衣人呼叫着他的名字走进来。丁小明忽地从床上站起来，一道手电的光柱倏忽一下打在他毫无血色的脸上。

来人正是门向东，他脱下雨衣把它穿在丁小明身上，小声说："小明别怕，我带你离开这里！"两个人刚要离开宿舍，可就在这时，一阵狂风席卷而来，瓦片纷纷落地，紧接着房顶上的一根水泥檩条咔的一声落下来，头顶上的异常声音让门向东做出的第一反应是一把将丁小明推出了门外。等他再要离开宿舍时，一切都晚了，水泥檩条重重地砸在他的头上，他一句话都没来得及说就一头扎进了积水之中。

丁小明原以为这个把雨衣让给他穿的男人会带着他离开这里，突如其来的一切顿时把他吓傻了。他刚刚看到的希望，瞬间又破灭了。他吓得大声哭喊起来，另外几名工作人员闻讯赶到。眼前的一切，让他们知道刚才发生了什么，借着手电的光线可以看见，门向东卧在积水之中，水泥檩条重重地压在他的身上，水面不断有鲜红的血冒出来。几个人急忙移开檩条，把门向东从水里扶起来。

门向东已不省人事。大家都慌了，急忙抬着门向东往回走。就在这个时候，决堤的河水汹涌而来，庆幸的是，几个人跌跌撞撞地来到车旁边的时候，因停车的地方地势稍高，车子暂时还没有被水淹没。于是几个人上了车，在风雨中玩了命地往回赶。

门向东的伤势太重了！那根沉重的水泥檩条正好砸在了他的头部，一路上鲜血不停地从头上往外冒。尽管在去医院的路上门向东已经没有了呼吸，可他们还是冒雨往医院赶，直到值班医生无奈地冲着几个人直摇头，他们才掩面大哭起来。

门向东的追悼会是三天以后召开的，这一天原本是西郊镇初中全体学生参加期终考试的日子，因为这场特大洪涝灾害，城北区教育局决定西郊镇初中将不再参加考试了。

追悼会这天，市里、区里的领导来了！西郊镇的机关干部来了！全镇的父老乡亲来了！还有许许多多素不相识的人从四面八方赶来了……

丁小明的爸爸，丁大山，这个曾经让门向东费尽口舌操碎了心的硬汉子，跪倒在门向东的遗像前，脑袋咚咚地撞击着地面，鲜血从他的额头间淌了出来……

门向东走了。林子阳悲痛欲绝，他总感觉自己欠着门向东点什么，可是不等他把所欠的东西物归原主，门向东已经永远地离开了他。

第十二章 决 堤

8

　　西郊镇当前最首要的任务就是对灾后的房舍、马路及其他一些基础设施进行修缮和重建。为此，市区财政都分别下拨了救灾专项资金，并且资金都在最短的时间拨付到位。庆幸的是，近些天再没有阴雨天，河水已渐渐落下去，灾区的积水也通过各种手段不断地往外排放着。工程队早早地开进了灾区，灾后重建工作的大幕即将拉开。

　　已是那个惊心动魄的风雨之夜过后的第七天，短短几天时间，林子阳整个人瘦了一大圈，深陷下去的眼窝简直成了两个酒杯。辛劳和悲痛让他感到身心俱疲，面对近些天所发生的事，每当夜深人静之时，他不得不重新思考自己到西郊镇来工作的这个选择究竟到底是对还是错。在这之前，对于这个问题他从来没有怀疑过，来西郊镇绝对是一个正确的选择，这片辽阔的土地必定是他圆梦的地方。可是，今天他却不再这么认为了。

　　这些天来，林子阳一有空就拨打吴玲的手机，一直是关机，苗苗现在的情况他一无所知，他一直为女儿担心。因此，各项工作就绪后，林子阳决定回去一趟，时间并不需要太长，哪怕看吴玲和苗苗一眼马上赶回来都行。

　　吃过午饭，林子阳见手头暂时没有什么太要紧的工作，于是决定回一趟家。他开着车离开了西郊镇，车行驶在路上，想到马上就要见到吴玲和苗苗了，他百感交集，心情异常复杂。

　　林子阳先回了家。他停住车，一口气跑到楼上，打开房门，家里冷冷清清，空无一人，种种迹象表明苗苗现在很可能还待在医院里。于是，他又急火火地下了楼，开车去了海州市人民医院，在病房楼找了一圈，没有见到吴玲的影子。现在病人住院都是电脑管理，到外科找到岳笑川用电脑一查，果真没有林苗苗的名字，他这才确定苗苗没有住在市人民医院。

林子阳又尝试着拨打了吴玲的电话，没想到这次吴玲的手机开机了，可是，吴玲并没有接听他的电话。再打，还是没有接，再打，吴玲就关机了。看得出，吴玲还在生他的气。

真是忙昏了头，林子阳忽然想起岳母一定知道吴玲和苗苗的去处，于是他拨打了岳母家的电话。岳母一接到电话就吃了枪药似的冲他发一通牢骚，随后才告诉了林子阳苗苗所在的那家医院。吴玲一定是在岳父岳母那里告了他的状，林子阳费了许多口舌两位老人还是余怒未消地挂掉电话。

终于找到了苗苗所在的医院，这是一家民营医院，医疗设备是一流的，省城的医生定期来这里坐诊，服务态度又是格外好，因此这家医院的病号特别多。苗苗住的是一间贵宾病房，林子阳拿着为苗苗买的一个布娃娃蹑手蹑脚地推开门。

病房里传来苗苗银铃般的笑声，林子阳再也难以抑制住内心激动的心情，他用布娃娃挡住脸朝着苗苗一步步走了过去。笑声止住了，有说有笑的病房顿时静下来。

林子阳笑容满面地把布娃娃递到苗苗面前时，见苗苗怀里却抱着一个比他那个更大更漂亮的电动布娃娃。他笑着问："是妈妈给你买的吗？"苗苗的表情很平静，见到他并没有太多的惊喜。她摇了摇脑袋，然后伸出小手指向林子阳的身后，说："是余叔叔买给我的。"

林子阳缓缓地回过了头，这时，他才发现病房里除了吴玲和苗苗外，余力也在。林子阳的到来，让余力显得有些不自在，他从一个宽大的乳白色沙发上慢慢地站起来，两只手搓来搓去俨然是一副不知所措的样子。

吴玲的两只眼睛瞪得如同铃铛，说："林子阳！你还知道回来呀？若不是人家余力，咱女儿现在……"说着，她嘴角一动委屈得眼里盈满泪水。林子阳对余力没有什么好感，吴玲这么一说，他不得不向余力连声致谢。余力连说了几声没什么，便知趣地起身告辞了。

送走余力，林子阳回到病房，好一阵劝说吴玲才止住泪水。

原来，那天挂了电话，吴玲看着昏迷不醒的苗苗，吓得眼里直淌泪，天已经完全黑下来，一道道闪电划过夜空，雨哗哗地下起来。苗苗像个滚

第十二章 决堤

烫的火球，让吴玲感到六神无主，无奈之下她只好拨通了余力的电话。不一会儿，余力开着车来到楼下，他把苗苗抱上了车，那辆黑色大奔发了疯似的疾驰在雨夜里。

来到市人民医院，急诊室的医生诊断为急性肺炎，需要马上做拍片等一系列检查。可是，影像室的医务人员因天气原因无法赶过来。情急之下余力拨通了一家民营医院的一个院长的电话，两个人在电话里聊了片刻后，三个人又重新上车赶去这家民营医院。车子在急诊室门口刚停住，医护人员早已做好做各项检查的准备，检查完毕后，苗苗直接被送进了贵宾病房……

听完吴玲的讲述，林子阳歉疚地拉住吴玲的手，说："小玲，都是我不好，让你受委屈了。"听了这句话，吴玲又没来由地流下了眼泪。

接着，林子阳把近些天西郊镇所发生的事，一五一十地说给了吴玲听。吴玲惊愕地张大了嘴巴，等林子阳说完后，她心中的火气和郁闷竟不知跑到哪里去了。她满脸是一副惊魂未定的样子，拉住林子阳的手说："子阳，当初我不让你去那个鬼地方，你非要去，怎么样？现在你终于知道了吧！"

听了吴玲的话，林子阳把头埋在十指之间，许久都没说一句话。

现在的西郊镇满目疮痍，一场突如其来的特大暴雨，不仅夺走了门向东的生命，连包括生态农业种植园在内的所有田地的农作物也损失过半，田里的庄稼有的因积水排不掉至今还浸泡在一米多深的水中，今年粮食减产几乎已成定局。西郊镇初中新学校兴建的问题必须要解决，目前看来，拖一天都无法向数万西郊镇人交代。闲置地的开发一直是个敏感问题，这样一直推下去也不是个办法……这些问题整天困扰着林子阳，他感到脑袋都大了，这一刻他才相信了当初吴玲的话，他才知道去西郊镇原本就是一个错误的选择。

林子阳感到自己仿佛陷入了一个巨大的泥潭，不管他怎样挣扎都无法从泥泽中挣脱出来，他终于感到了从来不曾有过的绝望。

第十三章
舍得一身剐

1

一场几十年不遇的特大暴雨，似乎一下子把林子阳浇醒了。

林子阳终究没有在困难面前倒下去。这些天，他一直反思来到西郊镇后所做的每一件事。他发现，的确需要重新审视自己了，从到西郊镇的那一刻起，他就一直在逃避，在逃避着这个一直不想去面对的问题。这时，他才不得不承认为了西郊镇的暂时平稳，自己一直在委曲求全，一直在避重就轻。可是，那些棘手的关键问题总是有人要大刀阔斧地去解决，即便有一天他从西郊镇这片土地上离开，也会有人站出来去面对这些问题。然而，门向东不顾一切地要解决闲置地问题的时候，他又从中扮演了绊脚石的角色。

林子阳扪心自问，林子阳！你究竟做了些什么？难道你坚持要做西郊镇的罪人吗？如今门向东已经走了，静悄悄地走了！可是，他的心愿还未了却，九泉之下他会瞑目吗？

准确地说，是门向东的死让林子阳下定了决心，他决心要把门向东手中的大旗接过来，哪怕将来天塌地陷，他也在所不惜。

丁大山接到电话后，二话没说就来到了林子阳的办公室。在门向东的遗像前，丁大山这个有血性的汉子再次泪流满面，说："门镇长，以前都是我不好，几年来若不是我从中作梗，孩子们现在也该坐在新学校里上课了，也不至于您……我是西郊镇的罪人，我是西郊镇的罪人啊……"说着说着，他当着林子阳的面再次呜咽起来。

林子阳轻轻拍了丁大山一下，说："现在不是伤心的时候，闲置地的开发利用和新学校的兴建一直是门镇长最牵挂的,现在他走了,我们必须要完成他的遗愿,否则,他的在天之灵是无法安息的!"

丁大山用泪眼望着林子阳,说:"林书记,你说吧,以后怎么做我丁大山全听你的!"林子阳叹了一口气,说:"补偿款的问题还是按老门生前所说的做,十年还清,你们有难处我知道,可镇上的情况你也清楚,毕竟建新学校需要巨额资金啊!"丁大山想都没想,说:"好!这件事我没意见,其他人我可以做他们的思想工作。"林子阳兴奋地握住丁大山的手,说:"大山啊,这件事就有劳你了。"

丁大山走后,林子阳的心情依然沉重,他站在窗前凝望着很远很远的地方,脑子里在思索着一个让他感到非常棘手的问题。

2

党委会上林子阳对当前的工作作了深刻检讨,他明确指出以后的工作将不再避重就轻,除了继续推广生态农业的发展外,下一步的工作重点将放在闲置地的开发利用和新学校的兴建上,这一工作意见在会上轻而易举地获得通过。

几天后,镇招商办公室就把在闲置地上即将招商的信息,通过报纸、电视台、网络等发布了出去,并且还附带了所要引进企业的有关标准要求,还明确指出污染及不利于生态农业发展的企业不在招商范围之内。

随着城市化进程及房地产业的加速发展,可以开发利用的地皮越来越少,那些有投资项目的企业几乎打着灯笼都难以找到可利用的地皮,一听说西郊镇闲置了多年的土地要公开招标开发利用。一些企业如同闻到了腥味的苍蝇一哄而上,信息发布的当天就有十来家企业来人或来电对此事进行咨询。

陈牧天打来电话时，是信息发布后的第二天。林子阳感觉陈牧天的反应似乎有些迟缓，林子阳预计他会在信息发布的当天打电话过来，没想到会是第二天，并且还是下午四点左右。林子阳正在西郊镇初中查看校舍修建情况，电话里陈牧天异常兴奋，说："子阳，你这个榆木疙瘩终于通窍了！西郊镇的发展全靠农业是行不通的，就得靠发展企业，如果冯氏这样的大公司在西郊镇安家，西郊镇的经济不腾飞都难啊！"

陈牧天只一句话，就扯到了冯氏公司上面去，这是让林子阳始料未及的，他支吾了一下，问："牧天，不知道冯氏公司想在西郊镇投资什么样的项目呀？"电话那头，陈牧天沉默了片刻，才说："冯总也没细说，大概是生产一种制剂，究竟是什么制剂有什么用途，我就不清楚了。据说产品将来要出口，是能够赚大钱的！"陈牧天口中的冯总自然指的是有着闭月羞花之貌的冯曼莹。

林子阳心里清楚，其实这种制剂就是一种化工制品，只不过陈牧天换了一种说法而已。林子阳并未将此事点破，两人在电话里又闲聊了几句，最后他叮嘱陈牧天说："冯氏入驻西郊镇，我们当然欢迎，不过我们可是要货比三家的，有污染的企业是坚决不要的！"听了这句话，陈牧天并没有说什么。

让林子阳感到意外的是，到了第二天陈牧天再次打电话过来，这一次不再是为冯氏的事，他在电话里笑呵呵地说："子阳啊，我可又为你找了一家实力强大的企业，老板你也熟识，是董成。""董成？"林子阳脑子里画了一个大大的问号。陈牧天又说："你可千万别跟我说不认识呀！"董成！这个似曾相识的名字，让林子阳顿时愣住了，不过他很快就想起了董成是谁。

董成是董梅老师的弟弟。上大学时，董成刚好也在省城读大学，只不过他读的是一所财经类大学，那时每到周末他都会到林子阳所在的学校去看望他的姐姐董梅，说是看望，实则是为了混饭吃。董成似乎与董梅并没有多少共同语言，和姐姐待在一起，董梅对他总是唠唠叨叨，因此董成经常到林子阳的宿舍去玩，都是年龄相仿的青年人，又都是心高气傲的时代

第十三章 舍得一身剐

骄子，彼此很容易找到共同的爱好。那时候，董成和陈牧天、林子阳他们玩得很火，几个人除了闲侃，还经常赤着背在篮球场上拼个你死我活。因此，虽然十多年没有董成的消息了，董成这个名字林子阳还是不陌生的。

林子阳疑惑地问："董成现在开公司了？"陈牧天一阵哈哈大笑，说："什么叫开公司呀，人家现在是董事长，公司固定资产都上亿了！哪像咱们混得这么寒碜，只是按月领工资的工薪阶层。"林子阳问："也不知道董成的公司想在西郊镇开展什么业务？"陈牧天说："这我可不知道，他只是让我跟你打个招呼，等他从省城赶过来，见了面就知道了。"说完，他挂了电话。

傍晚时分，一辆豪华轿车驶进了西郊镇政府大院，董成从车上走上来，他一如既往的英俊强健，走起路来依然是十年前的风流倜傥。董成乘坐的轿车，林子阳真还说不出是什么品牌的，据陈牧天说，这款车叫世爵，少说也得几百万呢。林子阳吐了一下舌头，吓得没再说一句话。

在那块闲置地前，董成兴奋得手舞足蹈，冲林子阳说："这块地皮真的不错，幸亏牧天给我通风报信。我正愁没地方建厂呢。阳子，给我留下五百亩！"阳子是董成对林子阳的特称，上大学时他都是这么叫的。

林子阳笑着说："只要符合条件，当然没问题！不过我想问一下你想投资什么项目？"董成不屑地说："说你也不懂，是生产一种油制品里的添加剂。""是化工产品吗？"林子阳问。董成的目光还在那么辽阔的青草地上来回逡巡着，说："也可以这么说吧。"林子阳的脸色变得有些难看了，说："若是污染企业我们可是不要的呀！"这句话，他是说给董成听的，更是说给陈牧天听的。

董成的脸上顿时流露出不悦，这时，一旁的陈牧天马上打圆场道："子阳，到嘴的肥肉你可不要往外吐啊。"林子阳只是笑了一下，没再说话。

回来后，林子阳被董成和陈牧天连推带揉弄上了车，三个人一起去了城北区。车子去了冯氏大酒店，正如林子阳所料，冯曼莹已在早早地等候了，想不到她和董成居然很熟悉。

这天晚上，林子阳终于没有抵挡住董成、陈牧天和冯曼莹的轮番劝酒，喝了个酩酊大醉。林子阳并未住在城北区，董成派司机把不省人事的他送回了西郊镇。

3

林子阳一觉醒来时，已是上午八点，他睁开眼，感到一阵头痛，定下心来仔细一想，才隐约记起昨晚醉酒的事。

林子阳匆匆吃了几口饭就去了办公室，在办公室刚坐下，手机就响了，电话是岳笑川打来的。

一听声音，就知道岳笑川今天心情不错，他神秘兮兮地说："子阳，医院有一名副院长马上就要到市二院当院长去了，近期院里要选拔一名副院长，据说人选要从医院的科室主任里面选定，虽然我担任外科主任时间比较短，毕竟还是符合条件的。也就是说，说不定过些时间，我就会摇身一变成为副院长的。"虽然岳笑川说这些话时是一副无所谓的态度，可是林子阳比谁都清楚，这个副院长的位子岳笑川比任何一个人都在乎。

林子阳笑着说："笑川啊，这可是一个绝好的机会，这一次可一定要把握住啊！"岳笑川似乎已经成竹在胸，说："放心吧，子阳。我会努力的，到时候会请你喝酒！"两个人在电话里又聊了片刻，林子阳问："笑川，打电话有什么事吗？"他知道，这么早岳笑川就打电话过来，不会只是为了说说选拔副院长的事，一定还有其他更重要的事，这件事不过是拐弯抹角捎带上的。

岳笑川呵呵一笑，说："子阳，兄弟今天可是求你来了，这次可一定要帮我这个忙啊！"见岳笑川说话这么客气，林子阳故做不高兴的样子，说："有什么事快说，只要能帮得上就一定帮！谁让咱俩是好哥们儿呢。"

岳笑川终于言归正传，说："万总找过我，也不知他从哪里得到的消息，说你们西郊镇正在招商引资。他知道咱俩的关系，让我跟你说一声，他想到你们那里弄几百亩地，想在西郊镇上个项目。这个忙你可不能不帮啊。人家万总也没少帮你啊！"

近些年来，岳笑川帮过林子阳不少忙，林子阳只要找到岳笑川，每次都是有求必应。但是，岳笑川却很少找林子阳帮忙。今天岳笑川所提出的这个要求，林子阳无论如何是无法拒绝的，别无选择，他只好暂时答应下来。

电话那头，是岳笑川爽朗的笑声，笑过后，他激动地说："我就说嘛，只要我开口，你就不可能拒绝我。"林子阳也是呵呵一笑，岳笑川又压低声音，说："子阳，万总可是说了，只要我把地的事给搞定了，副院长的事他答应替我走动。你是知道的，万总的能量大着呢。不过，这件事你要替我保密！"

林子阳在电话里依然呵呵地笑，可等他挂了电话，脸上的笑顿时没有了，他再次陷入了深思之中。

林子阳忙了一个上午，中午要下班的时候，他一掏口袋，猛然感觉到口袋里有一样东西，掏出一看，顿时惊呆了！原来是一张存单，活期的，数额二十万，上面的名字写着林子阳！

二十万呀，存单是哪里来的？林子阳的额头上冒出了冷汗，他仔细一想，马上明白了，一定是昨天晚上，他喝醉了酒，董成把存单放在了自己的衣兜里。为了证实这件事，他拨通董成的电话，问："董成，存单是怎么回事呀？"董成不以为然，说："一点小意思，这些年兄弟赚钱了，就当做给你买茶喝呗。"

林子阳说："董成，这个钱我不能要，改天我再给你送过去！"董成嘻嘻一笑，说："看把你吓的，这钱跟那几百亩地没关系，这只是咱们的见面礼，嫌少是咋的？"林子阳知道，这事在电话里是无法说清楚的，于是，他说："这钱是一定还你的，我还有事，先挂了。"说完，他挂掉电话。

4

丁大山那边也有了消息，他兴冲冲地找到林子阳，说："几百名养殖厂下岗职工都同意这个十年还款的方案了！"林子阳兴奋地连声说好。丁大山不好意思地搔了一下头皮，说："林书记，若是那块地皮拍卖出去，建新学校的事能落实吗？"林子阳拍了一下丁大山的肩膀，说："放心吧，没问题！"

丁大山并没有马上离开的意思，说："林书记，还有一件事我想了解一下，学校让水给淹了，新学期开学不会耽误孩子们上课吧？"林子阳呵呵一笑，说："现在工程队正忙着学校的修缮工作，争取赶在开学前完工，孩子们的学业可不能耽误呀！为这事我正要去工地呢。"听了林子阳这番话，丁大山终于心满意足地走了。

林子阳来到学校时，工程队正紧锣密鼓地忙着修建宿舍，屋顶的所有水泥檩条已全部被换成木头，按规定，教学用房是不允许使用水泥檩条的。可是，西郊镇初中的学生宿舍就一直在违规使用。见林子阳来了，罗欣满头大汗地迎过来，短短几十天的时间，看上去罗欣仿佛一下子老了许多，脸上也添了许多皱纹。

林子阳说："罗校长，这些天，让你受苦了！"罗欣抹了一把额头上的汗水，勉强笑了一下，说："没啥。"林子阳问："按这个速度，耽误不了孩子们新学期开课吧？"罗欣说："应该不会。"林子阳笑了一下，说："不是应该，是确保才行。"罗欣扑哧笑了，说："是的，确保不会！"两个人终于会心地笑了。

就在这时，吴玲打来电话，这是近些天来吴玲第一次主动打电话给林子阳，林子阳都有一些受宠若惊的感觉了。他连忙按下接听键躲到一边独享与吴玲说悄悄话的乐趣去了。罗欣见状，转身向施工场地走去。

吴玲的声音甜甜的，说："子阳，今天晚上回家吗？我买了肉馅包水饺。"这时，林子阳才恍然想起今天是周五，许久没回去了，说实在的，他有点想家了，准确地说是想吴玲和苗苗了。他说："要是没啥要紧的事，一定回家！"吴玲舒心地笑起来，说："这次可要说话算话呀。"林子阳连声说好。吴玲又和林子阳聊了好些时候，才恋恋不舍地挂了电话。

今天还真是没啥要紧的事情需要急着去处理，因此，下午一下班林子阳就开车回了家。

一到家，热乎乎的水饺端上了饭桌，让林子阳意想不到的是，吴玲还弄了几个小菜，准备了一瓶红酒。家的温馨扑面而来，一天的劳累顿时没了踪影。苗苗在书房看小人书，客厅里就他俩，林子阳禁不住将吴玲搂在怀里来了一个轻轻的吻。

那瓶红酒给周末的夜晚增添了一些浪漫和诗意，吴玲穿着一件低胸的淡蓝色衣裙，她娇滴滴的声音依然是那么柔美，那么迷人。从繁忙的工作中走出来，回到两个人的世界，林子阳感到十分惬意，十分放松。在那个月光如水的夜晚，林子阳的心情忽然好得出奇。

好久没和吴玲待在一起了，两个人有说不完的话，苗苗早已上床睡了。吴玲偎在了林子阳的怀里，两个人在静静地分享着这个静美的夜晚，两个人闭着眼睛，谁都没有说话，林子阳的脑子里除了清亮的月光和吴玲身上那件淡蓝色裙子，什么也没有。也不知过了多久，吴玲忽然抬起头，用那双水汪汪的大眼睛，灼灼地望着林子阳，说："子阳，有件事我想向你说一说。"林子阳仿佛醉了似的，只是梦呓般的嗯了一下。

吴玲坐起来，猛晃了林子阳一下，林子阳恍若从梦中醒来，冲吴玲浅浅一笑。吴玲说："子阳，你知道吗？文娟现在都是经理了！"林子阳心中一喜，说："哦，是真的吗？"吴玲点点头。林子阳说："这还不是余力看你的面子……"不等林子阳把话说完，吴玲打断了他的话，说："昨天余力找我了，说你们西郊镇正在招商引资，他想到你们那里弄几百亩地投资个项目……"

听了吴玲这番话，林子阳如诗如画般的心情顿时荡然无存，他终于明白了吴玲为什么主动打电话让他回家。他微闭的眼睛睁开了，定定地看着吴玲，过了很长时间也没说一句话。

吴玲见林子阳没说话，急了，说："子阳，余力可是帮过咱不少忙的，文娟找工作和买车的事暂且不说，前些天苗苗病了若不是人家帮忙，苗苗现在说不定会怎么样呢，还有你手上那块表也是人家送的！"说着，她把目光落在了林子阳的那块银光闪闪的劳力士上。

林子阳问道："余力想投资什么项目？"吴玲想了一下，说："大概是汽车部件吧，好像是生产汽车轮胎之类的，具体我也不是很清楚。"林子阳清楚橡胶轮胎项目也不在西郊镇这次招商范围之列。可是，在这样的情景下，他并不想让自己最心爱的人伤心，如果他回拒了吴玲，她的眼泪马上就会从那张白皙的脸上淌下来。再说，他并不想让这个充满诗意的夜晚，有一个糟糕的结尾。

林子阳笑了一下，说："你让余力先把有关资料交到镇招商办公室，好吗？"吴玲听了，高兴地扑进了林子阳的怀里。

5

白杨给林子阳打电话时，已是洪灾过后的十多天了。前段时间，电视台调整了几个副台长的工作分工，白杨之前分管的是新闻部和广告部等业务部门。调整后，她分管的是门卫、厕所卫生等一些与业务毫无干系的工作。白杨明白这一定是陈牧天从中捣的鬼。于是，她一气之下跟台长请了长假去了省城，她想借这段时间陪陪爸妈，自己也静下心来去认真地思考一些她已经无法回避的问题。白杨的确有些身心俱疲了。另外，近几年她和陈牧天动不动就吵架，她想两个人分开些时间或许能够改善彼此间的关系。因此，近期西郊镇所发生的事，白杨并不知晓。

白杨回来后，第一时间给林子阳打了电话。她担心地询问了西郊镇当前的情况，林子阳心烦意乱，面对白杨焦灼的询问他却装出一副泰然自若的样子。白杨叮嘱了林子阳好一阵子，才说："子阳，这次回省城，我还见过董老师呢，她还问起过你，听说你去西郊镇挂职镇党委书记，董老师挺高兴的，她对你很有信心。"林子阳顿时感到一阵温暖，说："是呀，是应该去看看董老师了，可一直抽不出时间来。"

一提到董梅，林子阳猛然想起了董成，于是，他稍一停顿，不等白杨说话，又压低了声音把董成要到西郊镇投资并送给自己一张存单的事说了一遍。白杨吃惊地说："子阳，你可千万别……"林子阳笑了一下，说："白杨，你放心，这些钱我是不会据为己有的！我是想请你帮个忙。"

白杨愣愣地问："帮什么忙？"林子阳说："董成已回到省城，即便他现在在海州，若是把存单还给他，他也不会收的。若你再回省城，替我把存单交给董老师，让董老师转交给董成，好吗？"白杨想了一下，说："好吧，这件事就交给我了。"两个人又聊了一会儿，才挂掉电话。

二十万元的存单，如同一块烧红的木炭让林子阳感到烫手。这件事交给白杨去处理应该是不错的选择。

自从招商信息发出后，想到西郊镇投资的企业纷至沓来。近些天，为招商的事来找林子阳的人络绎不绝，有送红包的，有请吃喝的，有托关系打招呼的……林子阳如同被人绑架了似的，身不由己地陷入了迎来送往之中。

初步统计，报名的企业有三十多家，然而，西郊镇计划要引进的企业不超过五家。林子阳一夜未眠，他详细查看了这三十多家企业投资项目的信息资料，发现那些托关系和他打招呼的企业大都是些不符合投资要求的。如何才能从这三十多家企业中遴选出符合西郊镇需求的优质企业呢？这个问题一直困扰着林子阳。

陈牧天、董成、岳笑川、吴玲……这些人都是林子阳最亲近的人，他们中的任何一个他都不想得罪，可是，不得罪这些人，就无法把那些有发展前景的优质企业引到西郊镇来。相反，西郊镇就极有可能引进一些污染企业，将来别说是推广生态农业，几年后，说不定西郊镇就会遭受重度污染。事实就摆在他的面前，可是，让林子阳挥刀斩断与这些人的深厚的亲情友情，一时间还是难以下定决心。因此，确定由哪家企业来西郊镇投资的事一拖再拖。

6

九月一日，是学生们开学的第一天。西郊镇初中修建工作经过两个月的紧张忙碌，如期完工。

洪灾过后，千疮百孔的校舍经过抢修现已恢复了以前的模样，尽管修缮过的教室和宿舍从牢固程度上来说比以前更能遮风挡雨。可是，看上去总有些让人感到不舒服，毕竟它如同一件件缝补过的衣服，穿在身上怎么看也不美观。即便如此，罗欣和学校师生已经是很满足了。

新学期开学那天，陈牧天来到了西郊镇初中，在开学典礼上，他代表区委区政府进行了热情洋溢的讲话。他勉励全校师生要奋发图强，在洪灾面前发扬不屈不挠的精神，面对困难不屈服不气馁。在一阵阵热烈的掌声中，他的讲话完成了。

接下来，罗欣在鲜艳的五星红旗下慷慨陈词，声情并茂地做了总结发言，讲话时，她的眼睛里闪动着亮晶晶的泪光，她的讲话完成后，会场上响起雷鸣般的掌声。

会议结束，陈牧天主动提出要到林子阳的办公室坐一坐，这是林子阳最不想的事情，可他又找不出拒绝陈牧天的理由，只能点头应允。

果不出所料，没说几句话，陈牧天就把话题扯到了闲置地的开发利用上，这一次，林子阳先入为主，说："牧天啊，我们准备邀请一个专家组，然后对报名的所有企业进行评估……"不等他说完，陈牧天就不以为然地说:"千万别把事情搞得太复杂了,这次招商引资你们原本就不该把这个消息过早地公布出去,这样一来,招引来这么多企业,还真是个麻烦事儿。"林子阳没吭声。陈牧天又说:"冯总让我给你捎个话,只要你说一句准话,你们村那条路人家就给修了。不想修路也行,费用可以直接打进你的账户。"林子阳难为情地说:"冯氏投资的项目的确对环境有污染,这不符合我们招商的标准。牧天,你跟冯总说一声,看她能不能另选地方呀?"

陈牧天脸色突然变得很难看,不高兴地说:"都到这个时候了,你怎么还说这种话?当初若不是丁大山闹事,说不定现在冯氏公司已在西郊镇开工兴建了。冯氏公司在你来西郊镇之前,已经和西郊镇达成初步的投资意向,虽然没有书面合同,可是口头协议还是有的。这件事你可不能犯糊涂!若是冯氏那五百亩地出什么差错,我首先不答应!冯氏集团对城北区的发展可是有过突出贡献的!"说完,他铁青着脸不再说话。

阻力究竟有多大,林子阳比谁都清楚。要想拿掉冯氏,怕是陈牧天这一关也过不去!拿不下冯氏,他就无法将董成、万木春、余力等人的项目拿下,接下来是什么结果不用想也知道。林子阳低头不语。过了片刻,陈牧天又换做另一副面孔,语重心长地说:"子阳啊,不管做什么事要学会变通,死脑筋只认一个理又怎么能行呢?"林子阳尴尬地笑了一下,连声说是。

离开前,陈牧天表情严肃地说:"子阳,冯氏到西郊镇投资的事,我一直密切关注,若是出什么差错,到时候可找你算账!"林子阳干笑了几下,没吭声。

近些天,一些流言蜚语也渐渐在西郊镇流传起来。暗地里有人说,招商引资的事迟迟没有结果,是因为林子阳接的红包太多,地就那么多分不过来了。谣言传播起来格外快,并且有些人还添枝加叶,这些谣言越传越神,一度闹得沸沸扬扬。林子阳整天忙手头的工作,这些事他当然不会知道,直到白杨给他打电话,他才知晓。

虽说是谣言,也是外界的一些猜测,不过还是提醒了林子阳,他渐渐意识到招商引资的事不能再拖下去了,拖得越久,这件事将会越棘手。

岳笑川又打电话来，问起万木春到西郊镇投资的事。林子阳心里正烦着，说："笑川，万总的材料我看过了，他投资的项目是一家娱乐中心，我感觉这个项目在西郊镇不太合适，要不，你跟万总说一声另选地方吧，好吗？"岳笑川顿时不高兴了，说："子阳，你这是说的什么话！万总说得很清楚，他就认准了你们西郊镇。"林子阳满脸是笑，说："是这样的，娱乐服务并不在西郊镇本次引进的投资项目之列……"

岳笑川一下子扯高了嗓门，说："林子阳！引进啥项目还不是你说了算，这件事你别想往外推！我现在已列入副院长考查对象的大名单，这可是万总的功劳，关键时候你可不能给我掉链子！"林子阳沉默片刻，难为情地说："笑川，这件事我恐怕真的办不到，目前的情况很复杂，不是一句话两句话能说清的，等见了面再和你详细说吧。"

岳笑川以为林子阳开玩笑，说："子阳，是不是我先请你撮一顿这件事才能搞定呀！"林子阳苦笑了一下，说："笑川，我跟你说的是实情，这件事真的很棘手。恐怕……"岳笑川终于明白了，大声喊："恐怕什么？"林子阳说："笑川，恐怕会让你失望！"

岳笑川以为林子阳是西郊镇党委书记，凭两个人的关系，这件事交给林子阳来做，必定是板上钉钉的事。再说万木春也曾帮过林子阳不少忙，因此岳笑川把心早早地放进了肚子，并且也在万木春那里拍着胸脯打了包票。他万万没有想到，时至今日，林子阳会说出这样的话！岳笑川腾地从椅子上蹦了起来，怒吼："林子阳！我从来没相信过'时位之移人也'这句话，今天我终于信了！想不到你林子阳还没当多大的官，就变成了这个样子！算我……算我……看错了人……"见岳笑川恼羞成怒，林子阳刚想再解释几句，可是对方早已气呼呼地挂了电话。

只一个陈牧天，已经够林子阳头痛的了，现在又来了一个岳笑川。还有吴玲、董成……

具体工作还没有开始呢，林子阳最亲密的朋友岳笑川就被他得罪了！两个人自认识以来就从没红过脸，他一直把岳笑川当做知己，在自己最困难的时候，都是岳笑川和他站在一起的。今天，岳笑川却和他反目成仇。

第十三章 舍得一身剐

林子阳隐隐感到身上仿佛压了一座山，他连气都透不过来。是秉公做事，还是昧着良心顺水推舟？他左右为难！

7

　　眼看就是秋收，招商的事依然没有进展。三十多家企业不断派人或是来电话咨询投资的事，招商办公室的同志也经常询问这件事该怎么处理，林子阳心烦意乱，脑袋都大了。

　　宋刚现在是西郊镇的代理镇长，林子阳和他多次商量这件事，党委会上也进行过研究讨论。大家对这件事都顾虑重重，一直没有商量出结果。

　　白杨打来电话，说过几天去趟省城，想借机把那张存单捎给董梅，让林子阳提前给董梅打个电话说一声。林子阳知道，近些天白杨和陈牧天的关系搞得很紧张，因此他没有问白杨回省城的原因。

　　林子阳从手机上翻出董梅的电话号码，心里禁不住一阵激动，上大学时他最艰难的时候，是董老师慈母般的关怀让他从悲痛中振作了起来，让他坚强地完成了学业。至今他还一直对董梅心存感激，可是，董梅的亲弟弟董成，想到西郊镇投资兴业，他却正想尽一切办法，要把董成挡在西郊镇的大门之外。他想到这里，愧疚感陡然而生。

　　电话通了，话筒里响起了东方女性所特有的柔美的声音："子阳，有事吗？怎么有空打电话过来？"林子阳一阵哽咽，说："董老师……是有件事想跟说一下……"董梅笑了，说："有事就快说嘛，子阳可不是婆婆妈妈的人哦。"于是，林子阳把董成想在西郊镇投资且还送了一张存单给他的事说了一遍，随后，他又说："董老师……这张存单我想让白杨捎给您，好吗？"说完，他心里一阵歉疚。

　　电话里一阵宁静，似乎这一刻董梅已不在电话旁边，林子阳木木地说：

"董老师……您生气了吗？"电话里依然悄无声息，林子阳顿时慌了，他不知道电话那头董梅究竟怎么了，她为什么一句话也不说。于是，他问："董老师，您听到我说话了吗？"

电话里终于有声音了，董梅喘着粗气，她似乎很累，说："子阳……我一直在听呢。对于这件事我不想说太多……那年学校推荐读研人员时，你带头闹事，等事情平息后，我找你谈过话，你是否还记得我跟你说过的那些话？"

林子阳的记忆如同一道白色的光柱，倏地一下回到了十几年前的大学校园。

大四那年，学校来了三个保送读研究生的名额，保送的条件当然是品学兼优的毕业生。可是，等保送学生名单出来后，全校师生大跌眼镜，三个人全是关系户。两个是学校领导的孩子，另一个是省领导的孩子。在那个时候，这种事情被暗箱操作是很正常的事，大家都司空见惯了，觉得也没什么大惊小怪的。可是，那一次，林子阳却较了真，在校园内张贴了大字报，还组织学生在学校广场进行了静坐。学校怕事情闹大无法收场，迫于压力，学校只好组织考评人员重新进行选拔。林子阳为证明这次誓死力争并非是为了自己，主动放弃了参评资格。

让林子阳想不到的是，白杨也放弃了参评。其实，这件事只有林子阳自己心里明白，他之所以带头闹事，完全是因为白杨，他是在为白杨鸣不平呢！结果，白杨放弃了参评。这对林子阳来说，不能不说是个遗憾。这件事过后，学校领导找到董梅，和她商量因为这件事给林子阳一个处分，正是因为董梅的据理力争，林子阳才安然无恙，这些他心里都是一清二楚的。

过后，董梅和林子阳谈了一次话。这件事，林子阳虽给董梅招来不少麻烦，可她并没过多地指责林子阳。相反，她还给了林子阳一些鼓励和肯定。特别是董梅和他说的那句意味深长的话，林子阳至今铭记在心。

林子阳愣了一下，说："董老师，我记着呢！您说，一个人若是靠投机取巧或许很容易就会取得一定成就，可他很可能在半路上就摔跟头，只有正气一身的人才能将一路的成就带到终点！董老师，您说我回答得对

第十三章 舍得一身剐　　　　　　　　　　　　　　　　　　　275

吗……"他顿时愣住了，电话那头传来了嘟嘟的声音，不知何时董梅已挂了电话。

林子阳愣住了，他不知道董梅为何在这个节骨眼上又翻出这些陈年往事，董老师究竟在向他暗示什么？他陷入了深思。

渐渐地，林子阳终于体会到了董梅的良苦用心。

林子阳马上找来宋刚，说："招商引资的事，不能再拖了！"宋刚用充满期待的眼神望着他，说："子阳，你的意思是……"林子阳的脸宛如一块铁板，说："舍得一身剐！"宋刚表情凝重，问："你想怎么做？"林子阳面无表情："立即成立评估小组，对所有企业进行综合考评！甭管是谁，不符合条件的一律拿下！"宋刚吃惊地望着林子阳，许久，才说："林书记，这里面的阻力不容小视啊！你可作好充分准备了？"

林子阳坚定的目光紧盯着宋刚，说："我已作好充分准备，现在全镇几万双眼睛都盯着咱们呢，可不能让他们失望啊！我不想做西郊镇的罪人。哪怕做完这件事，马上撤了我的职，我也认了！"宋刚清晰地看到，说这番话时，林子阳的眼里闪动着一种异样的光芒。

宋刚的脸上终于漾出了红灿灿的光，他兴奋地说："林书记！只要你能顶住，我坚决跟上！"接着，四只大手紧紧握在一起，许久没有分开。

宋刚走后，陈牧天又打来电话，还是为了冯氏公司投资的事，说："怎么招商的事还没有动静呀？子阳，你做事也别太死板了！你在西郊镇不过是挂职，说不定过些天你就走了，不知道又到哪里高就去了，这件事你又何必太认真呢。你说是不是呀？"

林子阳接连说了几个是。他知道，陈牧天说这些话并不是信口开河的，他是有所指的。陈牧天一直认为林子阳之所以能到西郊镇来工作，是因为肖树青。他以为林子阳是肖树青的人，是在肖树青的全力推荐下，林子阳才来西郊镇工作的。

前几天，从市里传来消息，肖树青已调到市卫生局任局长。这次调动，林子阳猜测，肖树青一定很不满意，他原本以为这次调整会上个台阶的。结果，还是在局长的位置上原地踏步，只不过换了个地方而已。可陈牧天却认为，肖树青挪了个地方，林子阳的工作近期极有可能会发生变动，因此，他才说出刚才那番话。

8

第二天，林子阳主持召开了党委会，宋刚缺席了会议，据说他的父亲病了，他陪父亲去省城看病去了。

在缺了宋刚的党委会上，一致通过了聘请专家组对三十多家企业进行综合评估的决定，首轮评定将把不符合投资要求的企业淘汰出局，具体时间另行通知。

开完党委会，过了不一会儿，陈牧天就给林子阳打来了电话，又是询问招商引资的情况。他说香港冯氏集团对这个投资项目非常重视，要求林子阳务必要把冯氏留在西郊镇，这不仅是西郊镇经济发展的需要，也将对城北区的经济发展起着至关重要的作用。林子阳的表情极其痛苦，他并没有说什么，只是连声称是。

第二天，一到办公室，林子阳就让办公室的人赶紧下通知，立即召开全镇领导干部会议，任何人不准缺席。

机关干部们不知道发生了什么事，接到通知后都懒懒散散地向会议室走去，等进了门才发现今天的会议与往日有些不同，林子阳和其他几个镇党委成员都在门口铁将军似的站着，一进门手机就被缴了去，关机后装进了一个信封，作上标志后用胶带密封。那神秘又严肃的阵势，仿佛进了保密局一般。

林子阳是第一个主动把手机上交的。

等全体机关干部都坐好，丁大山和二十多名群众进来了，进门后也是先把手机交了出来。林子阳走过去，说："大山啊，你们在后面坐吧，今

第十三章 舍得一身剐　　277

天让你们来，可是监督我们工作的，希望多提宝贵意见啊。"丁大山哈哈大笑，说："林书记，看你说到哪里去了。"说完，他和那些群众代表在后面的空位上坐下来。

这时，一辆大面包车在会议室门前停下来，宋刚从车上下来，随后他打开车门，几个拿文件夹的学者模样的人从车上走下来。林子阳抢步迎过去，说："你们终于来了，今天全靠你们了！"那些人一一和林子阳握了手，陆续走进会议室。

在主席台上，林子阳掷地有声，说："同志们，前几天宋刚镇长到外地聘请了评估专家，对要到西郊镇投资的三十多家企业进行综合考评，这是件非常敏感的事，今天请大家来主要是让你们对这项工作进行监督的。我们的宗旨是'透明、公正、公开'。宋镇长临走时放了烟雾弹，这是我的主意，怎么说撒谎也是不对的嘛，我向大家道歉了。今天的生杀大权不在某个领导手里，而是在全体专家手中。现在我宣布，考评工作现在开始！"

台下响起了雷鸣般的掌声，林子阳快步来到台下，主席台只剩下依次而坐的专家们。

三十多家企业，专家组成员对每家企业的信息资料进行了详细查看，然后当着全体机关干部和群众代表的面，对每家企业所投资的项目进行全面分析，并且对该类投资项目的发展前景及落户西郊镇后对本地农业的影响，都做了详尽说明。

台下掌声阵阵，临近中午三十多家企业终于一一评定完毕。下一个议程就是确定哪些企业更适合在西郊镇投资，这个环节过后，将会有相当一部分企业被淘汰出局。

这时，秘书小王慌慌张张地来到林子阳身边，小声说："陈区长打电话过来，说你关了手机，问你去了哪，我说你有事出去了。他就让我赶紧找到你，让你给他回电话。陈区长还说……"小王欲言又止。林子阳让小王在办公室守电话了，他怕关了手机万一有急事找不到他会误事。

林子阳紧皱眉头，问："还说什么？"小王说："陈区长说他正在来西郊镇的路上，马上就到，让我赶紧找你。"

林子阳心里咯噔一下，难道陈牧天听到什么风声？应该不会，事情做得很隐秘，除非他是神仙，否则他怎么会知晓呢？马上就要出结果，若是陈牧天来到会场，万一他以副区长的身份宣布评定工作暂停，哪该怎么办？想到这里，林子阳顿时慌了神。

此刻已容不得林子阳过多的考虑，他额角的青筋跳得老高，两眼冒着猩红的光，他已经豁出去了！暗想，只要生米做成熟饭，即使陈牧天来了，他也无力回天！

林子阳快步走上主席台，拿起话筒对在场的所有人说："现在出现了一个紧急情况，我想请求专家们迅速进行评定，争取在二十分钟内现场将评定结果公布出来！"说完，他冲着所有专家深鞠一躬。

专家们纷纷摇头，一位鬓发斑白的老专家说道："时间太短了，简直是开玩笑嘛。"林子阳急眼了！他向前一步，大声喊道："各位专家，我求你们了！你们务必在二十分钟内将入围企业的名单现场公布出来！我代表几万西郊镇人先谢谢你们了！"说完，他又是深鞠一躬。

专家们和在场的所有人都不知道发生了什么事，见林子阳神情如此紧张，台下众人都面面相觑。各位专家从林子阳凝重的神情里看到了事情的紧迫性，于是他们都不约而同地相互讨论起来。

第一家过关的企业已在电子屏幕上公布出来，专家们继续在进行讨论、争辩，第二家过关企业又出来了……时间在一分一秒地过去了。林子阳的心几乎就要蹦出来，他多么希望时间能够过得慢一些。可是，时间是一个很不通情达理的家伙，你越希望它慢一些，它就越快；相反，你希望它快，它就过得很慢。

在会议室外面放哨的人回来说，陈牧天的车已进了镇政府。过关企业已有十家了，台上的专家还在辩论，林子阳急得如同热锅上的蚂蚁，在会场上转来转去。他知道，时间久了，小王会顶不住的。见整座办公楼上连个人影都没有，陈牧天会猜到大家都在会议室的。他若是一步闯进来，只要最后的结果没出来，什么事都有可能发生。

林子阳站在会议室门前心急如焚！这时，他望见，小王领着陈牧天还

第十三章　舍得一身剐

有区办公室的几个人正向会议室方向走来。这一刻,专家们还在唧唧喳喳地商定着什么,他知道一切都晚了!于是,他痛苦地闭上了眼睛。

陈牧天像是已经意识到了什么,他的脚步明显加快了。林子阳快步迎了出来,陈牧天仿佛没有看到林子阳似的,理都没理他一下,就快步进了会议室。那一瞬间,林子阳差点晕倒过去,他迈着沉重的脚步一步步向会议室走去。

眼前的一幕,让林子阳惊呆了!陈牧天并没有冲上主席台,他进来时,已经晚了。那位老专家正指着电子屏幕上的十二家企业铿锵有力地宣读着它们的名字。

陈牧天那张四四方方的脸,顿时成了刚从锅里捞出来的猪肝……

9

在林子阳的办公室,陈牧天暴跳如雷。林子阳低着头,摆出一副死猪不怕开水烫的样子,烂泥一般坐在沙发上,任凭陈牧天冲他怒吼……

见陈牧天发作得差不多了,林子阳才小心翼翼地说:"牧天,冯氏要投资的项目专家们都说了,不仅对大气有污染,而且多年以后还可能影响到地下水的质量,我们为官一方,可要对得起西郊镇几万群众啊!"

陈牧天一句话都没说,抓起桌上的一个玻璃杯啪的一声摔了个粉碎,然后甩门而去!

看着陈牧天的背影走远,林子阳感到一阵愧疚。这次评定,冯氏公司、董成、万木春、余力的投资项目都被淘汰。他知道,父亲、吴玲、陈牧天、岳笑川、万木春、董成等亲朋好友都被自己得罪了。他兀自待在办公室里,恍然感到这个世界上再也没有亲人和朋友了……

这次评定结束后,棘手的问题已经解决。根据预定方案,入围的十二家企业再进行竞标。西郊镇现在最需要的就是钱，新学校正等着兴建，离了钱怎么行！因此，哪家企业出的钱多，落户西郊镇的机会就会越大。原本商定过几天就进行竞标，可是，在这个节骨眼上又出事了。

第十四章
树欲静而风不止

1

　　第一轮被淘汰的企业通过报纸等媒体公布出去以后，林子阳的手机都快被打爆了。叫骂声和指责声，扰得林子阳不得安宁。之前他已作好充分的思想准备，所有这些他都考虑到了。那些刻薄恶毒的声音让他感到既气愤又委屈，他只能独自一个人默默地承受，好在再难熬的日子也会慢慢过去的。

　　让林子阳感到惊奇的是，万木春的投资项目被淘汰后，岳笑川并没有打电话过来。越是这样，林子阳越是心如刀割般的难受，他倒是盼着岳笑川能在电话里或是当面把自己痛骂一顿，这样心里才好受一些。不只是岳笑川那里没有任何动静，奇怪的是，万木春那边也没有任何反应。林子阳感到很纳闷。

　　几天后，林子阳终于知道其中的缘由，原来万木春那边出事了！因为这件事，万木春急得火烧到了眉毛，他已经顾不得在西郊镇投资的事情了。

　　事情是这样的，几天前，在万木春的农家乐饭店就餐的顾客出现了大面积的食物中毒现象，许多顾客不等离开饭店就被送去了医院。事情发生后，万木春在第一时间就被警察带走了，农家乐饭店被查封。

　　庆幸的是，这些顾客经医院检查身体并无什么大碍，只不过都出现了不同程度的腹泻和肚子疼。尽管如此，病人家属聚集在市政府门前要求查明事情真相，从严处理事故责任人。市领导迅速做出反应，立即成立专案组，展开这起事件的调查工作。刚到市卫生局任局长的肖树青临危受命，担任专案组组长，并且还从公安、卫生、药监等部门抽调了大批业务骨干作为专案组成员。

听到这个消息，林子阳暗吃一惊，他想起那次去万木春的生态农业园时，就隐隐感觉到总有一天那里会出事，不到两年的时间，他当初的预感就应验了。记得，当时林子阳曾不止一次提醒和叮嘱万木春，可是万木春晃动着大脑袋一副不以为然的样子，结果现在出事了。

2

专案组查了十多天也没个结果。得到的唯一结论就是油菜留样的农药残留量有些超标，除此之外并未发现什么异常。并且调查结果表明凡是出现腹泻症状的食客，那天都吃了"海米爬油菜"这道菜。这样看来，问题就出在了油菜上。

几天后，万木春从公安局回来了。他一回来就连夜派人往病人家里送钱，这些人原本没啥大事，本来就是想弄点赔偿款，收到钱后便不再计较这件事。万木春还亲自到市里有关领导那里进行了走动，专案组的人当然也得到了他的不少好处。没过多久，专案组将一份调查报告交到市政府算是交了差，随后全体成员就撤了回来。

没多久，农家乐就重新开张了。只不过刚开业的那几天里面一直冷冷清清，没有顾客敢冒着拉肚子的危险前去就餐。

这件事原本就这样过去了，可是，一些别有用心的人又在网上翻腾出了一年前万木春邀请林子阳和何涛进行技术指导时的相片和信息资料，还把林子阳钓鱼时的照片粘到了海州市的一个论坛上，并且还在照片下面附了文字解说。

这个帖子一出现，立即就有网友在后面跟帖，有人别有用心地把林子阳和这次中毒事件巧妙地联系起来。发帖人说，正是因为这样的农业专家对种植园进行了指导，才导致了农家乐悲剧的发生！试问这位农业专家的良知和责任何在？难道他只知道钓鱼、吃喝、拿要吗？简直是严重的失职！有了他们的纵容和失察，悲剧才得以发生！若是不追究这些专家的责任！不查处他们背后是否存在"吃、卡、要"现象，天理难容！

　　帖子的内容措辞严厉，矛头直接指向林子阳。这个煽动性很强的帖子一出现，就受到网友的热捧，跟帖者络绎不绝，有的人想象力极其丰富，还指出这位农业专家是不是在环球公司入了股，与商家沆瀣一气才导致了悲剧的发生。网友们都强烈要求对照片上悠闲垂钓的农业专家进行查办。并且有的网友又从网络上搜集来其他的一些关于林子阳在农家乐指导时的照片，粘在帖子后面。

　　有一天，终于有人直接点出了照片上这个农业专家叫林子阳，他现在是西郊镇的党委书记。于是，不明真相的网友便把矛头纷纷指向林子阳，强烈要求免去他镇党委书记的职务，由他来承担这次中毒事件的责任。一时间林子阳处在巨大的舆论旋涡之中，然而作为林子阳本人来说，他整天都泡在繁忙的事务之中，这件事居然一点儿也不知情。

　　吴玲一个人待在家里闷得慌，偶尔也会到网上聊聊天，浏览网页，看看帖子。当看到这张关于林子阳的帖子时，吴玲顿时愣住了！尽管她一直还生着林子阳的气，可这个时候，更多的还是担心林子阳会出什么事。她给林子阳打去电话，当她把有人发帖攻击林子阳的事说出来后，林子阳却是一副不以为然的样子，他以为只要自己站得正立得直就没有什么可怕的。不过，这一次他的确忽视了舆论的力量。

　　市纪委的一位姓马的副书记上网时，留意到了关于林子阳的这个帖子。他见这件事引起了网民的极大关注，感到如果不把事情真相查清楚，恐难以平息民众的愤慨。于是，他打电话找来肖树青了解了关于林子阳的情况。这次市直主要领导干部调整，肖树青未能如愿再向前进一步，心里很郁闷，他原本就对林子阳有气。在马副书记面前，他对林子阳以前在农业局当科长时的表现添油加醋地丑化了一番。

　　马副书记又找来万木春，了解了林子阳到生态农业园指导工作的情况，

第十四章　树欲静而风不止

到西郊镇投资的事泡了汤，万木春还没来得及找林子阳算账，他满肚子都是气，当然说了林子阳不少坏话。

于是，马副书记决定对林子阳进行调查，查清他与这次中毒事件究竟有没有必然关系，查一查他是否像网民说的那样在环球公司入了股，是否在工作中收过红包……毕竟整顿领导干部的工作作风是市纪委当前的中心工作。

3

林子阳刚从办公楼上下来，一辆白色警车和一辆黑色轿车停在他的面前。车上下来几个人，其中还有两个是警察，走在前面的一个穿西装的中年男子说他是市纪委的。

林子阳被这些人带走了！他不知道自己为什么会被带走，林子阳如同掉进了云雾之中。尽管近些天他得罪了许多人，但他可以对天发誓，没有做过一件贪赃枉法的事，因此在回海州的路上他心里很坦然。

林子阳被市纪委的人带走了！这个消息一传出，西郊镇顿时炸了营。大家众说纷纭，有人说，在这次招商引资中林子阳收受了巨额贿赂，也有人说，在学校修建过程中他克扣了不少工程款，还有人说，林子阳和白杨搞到了一块，陈牧天把他告到纪委去了……

嘴巴长在了别人身上，人家爱怎么说就怎么说。林子阳被带走的事，反正说什么的都有。当然，也有人替林子阳鸣不平，他们相信林子阳是干净的，这次被纪委调查一定是误会。宋刚和丁大山就是这样认为的，林子阳被带走的当天，丁大山就找到宋刚询问起林子阳的情况，宋刚拍着胸脯向丁大山保证，林书记绝对没问题！用不了多久他就回来了。

林子阳被带到纪委后，见对方询问的内容全是去万木春的农业园时的事情，才恍然明白自己为什么被带了来。于是，他把事情的全过程一字不漏地讲述了一遍，并且还把如何给万木春提建议让他改进种植管理方式的事进行了补充说明。

对方又问："这些事谁可以为你证明？"林子阳说："市农业局的何涛及那天参加采访的记者都可以做证。"一位神情严肃的中年男子说："林子阳，你暂时别回西郊镇，先待在家里，不要随意四处走动，等什么时候把问题查清楚了，再确定你是否回原单位工作！"林子阳面露难色，说："同志，镇上还有一些要紧的事需要处理呢。你看……"

男子脸上露出一些不屑，说："你自己的问题还没查清，还有心思想着西郊镇的工作？就别操那份闲心了。"林子阳羞得满脸通红，便不再说什么。于是，他只好回了家。

吴玲第一眼见到林子阳时，先是一阵掩面哭泣，后来听说根本没什么事，她才好不容易止住眼泪，说："子阳……我说不让你去西郊镇……你非要去，这不，当了几个月的镇党委书记，就被纪委调查了。要是你出了事，我和苗苗可咋办呀！"林子阳表面上装做若无其事的样子不停地劝说着吴玲，心里却是万分难过。

以前，林子阳忙得像个陀螺，不停地转，乍一闲下来，心里还真是不太适应。关掉手机，早上睡了个自然醒。吴玲和苗苗走了，一个人待在家里，爱干什么就干什么，悠闲又自在，他的心情却十分沉闷。

吴玲给他在锅里留了早饭。吃过饭，林子阳打开电脑，从网上搜索到了那个让他身陷囹圄的帖子。他很仔细地查看着每个回帖内容，渐渐地，他不禁为这些发帖者的超级联想能力而感到震惊。

看完最后一个回帖，林子阳便有了跟帖的念头。于是他把那次去农家乐的全过程详细讲述了一遍，人物、地点、过程每一个环节他写得都很仔细，然后他在后面署上了自己的名字。他把自己的回帖再仔细读了一遍，发现并无不妥，才关上电脑。

林子阳感到很纳闷，整个上午怎么没有电话打过来，这时他才想起手机还关着呢。他使劲拍了一下大腿，急忙打开手机。

第十四章 树欲静而风不止

刚开机，就有电话打来，是岳笑川。林子阳感到很愧对岳笑川，一直想找机会向他解释一下这次招商的事，都没来得及。想不到岳笑川主动打了电话，不会是打电话骂我来了吧？林子阳心里直犯嘀咕。

按下接听键，电话里并未出现林子阳预期中的叫骂声。"子阳，你没事吧，听说纪委的人把你带走了……"岳笑川的声音里充满了担心。在那一瞬间，林子阳心头一热，鼻子一酸，眼圈顿时红了。

一生中你或许有很多朋友，可知己你未必有。如果有的话，一个就足够了。人生总有起起落落，知己与朋友的不同之处在于，知己总会在你低落的时候出现。朋友常会在你红得发紫的时候将你团团围住。

一直以来，林子阳都是把岳笑川当做知己的，这一次又印证了他的判断。岳笑川在电话里安慰着林子阳，他再没有提及几天前所发生的那些不愉快的事情，几句话过后，两颗心再次紧紧地连在一起。

林子阳半开玩笑地说："笑川，假如这次因为我，你提拔副院长的事泡了汤，我会辞去这个镇党委书记，再当我的农业技术员去。"岳笑川笑了起来，说："子阳，这件事又怎能怪你呢？我想通了，是我把事情想得太简单了。"没想到，岳笑川这么快就原谅了自己，林子阳一阵感动，他舒心地笑起来。

虽然辞职的事是以开玩笑的方式说出口的，可是，林子阳的确是这样想的。每次一个人独处的时候，他常想，假如岳笑川不能如愿当上副院长，自己就辞掉镇党委书记和他共同来承受失利后的那份落寞，这或许也是一个不错的选择。

4

刚和岳笑川聊完，宋刚就打来了电话，他火急火燎地喊道："子阳，你在哪里呀？究竟发生了什么事？你怎么还不回来？我知道你是不会有事的！"这些话简直就是一口气说完的，中间连个停顿都没有，可见宋刚的心情是何等的焦灼。林子阳知道准是西郊镇又发生了什么事，连忙说："我没事，镇上有什么事吗？"

宋刚长喘了一口气，说："子阳，你走后，家里可翻了天。谣言满天飞呀！这倒没什么，你的事情传到区里后，陈区长当天就来到了镇上，还主持召开了党委会。他先是对我们请专家组淘汰部分企业的做法进行了批评，说那么多企业一下子就被拿掉了，怪可惜的，提议要从被淘汰掉的企业中再吸纳几家有实力的企业进来……"

不等宋刚把话说完，林子阳急切地问："结果怎么样？"宋刚说："除了刘波举双手赞成外，其他人员没同意，都希望你回来后再说。陈区长只好作罢，他说你很可能……"宋刚欲言又止。林子阳问："宋刚，别吞吞吐吐的，有话就直说！"宋刚这才说道："陈区长说你很可能回不来了，就别指望你了，他还说这件事让大家先考虑考虑，过段时间再开党委会讨论。"

林子阳终于长长地出了一口气，想不到他离西郊镇才一天多的时间就发生了这样的事。更让他想不到的是，陈牧天身为城北区的副区长，居然能做出这种令人发指的事情，真不知道他和冯氏公司之间究竟有着怎样的瓜葛，为了冯氏竟然做出这种让人感到龌龊的事。

宋刚又低声说："子阳，我一直在担心……"林子阳问："担心什么，只要我们没昧着良心做事，就没什么好怕的！"宋刚说："这个我知道，我怕陈区长对每一名党委成员逐个击破，分别做通他们的工作，再召开党委会，增补入围企业的事就会顺利通过！到时候，恐怕靠少数人的力量是无法阻挡住的！到那时，我们所做的一切就会前功尽弃！"

林子阳的心里再次乱作一团，宋刚的担心并非是多余的，目前来看，陈牧天很可能用的是缓兵之计，等他做通个别党委成员的思想工作，一定还会卷土重来的。林子阳知道，一个副区长想做通一名镇党委成员的思想工作，简直是太容易了。看来，这一次陈牧天不达到目的是不会罢休的！

两个人在电话里谁也没有说话。这的确是个很棘手的问题，若是林子阳待在西郊镇，陈牧天做的毕竟是见不得光的事，有林子阳在他当然会投鼠忌器，不敢如此嚣张。林子阳出了事，陈牧天当然可以为所欲为。

电话的听筒里是黑夜般的寂静，两个人只能听到对方急促的喘息声。时间一点一点地过去，蓦然间，林子阳想起了一个人，此时此刻，恐怕只有这个人能够帮着西郊镇渡过难关了！那一瞬间林子阳激动得心脏几乎就要从嗓子里蹦出来了。

林子阳压低声音和宋刚悄悄地说了一番话，电话那头，宋刚终于会心地笑了起来。

5

近午时分，林子阳正准备做午饭，这时，响起一阵笃笃的敲门声。中午吴玲和苗苗不回家吃饭，再说即便吴玲回来也是用钥匙开门的。会是谁呢？林子阳心中纳闷。

门开了。门外站着一个穿戴时髦的漂亮姑娘，她手上还拎着一些瓜果之类的东西，来人是文娟。

自从去了余力的4S店上班，文娟经常来林子阳家里玩，有时还会在这里吃饭，她心直口快又是一副热心肠，人也长得水灵，吴玲和苗苗都特别喜欢她，每次来苗苗都没完没了地缠着文娟。

自从来到城里工作，文娟越发变得漂亮了，说话也越来越得体，在农村老家时被日头晒得有些黝黑的脸，现在已是白里透亮，从她的身上再也找不到半点农村女孩的痕迹了。

文娟怎么这个时候来了？林子阳暗吃一惊，说："文娟来了，快进屋！"见林子阳独自待在家里没去西郊镇上班，文娟丝毫没感到惊讶，说："哥，我给你买了午饭，中午就别做饭了。"说着，她把一包好吃的东西放在了餐桌上。这足以说明,林子阳的事文娟已经知道了。

两个人在沙发上坐下来,林子阳装出若无其事的样子,说:"文娟,你是不是听到了什么,哥没事,你不必担心!记住,这事儿千万别让你大伯知道,你爹那里也别说!我不想他们为我担心。"

文娟的脸上露出难以掩饰的忧伤与担心,说:"哥,你的事儿大伯已经知道了。他怕给你打电话你不说实话,就给我打了电话,让我来看看你。村里人都说你犯了错误被抓起来了,大伯就是不相信,他让我告诉你,只要没做贪赃枉法的事,就不用怕,天底下这么大,总有说理的地方……"听了文娟这一席话,林子阳的眼泪差点掉下来。

林子阳知道父亲爱面子,前不久刚和他闹翻,主动给他打电话,父亲还是放不下这个架子。他了解父亲。

前些天,父亲刚和他怄了气,可是听到儿子受了委屈,父亲就坐不住了,打电话让文娟快来看看他。林子阳一阵心酸,父亲都大把年纪了,自己还总让他放心不下。父亲是一个爱面子的人,自己出了这种事,他实在想不出,父亲在全村人面前会是什么样子。想到这里,林子阳感到一阵刀割般的难受。

见林子阳低头不语,文娟小声问:"哥,你不会有什么事吧?"林子阳终于缓过神来,咯咯一笑,说:"我能有什么事?不过是配合纪委的人澄清了一个事实,过几天我就回西郊镇上班了。小妹,你放心好了!"看着林子阳是一副泰然自若的样子,文娟绷紧的脸上才绽出一些笑容。

兄妹俩很久没见面了,两个人的话题格外多,聊了一会儿,文娟忽然想起什么似的,她脸色一变,下意识地往客厅四周瞅了片刻,才压低声音,说:"哥,有件事我可要提醒你一下,俺嫂子经常去我们公司,她和我们余总的关系似乎很密切……"余力第一次见吴玲时,林子阳就猜得出这小子脑子里是怎么想的。尽管如此,他还是装出一副不屑的样子,说:"余总和你嫂子是同学,关系当然密切了。"

文娟想了一下,又说:"哥……俺公司的人一看见嫂子,都说……"林子阳愣愣地望着文娟,没吱声。文娟像下了很大决心似的,说:"人家

第十四章 树欲静而风不止　　　　　　　　　　　　　　293

都称嫂子'小三'了！我都为嫂子感到脸红……"

林子阳知道余力和吴玲经常借同学聚会的名义待在一起，也猜到针对两个人的交往外面肯定会有一些流言蜚语，这也是再正常不过的事。现在有些人就是爱捕捉这些花边新闻，似乎不造谣生事，日子就过不下去似的。因此，他并不太在乎别人怎么去评论余力和吴玲之间的事，他相信吴玲，深信她不会做出对不起自己的事。

不过，有人居然暗地里称吴玲为"小三"，这是林子阳未曾想到的。他顿时感到受到了莫大的侮辱和委屈，他气得脸色通红，愤愤地说："有些人就知道捕风捉影，没有的事也让他们编出一朵花来！"文娟见林子阳生了气，也就不再说什么。

过了一会儿，林子阳平静了一下心情，小声说："别听外面的人胡说八道，你嫂子和余总就是同学关系，他们之间真的什么也没有，每个人都有异性同学的，你说对吗？"文娟默默地点着头，没再说话。

说是这样说，文娟走后，林子阳的肚子里却仿佛打翻了醋罐子，酸味十足。

也不知什么原因，吴玲的身影在林子阳的脑海反复出现了几次后，他猛然想起了白杨，白杨一直对他异常关注。他这里稍微有什么风吹草动，白杨知道了，不是打电话过来，就是亲自跑一趟，似乎林子阳的事比她自己的事还重要。

白杨已经从省城回来了。林子阳被纪委带走的事在城北区闹得沸沸扬扬，正常情况下白杨早就知道了。可是，至今她没打电话过来，林子阳感到十分纳闷，难道她出了什么事？想到这里，林子阳禁不住替白杨担心起来。

正午时分，白杨应该下班了。他从手机上翻出了白杨的手机号码，踌躇了片刻，把电话拨了出去。可是，让他感到失望的是，白杨的手机关机！

6

一晃五天过去了,原本是清清静静的五天,对林子阳而言却是炼狱般的煎熬。西郊镇招商引资的事悬而未决,包括冯氏在内的已经被淘汰出局的公司,完全有可能在陈牧天的精心策划下起死回生。林子阳待在家里如坐针毡,可他又不能回到西郊镇去,只能通过电话了解当前西郊镇的情况。他心急如焚。

林子阳给白杨打了很多电话,手机总是关机!他一直为白杨担心,不知道她为什么手机整天都关机。有几次他想往白杨家里或是电视台打电话,他又有一些顾忌,怕有人说闲话,给白杨带来许多不必要的麻烦。

这几天,林子阳虽然接到了不少电话,可是和以往相比电话明显少了。人闲下来了,电话也少了。

午后两点来钟,林子阳正直勾勾瞅着手机发愣,他盼望着手机的铃声突然响起来。可是,从早晨起床到现在连一个电话也没有打过来,就连每天准时汇报情况的宋刚也没有打电话。难道又出了什么乱子?他正胡思乱想,手机响了。

是一个陌生号码,号码是座机电话。仔细一看这个号码又似曾见过,林子阳没多想,立即按下接听键。

"是林子阳吗?"电话里是一个洪亮的声音,这个声音林子阳似曾熟识,可又想不起这个人是谁。他一脸茫然,说:"是我。"

"我是安峻山,你的情况我都知道了……"安峻山这三个字顿时让林子阳全身的血液都沸腾起来。安峻山!这个在林子阳眼中披着一层神秘面纱的人物,怎么这个时候给自己打电话来,难道事情有了什么转机?他来不及多想,兴奋地说:"安部长啊……"安峻山又说:"只要你是清白的,就不要害怕什么调查。暂时受点委屈没什么，一名成熟的领导干部在困难和挫折面前是不会轻易倒下去的！时间可以验证一切，总有一天事情会真相大白的。希望你也不会因为这件事消沉下去！"

林子阳想都没想一下，说："安部长，请相信我，我是清白的……"他原本想再说点什么，可是，安峻山说道："好吧。我还有事，再见。"电话的听筒里发出一阵嘟嘟嘟的声音。林子阳木木地把手机捧在手心，仔细地体味着安峻山所说的每一句话，渐渐地，他的满腹委屈居然神奇般地消失了。

安部长打电话来的目的是什么呢？难道他听到了什么消息？林子阳想的问题很多，可是不管怎么样，有一点是可以确定的，那就是这充分说明安峻山一直在关注着自己！想到这里，林子阳顿时感觉到胸口有一团火慢慢燃烧起来。

从纪委对林子阳进行调查的那一天起，原本已解散的调查组又重新集结起来，对农家乐食物中毒事件开始了第二次调查。肖树青依然任组长。

肖树青和万木春是同学，两个人本来就有着密切的交往，关系非同一般，他并不想给万木春带来太多麻烦。因此，上次的调查工作根本没有深入下去，只是蜻蜓点水一般走了走过场。肖树青知道，那些所谓的中毒人员只不过拉了几天肚子，根本就没什么事，何必小题大做呢？这次接到纪委的通知，继续对中毒事件进行调查，带领调查组二次来到万木春的生态农业园也是不得已的事。

农家乐第二次被勒令停业整顿，万木春苦不堪言。

要不怎么说事不关己高高挂起呢。何涛是调查组成员之一，上次调查的时候他每到一处都是走马观花，没有深入分析种植蔬菜过程中可能出现中毒的环节。这一次，再进行调查就不同了。

那次林子阳来农家乐时，何涛也去了。网上那个炙手可热的帖子的照片上，林子阳身边的那个人就是何涛。林子阳出事后，纪委已两次找了他去询问情况。何涛知道这一次若是林子阳真有了事，他也脱不了干系。这个道理何涛当然清楚，现在他和林子阳已经是拴在一条绳上的蚂蚱，这次调查何涛当然全力以赴了。

经过何涛的询问了解，事情的真相很快就浮出了水面。原来，一位农艺员在给油菜施农药时，不小心用脚碰翻了农药瓶子，农药全流了出来，当时这位农艺员也没在意。当天下了一场雨，菜地里积了不少水。这样那些油菜就泡在了药水里，几天后，这些油菜就被端上了饭桌，客人们吃了不拉稀才怪呢？

中毒事件终于真相大白！

纪委那边的调查结果也出来了。林子阳并没有像网友所说的那样，在环球公司有多少股份，也没有从万木春那里分得一分钱红利……经调查，网上的那些话都是谣言。那天吃完饭后，除了环球酒店送了林子阳两箱蔬菜，并没有获取任何好处。况且，那两箱蔬菜，包括记者在内的所有人每人都有一份。

林子阳赶往纪委时，马副书记满脸歉意，握住他的手，说："林书记，实在抱歉啊。请你原谅，我们也是不得已才这样做的。群众有呼声我们不能装聋作哑嘛！"林子阳心里像是打翻了五味瓶，说不出是什么滋味，只能连声说："没什么，没什么。"

马副书记是个爽快的人，说："刚才我已经给城北区的相关同志打去电话，对你的事进行了澄清说明，还道了歉。咱们的干部受了委屈被人误解，我们的心里也不好受啊！"这番话并非是什么面子话，从他红红的眼圈可以看得出，这是他的肺腑之言。

林子阳心头一热，说："只要人是清白的，受点委屈没啥！马书记，我现在可以回西郊镇了吗？那里还有很多事等着我呢。"马副书记哈哈大笑，说："当然可以，我马上就送你回去，我要当着西郊镇全体机关干部的面向你郑重道歉！"

林子阳说不必了，马副书记执意要送，他便不再说什么。

第十四章　树欲静而风不止

7

赶到西郊镇时,镇政府门口聚满了人,大家唧唧喳喳地吵闹着,他们好像围着什么人在争论着什么。

马副书记的脸顿时变了样,问:"一定是又发生了什么群体上访事件!唉,这个西郊镇啊,总安稳不了。"见到眼前这一幕,林子阳的脸上很平静,好像一点也不感到奇怪。

车子停下来,林子阳和马副书记相继下了车。这时,忽然有人在人群中大声喊道:"林书记回来了!林书记回来了!"听到喊声,人群忽地向林子阳围过来,他们欣喜地叫喊着:"林书记,你没事吧!"

马副书记见状,急忙举起双手大声说:"大家静一静,大家静一静……"于是,现场慢慢安静下来。马副书记扯开嗓门喊道:"事情已调查清楚,林书记是清白的!他是被谣言所害,林书记受委屈了,我代表市纪委郑重向林子阳同志道歉!"说完他向林子阳深鞠一躬。

周围顿时掌声雷动。林子阳看到带头鼓掌的是丁大山,他还看到陈牧天和刘波等人也在人群之中。掌声过后,陈牧天走向前来,握住马副书记的手连声问好,他又装出一副很亲密的样子,用手拍了拍林子阳的肩膀,说:"子阳,你可回来了。没事就好,没事就好!"林子阳并未说什么,只是淡然一笑。

陈牧天虽然满脸是笑,可他的脸色很难看,是一副忧心忡忡的样子。

马副书记认识陈牧天,连忙说:"陈副区长也在呀,我可把你们的林书记毫发无伤地送回来了。冒昧之处多多包涵啊!"陈牧天尴尬地笑了一下。

马副书记走了。陈牧天和林子阳草草说了几句话,也匆忙告辞。

丁大山握着林子阳的手,激动地说:"林书记,你可回来了!"不等林子阳开口说话，宋刚兴冲冲地走过来。

两个人面对面站着，两双灼灼放光的眼睛一直对视了很久。仅仅几天的时间，他们彼此发现对方都瘦了许多，两个人的嘴角颤动了几下，可是谁都没有说话。这样静静地站了许久，两个人才紧紧地拥抱在一起。

宋刚兴奋地说："这次多亏了你的锦囊妙计啊！要不冯氏在西郊镇投资的事就在党委会上通过了！"林子阳呵呵一笑，说："这次可得要给丁大山记一功啊！"说这句话时，丁大山正在旁边站着呢，他脸色一红不好意思地用手搔了一下头皮。

事情是这样的，林子阳想了一个主意，让宋刚通知丁大山，如果陈牧天开党委会研究冯氏公司在西郊镇投资事宜，他就带领群众来闹事，坚决不同意冯氏的污染企业到西郊镇来投资。果不出所料，第二天，陈牧天又主持召开党委会，他的提议果然得到了大部分人的支持。就在这时丁大山他们来了，冲进会场围住陈牧天和其他党委成员，就冯氏来投资的事据理力争，坚决不同意。陈牧天见情况不妙，不得不中止了会议。不过，他并没有死心，隔了一天他又组织召开党委会，宋刚马上通知了丁大山，丁大山闻讯又带人赶了来，陈牧天的阴谋又没得逞。

今天，陈牧天又悄悄地主持召开党委会，丁大山他们正围着他吵闹的时候，林子阳就回来了。

8

几天没见，林子阳和宋刚却仿佛相别数年，两个人在林子阳的办公室里促膝而谈。林子阳表情凝重地说："陈牧天是让我们得罪了。为防止夜长梦多，一不做二不休，我们抓紧时间组织召开竞标大会，把来投资的企业定下来。你看怎么样？"宋刚脸上泛着红光，连声说好。

第十四章　树欲静而风不止

两个人把竞标方案，又进行了翔实的安排，直到感觉没有遗漏之处才算完。

这时，宋刚忽然想起什么似的，问："子阳，这些天有没有给白杨打电话？"林子阳摇了摇头，问："怎么了？难道白杨出什么事了？"宋刚的表情有些怪怪的，是一副欲言又止的样子。想到白杨近些天手机一直关机，又见一提到白杨，宋刚是这么一副表情，林子阳顿时感觉到白杨一定是出了什么事，他焦急地问："宋刚，你快点说，白杨到底怎么了？"说着，他忽地从沙发上站了起来。

宋刚沉默片刻，才一字一顿地说："听说她和陈牧天……离婚了。"这句话，对林子阳而言，简直就是一个晴天霹雳。他简直不相信自己的耳朵，问："是真的？"宋刚然后用力地点了点头。

白杨，林子阳眼中的白雪公主，他最看重的女人。一直以来，他都为白杨事业有成家庭美满而暗自感到欣慰。可是，谁又会想到，他眼中完美无缺的女人居然离婚了。短时间内，林子阳无论如何都无法接受眼前这个事实。宋刚什么时候走的，他并没有察觉到。尽管他一向对宋刚所说的话深信不疑，可是，今天他却无法相信白杨离婚的事是真的。

林子阳连续几次拨打了白杨的手机，仍然关机。无奈之下，他打了白杨办公室的电话，是无人接听。

已是午后，秘书小王送来的午饭已经冰凉。林子阳一点食欲也没有，当前最要紧的事是证实白杨究竟有没有和陈牧天离婚，他不相信任何人的话，只有白杨亲口说出来，他才相信这是真的。正如十多年以前，有人说陈牧天和白杨恋爱了，他不相信这是真的，直到陈牧天亲口告诉他，他才信了。

林子阳犹豫了一会儿，才拨通陈牧天的电话，木木地问："牧天，你和白杨真的离婚了？"陈牧天的回答很简单，说："是。"林子阳顿时感到脑袋里一片空白，问："你们怎么会……"电话里是陈牧天刁钻刻薄的声音："林子阳，别猫哭耗子假慈悲！你做的那些事，你心里应该比谁都清楚，何必假惺惺地来这一套！"

因为冯氏的事，陈牧天对自己有意见，林子阳是知道的，可是，他万万没有想到陈牧天居然说出这种话！林子阳顿时蒙了，断断续续地说："牧天……你……说的是什么话……"电话里传来陈牧天一阵冷笑，说："林子阳，在我面前你就别装了，别以为你咋想的我不知道，我忍了你已经很久了！上学时你和白杨就勾勾搭搭，我只是装做不知道罢了。上次参加同学聚会，你俩又躲到外面偷偷说悄悄话，前不久白杨又到你那里去过夜……"

    林子阳的脸涨得通红，惊愕地说："牧天……我和白杨之间真的什么都没有……我们只不过是普通朋友而已……"陈牧天又是一阵冷笑，说："哼，什么都没有，深更半夜孤男寡女待在一起会什么都没有……你骗三岁小孩啊……"陈牧天的话语里充满了怨恨与恶毒。

    林子阳顿时感到自己和白杨受到了莫大的侮辱。这种侮辱他是完全可以承受的，可是，他却无法替白杨承受这种不白之冤！他再也无法冷静下去，冲着话筒怒吼道："陈牧天！你这个王八蛋！"可是，他声嘶力竭的声音，陈牧天并没有听到，对方已经挂掉电话。

    午饭仍然原封不动地在茶几上放着，林子阳感到肚子里鼓鼓的，他什么都不想吃，甚至于连口水都不想喝。

    整个下午林子阳都是浑浑噩噩的，满桌子都是急需他来处理的文件和通知，他却满脑子都是白杨上大学时天真烂漫的身影。他记得，在那片葱绿的山林里，白杨挽着他的手咯咯地笑着，在山路上不停地攀爬……

    也不知过了多久，恍然间，林子阳发现自己的眼里已噙满泪水，他怕有人来看到，慌忙用手帕把眼圈里的泪水挤干。他想不出，现在白杨会是什么样子，面对这样的打击，白杨羸弱的身体是否能够承受得住！

    必须马上见到白杨，否则，林子阳随时可能会疯掉，下班时间一到，他开着车发了疯似的向城北区驶去……

    林子阳来到城北区电视台时，天已暗了下来。已经过了下班时间，办公楼上只有几盏灯亮着，白杨的办公室没开灯，门却虚掩着。

    林子阳轻轻地推开了门，在昏暗的光线下，他终于见到了白杨。白杨披散着头发，兀自坐在书桌前一动不动。林子阳慢慢走过去，嘴里轻轻地

第十四章　树欲静而风不止

呼唤着白杨的名字。可是，白杨没有任何反应，甚至于连头都没有抬。林子阳吓坏了，以为白杨出了什么事，他快速地打开灯，大喊道："白杨，你没事吧！"

　　白杨仿佛忽然从睡梦中惊醒，终于缓缓抬起头来。她那张白皙的脸还是那么好看，那双明汪汪的大眼睛依然清澈如水，她的脸上充满了迷惘，问："子阳，你怎么来了？"见白杨终于开口说话，林子阳悬着的心才放了下来，他什么话都没说，也不知道该说些什么。

　　林子阳在白杨的面前坐下来，他抬起头，目光死死地盯着房顶上那只散发着白色光线的水晶灯，不知不觉眼里已盈满泪水。他怕眼泪会当着白杨的面淌下来，头就一直仰得高高的。两个人这样面对面地坐着，谁也没说话。一直持续了很久。窗外已完全黑下来，林子阳像是费尽了全身的力气，问道："为什么会这样？"

　　白杨脸上的表情一直很平静，若不是已经知道了事情的结果，林子阳怕是从她的脸上看不出有什么异常。白杨笑了一下，并没有说话，她的笑容里充满了苦涩。她那浸满泪水的笑，简直比抱头痛哭还让人感到心痛。林子阳也还了白杨一个笑，一个比哭还难看的笑。

　　白杨的话语里充满幽怨，说："我可以忍受陈牧天跟我吵，跟我闹，冲我吼叫，冲我叫骂！可是我唯一不能忍受他在外面跟别的女人鬼混！"没有人比林子阳更了解白杨，如果陈牧天真在外面有了女人的话，她和陈牧天马上离婚，并非是什么值得大惊小怪的事。

　　林子阳一脸愕然："陈牧天真是这样？"白杨哼了一声，说："以前我也不信，直到把这对狗男女堵在床上我才相信！"林子阳怒骂道："陈牧天简直不是人！"说完，他忽然张大嘴巴，像是想起了什么，压低声音，问："难道是冯……"

　　白杨又是笑了笑，笑声是从鼻孔里出来的。她点了下头，说："自从冯氏集团来城北区投资，陈牧天和冯曼莹就整天纠缠在一起。冯氏投资房地产，他就想方设法为冯氏优先拍得地皮；冯氏投资酒店缺资金，他亲自出面到银行为冯氏争取贷款；冯氏想涉足化工行业，他就厚颜无耻地跑到西郊镇发号施令……我本以为他这么做完全是工作上的需要，谁会想到他和冯曼莹居然做出了见不得人的事！"

望着白杨憔悴的身影，林子阳的心都要碎了！白杨，他眼中曾经的女神！他是不允许有人对她有任何侮辱的，也是容不得有人欺负她的。十多年前，他曾不止一次地暗下决心，如果可能的话，他一定会呵护她一生一世，用他强健的身体为她遮风挡雨，让她不受到半点委屈，让她成为这个世界上最开心的女人。直到有一天，白杨投进了陈牧天的怀抱，这个念头才渐渐消失。

林子阳再也坐不住了，他恶狠狠地说了三个字："陈牧天！"随后，他起身走了。白杨呼喊着林子阳的名字追到门口时，林子阳已消失在了夜色之中。白杨了解林子阳，她知道他要去做什么。可是，此时此刻她除了眼睁睁地望着林子阳离去外，再无别的选择。

9

在冯氏大酒店的门前停住车，林子阳来到吧台，问："陈牧天在哪儿？"面前这位年轻漂亮的姑娘认识林子阳，知道他是陈牧天的朋友，她也并未从林子阳的脸上看出什么异样。她笑眯眯地说出了陈牧天所在的包间。

林子阳怒气冲冲地走进包间时，陈牧天几个人正在饮酒作乐，冯曼莹也在。见到林子阳，陈牧天沉下脸，冷冷地说："你来做什么？给我出去！"林子阳什么话都没说，快步走了上去，一把揪住陈牧天雪白的衣领，大喊一声："你这个畜生！"说着，他挥拳冲着陈牧天的脸就狠狠地来了几下。

事情来得太突然。陈牧天没有丝毫防备，他猛然感到脑袋一阵疼痛，两眼直冒火星，他的身体晃动了几下，随后一屁股坐在红色的地毯上。屋里包括服务员在内的所有人顿时都惊呆了，等大家缓过神来时，林子阳早已扬长而去。

直到开车回到宿舍，林子阳仍然怒气未消。这时，他才发现自己已经是一整天没有吃东西了。于是，他动手做了蛋炒饭。

香喷喷的蛋炒饭出锅的时候，林子阳接到了二毛的电话，二毛压低了声音，急切地说："子阳，我知道是谁在你的背后捅刀子啦……"林子阳一听这话，吓了一跳，说："二毛，到底出了什么事？你慢点说。"二毛喘了一口气，说："刚才天都暗下来了，有两个人来修车，一个胖点的，好像是姓王，是个科长，另一个是瘦高个，姓刘，是个副镇长之类的官，我给他们修着车，两个人在一旁说悄悄话。我听见两个人说话时提到了你的名字，就留意了一下。听了两个人的谈话，知道他俩以前好像在农业局同事过，瘦高个说一定要把你搞臭才行。那个胖的说中毒事件没能把你搞垮，只能再等下一次机会了。子阳，你可一定要小心呀……"

林子阳心里暗吃一惊，他知道，那个胖的是王锐，瘦高个是刘波。其实，林子阳得罪了那么多人，有人在暗地里盯着他，想尽一切办法把他置于死地，这一点都不奇怪。可是，背地里居然是王锐和刘波在整他，林子阳的确有一些吃惊。不过，反过来想，当初他硬生生地从王锐的头顶上把科长的位子抢了过来，王锐痛恨他也是情理之中的事。对于刘波，自从林子阳来到西郊镇，还从来没给他一个好脸色，他当然和王锐沆瀣一气对付自己了。

林子阳轻蔑地一笑，说："二毛，谢谢你的提醒，我会留神的。"二毛想了一下，说："两个人提起了那个姓陈的副区长，他们说姓陈的一定不会放过你的……对了，那个姓陈的不是和你是同学吗？怎么还……"林子阳心中又是一惊，急忙说道："二毛，有些事你不必知道太多。你说的事我知道了。不过，这些事你千万别往外说！"二毛连声说知道。然后挂了电话。

那个漆黑的夜晚，对林子阳来说，注定又是一个不眠之夜。

第十五章

惊 魂

1

　　想不到的是，许多天过去了，揍陈牧天的事并未给林子阳带来什么麻烦。林子阳心中暗自纳闷，后来他渐渐明白，陈牧天是个爱面子的人，副区长在包间里挨了揍，毕竟不是什么光彩的事，他也就哑巴吃黄连兀自咽下这口闷气了。不过，林子阳了解陈牧天的为人，这件事他是不会善罢甘休的，总有一天他会算这笔账的。

　　不过，这件事过后，陈牧天再也没有来过西郊镇，招商引资的事仿佛与他没有了任何关系，他不再过问。

　　秋收时节，西郊镇广袤的大地上弥漫着稻谷的馨香。田野里硕果累累，是一派丰收的景象。肆虐的洪灾并未像预期的那样给田里的庄稼带来多大的减产，就连生态农业种植园里的蔬菜长势也分外喜人，第一批蔬菜不等采摘就已经被客商订购一空。他们用标有"生态食品"和"西郊种植"字样的硬纸箱把新鲜蔬菜装到了物流车上，运到了全国各地。

　　就在种植园里的第一批蔬菜采摘完毕的时候，投资企业的竞标大会如期召开。通过竞标，最终确定五家企业成为来西郊镇的投资者。等签订完土地使用合同，这些企业的第一批资金就到账了。资金一到位，林子阳就主持召开党委会讨论了兴建新学校的有关事宜。

　　通过公开竞标，中标的建筑公司很快就将施工队拉到了新校址。新学校的开工仪式上，林子阳还特意请来了郭志明。郭志明身体恢复得很不错，他出院后，医生叮嘱他暂时在家休息定期复查。对于郭志明是否可以出席开工仪式，林子阳还特意征求了医生的意见，医生说没问题，才把郭志明接了过来。

林子阳知道，兴建新学校一直是郭志明多年以来的梦想。他把一生中最美好的青春都奉献给了西郊镇这片土地，如今他因身体原因不得不暂时离开这片让他魂牵梦萦的沃土，可他的心里每时每刻都在惦念着这个他曾经奋斗的地方。林子阳想把即将兴建新学校的喜悦和郭志明共同来分享。

当一声声礼炮钻入云霄的时候，郭志明高兴得像个小学生，使劲地鼓起掌来。他握住林子阳的手，兴奋地说："子阳，谢谢你给我这个机会，这一幸福时刻，我将终生难忘！"林子阳满面红光，说："老郭啊，应该感谢你才对呀，这里面也有你的心血啊！"说这句话时，他看到郭志明的眼里闪动着晶莹的泪光。

开工仪式完成后，在僻静处林子阳一脸歉意，说："老郭，有件事我想跟你说一下，你的私房钱我可全拿来用了。都用到种植园上去了，等年底卖了蔬菜，我会如数奉还的。当时时间紧，也没能向你打个招呼，在这里先向你道个歉。"郭志明先是愣了一下，随后他脸色一变，说："那些钱本来就不是我的，用了就用了！根本就不用还上。"林子阳笑了，说："怎么能不还呢？有了钱还是还回去的好！"

郭志明的嘴角动了一下，像是有话要说，他瞅了林子阳一眼，最终什么也没有说。

2

秋收过后，天气渐渐冷起来，人们添了厚衣服。那片闲置了数年之久的土地上终于响起了轰鸣声，工程队已在那里紧张地忙碌起来。

养殖厂下岗职工的第一笔补偿金如期发放下去。其实，这对他们来说并不是最重要的，重要的是他们当中有大部分人又二次上岗了，他们在家门口又找到了自己心仪的工作。等这些企业建成后，他们将成为企业的员工，用工合同上写得很清楚，各项保险都是有的。

大头领到补偿金后，找到林子阳，兴奋地说："想不到我这条腿有残疾，还在那家养殖公司找到一份工作！"林子阳愣愣地说："大头，难道你不开出租车了？"大头叹息一声，说："不开了，这条腿一到阴雨天钻心地疼，要是再开车，万一哪天踩不住刹车会出大乱子的！"大头一脸认真劲，看得出他不是在开玩笑。

林子阳担心地问："你的腿有伤，到公司里上班就能干得了？"大头惨然一笑，说："一定能干得了。我对这片土地有感情啊！也不知什么原因，一踏上这片土地，这条腿呀，就有使不完的劲！"林子阳知道大头又在吹牛，问："难道招聘时人家没看出你腿上有伤？"

大头呵呵一笑，说："其实，我知道自己腿上有伤，原本就没想去参加招聘。大山非要让我去试试，人家一眼就看到我这条腿有毛病，马上就把我毙了！"说着，他用手做出一个打枪的姿势。

林子阳满脸疑惑，说："你怎么……"大头笑了，说："大山走过来，轻拍了一下我的腿，就把我当年在养殖厂如何在大火中救人从而腿受伤的事讲了一遍。一个中年男子听了后，连忙握住我的手让我留下来。我非常吃惊，男子说就凭你这条腿你留在我们公司吧，等哪天你干不了了，公司就养着你……"林子阳看见，大头的眼睛不知什么时候已经噙满了泪水。

沉默片刻，大头又说："后来我才知道，那位男子是公司的总经理。就凭他那番话我就临时改变主意，卖掉出租车决定成为这家养殖公司的职工了。"林子阳心里顿时有了一种另样的感动，他没说话，只是用手重重地拍了一下大头的肩膀。

大头都走到门口了，又忽然折回来，小声叮嘱林子阳，说："对于吴玲的事我也听到了一些传言，还不都是些捕风捉影的事。吴玲真的很不错，反正我不相信她和余力能做出什么出格的事。有时候啊，夫妻之间缺少的就是信任，不管是男人还是女人，除了自己的另一半，谁还没个对上眼的异性朋友？子阳，你说呢？"

第十五章 惊 魂

林子阳知道大头这番话的意思，他冲大头努努嘴，说："我当然知道，你就别操心了，快忙你的事情去吧。"大头这才嬉笑着走了。

大头走后，林子阳禁不住又惦记起吴玲来。近来手头的事情特别多，外加白杨的事，他心里一直很纠结。屈指算来，他已有十多天没有回家了。近期，西郊镇的各项工作已基本就绪，手头也没什么特别要紧的事，于是，他打算近几天回趟家。

这天虽不是周末，可是就在下班前几分钟，林子阳拿定主意要回家一趟，他的确有一些想家了。

快到家时，林子阳才想起，今天不是周末，临来时又没有提前打电话，恐怕吴玲没为他准备饭。于是，他去了附近的超市买了些吃的，顺便给苗苗买了个玩具汽车。快要走出超市时，林子阳像是漏掉什么似的又折了回去，他在超市里逛了几圈，又一时想不起再买点什么。正当他转身要离开超市时，他一回头猛然看到了货架上的红酒。他停住脚步，歪着脑袋想了一下，然后快步走上前去将一瓶红瓶拿在了手里。

为了给吴玲一个惊喜，林子阳原本不想给她打电话，从超市出来，他又临时改变主意，还是往家打了电话。

自从纪委对林子阳进行了调查，吴玲对林子阳的态度发生了很大转变。林子阳闲在家里那几天，她经常安慰他，说："余力的项目不合格就不去西郊投资呗，咱可不能为这件事犯错误！"每次听到这句话，林子阳心里都是暖暖的。

最让吴玲感到震惊的是，白杨和陈牧天离了婚这件事。以前她最羡慕的女人就是白杨，她不仅有一个好工作，并且有一个好老公。可世事难料，一对看似牛郎织女般的情侣说分手就分手了。自打白杨出了事，吴玲对林子阳就愈加体贴。

听说林子阳要回家吃饭，吴玲再次进了厨房，苗苗也高兴地跑到楼下来等着他的到来。

林子阳和苗苗从楼下一块回了家。饭桌上已摆好饭菜，林子阳又把从超市买来的菜肴摆上桌，这一凑合，饭桌上的菜还蛮丰盛的。

吴玲刚要拿馒头吃饭，林子阳变魔术似的把红酒放在了桌子上。吴玲愣了一下，然后笑眯眯地说："想浪漫一下？"林子阳笑着说："喝点吧，偶尔麻醉一下也是不错的。"于是，吴玲拿来了酒杯。

苗苗吃完饭看动画片去了。林子阳和吴玲还在喝酒聊天，不一会儿那瓶红酒已被两个人喝了个底朝天。酒喝完了，可两个人的话似乎还远远没有说完。本来两个人酒量就不大，平时又很少喝酒，几杯红酒下肚，两个人都是脸色酡红，话也多起来。

林子阳半开玩笑地说："小玲，我问你一件事，你可要跟我说实话。"吴玲说："问吧。"林子阳说："你可不许生气。"吴玲说："我不生气。"林子阳又想了一下，才问："如果能够重来，我和余力，你会选谁？"吴玲并没有生气，她捧着肚子一阵咯咯大笑，然后一翻白眼，说："要是换了你，我和白杨，你会选谁？"幸亏林子阳的脸是红的，否则那一刻从脸上会看出他很尴尬。

林子阳说："你先说。"吴玲说："还是你先说吧。""你来。""你来。"林子阳抿嘴直笑，还是没吱声。吴玲拿起空酒瓶，单眼往里面瞅了一下，笑着说："要不咱俩谁也别说了。"林子阳没吱声，他默许了吴玲的话。

3

林子阳的确低估了陈牧天，他以为投资的企业已经确定下来，陈牧天对这件事已经死了心。可是，事实却不是这样。

几家企业的工程队都已经到位，有的已开始施工，可是他们的审批手续却怎么也办不下来。在其他地方投资的企业到了那里很快就盖了章。可是，一听说是在西郊镇投资的企业，那些办理人员都会找各种各样的理由拖着不给办理。

时间有时候比金钱还宝贵，投资公司的老总们急得像热锅上的蚂蚁，整天往林子阳的办公室跑。

林子阳知道这里面一定是陈牧天从中搞鬼，可是，目前情况下他是不能直接找陈牧天的，他知道，即使自己去找他，也是自取其辱、无济于事。没办法，他只好硬着头皮去找区长，区长正忙着到市里开会，临出门前急切地对林子阳说："这事归陈区长管，直接找他去。"说完，他头也没回就下了楼。

林子阳一想也是，区长也不可能瞒着分管的副区长直接给那些局长们打招呼呀。没办法，林子阳只好去超市买了些茶叶，拎着茶去求那些局长们。这些局长像是串通好了似的，对于西郊镇土地使用审批手续的事都是直摇头。其中一位和林子阳私人关系还算不错的局长，皱着眉头，说："林书记呀，并不是我不给你面子，我也是有难处的呀！"说着，他冲着林子阳挤了几下眼睛。

林子阳当然明白这位局长挤眉弄眼的用意，他只好无可奈何地说："好吧，我知道老兄也有难处，就不再难为你了，我再想别的办法吧。"说完，他垂头丧气地走了。

见林子阳也没帮着把手续办下来，那几个企业老总都彻底失望了，投资项目的资金大部分是从银行贷来的，资金这么紧张，总在这里闲着怎么行？于是，他们找到林子阳非要解除用地合同退还已支付的资金不可。这一下，林子阳慌了手脚，这些资金都成了建设新学校的预付款和下岗职工的第一批补偿款。哪里还有钱退给他们呀？林子阳好说歹说，几个企业老总才答应再宽容他两天时间，让他再想想办法争取尽早把审批手续办下来。

林子阳再次来到城北区，找到相关的局长跟他们说清其中的利害关系看能不能高抬贵手。结果跑了一上午他的腿都跑直了，连一个局也没能跑下来。中午在一家饭馆吃饭的时候，他暗自思量，陈牧天是直管领导，谁又会因为你西郊镇的事去招惹顶头上司呀！陈牧天是副区长，你林子阳不过是一个镇党委书记，孰重孰轻不用掂量大家都知道。想到这里，林子阳终于意识到这件事若是陈牧天不点头还真是不好办。

跑了一上午肚子都饿扁了，林子阳和司机吃了点饭，一想再待在区里也没有啥意思，当前只能回去做那几个老总们的工作，让他们再宽限几天了。于是，林子阳就让司机开车赶紧回西郊镇。

走出没多远，林子阳忽然望见在前面的路口处出了车祸。一名老者被车撞倒了，横躺在路边没人管。林子阳马上让司机停车。司机放慢了车的速度，善意地提醒道："林书记，我看咱还是别找麻烦了。"林子阳表情凝重，用不容置疑的声音说："救人要紧！"司机这才停住车。

老人头发斑白，他肤色白皙，穿着也讲究。老人身边淌满了血，他蜷缩在马路一边，不省人事。林子阳快速地从车上下来，用手指在老人的鼻孔前试了一下，感觉到老人还有微弱的呼吸，便大声说："快！送医院！"说着就招呼司机把老人往车上抬。见有人挺身而出，一些路人也急忙过来帮忙，大家七手八脚地把老人抬上车。

车子向城北区人民医院疾驶而去。来到急诊室，一位穿白大褂戴眼镜的医生仔细检查了老人的伤势后，一脸无奈地对林子阳说："病人伤势很重，还是转到市医院治疗吧！"很显然，医生把林子阳看成是病人家属或是肇事车主了。果真如司机先前所料，这次真是给林子阳添麻烦了。若是把病人送到市医院的话，今天看来是回不了西郊镇的。目前当然还是救人要紧，林子阳无奈地看了一眼司机，低声说："走吧，好人做到底，去市医院。"司机满脸都是不情愿，可是，他又不能不听从林子阳的安排，只好和林子阳一起把老人再次抬回车上，然后向海州市区方向赶去。

在去往市医院的路上，林子阳翻了翻老人的衣袋。他知道，当务之急要先联系到伤者的家属，要不这件事说不定还真的很麻烦。一连翻了几个口袋，除了一串房门钥匙外，里面都是空空的。

最后，林子阳从老人的内衣口袋里翻出了一部手机。他一阵欣喜，急忙翻开手机的通话记录。

林子阳顿时愣住了。想不到手机的通话记录里刚打过的电话名称却是白杨两个字！是名字相同的人？还是这个人本来就和白杨有着什么重要的

第十五章 惊魂

关系？一个不祥之兆顿时在林子阳的脑海中浮现。

　　林子阳用这部手机按下了白杨的号码。电话通了，电话里果真是那个无数次让他心跳的声音："爸爸，你回家了对吗？"是白杨！爸爸？蓦然间，林子阳似乎明白了什么，他浑身的血液仿佛一下子凝固住了似的，一时间一句话也说不出来。

　　白杨有些着急了，问："爸，你怎么了，为什么不说话呢？"林子阳感到自己仿佛是在梦中，他想把事情的经过快点告诉白杨，可他却一个字都说不出来。

　　白杨在电话里大声喊："爸爸，你快点说话呀！"林子阳好不容易才缓过神来。他小声说："白杨，是我……你听我慢慢说。"白杨顿时怔住了，木木地问："你……你是子阳，我爸的手机怎么到了你的手里？"林子阳说话的速度很慢，说："白杨……你千万别着急，慢慢听我说……"白杨仿佛已经意识到了什么，说："子阳！到底是怎么回事？你快点说！"于是，林子阳把在路上遇到一位老人遭遇了车祸，正送他赶往市医院的事说了一遍。

　　林子阳听到了白杨的哭喊声，他急忙劝道："白杨，你别哭，这里有我呢！我一定会把伯父照顾好的！"这时，他听到电话那头是啪的一声响，他感觉到白杨的手机已经从手里滑落到了地上。

　　林子阳冲司机大声喊："快点开，这位老伯是白杨的爸爸！"司机知道白杨是区电视台的副台长，也知道她和林子阳的关系很不一般，因此他踩了一下油门，车子疯了似的向市区而去。

4

　　白杨的父亲白阅之，在省直机关工作了一辈子，他当过副处长、处长，最后从省民政局工会主席的位子上退了下来。让他想不到的是，他退下来不久，宝贝女儿白杨就离了婚。他在工作岗位上勤苦了几十年，辗转了几个工作单位，可谓阅人无数，谁成想一直让他引以为豪的女婿陈牧天却是一只披着人皮的狼。

白阅之操劳了一生，身体也落下了许多病根。怕二老担心，离婚的事白杨并没有告诉爸妈。白杨想一个人来承担婚变给她所带来的悲痛。白杨还是那么天真，这种事只能瞒得了一时，时间久了，爸妈又怎能不知道呢？白阅之得知这个消息后，马上从省城赶到了城北区。

陈牧天已从家里搬了出去，白阅之就住在了白杨家。白杨看到白阅之满头花白的头发时，委屈的泪水再也无法控制，她扑在白阅之的怀里呜呜大哭起来。白阅之用手抚摸着白杨的秀发，低声说："人的一生难免会遇到一些挫折和坎坷，这也是正常的。哪会总一帆风顺呢？别哭了，振作起来，日子毕竟还是要过的，是不是？"

听了白阅之的话，白杨终于从他的怀里抬起了头。是啊，儿子年龄还小，还要靠自己把他养大。后面的路还长着呢！以前老怕爸妈知道了自己离婚的事跟着伤心，现在反倒要爸爸来安慰自己了。想到这里，白杨破涕为笑，说："只要你和妈不难过，我就没事！"于是，父女俩彼此紧紧地握住了对方的手。

白杨既要照顾儿子，又要上班，一个人整天忙得不可开交，有时连饭都吃不上。白阅之退下来后正好没事干，就提出留下来住些时间，帮白杨照看一下外孙。白杨欣然应允。在她受到人生中最沉重的打击时，如果爸爸陪伴在她的身边自然是一件最好不过的事情。这样，白阅之就承担起了做饭、收拾家务和接送外孙上学的任务。

生活是快乐的，因为你随时都能感受到亲情给你带来的喜悦和幸福；生活又是痛苦的，因为你无法预测到灾难会在什么时候降临到你的头上。天有不测风云，人的未来也是不可测的。

吃过午饭，白杨上班去了。白阅之洗过碗筷后，就陪着外孙去了学校。家离学校不是很远，穿过两条马路就到，把外孙送到学校门口，又望着他

第十五章 惊 魂

蹦蹦跳跳地跑进教学楼，白阅之才恋恋不舍地往回走。

很久没有来城北区了，想不到近几年的变化还真大。陈牧天分管城建工作，想不到短短几年的时间城北区的城市建设有这么大的成就，看来这个人的工作能力还是有的，可怎么就不走正路呢？见了金钱和女色连家都不要了！真是让人难以理解，是这个人出了问题，还是这个社会的问题？如今有的人拿离婚当儿戏，说离就离，说换就换，唉，真是不可思议。

白阅之缓慢地走在人行路上，心中充满郁闷。十多年前他曾苦口婆心地劝女儿在省城找个对象，在他的身边安家，父女之间也相互有个照应，可是倔强的白杨说什么也不同意，老伴气得把家里吃饭的碗都摔光了，也无济于事。女孩子呀，小的时候对爸妈百依百顺，一长大了，爸妈的话就成了耳旁风。唉，想不到，居然会是这样一个结局！想到这里，白阅之感到一阵心酸。

再穿过一条马路就是白杨家所在的小区，白阅之站在斑马线边上两眼直勾勾地瞅着对面跳动着的红色数码，静静地等待着绿灯的出现。

公路上的车流水一般从两侧驶来。这时，一辆白色轿车无头苍蝇似的左冲右撞从白阅之的左侧疾驶而来。正在等红绿灯的路人慌忙撤身躲闪，白阅之的脑袋里乱糟糟的，两条腿好像没有长在自己身上似的，面对快速驶来的车子，没做出任何反应。车离他越来越近，四周的人也都吓傻了，大声呼喊："快闪开！"可是，一切都晚了，那辆白色轿车已经失控，冲着白阅之撞了过去。白阅之被撞了个正着，咚的一声他被重重地撞了出去。

所有这些都是在眨眼间完成的，肇事车辆嘎地停下来。可是，开车的司机回头望了一眼血泊之中的白阅之，又往四周瞅了一下，正值午后，路上行人不是很多，路口也正好没有交警，于是，司机脚一踩油门夺路逃走了。

白阅之横躺在马路上不省人事。围观的路人大声叫嚷："肇事车跑了，快追呀！"喊叫声倒是不少，一浪高过一浪，可真正开车追赶肇事车的却一个也没有。路过的车辆虽然都放慢了车速惋惜地望白阅之一眼，可是没有一辆车停下来，把他送往医院。

路人正在渐渐散去，白阅之还横躺在马路一侧。就在这时一辆黑色桑塔纳嘎地停下来，林子阳急匆匆地从车上跳了下来。

5

白杨从小到大什么事都是一帆风顺，哪里遇到过这种事情？听到爸爸出了车祸的消息，她顿时感觉到天就要塌下来。她慌慌张张地从办公室跑出来，在路边打了辆的士车就往海州市区赶去。

白杨已经乱了方寸，她坐在的士车上不停地流泪，每隔几分钟她就给林子阳打一个电话询问一下爸爸的伤势。林子阳恐怕白杨担心，总说没啥大事。可是，他瞅着一直昏迷的白阅之也是心急如焚。

恐慌之余，白杨又想起了妈妈，在这个世界上要说亲人除了孩子外，也只有爸爸和妈妈了。现在爸爸出了事，虽然林子阳嘴上说没啥事，可从他焦灼的声音里白杨也能听出些什么，知道爸爸的伤势一定很严重。于是她决定要把这件事尽快告诉妈妈，让妈妈快点赶过来，这道难关必须依靠全家人的力量才能跨过去。想到这里，白杨给妈妈打了电话，在电话里她把事情经过简要地说了一遍，然后让妈妈快点赶过来。

白大妈听到这个消息，差点晕过去。她也在省民政厅工作，再有一年才到退休年龄，因此她还坚守在工作岗位上。白大妈工作快四十年了，毕竟也是见过大风大浪的人，一阵慌乱过后，她平静了一下情绪，找到民政厅的一个副厅长，把白阅之在海州出了车祸的事说了出来，还说自己要请几天假到海州一趟。副厅长马上批准了白大妈的假。于是她回家简单收拾了一下，打了辆的士车向海州赶来。

白阅之夫妇都是民政局的老职工，两个人工作勤恳，为人厚道，人缘当然也不错。白大妈走后，这位副厅长马上把这件事和厅长做汇报，厅长当即给海州市的李市长打了电话。厅长和李市长曾经是同事，还对桌办过

第十五章 惊 魂 　　　　　　　　　　　　　　　　317

公,两个人关系很不错,并且李市长和白阅之以前也有过一些交往,他对白阅之的看法很不错,因此,听说白阅之在城北区出了车祸,现在正在赶往市人民医院的路上,并且肇事车辆还逃跑了,他又急又气,急忙气冲冲地给相关部门打了电话。要求尽最大努力对白阅之进行抢救,并且抓紧时间查找肇事车辆,尽快把肇事司机查获。

因此,当林子阳赶到市人民医院时,任院长带领医疗组在门口等着了。车一停下来,护士们就用担架把白阅之抬走了。岳笑川也是医疗组成员之一,林子阳冲他点点头,岳笑川也看了林子阳一眼,情急之下老朋友之间算是打了招呼。

白杨赶到医院时,白阅之已被推到了重症监护室,医疗组的大夫们对他进行了初步诊断后,发现他目前的情况真的很严重。各项检查结果还没出来,因此还没有准确结论,大家正在唧唧喳喳地讨论着可能存在的一些情况。

白杨透过窗户玻璃望着安静地躺在病床上的白阅之,泪水如同断线的珍珠簌簌地落下来。白阅之的脸如同一张白纸,眼睛紧闭着,直挺挺地躺在白色的病床上。白杨用颤抖的声音在窗外轻轻地呼唤着爸爸……

林子阳慢慢地走过来,小声说:"白杨,坚强点!伯父不会有事的!"白杨用泪眼只看了林子阳一下,泪水愈加汹涌地流出来……

6

白杨出了这种事,林子阳并没有回西郊镇,他只是让司机开车回去了。几个企业老总见林子阳没有回来,都心急火燎地给林子阳打电话。情急之下,林子阳也学会了撒谎,他并没有说自己待在医院里,而是告诉他们正在为审批手续的事四处奔走,且还说事情很快就有进展了,让他们千万别着急。

这些老总们都是被人骗出来的。他们当然不完全相信林子阳，分明知道林子阳很有可能是在和他们玩捉迷藏的游戏，可是，林子阳在他们眼里有着很高的诚信度，因此，即使心里半信半疑，几个人在电话里还是没再说什么。

夜色暗下来的时候，白大妈风尘仆仆地赶到了医院。林子阳看到她的第一眼，给自己的感觉就是白大妈若是再年轻几十年就是一个活脱脱的白杨。母女相见又是好一阵伤心落泪。

林子阳满脑子里都是烦心事，他人在医院，心却早飞到了西郊镇。可是，在这种情况下他无论如何是不能离开的。

各项检查结果都出来了，白阅之的受伤情况果然很严重，颅腔内不仅有大量积血，而且腰部还受了重伤。经医疗组会诊，最后得出的结论是必须马上进行手术。否则病人不仅有严重致残的危险，而且再拖下去随时都有生命危险。李市长还来到了医院，询问了白阅之的受伤情况，还和任院长及医疗组的所有成员一一握了手，对于这件事身为医疗组组长的任院长丝毫不敢怠慢。

经过激烈的讨论，医疗组决定第二天上午马上对白阅之进行手术。可是，手术的难度极大，手术过程中极有可能会有意想不到的情况出现。医疗组第二次会诊时大家都一致认为手术过程中一旦有突发情况出现，若是不能及时应对的话，手术很可能会失败，后果不堪设想。

李市长前来慰问医疗组全体成员时，任院长曾当着李市长的面信誓旦旦地下了保证，要尽最大的努力确保手术成功。现在想来，任院长下保证时的确有些激动，要不他又怎么会做出这么草率的举动。

手术必须是要做的，现在最关键的问题是手术由谁来主刀。任院长严峻的目光在每一个医疗组成员的脸上来回逡巡。大家都知道今天这把手术刀的分量有多重，一旦出现差错，自己的一世英名就会毁在这把明晃晃的手术刀上。任院长目光所到之处，每个人都纷纷低下了头。

时间在一分一秒地过去。距离原定手术时间，只有几个小时了，谁来

第十五章 惊 魂

主刀的问题一直没能得到解决。任院长紧锁眉头，迈着有节奏的脚步围着那张椭圆形会议桌不停地走来走去。

凌晨一点的钟声敲响了。就在这个沉闷的声音刚刚响过的时候，岳笑川忽然站了起来，说："任院长，让我来吧！"任院长倏地停住脚步，把目光缓缓地落在岳笑川身上，露出一脸欣喜，激动地说："笑川，这台手术你来主刀再合适不过了！这次可全靠你了。你要知道，这台手术不仅仅关系到一个人的生命，还关系到了海州市人民医院几十年的声誉啊！"

大家齐刷刷地把目光投向岳笑川。他表情严肃地说："刚才我已经对手术中可能出现的各种情况都进行了估计，我有九成把握能成功完成手术！"任院长面沉似水，说："不行，必须是十成，不能出现任何差错！"岳笑川沉默片刻，说："好吧，我向您保证，手术不能出现任何闪失。不过，我有个要求，医院要答应我！"

任院长想都没想一下，说道："笑川，不管是什么要求，我都答应你！"岳笑川凝重地说："各科室都要留用一名专家大夫，随时听候调用，以便处理手术过程中突发情况的出现。"医院的医务人员非常紧张，专家大夫更是短缺，任院长考虑了一下，还是说："好吧，我答应你。"

接下来，任院长又主持召开了手术前的准备会议，会议结束时，已是深夜两点多，任院长对大家说："再有几个小时就要做手术了，大家赶紧回去休息一会儿吧。"

一行人这才陆续离开了会议室。

九时许，白阅之被推进了手术室。岳笑川、林子阳、白杨等人和其他参加手术的大夫及护士向手术室走去。岳笑川的脸上没有任何表情，就在他走进手术室的前一刻，林子阳顿时感觉到岳笑川简直就一名白衣战士，他感到自己有这样一位朋友，心中有着无比的骄傲和自豪。

手术室的门缓缓地关上了。林子阳轻轻地对白杨说："岳笑川是我最好的朋友，他的医术是最好的！你们放心，伯父一定会安然无恙的！"听了林子阳这句话，白杨惶恐不安的心才稍稍有了一些平静。

几个人在手术室外走廊的长椅上焦灼地等待着，谁都没说一句话。走廊上一片静寂，白杨雪白的脸埋在十指之间，她痛苦的表情让林子阳感到一阵难过。白杨刚刚经受了离婚的伤痛，如今爸爸又出了车祸，真是祸不单行。林子阳一直担心白杨原本瘦弱的身体，是否能承受住突出其来的双重打击。

手术已过了两个小时，林子阳小声对白杨说："要不你和白大妈先休息一下，你们都一夜没睡了。"他分明知道白杨是不会离开的，可他还是把这句话说了出来。白杨没说话，只是轻轻摇了一下头。

林子阳知道再劝也是徒劳，便没再说话。这时，手机响了，是宋刚打过来的。

宋刚急切地说："子阳，你还在医院吗？企业的老总们又来了，见你不在，他们缠住我不放，我借上厕所的机会才给你打了电话，你得赶紧想办法。我实在顶不住了！"林子阳躲到走廊的尽头，压低声音一脸无奈地说："白杨的爸爸刚进手术室，我实在走不开。你就说我正在区里跑这件事，很快就会有结果的！你再替我挡一挡，这边我真的离不开……"宋刚当然知道林子阳的心情，也清楚医院那边情况紧急，他只好很不情愿地说了声好。

白杨一脸歉疚，说："子阳，你快点回去吧，还有许多事情等你处理呢！"林子阳重新坐回原处，说："我没事。"白杨知道林子阳在撒谎，说："这里有我呢，你走吧。"林子阳说话的语气很坚定，说："手术没完成之前我是不会离开的！"白杨用充满感激的眼神望着林子阳，她感到胸口一阵暖和。

已是午后，手术已经持续了五个多小时，距离预定完成手术的时间还差一个小时。手术室的门紧闭着，一直没有人从里面走出来，也没有人从外面走进去，里面是什么情况，没有人知道。手术室外的每一个人都能猜得到，手术室里岳笑川和其他做手术的大夫们一定在紧张地忙碌着，他们也盼望着快点完成手术，早些把病人顺利地带出手术室。

就在这时，两个穿白大褂的男子急匆匆地向手术室走去。林子阳认识其中一个人，他是心内科的科室主任。白杨忽地迎上去，问："大夫，出

第十五章 惊魂 321

什么事了吗？"两个人仿佛没有听见白杨的声音，一阵风似的与她擦身而过，然后走进了手术室紧闭着那扇蓝色的门。

一种不祥的预感，在林子阳的心里出现。他看见，白大妈和白杨的眼里又有泪水流下来。他心里清楚，这个时候自己在这对母女面前千万别乱了方寸，于是劝白杨说："不会有事的，请相信笑川。他是最好的外科医生，目前他手术的成功率是百分之百。没有把握的事，他是不会做的！"林子阳一连串的话语，让白杨母女二人才稍微有了一些心安。

已经到了手术预定完成的时间，手术室的门依然紧闭着，没有人从里面走出来。白杨的两只眼睛紧紧盯着手机上的时间，两手在不停地颤抖……这时，手术室的门忽然响了一下，几个人不约而同地扬起头。刚才进去的两个大夫从里面走出来，白杨迎上去，问："怎么样了？"

心内科主任用手扶了一下鼻梁上的眼镜，长出一口气，说："在手术过程中，病人忽然出现了心衰现象，心跳慢得几乎要停下来，血压也低得惊人。不过，经过紧急抢救，心跳和血压已经恢复正常。现在手术正在继续！"大家悬起来的心终于落下来，林子阳小声问："手术大约还有多久结束？"另一名同去的大夫说："这次意外估计要延误三个小时左右，预计整个手术要九个多小时才能完成。"

直到两个人走进电梯，白杨几个人才坐回原处，重新开始了漫长而又焦灼的等待。险情虽然排除了，可是，几个人的脸上依然充满焦虑。

晚上十八时刚过，手术室的门终于开了。几名医生和护士推着担架从里面走出来，他们有的举着输液瓶，有的手里握着输送氧气的管线，缓缓地推动着白阅之前行。岳笑川穿着一身绿色装束，跟在担架车的后面一步步走来。林子阳想从他表情里瞧出点什么，淡蓝色的口罩将岳笑川的脸遮得严严实实，只有一双乌黑的眼睛露在外面，他一无所获。

任院长最后一个从手术室出来，倒是他快步走向前来，摘下了蒙在脸上的口罩，兴奋地冲白大妈说："手术成功了！中间虽然出了点意外，不过很快就把问题排除了！"

现场所有人紧绷着的脸终于松弛下来。

7

　　手术后，白阅之的情况一直很稳定。

　　第二天早上，白杨拉住岳笑川的手连声道谢。林子阳在一旁说："笑川，这位就是白杨，城北区电视台的副台长，我的大学同学。"白杨这个名字，岳笑川曾经不止一次地从林子阳的嘴里说起过。朋友和亲人的不同之处在于，有时候亲人面前无法启齿的话，和朋友在一起的时候就可以毫无保留地讲出来，朋友是可以无话不谈的。

　　以前，林子阳和岳笑川酒后经常各自说起过曾经暗自爱慕过的女人。林子阳经常在岳笑川面前说白杨如何漂亮，今天岳笑川终于见到了白杨。手术已经顺利完成，这一刻，他也终于可以很认真地看白杨几眼了。白杨虽是近四十的人了，可岳笑川只看了一眼，白杨优雅的气质就让他明白了，眼前这个女人当年为什么能让林子阳神魂颠倒。

　　林子阳紧握了一下岳笑川的手，说："笑川，好样儿的！"岳笑川不好意思地笑了一下，说："我还要去病房，先走了。"说完，他转身走了。

　　这时，林子阳的手机又响了，是宋刚打来的，他焦急地说："子阳啊，审批手续的事你得抓紧时间办，那几个企业的老总吵闹着非要解除投资合同不可。他们说若是再见不到你的面，就马上把施工队从西郊镇撤走，我可是再也顶不住了！"

　　林子阳压低了声音，说："我现在还在医院。等这边的事稳定了，我再回城北区一趟，好吗？"宋刚为难地说："好吧，我再跟他们说说，看能不能再宽容些时间。唉……说好昨天到账的第二批资金，至今还没影儿。新学校的建筑商也是不停地催要预付工程款，说要是再不拨付资金，他们就要停工！子阳，你可抓紧时间啊！"

林子阳心急如焚，恨不得马上回到城北区，可是，在白杨最困难的时候他又怎么能离她而去。他正犹豫不决，这时，白杨走过来，善解人意地说："子阳，你就别再硬撑了。这里已经没什么事，我知道你忙，你快点儿走吧！"林子阳不好意思地看了白杨一眼，说："不瞒你说……我真还有点事。我先离开一会儿，有事给我打电话。"说完，他和白大妈打了声招呼，就急匆匆地离开了医院。

　　望着林子阳远去的身影，白大妈用幽怨的声音自语道："子阳可真是个难得的热心人。"这句话，站在旁边的白杨听了个真真切切，想到和她已经离婚的陈牧天，至今连个人影儿也不见，她不由得感到心中一阵酸痛。

　　林子阳打了辆的士车就往城北区赶去。他在车上暗暗地想，这次先去国土资源局找赵局长。只要过了赵局长这一关，其他局早一天晚一天都没什么大碍。他已经做好最坏的打算，实在不行就和赵局长拍桌子，大不了就这件事一块儿去找区长评理。反正这件事无论如何不能去找陈牧天！林子阳不想低三下四地去求陈牧天。

　　怕赵局长和他玩猫捉老鼠的游戏，林子阳没有提前打电话，而是一步闯进了他的办公室。见了林子阳，赵局长笑呵呵地迎上来，连声说："林老弟啊，你来得正好，我正要给你打电话和你商量一下你们西郊镇用地手续的审批问题呢。"林子阳知道赵局长是在搪塞自己。他没说话，阴沉着脸一屁股坐在了靠门的沙发上。

　　赵局长连忙给林子阳倒了一杯水，笑眯眯地说："林老弟还在生我的气呢。你是明白人，当然知道我的难处。不过嘛，这件事我终于想出一个变通的方法，保准让那几家企业随时可以开工，不会耽误他们一天时间的，只是批复时间可能会迟一些，这都是不妨碍的。"林子阳沉着脸，仍然一言不发，他知道赵局长又是在给他下套。他已下定决心，只要对方不给出明确答复，他是不会给赵局长好脸色的。

　　赵局长把变通的方法细致地讲了一遍，渐渐地，林子阳阴沉着的脸逐渐缓和下来。仅仅过了一天时间，想不到赵局长的答复居然是截然不同的结果。按赵局长所说，事实上，审批手续的事已经解决了。

林子阳简直不相信眼前的事实，他半信半疑地问："赵局长，你再把这个方案说一遍好吗？"赵局长脸上没有丝毫厌烦的意思，再次细致地把办理审批手续的过程讲述一遍。最后，他还笑眯眯地说："老弟啊，这样做我已经是仁至义尽了。"林子阳并没有听出赵局长的话里有什么不妥，他缓缓地伸出右手，握住了赵局长的小胖手，有些不放心地说："赵局长，你的话是真的？"

　　赵局长依然笑着，说："当然是真的！"林子阳忽地从沙发上蹦起来，用力握住赵局长的手，大声说："赵局，这次你可帮我大忙了！"赵局长的手像被钳子夹住了一般，疼得他直咧嘴。这时，林子阳才不好意思地把赵局长的手放开。

　　林子阳打电话告诉宋刚，说事情办妥了。宋刚哭丧着脸，说："子阳，别开玩笑了。二十分钟前，去国土资源局办理手续的人还吃了闭门羹呢。"林子阳疑惑地望着赵局长，赵局长嬉笑着说："你让他们再去试试，一定能行的。"

　　于是，林子阳又给宋刚打了电话，宋刚将信将疑地挂掉了电话。十几分钟后，宋刚打来电话，他兴奋地喊道："子阳啊，你用啥法子这么快就让赵局长就范了啊？"赵局长就在旁边坐着呢，一听宋刚的语气，林子阳就知道事情已经成了。悬着的心终于落地，他笑着说："不瞒你说，我还真不知道。"挂了电话，林子阳又对赵局长千恩万谢了一阵，才从办公室里走出来。

　　回到西郊镇，林子阳马上召开了党委会对秋收工作进行了研究。奇怪的是，刘波缺席了这次会议，通知他开会的人说他的手机关机办公室也没人。刘波这个人其他工作虽然拖拖拉拉，可是每次开会他是从来不缺席的，这次是怎么了？林子阳心中顿感疑惑。

第十五章　惊　魂

8

一晃十多天过去了，白阅之的情况已趋于稳定。手术完成后，医疗组估计可能出现的不良情况都没有出现，这足以说明这次的手术非常成功。

在李市长的陪同下，省民政厅的领导还专门赶到了医院探望白阅之，市电视台和报社做了全程跟踪报道。李市长握着任院长的手，说："市人民医院不愧是老百姓信得过的医院，你们用精湛的医术证明了这一切。你们为海州市赢得了声誉，我代表市委市政府向你们表示祝贺呀！"任院长心里已乐开了花，可嘴上还是说："谢谢李市长的鼓励，我们做得还很不够，还要继续努力……"这个画面在市电视台的新闻联播中一直持续了很长时间。

这件事过后，任院长像换了个人似的，工作热情空前高涨。走起路来脚底生风，仿佛一下子年轻了许多似的。

有了李市长的批示，事情解决起来就容易得多。几天后，逃逸车辆终于在市交警支队的日夜排查下被查获。让人意想不到的是，肇事司机居然是刘波。他是酒后驾车，并且当时也是喝了酒的王锐和刘波同在一车。

王锐和刘波一块吃饭大都是在城北区。王锐在这方面是动过一番心思的。若是在海州市区和刘波见面吃饭，那里认识王锐的人较多，他不希望有人知道自己和刘波有着密切交往，毕竟刘波是屡屡犯错才被贬到乡镇去工作的，他的口碑很差。若不是为了对付林子阳，他才不愿意搭理刘波呢。若是在西郊镇，要是让林子阳知道了，就更得不偿失。近些时间，林子阳官运亨通，将来说不定会在什么地方高就，王锐不能不给自己留一条后路。因此，两个人经常约定在城北区见面。

那天，两个人在饭店吃饭，聊得一时兴起，喝了不少酒。刘波最大的毛病就是爱喝酒,一见了酒就挪不动步,结果不一会儿他就喝高了。王锐本想打车回去,可刘波说什么也不让,他执意开车送王锐。王锐本来头脑是清醒的,可是他也喝了酒,于是头脑一发热就钻进了那辆白色轿车。

结果车开出去没多远,就出了事。一见撞了人,刘波的酒就醒了大半。他知道,酒后驾驶的后果有多么严重。他瞅了瞅四周并没有多少人,于是一不做二不休开车逃跑了。

要不怎么说习惯决定命运呢。对刘波来说,是贪杯这个恶习毁了他一生的前途。在市政府工作时,也是因为喝醉了酒才在工作中出现严重失误的。并且,他的每次工作失误,几乎都与喝酒有关。可他并没有从中吸取教训,改掉贪杯这个恶习,结果这次他闯下了大祸!等待他的必将是法律对他的严惩。

直到市交警支队的人来西郊镇了解情况时,林子阳才知晓这件事的真相,他大吃一惊,尽管他一直对刘波抱有成见,可他还是暗自为刘波感到可惜。前来了解情况的交警还说,因这件事,王锐的科长被免掉了,正在接受调查。

9

有些事总是让人感到匪夷所思,在几十分钟前,土地使用审批手续的事还让林子阳感到头疼,可是,一转眼赵局长就来了个一百八十度的大转变。这件事真有些让人感到莫名其妙。林子阳百思不得其解,他也曾亲自登门询问过赵局长这到底是怎么回事,赵局长笑而不答,脸上是一副秘而不宣的神情。

接下来所发生的事,终于让林子阳渐渐体会到了个中的缘由,原来赵局长灵敏的触角已先知先觉地嗅到一股异样的味道。

第十五章 惊魂

周末下午，林子阳早走了一会儿。他去医院看望了一下白阅之，白阅之恢复得很好，已能在白杨的搀扶下在病房里来回走动。医生说用不了多久他就可以康复出院了。白阅之已经知道是林子阳把他送到医院的，也知道他和白杨曾经是同学。白阅之拉住林子阳的手对他好一阵感谢，林子阳连声说这是应该做的。见这一老一少聊得投机，白杨站在一旁抿嘴直笑。

从医院出来，林子阳急匆匆回了家。刚到楼下，手机就响了，是吴玲打来的。再有几分钟就到家了，即便这样林子阳还是接了电话。吴玲急切地问："子阳，你怎么还没到家？我有急事跟你说，你快点回来！"于是，林子阳三步并作两步，急切地上了楼。

一进门，吴玲就问："子阳，那块劳力士手表呢？"林子阳一脸漠然，说："我戴了几天，感觉戴在手上挺碍眼的，就把它放在抽屉里了，到底出什么事了？"吴玲一脸紧张，说："你听说没有，陈牧天出事了！"林子阳的眼睛瞪得像铜铃。吴玲又说："网上关于他的帖子现在闹得都满城风雨了！据说，问题就出在一块劳力士手表上。"

这件事林子阳第一次听说，他吃惊地哦了一下，问："陈牧天的劳力士手表怎么了？"吴玲并没有回答他的话，她想了一下，说："子阳，那块表咱还给余力吧，毕竟东西太贵重了！"林子阳用狐疑的目光上下看着吴玲，问："难道你没把表钱付给余力？"吴玲惭愧地低下了头，说："给了，他没要。我就没再给。"林子阳说："那就把表还给他吧，反正我也没戴几天。"说完，他匆匆进了书房。

林子阳打开电脑，在网上搜索起关于陈牧天的帖子来。近些时间，林子阳忙得一点空闲也没有，他已许久没有上网了。再说，他和外界联络也比较少，关于陈牧天的事他一点都不知道。

通过在论坛上查看帖子，林子阳渐渐明白，原来，不久前陈牧天参加了一次慰问走访活动。当他把一桶色拉油送到那些贫困户手中的时候，他手上戴的那块货真价实的劳力士出现在了照片的显要位置。当这张照片在城北区政府网上出现的时候，引起了许多网友的质疑。后来有人将那张照片粘到了论坛上，网友对此议论纷纷，强烈要求有关部门对陈牧天那块手表还有他这个人进行调查。

看完这张帖子，林子阳冒出了一身冷汗。不久前他就曾卷进过舆论的旋涡，幸亏他没什么问题，要不后果不堪设想。然而，林子阳却隐隐有一种预感，陈牧天的背后肯定存在一些见不得人的问题，这张帖子说不定会给他带来很大的麻烦。

从电脑桌前站起身，林子阳猛然想起赵局长那张笑吟吟的脸。直到这一刻，他才恍然明白，赵局长的态度为什么会在一天之内来了个一百八十度的急转弯。他禁不住为赵局长灵敏的嗅觉而暗自感到惊叹。

这一天，林子阳正在办公室查阅区里下发的文件，秘书小王急匆匆地走进来，说："林书记，市检察院的人来了，说有事找你。"林子阳急忙问："人在哪里？""在接待室。""我马上过去！"说着，林子阳快步走出去。

接待室里共有三个人，是两男一女。为首的是一个瘦高个中年男子，见林子阳进来，他说："你是林书记吧？"林子阳和三个人一一握手，说："我是林子阳，你们有什么事吗？"男子面色凝重地说："我们需要问你几个问题，希望林书记能够配合我们的工作。"林子阳满脸狐疑地点了点头。

男子问："你认识郭志明吗？最近你见过他吗？是在什么地方？"林子阳感到很意外，回答道："郭志明曾是西郊镇的党委书记。我认识他。最近见他是两个月前新学校的开工仪式上。"男子又问："除了这一次，你们上次见面是在什么地方？他有没有跟你说过什么？或是给过你什么东西？"林子阳想了一下，说："上次应该是在医院的病房里，老郭在住院，我去探望他……他跟我说在财政所的铁橱子里放着一些钱，让我急用时就拿去用。他还把铁橱子的钥匙给了我……就是这些。"

男子的脸上没有任何表情，问："里面有多少钱？现在钱在哪里？"林子阳说："钱一共有十三万！我们把这些钱全部用在了'生态农业种植园'上面了。不过，这些钱等到年底我们就会还上，是暂借。"男子又问："这些谁可以为你证明？"林子阳暗想，这件事最清楚的当然是门向东，可是他已经死了。不能再为自己证明了，于是，他说："宋镇长，还有财

第十五章 惊 魂

政所的同志都能为我证明。"男子点了一下头，说："好吧，你在这里签个字。"说着，他把笔录递过来。

林子阳不知道发生了什么事，也不知道他花光了这些钱，自己会不会有事，他接过笔录匆匆签了字。

男子说："林书记，能把宋镇长找来问他一些事情吗？"林子愣愣地说了声："当然可以。"说着，他给宋刚打了个电话。

男子低声告诉林子阳："那些钱是郭志明在西郊镇当书记时，政府集中采购玉米种子过程中的回扣。我们也是例行公事，你可千万别见怪。"原来那笔钱是这样来的！难怪郭志明……

等宋刚走进接待室，林子阳便离开了。走进办公室，他恍然想起，玉米种子是毛头通过陈牧天摊派下来的，这件事一定与陈牧天脱不了干系。紧接着他又恍然想起，已经有许多天没有在城北区电视台的新闻联播上见到过陈牧天的身影了，在以前陈牧天可是每天晚上都会准时出现在电视屏幕上的。难道陈牧天……

林子阳一脸愕然，想不到，事情居然如此瞬息万变，不久前陈牧天还坐镇西郊镇，还在积极策划冯氏公司在西郊投资的事，可现在他的脚下却是万劫不复的深渊……

10

转眼，已是冬季。当第一场雪从铅色的天空纷纷扬扬地落下来时，生态农业种植园蔬菜大棚里的第一批鲜亮的蔬菜开摘了。林子阳特意摘了两箱新鲜的茄子和西红柿给郭志明送了去。种植园能有今天的收获，他第一个要感激的人就是郭志明。如果当初没有他留下来的十三万元资金，种植园也不会有今天的成功。

西郊镇的各项工作都步入了正轨，那片沉寂了几十年的土地正在悄然发生变化。另一件让林子阳感到欣慰的是，白阅之的伤势恢复得很快，已经能够自己独立行走了。白杨的心情也好了很多，林子阳见到她时，她又和以往一样有说有笑了。

天冷了，工地上都停工了。寒风吹过，一眼望去，西郊镇一片萧条。

在城北区反腐工作会议上，林子阳得到了陈牧天被双规的消息。正如他之前所料，陈牧天不仅收受了数十万元的玉米种子款的回扣，还在城区建设过程中收受了冯氏公司等企业的巨额贿赂。同时，他也为这些企业在征地等方面获取了巨大的利益和好处。

一想起这件事，林子阳就感到心惊肉跳。不久前在省城参加毕业十年同学聚会时陈牧天意气风发的神情还历历在目，如今他却身陷囹圄。当天夜里，林子阳做了一个噩梦，从梦中醒来，他发现自己出了一身冷汗，连枕头和被子都湿透了。

第二天，白杨来了。林子阳看到她脸上的表情非常凝重，便问："牧天的事你知道了？"白杨点了点头。林子阳知道白杨的心情一定很沉重，毕竟两个人在一起生活了十几年。于是，他说："事已至此，也别太难过。"白杨依然面无表情，说："这一天我早就料到了，只是没想到会来得这么快！"说实话，上大学时，林子阳和陈牧天的确是要好的哥们儿，虽然陈牧天后来做出了不少出格的事，可他还是为陈牧天感到婉惜。

林子阳长长地叹息一声，白杨勉强笑了一下，说："今天是来向你辞行的！""辞行？"林子阳满脸疑惑。白杨说："我已辞掉电视台的工作，即将和爸妈一块回省城。"林子阳满脸惊讶，问："什么时候回来？"白杨痛楚地摇了下头，说："不回来了。"

林子阳沉默了很久，问："是临时决定的？以前怎么没听你提起过？"白杨说："很早就决定了。是想亲眼看到陈牧天被绳之以法的那一刻再走，想不到这一天说来就来了！"沉默良久，林子阳说："你能再慎重地考虑一下吗？你在这里生活了十多年，毕竟这片土地还有许多值得你留恋的东西啊！"

第十五章　惊　魂

白杨的脸上流露出一副很痛苦的表情，说："是啊，我把一生中最美好的十年交给了这片土地，这里的确有许许多多的东西值得我眷恋。这里曾经给过我太多的欢乐和幸福，可是我在这里也遭受到了人生中最大的伤痛。我已深思熟虑过，这段生活应该结束了，我将要开始属于我自己的新生活。"

林子阳猛然发现，眼前的白杨似乎一夜之间改变了许多，变得让他感到有些陌生了。他木木地说："这个消息，对我来说……太突然了。一时间我还接受不了……"白杨用白皙的手掌撩了一下额前纷乱的秀发，说："子阳，我真的很感谢你对我的帮助。不管我走到哪里，即便是走到天涯海角，我也不会忘掉你的！"林子阳忽然感到心头一热，他哽咽了一下，终于说道："白杨，如果我以朋友的身份，郑重地挽留你，你会改变主意吗？"

白杨连想都不想一下，就轻摇了一下头，回答道："不会的！近来发生了太多的事，我想了很多，我感觉一个人如果不经历一次浩大的苦难，要想真正长大其实很难。一直以来，我始终以为自己是一个孩子，是一个偎在爸妈和老公怀里的孩子，是一个永远都无法长大的孩子，有什么困难有别人来为我承担。现在才恍然发现我忽然长大了。我的确要靠自己的力量来承担起家的责任，我要撑起手中的那把花折伞，随时作好为爸妈和孩子遮风挡雨的准备！"

林子阳了解白杨，她定下的事是不容易改变的。想到白杨就要走了，陈牧天又身陷牢笼，原本一个幸福快乐的家，就这样七零八散了。林子阳两只手痛苦地抱紧了脑袋，许久没说一句话。

林子阳扬起了脸，他清晰地看见白杨苍白的脸颊上已流满泪水。他问："啥时候走？"白杨的嘴角抽动了几下，说："后天。"林子阳说："到时候我去送你！"白杨说："不用了，我不想临走时流泪。"林子阳没再说话。

两个人又沉默了一些时间。白杨忽然起身，说："子阳，我还有很多事，我要走了。"说完，她用那双装满了柔情的泪眼望了林子阳一下，掉头跑了出去。

林子阳来到楼下时，白杨已钻进一辆银白色轿车，疾驰而去。

直到车子在林子阳的视线里完全消失，他才慢吞吞地回到办公室。他目光呆滞地坐在沙发上，脑子里一会儿是白杨，一会儿又是陈牧天，就在那一刻，他作出了一个让人难以费解的惊人决定。

林子阳回到了椅子上，在电脑屏幕的Word文档上快速地打下了"辞职报告"这几个字。

11

林子阳并没有把辞职报告交给安峻山，而是交到了张副部长手中。

张副部长满脸疑惑，问："林书记，据我所知，西郊镇目前的各项工作搞得都很好嘛！你怎么能急着回农业局呢？"林子阳目光散乱，说："这件事与西郊镇的工作无关。"张副部长又问："工作中遇到什么困难了？有困难向城北区委区政府反映嘛……"不等他说完，林子阳摇了一下头。

两个人又聊了些时候，张副部长见林子阳态度很坚决，只好说："好吧，你的辞职报告我暂时留下，不过你不要抱太大希望。另外，你只要待在西郊镇一天，就要对西郊镇负责一天，如果出现什么问题，组织上会严肃追究你的责任。"

听完这些话，林子阳的眼睛猛然亮了起来，说："张部长，请您放心，我会把西郊镇的工作做好的！"

从市委组织部出来，林子阳并没有立即回家，他开着车像一只断了线的风筝漫无目的地在路上行驶着。

林子阳恍然想起，今天是白杨去省城的日子，于是他猛踩油门向城北区驶去。

林子阳把白杨家的门铃按得吱吱直响，可是，里面并没有人出来。他

第十五章 惊 魂　　　　　　　　　　　　　　　　　　　　　　333

刚要给白杨打电话，这时对面人家的门开了，一个胖女人探出脑袋来，问："你是找电视台的白杨吧。"林子阳木木地点了一下头，胖女人说："你来晚了，白杨全家人昨天就去省城了！"说完，她啪的一声把防盗门关上了。

白杨撒了谎。她昨天就走了！她骗了自己！难道真是害怕自己来送她吗？除了这个原因外，林子阳再也想不起任何一个可以让他感到信服的理由。

从楼上下来，林子阳的眼里早已噙满泪水。

第十六章

尾声

1

春节刚过，就有喜讯传来。村里要修路了，据说是上面的专项扶持资金拨了下来。林父打来电话，说："咱村在外面工作的都捐了款，有的捐了五百块哩。子阳，你能捐多少？"林子阳想了一下，说："爹，我捐一千，你看中不？"林父听了，在电话那头一口气说了几个中。

白杨给林子阳打来电话，说她在省城的一家传媒集团找了份工作。工作与在电视台的老本行有些关联，是广告与影视制作之类的，没用多少时间她就适应了工作。白杨的爸妈帮她照顾着孩子，一家人待在一起挺好的。林子阳听到这个消息，在替白杨高兴的同时，心里却感到一阵酸痛。

让林子阳感到欣慰的是，岳笑川凭借给白阅之做手术时的突出表现成了医院的副院长。听到这个消息后，林子阳特意回去了一趟。那天晚上他和岳笑川喝了很多酒，还是在那个名字叫"家常菜"的饭馆。那天，也不知什么原因，开始喝酒的时候，林子阳一直乐呵呵的，高兴得嘴巴都快合不拢了。可是，喝到最后，他忽然像受了委屈的孩子一般掩面大哭起来。

岳笑川怎么劝也劝不住。让人感到吃惊的是，过了一会儿，林子阳又破涕为笑了。岳笑川说，那天晚上林子阳神经真有些不正常。

春风吹来，西郊镇处处春意盎然。所有工程已经开工。尤其是兴建新学校的进度进展迅速。照这个速度下去，暑假过后的开学典礼一定能在新学校举行。

在生态农业种植园的带动下，西郊镇各家各户都搞起了绿色蔬菜种植。他们正在为打造西郊镇"生态农业"这个亮丽的品牌在田间地头忙碌着。

值得一提的是，有的种植户受生态农业种植的启发，还尝试着引进了中草药种植。据说，西郊镇的土质若是适合这些中草药生长的话，将会获取很高的收益。

在这个生机盎然的春天里，林子阳的心情好得出奇。

2

让林子阳一直感到忐忑不安的，是那份辞职报告。几个月都过去了，一直没有消息。

说实在话，此时的林子阳还真舍不得离开西郊镇了，他仿佛已经在这里找到了自己所需要的东西。他不得不从内心里承认递交那份辞职报告的举动的确有些鲁莽。可是，再去向张副部长伸手要回那份报告，林子阳是万万不能去做的。因此，那份报告如同一根粗大的鱼刺，结结实实地卡在了他的喉咙。吐不出来也咽不下去，让他经常感到坐卧不宁。

这天，林子阳刚从种植园回来，就接到了白杨的电话。白杨的声音有些特别，她特别的声音让林子阳差点从楼梯上摔下去。她说："子阳，你听说了没有，董梅老师病了，是胃癌晚期。据说时间已经不多了……"林子阳脑袋嗡嗡作响，白杨后面的话，他再没有听清楚。

林子阳跌跌撞撞地回到了办公室，一屁股坐在沙发上，脑袋埋在两手之间许久都没有缓过神来。

林子阳决定去趟省城，他必须要赶在董梅离开这个世界之前，见她最后一面。

手头的工作很多，可是，林子阳还是想着要尽快赶到省城。从接到白杨电话的那一刻起，他的思绪已经飞到了董梅身边。

在林子阳决定去省城时，他忽然萌生了一个念头，他想在赶往省城之前去看望一下陈牧天。

3

　　看守所的墙真高，高墙上还拉着铁丝网。走进看守所的大门，林子阳的心情骤然紧张起来，他迈着沉重的步子向前走去。

　　透过厚厚的玻璃，林子阳见到了陈牧天。他以前油亮的分头已被剃光，西装领带也被一件刺眼的马夹所代替。他表情呆滞，用迟缓的目光瞅了林子阳一眼，便将脑袋扭向一侧。

　　林子阳冲着话筒大声喊叫，陈牧天愣愣地望着窗外，他迟迟没有拿起面前的话筒。又过了好些时间，他仍然像被人点中死穴似的一动不动。

　　无奈之下，林子阳摸出笔和纸，写下一行字："董梅老师病了，是胃癌晚期。"林子阳猛然见到，陈牧天脸上的肌肉剧烈地抽搐了几下，眼里闪动着晶莹的泪光。

　　林子阳以为陈牧天会拿起话筒和自己说点什么。让他意想不到的是，陈牧天忽然掉头跑了回去。他突如其来的举动把狱警吓了一跳，急忙快步跟在了他的身后。

　　从看守所出来，走在那条细长的沙石路上，林子阳惊奇地看到，一个红衣女子正迎面走来。来人是冯曼莹。几个月没见，她清瘦了许多，脸色也有些黯淡，看上去很憔悴，仿佛是一夜未眠的样子。

　　见到林子阳，冯曼莹面部毫无表情。灰白色的脸如同一个削了皮的苹果，没有半点光泽。林子阳问："看他来了？"冯曼莹停下脚步小声嗯了一下。两个人谁也没说话，对视了片刻，最终还是擦肩而过。

　　林子阳停住脚步回过头，望着这个神秘的漂亮女人一步步走进了看守所的楼房，心中暗自疑惑。冯曼莹和陈牧天之间究竟是怎样的一种关系？

第十六章　尾　声

在长期的交往中，两个人是碰撞出了真实的爱情火花，还是在利益的驱使下所滋生出的爱情赝品？

直到冯曼莹落寞的身影在林子阳的视线里消失，他也没能想出问题的真实答案。

4

林子阳赶到省城时，天上下起毛毛细雨。春雨贵如油。这种雨是奈何不了行人的。让林子阳感到困惑的是，每次来省城天气都是这样糟糕。

在光线昏暗的病房里，林子阳终于见到了他所敬重的恩师董梅。她脸色苍白，头发凌乱，人瘦得已经不成样子。林子阳眼睛一酸，泪水簌簌落下来。听见有人来，董梅缓缓睁开眼睛。看到林子阳的那一瞬间，她散乱的目光忽然亮了一下，气若游丝地说："子阳……你来了……你还好吗？"

林子阳俯下身去，低声说："董老师，我很好……"他顿时感到喉咙被什么东西堵住了一般，后面的话再也说不出来。

董梅定定地望着林子阳，说："牧天的事我知道了……"说完，她合上了眼睛，脸上是一副痛苦的表情。上学时董梅很看好陈牧天，陈牧天今天落到这个下场，她心里当然不好受。

沉默了许久，董梅又睁开眼睛，说："牧天什么都好，就是私心太重！早晚还是出了事。"林子阳小声说："董老师，事已至此，您也别太难过……"他本想把来时见过陈牧天的事说出来，话到嘴边，他又咽了回去。

董梅用充满期待的目光望着林子阳，说："子阳，走好后面的路啊！"这句有气无力的话，在林子阳听来，却仿佛重如千斤。他愣了一下，才把嘴巴贴近董梅的耳朵，说："老师，我会的，您放心。"

董梅的表情终于恢复了平静。林子阳刚要再说点什么，这时，病房的门缓缓地开了。林子阳下意识地回过了头，一个留着短发的男子手捧一束漂亮的康乃馨走进来。见到男子的一刹那，林子阳顿时愣住了！他惊愕得将嘴巴张成了一个鸡蛋形状，许久没有合上。若不是怕惊到董梅，那一刻他一定会失声尖叫起来。

来人居然是安峻山。这个一直让林子阳感到神秘的男人，怎么会出现在董梅的病房？林子阳满脸惊疑，说道："安部长……"董梅又睁开眼睛，说："是峻山来了？"安峻山急忙应道："是我，你好些了吗？"见到林子阳，安峻山表情显得很平静，没有感到丝毫意外。

林子阳不知道安峻山和董梅存在着什么样的关系，他退到一边。安峻山待在病床旁边，两个人小声说了一会儿话。董梅似乎累了，她连续喘了几口粗气，说："峻山，我累了。你和子阳聊会儿吧。"说完，她又缓慢地合上了眼睛。

5

安峻山冲林子阳轻轻摆了一下手，林子阳会意地走出病房，然后轻轻掩上了门。

走廊上很静，只是偶尔有护士迈着轻盈的步子从这里走过。林子阳和安峻山静静地坐在椅子上，谁都没有说话。过了一些时间，还是安峻山先开了口："我讲个故事给你听吧。"林子阳连忙点了点头。

于是，安峻山用凄切的话语，给林子阳讲述了一个感人肺腑的故事：

二十多年前，在一个经济很不发达的小镇上有一所高中。学校不是很大，一个年级只有两个班。男孩在一班，女孩在二班，两个人都是班里的第一名，每次考试从来没有例外。可是，全校排名有时男孩是第一，有时女孩是第一，两个人从高一到高三包揽了全校的前两名。

第十六章 尾 声

班级第一，对男孩和女孩来说并不重要，重要的是谁能成为全校第一。因此，两个人都暗地里较着劲。高三那年，男孩心里渐渐萌生出一个念头，若是他和女孩能考进同一所大学，两个人能继续在一起学习，一起散步聊天，再不是一对争得你死我活的对手，该会多么好啊！

一个春天的黄昏，男孩在操场边见到了女孩。男孩两只手把衣角拧成了麻花，费了老大的劲才说："你想报考哪所大学？"金色的阳光下，女孩长长的秀发很好看，男孩心里一阵慌乱。女孩眨了一下明汪汪的大眼睛，说："我想报考海城大学，我喜欢走在软软的沙滩上看海。你呢，想报考哪所大学？"

其实，男孩根本没有想过这个问题，见女孩问他，他便随口说道："我想报考北疆大学。我喜欢北国的皑皑白雪，雪花落下来的样子真的很美。"女孩随即咯咯地笑起来，男孩也不好意思地笑了。

这样，在填报志愿时，男孩毫不犹豫地报考了海城大学。可是，当海城大学的录取通知书来到时，他却意外地听说女孩被北疆大学录取了。男孩仿佛遭受了当头一棒，他顿时傻眼了。女孩居然欺骗了男孩。

后来，男孩和女孩都去了各自的大学读书。要知道，两所大学相隔数千里之遥。男孩一个人孤零零地去了海城大学。这件事，男孩一直耿耿于怀。为此，进入大学后他没给女孩写一封信。

一晃十年过去了。男孩遇到了他高中的老师。老师告诉男孩，女孩为了更改高考志愿，和父亲闹翻了。原本是要报考海城大学的她，不知什么原因却改变主意，非要报考北疆大学不可。

男孩幡然醒悟，女孩更改高考志愿是为了和自己能一起考进北疆大学啊！男孩痛苦地低下了头。他随意的一次谎言居然让他付出了惨重的代价！为此，他和生命中最美的那辆爱情列车擦肩而过……

那个时候，男孩和女孩都已经有了各自的家庭。男孩几经辗转终于找到了女孩，十多年没有见面，两个人看到对方的时候一句话也没说，泪水哗地淌下来。

这个凄美的故事，让林子阳感到一阵钻心的疼痛，他的脑海里又浮现出了白杨年轻时的身影……他知道，故事中的主人公一定就是安峻山和董梅，于是，他问："故事中的主人公就是董老师和您吧？"

安峻山眼里闪动着异样的光芒，轻轻点了一下头，说："你们班组织完毕业十年同学聚会后，没过多久，我们高中同学就搞了一次聚会，是我组织的。董梅见到我，跟我说她有一个学生叫林子阳，在海州市农业局工作。她非常看好他，并且对他充满了期待，可是这次见面他却显得很落寞。她让我如果方便的话，了解一下是什么原因导致这名学生变得这么消沉。于是，回到海州后，一次偶然的机会，我向肖树青了解了你的情况……"

蓦然间，林子阳明白了一切。自从参加了毕业十年同学聚会后，自己的工作和生活发生了惊人的改变，原来，幕后的导演居然是董梅老师……

安峻山的表情又凝重起来，说："我见到你的辞职报告了，它一直在我的抽屉里放着。你让我很失望，如果这件事董梅知道了，她会更失望！这样看来，你并非是董梅所说的那样，是一个敢于担当的人。"

林子阳羞惭地低下头，呢喃道："安部长，我知道我错了，我可以……收回我的辞职报告吗？"说完，他用祈求的目光望着安峻山。

安峻山没说话，他叹息一声，说："有一件事我正好给你透露一下。市委组织部和城北区委进行了沟通，已经形成决议，准备让你到城北区任副区长，接替陈牧天所分管的工作！"说完，他用灼灼的目光紧盯着林子阳。

这个消息来得太突然，一时间林子阳居然不知道该怎么来回答。说实话，他的确有点舍不得离开西郊镇。

安峻山说："我知道你舍不得你的生态农业种植园。这件事你不用立即答复我，不过，你要知道，城北区这个更大的舞台足以让你去实现生态农业梦的！"

林子阳忽然问道："我若走了，西郊镇的工作准备交给谁？"

安峻山看了林子阳一下，说："这个问题不应该你来操心。不过，我今天可以破例向你透露一下。西郊镇已是今非昔比，你的贡献不小啊，十几年来的遗留问题都让你顶着压力解决了。如今，西郊镇的工作已步入正轨。组织上经过慎重考虑，准备让郭志明重新回去工作。他的身体恢复得

第十六章 尾 声

很好，医生说继续工作没有丝毫问题。郭志明本身也愿意继续回西郊镇工作，他把一生的精力都交给了那片土地，他和西郊镇有着深厚的感情啊。"

林子阳紧锁的眉头渐渐舒展开来，说："老郭来主持西郊镇的工作我就放心了！"安峻山看了林子阳一眼，说："郭志明是一名原则性很强的同志，这次查获陈牧天贪腐的案子，他功不可没。要不是他主动到市检察院自首，主动交代了收下玉米种子回扣款的问题，又怎么能查获陈牧天这只大硕鼠呢。"

林子阳刚想再说些什么，安峻山站起来，说："我还有事先走了。"

林子阳愣愣地望着安峻山消失在走廊的尽头。想到他和董梅之间所发生的凄切而又美丽的故事，禁不住又想起了自己和白杨上学时所发生的事，心中顿时感到一阵悲怆。

6

在离开西郊镇之前，林子阳总感觉有一件要紧的事还没有做，可是他又怎么也想不起是哪件事。但是，他又完全可以确定自己的确是漏掉了一件很重要的事。

吃过早饭，林子阳无聊地浏览着网页。这时，他才恍然想起今天是清明节。于是，他快步下了楼，开车疾驶而去。

在一片长满了野菊花的墓地前，林子阳停住车，手捧着一束鲜亮的马蹄莲向墓地深处走去。门向东的坟前站着一个女人，墓碑前放着一束和林子阳手里完全一样的鲜花，女人是罗欣。天气有些冷，凄冷的风吹乱她的秀发，她一动不动地伫立在坟前。听见身后有动静，她才缓缓转过身来。

林子阳清晰地看见，罗欣的眼里有晶莹的泪花。她吃了一惊，说："你来了？"林子阳嗯了一下，再点点头。他一步步走到坟前，深鞠一躬，小心翼翼地把那束马蹄莲摆放在墓碑前。

罗欣一脸悲伤,说:"林书记,听说你要走?"林子阳点点头,罗欣又说:"能在这里见到你,我很欣慰,我可以送你一句话吗?"林子阳不假思索地说:"当然。"罗欣想了一下,说:"你是个好官。不过,做个好官并不难,难的是能够一直做下去!"

林子阳兀地想起了什么,说:"老门才是一个好官呢!这句话,难道之前你也告诫过他?"罗欣大概是被林子阳敏捷的思维所折服,她用赞许的目光望着林子阳点了一下头。

林子阳又说:"罗校长,这句话对我来说很重要。谢谢你!"罗欣没说话,两个人沉默良久,然后都会心地笑了。

7

临行前,林子阳谢绝了所有的欢送和宴请。他是一个人到城北区人民政府报到的。

林子阳从秘书手中接过钥匙,走进了那间门上有着"副区长"字样的办公室。里面的摆设对他来说并不陌生,之前他曾多次来过。那个时候他从来没有想过有一天自己会是这里的主人。他愣愣地望着墙壁上用篆书写的那幅装裱精致的毛笔字,在那里站了很久。上面写着:宠辱不惊,闲看庭前花开花落;去留无意,笑望天外云卷云舒。他默默地读着这两句话,蓦然间,他感到自己仿佛置身在梦境之中。

桌面上镶嵌着两张精致的照片,一张是白杨,另一张是冯曼莹,两个女人都笑得灿烂。林子阳愣愣地瞅了一会儿,把冯曼莹的相片抽了出来,然后对折,冯曼莹那张笑靥如花的脸顿时扭曲起来。

林子阳把照片撕得粉碎,然后天女散花般地把纸末丢进了垃圾筒。

第十六章 尾 声

坐回原处，他从皮夹里抽出一张照片，是吴玲的。他端详了一会儿穿着淡蓝色连衣裙的吴玲，然后仔细地把照片嵌在了白杨的旁边。